La casa junto al río

DANIELA RAIMONDI

La casa junto al río

Traducción de
César Palma

Grijalbo narrativa

Papel certificado por el Forest Stewardship Council®

Título original: *La casa sull'argine*

Primera edición: abril de 2023

© 2023, Daniela Raimondi
© 2023, Penguin Random House Grupo Editorial, S. A. U.
Travessera de Gràcia, 47-49. 08021 Barcelona
© 2023, César Palma Hunt, por la traducción

Printed in Spain – Impreso en España

ISBN: 978-84-253-6365-8
Depósito legal: B-2867-2023

Compuesto en Fotoletra, S. A.

Impreso en Liberduplex, S. L.
Sant Llorenç d'Hortons (Barcelona)

GR63658

A Guido

Prólogo

«Año MCCCCXII d. C. El día 18 de julio llegó a Bolonia un duque de Egipto, llamado Andrea, y vino con mujeres, niños y hombres de su país, y podían ser unas cien personas».

En *Cronica gestorum ac factorum memorabilum civitatis Bononie, editada en fratre Hyeronimo de Burselis (ad urbe condita ad a.1497)* (en LUDOVICO ANTONIO MURATORI, *Rerum Italicarum Scriptores*, tomo XXIII, 1733)

«Estamos hechos de la misma materia que los sueños, y nuestra pequeña vida cierra su círculo con un sueño».

WILLIAM SHAKESPEARE,
La tempestad (acto IV, escena I)

«La familia se mestizó por culpa de una gitana». Me lo repetía a menudo mi abuela, con delantal blanco y remangada hasta los codos, cuando se aprestaba a extender el hojaldre. Empezaba a contar nuestra historia a partir de esa antepasada gitana mientras soltaba los huevos en el volcán de harina. Un ligero movimiento de la muñeca, crac, y partía un huevo; otro movimiento, crac, y partía el segundo. Amasaba la pasta y entretanto hablaba, y lloraba, y reía. Estaba convencida de que era por culpa de que uno de nuestros antepasados se había casado hacía dos siglos con esa gitana, por lo que la mitad de nuestros parientes tenía la piel clara y los ojos azules, y la otra mitad nacía con el pelo oscuro y los ojos negros.

No eran solo desvaríos debidos a la edad. La llegada de los gitanos al pequeño pueblo de Stellata, de donde es originaria mi familia, consta en un documento que tiene siglos de antigüedad y que se conserva en los archivos históricos de la Biblioteca Ariostea de Ferrara.

La caravana de gitanos apareció en el pueblo un día de lluvia apocalíptica. Era noviembre y había empezado a diluviar en septiembre. Los campos habían desaparecido bajo un palmo de agua; de manera que ya no se veían los senderos, los caminos, los patios ni tampoco la plaza. Para poder moverse, la gente empezó a usar los botes. Stellata terminó convirtiéndose en una especie de pequeña Venecia, pero en una versión pobre, sin palacios ni góndolas, con casas ruinosas, embarcaciones podridas y las aguas estancadas del río.

Arrastraron los carromatos chirriando por el puente de pontones del Po, luego siguieron por el camino de la ribera. El agua golpeaba y las patas de los animales se hundían en el cieno. Las ruedas se atascaron, la madera rechinaba y los carromatos terminaron hundiéndose en el barro. Los hombres bregaron hasta muy avanzada la noche, tratando de sacar los carromatos del barro, pero no les quedó más remedio que renunciar a cinco de ellos, y los gitanos tuvieron que quedarse en el pueblo, a la espera de que el tiempo mejorase.

Cuando la lluvia paró, desatollaron los carromatos y cambiaron las ruedas, pero, debido a una serie de circunstancias, la partida de los forasteros fue postergada varias veces: primero hubo que esperar que terminase un parto complicado; después, alguien enfermó de disentería; por último, uno de sus caballos murió. Cuando por fin los gitanos estuvieron listos para reemprender la marcha, empezó uno de los inviernos más crudos del siglo y el pueblo quedó rodeado de hielo. A todo el mundo le pareció una idea insensata seguir viaje.

Para romper la monotonía del largo invierno, algún gitano se mantuvo ocupado herrando caballos; otros empezaron a vender en el mercado cestos de mimbre, bridas, cedazos y panderetas; y otros empezaron a tocar en los bautizos y en las bodas. Llegó y terminó la primavera; en verano estalló el tifus y el pueblo fue aislado. Con el paso de las estaciones, la vida de esos gitanos quedó irremediablemente marcada por el vicio de la cotidianidad.

Casi sin que los habitantes de Stellata se diesen cuenta, su ojeriza a los recién llegados se convirtió en costumbre. Los viejos morían, los niños nacían y los jóvenes se enamoraban sin reparar mucho en las diferencias. El hecho es que, en pocas generaciones, una tercera parte de los habitantes de Stellata tenía en sus venas sangre gitana.

Aquí es donde entra en escena mi tatarabuelo, Giacomo Casadio. En Stellata se le conocía como un hombre solitario, de temperamento melancólico. Sin embargo, la naturaleza lo había dotado de una gran imaginación y muy pronto se manifestó en él el talento del visionario. Su sueño era construir barcos, pero no los típicos, las modestas embarcaciones que se veían pasar por delante de las riberas del Po. Él pensaba en buques con bodegas capaces de contener no solo grano, madera, cáñamo y animales de granja, sino también vacas y caballos. En pocas palabras: Giacomo Casadio proyectaba algo muy semejante al Arca de Noé.

Se le ocurrió la idea siendo niño, en la casa parroquial. Cuando hojeaba una Biblia, tropezó con una imagen del arca a punto de zarpar. Era preciosa, con la barriga redonda, cabezas de leones y jirafas asomándose por las ventanillas, y, más abajo, hileras de patos, gallos y gallinas, y además parejas de cabras, dromedarios, ovejas y burros. ¡Un barco capaz de desafiar al diluvio universal y de salvar a todos los seres vivos de la Tierra! Esa imagen bíblica fue la semilla de su obsesión. Ya mayor, Giacomo empezó a construir arcas en el patio de casa. Lo pensó durante mucho tiempo: el río había sido siempre el medio de transporte más rápido para el constante movimiento de personas, carros y animales; y estaban los pescadores, los cazadores de ranas, los recolectores de arena y grava... Stellata, donde el Po era ancho y profundo, podía convertirse en un gran puerto fluvial.

Necesitó tres años para terminar el proyecto. Cuando el arca estuvo lista, Giacomo esperó el 4 de diciembre, día dedicado a santa Bárbara, protectora de los marineros, para botarla.

Esa mañana en el pueblo hubo un gran revuelo. Todo el mundo estaba en la ribera para disfrutar del espectáculo. Fue también el cura con un crucifijo, monaguillos y agua bendita. Un enorme carro tirado por doce bueyes empujó la embarcación hasta el río. Cuando llegaron a sus orillas cenagosas, los hombres más fuertes arrastraron el arca, fueron apartando de uno en uno los troncos sobre los que estaba apoyada para que se resbalara desde el carro, luego orilla abajo. Hubo gritos de estupor, de ánimo, bastantes tambaleos y ansiosos momentos de espera, pero, al cabo, el arca entró en el Po. Sonaron exclamaciones y aplausos.

Con sus zancadas desgarbadas y un gesto triunfante, Giacomo subió a bordo. Saludaba a la multitud congregada a lo largo de la ribera con los ojos azules brillantes, el pecho henchido de emoción. Nunca en su vida se había sentido tan feliz.

Por desgracia, el barco no llegó lejos; en menos de una hora se fue directamente a pique.

El hombre se sumió en un profundo estado de abatimiento, que duró todo el invierno. Sus parientes estaban tan alarmados que, al final, su padre le sugirió que lo volviese a intentar.

—*Tienes buena cabeza. ¡La próxima vez tu barco lo llevarás hasta el mar!*[1] —dijo con convicción.

---

1. Las expresiones en emiliano-romañol que figuran en el texto original se han traducido directamente y aparecen en cursiva a lo largo del libro. *(N. del T.)*.

Empujado por ese estímulo, Giacomo se sobrepuso al desconsuelo y empezó a construir una segunda arca; sin embargo, no le fue mejor. Llegó a construir media docena, todas las cuales se hundieron. A decir verdad, un par de ellas se mantuvieron a flote varios días. Y, con la sexta, Giacomo llegó incluso hasta Comacchio y el delta del Po, pero, justo cuando creía que había conseguido su objetivo, la embarcación empezó a llenarse de agua y en pocas horas se hundió. En ese lado el nivel del río era bajo, y se cuenta que durante generaciones los pescadores de anguilas pudieron ver el palo mayor despuntando de las aguas.

Entre un fracaso y otro, Giacomo vivía largos meses de postración, que lo debilitaban tanto que no era siquiera capaz de trabajar en el campo. Hasta que, de repente, tenía fases de euforia y la ilusión de construir un arca volvía a obsesionarlo. Sin embargo, llegó el momento en que también el padre perdió la paciencia.

—¡Ya basta! Solo has sabido hundirlos. ¡Todos al fondo del Po como piedras!

Sin embargo, a pesar de los seis barcos que se habían hundido en el Po como piedras, Giacomo tenía una gran ilusión, y sus padres sabían que construir arcas era lo único que hacía un poco feliz a su hijo, melancólico desde que se encontraba en el vientre de su madre. Así, al cabo de unos meses, el patio volvió a convertirse en un astillero con andamios, pilas de tablas, cubos de clavos, sogas, tenazas, sierras y rollos de cuerdas multicolores. Y, en medio de toda aquella maraña de madera y utensilios, Giacomo cepillaba, clavaba y encolaba junturas. Cada vez que terminaba un barco, esperaba juiciosamente el día de santa Bárbara para botarlo, pero la protectora de los marineros nunca lo ayudó y todas las embarcaciones acabaron hundiéndose.

Cuando no trabajaba en los campos, o no estaba ocupado en la construcción de una nueva arca, Giacomo pasaba el tiempo solo. Tenía pocos amigos y las mujeres le daban auténtico pavor, tanto es así que cumplidos los cuarenta y cinco años todavía no había tenido nunca novia. Por fin, en una fiesta de pueblo, una gitana se cruzó en su camino. Hacía tiempo que Giacomo se había fijado en ella: era alta, tenía un cuerpo esbelto y una cabellera negra que le llegaba a la cintura. Se movía por Stellata con descaro, enaguas de colores, una multitud de plumas de faisán entre los cabellos, vistosos anillos en los dedos y un montón de collares sobre el pecho. Giacomo siempre la había esquivado, cohibido por su arrogancia; además, desconfiaba de aquella gente extraña. Sin embargo, ese día la gitana se le acercó y lo miró directamente a los ojos. Cuando le dirigió la palabra, él se sobresaltó y trató de escabullirse, pero la chica lo cogió del brazo.

—¿Adónde vas? No voy a comerte. Solo quiero leerte el futuro.

—*Déjalo.* Conozco mi destino sin necesidad de que tú me lo cuentes.

Quería irse, pero ella no se dio por vencida y le agarró la mano.

—Déjame ver. Viollca nunca se equivoca.

No le leyó el futuro. Solo le observó las palmas, luego le estrechó las manos entre las suyas, abrió mucho los ojos y anunció:

—¡Has llegado, por fin! Llevo años esperándote.

Pocos meses después, Viollca estaba embarazada y, en contra de la voluntad de las dos familias, se casaron.

1800

Era un pueblo de unos pocos cientos de habitantes, entre el camino y el río; un pueblo pobre, pero con un nombre tan bonito que no parecía real. Ahora bien, aparte de eso, Stellata no tenía muchas cosas poéticas: una plaza porticada, una humilde iglesia del siglo XIV, dos fuentes y las ruinas de un antiguo fuerte junto al río. Pocos conocían sus orígenes gloriosos. Desde la Edad Media, Stellata había sido un punto de defensa estratégico contra los intentos de conquista de Venecia y Milán por hallarse junto al Po y en la confluencia de los actuales territorios del Véneto, Lombardía y Emilia Romaña. Lucrecia Borgia se detuvo varias veces en sus viajes hacia Mantua, y en Stellata vivió también el hijo de Ariosto. Pero solo don Mario, el párroco, sabía eso, en parte porque la mitad del pueblo era analfabeto y, en parte, porque la otra mitad ignoraba que el poeta hubiera mencionado esa pobre aldea en el canto XLIII del *Orlando Furioso*.

Hacia su izquierda, atrás dejó Melara;
hacia la diestra Sermide se esconde,
y Ficarolo y Stellata la madera pasa,
donde sus cuernos, mugiendo, el Po separa.

A principios del siglo XIX, todavía pasaba madera entre Ficarolo y Stellata. Era un puente flotante formado por viejas barcas de madera, unidas entre sí con gruesas cuerdas, probablemente no muy diferente del que mencionaba Ariosto siglos antes. De la fortaleza, en cambio, solo quedaban vigas podridas, techos hundidos y excrementos de oveja diseminados por todas partes.

Los Casadio vivían fuera del pueblo, en la localidad llamada «La Fossa», debido al canal que, justo en medio de su tierra, marcaba el límite entre las provincias de Ferrara y Mantua. Su casa era un edificio de ladrillo típica de la llanura paduana, con un porche con arcos, habitaciones claras y aireadas y techos altos. Había un henil, un establo, un patio de tierra apisonada, una pocilga y un viñedo. Las paredes no estaban pintadas y las ventanas eran pequeñas, y mantenían las persianas cerradas de mayo a octubre para evitar las moscas y el calor.

Viollca se trasladó ahí cuando se casó con Giacomo. A los suegros les costó bastante acostumbrarse a los extraños hábitos de la recién llegada. La gitana, por su parte, no hizo concesiones: se siguió vistiendo con sus enaguas multicolores y adornándose el pelo con plumas de faisán. Por la mañana se presentaba con un viejo mortero y estaba horas preparando infusiones con hierbas y extrañas raíces.

Se dedicaba también a elaborados rituales de limpieza que debían eliminar todas las contaminaciones.

—No podemos vivir tranquilos mientras aquí haya algo *marhime* —repetía.

—¿Mari... qué? —le preguntaba su suegra, alterada.

Lo que estaba o no *marhime*, es decir, «contaminado», en lengua romaní, lo establecía la separación entre el interior y el exterior de la casa. Viollca se encargaba de mantener las habitaciones meticulosamente limpias y ordenadas, mientras que la era y los establos eran responsabilidad de otros miembros de la familia. Para ella, en efecto, tocar los desechos y los excrementos de los animales constituía una de las más graves formas de contaminación. Nunca fue a trabajar en los campos, porque para su gente cultivar la tierra era tabú; en cambio, daba mucha importancia a la manera de preparar las comidas, porque además, según ella, solo algunos animales podían comerse o incluso tocarse. Odiaba a los perros y a los gatos, porque se lamían y por ello eran impuros. De todas las carnes, su preferida era la del puercoespín, animal considerado entre los más limpios precisamente porque, debido a las púas, no podía lamerse.

Otra extraña costumbre de Viollca era la de dejar cada noche un cuenco de leche en el escalón de la puerta de entrada.

—¿Qué haces? —le preguntó Giacomo la primera vez que la vio llevar a cabo ese ritual.

—Es para la culebra buena —respondió ella con tranquilidad.

Los gitanos creían que en los cimientos de todas las casas vivía una culebra buena, con barriga blanca y dientes sin veneno. Y pensaban que cada noche esa culebra se arrastraba por la gente que estaba durmiendo, para protegerla y darle suerte. Ahora bien, si la culebra resultaba muerta, alguien de la familia fallecería y todos los demás sufrirían desgracias. Por eso Viollca dejaba siempre un poco de leche en la puerta: para dar las gracias a la culebra y alimentarla durante sus excursiones nocturnas.

—*¡Esa gitana está loca!* —se quejaban sus suegros. Al mismo tiempo, sin embargo, observaban complacidos la transformación que la joven había supuesto en la vida de Giacomo. Ese hijo, que siempre había sido melancólico, ahora cantaba cada mañana mientras se afeitaba, y por la noche escandalizaba a la familia por los ruiditos inequívocos que salían de su dormitorio. Fue por amor a Giacomo por lo que sus padres aprendieron a convivir con las rarezas de la nuera. E incluso tuvieron que admitir que los misteriosos mejunjes de Viollca eran eficaces.

—Soy una *drabarno* y cada *drabarno* sabe cómo curar —aseguraba la gitana—. Con los caballos sé qué hacer, y con los hombres también. Si a un caballo le duele la barriga, alguien tiene que poner los dedos así, ¿ve? La punta del índice y el meñique tienen que tocarse sin esfuerzo. Coges la paja que está debajo del caballo, y con los dedos así se la echas encima. Se la quitas, luego la coges y la vuelves a poner encima del animal. Se hace tres veces seguidas, y el animal ya estará curado. Para los hombres lo que hace falta es una cabeza de zorro, solo los huesos, y beber esta infusión. Aquí está, tome —le decía al suegro—. De esta cabeza de zorro han bebido también niños y nunca ha hecho falta ningún médico. Ahora mastique esto.

—¿*Qué tiene?* —preguntaba él.

—Polvo de mostaza y el jugo de unas raíces que yo conozco. Hago bolitas y usted se las tiene que tomar antes y después de dormir. Es para que se le quite el fuego de los pulmones. Ahora repita: «Jesús ha sido herido, los judíos se han sentado sobre su pecho, Dios los ha echado. Un demonio está sentado en mi pecho. ¡Mujeres blancas, alejadlo y ponedle encima una piedra grande!».

—¡Dios no existe! —replicaba el viejo, dando un puñetazo contra la mesa.

—Me da igual que crea o no, basta que ahora trague —comentaba ella sin descomponerse.

El día 18 del tercer mes del nuevo siglo, nació el único hijo de Giacomo y Viollca Casadio: un varón de cuatro kilos, de pelo negro azabache y la misma mirada silvestre de la madre. Todavía sucio del parto, el niño abrió los ojos y miró de un lado a otro con un gesto inquisitivo que asustó a la partera.

—Virgen santa… *¡Tiene unos ojazos que parece ya mayor!* —exclamó la mujer.

El recién nacido ni siquiera lloraba. Movía la cabeza de derecha a izquierda, observando el mundo, cautivado por todas las novedades que de golpe se le habían aparecido delante.

Viollca apartó un trozo de cordón umbilical y explicó:

—Cuando se haya secado, lo coso dentro de una bolsita y se lo cuelgo al cuello. Le dará suerte.

En cuanto lavaron al niño, le dio de mamar con el pecho derecho, lado que simbolizaba la verdad, la suerte y el bien. Después, cuando llegó el momento de ponerle un nombre, ella anunció:

—Lo llamaremos Dollaro.

—¿Qué nombre es ese? —preguntó Giacomo.

—Me han dicho que es una moneda. Si lo llamamos así, nunca pasará hambre.

También don Mario mostró el mismo escepticismo, pues no podía prever que, con ese bautismo, empezaba una secular e inútil guerra de la parroquia contra los extravagantes nombres que los Casadio iban a poner a los recién nacidos.

—El dinero es el estiércol de Satanás. ¡Ningún «Dollaro» será jamás bautizado en mi iglesia! —tronó el cura—. Ha de ser el nombre de un santo que proteja a la criatura y sea de buen augurio, de lo contrario, no hay nada que hacer.

Entregó a Giacomo y a su mujer un libro que contenía los nombres de todos los santos reconocidos por la Iglesia, con el día dedicado a ellos y una lista de los milagros que se les atribuía.

La pareja no pasó de las primeras líneas. Después de Abbondio, Abramo y Abrucolo, Viollca se detuvo en san Acario: patrón de los caracteres difíciles, invocado contra la locura, perfecto para evitar matrimonios infelices y para prevenir la rabia. Le pareció un buen santo y sus milagros eran espectaculares, de manera que lo aceptó. Así pues, el niño fue bautizado con el nombre de Acario, sin embargo, durante su larga vida, todo el mundo lo conoció solo como «Dollaro».

El hijo de Viollca no suscitaría solo la perplejidad de la comadrona que lo sacó de la barriga de la madre. En poco tiempo, los Casadio se dieron cuenta de que había sacado poco de su sangre: a lo mejor, el cuerpo flaco, el modo de caminar arrastrando los pies y la costumbre de estar siempre en Babia.

En todo lo demás, el niño era el heredero del misterioso universo de la madre. Aprendió a hablar incluso antes que a sostenerse en pie y enseguida demostró que tenía una labia incontenible. La palabra para Dollaro no era una necesidad, sino una vocación. En el mismo instante en que abría los ojos, empezaba a conversar con cualquiera. Si no había nadie, hablaba solo.

También Viollca había empezado a hablar antes de cumplir un año; por eso, en el clan en el que había nacido decían que estaba poseída por el demonio y le tenían miedo. Nadie pensó nunca que Dollaro estuviese endemoniado; ni siquiera el cura, que, en realidad, le cogió cariño al niño y, con los años, él mismo acabó llamándolo con ese nombre blasfemo. No estaba endemoniado. Pero Dollaro sí que era extraño. Se podía comunicar con los animales y, al igual que su madre, si desaparecían cosas y animales, tenía el don de encontrarlos. No era raro que algún vecino llamase a la puerta de los Casadio pidiendo ayuda.

—*Viollca, me ha desaparecido el caballo.*

Ella entonces llevaba a Dollaro a la orilla del Po, lo levantaba sobre la corriente y decía:

—Oh, Nivaseya, por los ojos negros de este niño, por su sangre de gitano, ¿dónde está el caballo? Puro es el niño, puro como el sol, como el agua y la luna y la leche más fresca. Dime, Nivaseya, por los ojos negros de mi hijo: ¿dónde está el caballo?

Antes del anochecer, el animal volvía con toda seguridad a la casa, o el dueño se lo encontraba en el camino.

Lo que ni su propia madre sabía era que Dollaro podía oír las voces de los muertos. Cuando estaba a punto de cumplir cinco años, el niño iba al cementerio, esperaba que los visitantes saliesen y entonces se sentaba entre las tumbas para escuchar a las almas hablar entre ellas. Nunca se dirigían a él ni parecían reparar en su presencia. Sin embargo, una tarde, el alma de una niña respondió a sus palabras. Se llamaba Susanna y le dijo que estaba bajo tierra desde mucho antes de que él naciese. Desde ese día, Dollaro adoptó la costumbre de ir a visitarla.

—Susanna, ¿cómo estás? ¿Tienes frío ahí abajo? —le preguntaba.

—Cuando llueve, el agua me cae en los ojos, pero me da igual, total, ya no notamos ni frío ni calor. Pero echo de menos el sol.

—¿Nunca tienes hambre?

—No, nunca. Pero ¿qué es lo que comes?

—He recogido moras.

—¡Ah, qué ricas! ¿A qué saben?

—Saben…, saben a moras… Toma, prueba.

Apretaba la mano para que goteara el jugo de las pequeñas frutas en la tierra. Susanna reía, aunque su boca ya no podía saborear el dulzor. Pero no todos los muertos eran como ella. A veces, encima del camposanto, pasaba el alma de una loca. De golpe las ramas de los árboles se doblaban y se levantaba un viento tan fuerte que torcía los cipreses casi hasta el suelo y hacía volar hojas de chopo, flores, virutas de madera, semillas de los campos.

—Pero ¿por qué grita de esa manera? —preguntaba Dollaro.

—Es Virginia. Está llamando a su niño muerto. Ella se mató el día del funeral y desde entonces lo sigue buscando.

Cuando el alma de Virginia pasaba cerca de ahí, sus gritos se mezclaban con el fragor de los truenos y la furia del viento que siempre llegaban después de sus lamentos.

—¡Odio esta lluvia! ¡Oye cómo araña! Todas las flores están muertas y mi niño llora… ¿Dónde está ahora? ¿Lo oís…? Tiene hambre de mi leche… ¿Dónde? ¿Dónde? ¿Dónde…?

Por fin, esa voz tremenda se alejaba. El viento paraba, los árboles se quedaban de nuevo quietos. Dollaro permanecía mudo, con las piernas temblorosas. Luego llamaba a Susanna para darse ánimos, pero su amiga rara vez respondía; a lo mejor se había quedado dormida. Entonces miraba hacia arriba: el cielo estaba de nuevo azul. Después, una multitud de mariposas caía a sus pies. Sus alas cubrían las tumbas con sus colores.

Desde que se había casado con Giacomo, Viollca había interrumpido las relaciones con su familia de origen. A pesar de que los gitanos se habían adaptado a las costumbres locales, todavía muchos de ellos se seguían oponiendo a los matrimonios mixtos. «Si te casas con un *gagé*, nuestra puerta estará cerrada para ti y para tus hijos», le advirtió el padre. Así fue, y ni siquiera el nacimiento de Dollaro consiguió restablecer los vínculos.

El amor que la unía a Giacomo ayudaba a la mujer a soportar esa separación. En cambio, nunca quiso abandonar las costumbres gitanas, si bien fueron precisamente estas las que causaron desavenencias en el matrimonio. Giacomo le permitió vestirse a su manera excéntrica, pero le prohibió practicar las artes adivinatorias, por lo que, muy a su pesar, Viollca tuvo que guardar las cartas del tarot en una caja y dejar esta al fondo del armario.

La educación de Dollaro era otro motivo de enfrentamiento. Mientras que los Casadio defendían la obediencia y la disciplina, la gitana deseaba que su hijo creciese libre y seguro de sí mismo. Así, desde que cumplió cinco años, le permitía estar por el pueblo hasta muy avanzada la noche y, en cuanto su hijo aprendió a flotar, lo dejó nadar solo en el Po.

—¡Tiene seis años! ¿Quieres que se ahogue? —la regañaba Giacomo.

—No le va a pasar nada. Yo le enseño la libertad y la valentía.

Cuando le llegó al niño el momento de ir a la escuela, Viollca trató de oponerse.

—¿De qué le va a servir? Se necesitan otras cosas para hacerse hombre.

—Dollaro irá a la escuela como todo buen cristiano. Y no se hable más —insistió Giacomo. Y esa vez se salió con la suya.

Las discusiones no mermaron la armonía de la pareja, pero el amor tampoco consiguió acabar con la profunda tristeza arraigada en Giacomo desde antes de nacer. De nada sirvieron las infusiones de su mujer, su devoción o el afecto del hijo. Llegó el día en que ni siquiera la idea de comenzar a construir una nueva arca pudo ya entusiasmar al hombre. Se pasaba los días metido en casa, sin pronunciar jamás palabra. Dejó de trabajar, luego, de comer, y, por último, de vivir.

Algunas noches, Viollca se despertaba de repente y lo encontraba de pie junto a la cama, pálido, los ojos azules abiertos de par en par.

—¡Jesús...! ¿Qué haces ahí? —se sobresaltaba ella.

—Voy a colgarme al caqui, así al menos te librarás de mí.

—¿Qué dices? Anda, ven a la cama, que vas a coger una pulmonía —lo regañaba ella.

Giacomo se encogía de hombros. Se envolvía en el tabardo y salía, desapareciendo enseguida en la niebla. Por la calle que daba a la ribera, se cruzaba con los pescadores de esturiones. Llegaban cuando todavía era de noche, arrastrando en sus carros las grandes redes de pesca. Medían hasta ochenta metros de largo y costaba mucho esfuerzo subirlas a las barcas. Giacomo veía a los hombres entrar en el río y remar hacia el centro, hasta desaparecer en la oscuridad. Si capturaban un ejemplar adulto, hacía falta la fuerza de muchos brazos para subirlos a las barcas; los esturiones, en efecto, podían pesar hasta más de dos quintales.

Parado en la ribera, Giacomo fijaba la mirada en el agua, pero en la oscuridad y en medio de la niebla no conseguía distinguir nada. Solo oía las voces de los pescadores y el ruido de las redes lanzadas a la corriente. Si tenían suerte, los hombres conseguirían capturar algún esturión y después repartirían la ganancia. Con la venta de solo un pescado, se mantenía una familia varias semanas.

Giacomo regresaba a casa cuando el cielo aclaraba. Se metía en la cama, procurando no despertar a su mujer, y pasaba horas mirando el techo. Las manchas de humedad se ensanchaban encima de él como flores monstruosas, hasta que el reflejo de un sol enfermo se filtraba por las persianas. Él pensaba en los esturiones que podían vivir hasta cien años. ¿Qué harían todo ese tiempo? Cien años, y él ni siquiera sabía cómo iba a aguantar ese día.

Tampoco la presencia de su hijo lo consolaba. Lo molestaba tenerlo cerca y no aguantaba su imparable parloteo.

—¡*Calla!* ¡Si no, te corto la lengua y te obligo a comértela! —le gritaba de vez en cuando.

Enseguida se arrepentía de ese estallido de cólera. Miraba al niño, de repente mudo. Entonces lo cogía en brazos y lo abrazaba con tanta fuerza que le hacía daño.

—*La culpa es mía* —decía. Después lo agarraba de la mano y lo llevaba a pasear por la vera del río.

Caminaban juntos en silencio: el mismo andar desgarbado, los ojos clavados en el suelo como si buscasen un tesoro oculto. Bajaban por la ribera entre las zarzas y las plantas de saúco, luego cruzaban el bosque de álamos hasta que llegaban a las planicies, que en invierno se cubrían de hielo. Dollaro miraba dentro, fascinado por los pequeños objetos que brillaban bajo la superficie resplandeciente: la hoja de un arce, una espiga, un pececillo muerto.

—¿Papá, dónde duermen los peces?

—No lo sé. A lo mejor no duermen. A lo mejor nunca se cansan.

Él, en cambio, estaba demasiado cansado para seguir adelante, y unos días después se colgó. No en el caqui de detrás de casa como había anunciado muchas veces, sino en una viga del dormitorio.

Cuando lo encontraron, todavía se balanceaba. Lo bajaron y tumbaron el cuerpo sobre la gran mesa de roble de la cocina. Viollca insistió en que quería prepararlo ella sola. Mandó salir a todo el mundo de allí y cerró la puerta. Lo lavó, después lo vistió con el traje de paño negro de la boda, tratando de borrar del cuello las marcas de su última pelea y del rostro la expresión triste que ni siquiera la muerte había conseguida quitarle. Desde la habitación de al lado, la familia la oyó sollozar, imprecar contra el destino, susurrarle al marido palabras de amor y luego reprocharle que la hubiera dejado con un hijo pequeño.

—¿Dónde está Dollaro? —preguntó de repente la suegra. Estaban tan quebrantados que se habían olvidado del niño. Lo buscaron por toda la casa. Lo llamaron largo rato, pero inútilmente. Cuando Viollca abrió la puerta, le contaron, nerviosos, que no encontraban a Dollaro. La gitana se concentró, tratando de hallar a su hijo entre sus pensamientos; entonces, decidida, fue hacia el cementerio.

Dollaro estaba sentado en la tumba de una niña, encorvado, con la barbilla hacia abajo. Viollca lo vio de golpe más chico, como encogido. Por un momento, le pareció un pequeño viejo.

—¿Qué haces ahí? Has conseguido que todo el mundo se preocupe —lo regaño.

Él levantó la cara. Tenía los ojos rojos y parecía asustado. Viollca se arrodilló delante de él, lo abrazó y no dijo nada más.

En el velatorio, los parientes reparaban en la expresión desconsolada que Giacomo seguía teniendo en el rostro. Todavía lo estaban velando cuando la campana de la plaza sonó tres veces.

—Más vale dormir unas horas. Nos espera un día difícil —sugirió Viollca.

Apagaron de una en una las lámparas de aceite. Dejaron encendidos solo los cuatro velones que había en las esquinas de la mesa en la que estaba Giacomo, y fueron a tumbarse.

Al cabo de pocos minutos, la puerta de la cocina rechinó. Dollaro echó una ojeada alrededor para asegurarse de que no había nadie, luego se acercó a su padre.

Le tocó la cara, aterradora y hermosa, y a continuación pasó la mano por delante de la nariz para comprobar que no respiraba. De repente, le pareció ver que los ojos de su padre se movían, que seguían sus movimientos en la penumbra. Dio un respingo hacia atrás y observó a su padre desde cierta distancia. Se movió hacia la derecha, luego hacia la izquierda, con gran cautela. Esperó unos segundos, pero al final lo venció la curiosidad.

De nuevo se acercó a la mesa, centímetro a centímetro. Habría jurado que su padre le estaba sonriendo. Se dio ánimos y se le acercó más.

—Pero ¿está usted muerto? —le preguntó por fin.

—Eso dicen —le respondió el padre con un suspiro.

—¿Y qué se siente cuando uno está muerto?

—Es como cuando sueñas que corres, pero no lo logras, o quieres gritar, pero no te sale la voz.

—¿Cómo en los cuadros? —preguntó entonces Dollaro, recordando los cuadros de la iglesia.

—Sí, como cuando las cosas parecen de verdad y crees que las puedes agarrar, pero no lo consigues.

—Si nos quería, no tenía por qué morir —dijo de golpe el niño.

—Claro que os quiero. Os quiero mucho, a ti y a mamá. Pero a veces eso no es suficiente.

—¿Por qué?

Giacomo no pudo encontrar una respuesta.

Dollaro pensó que su padre no había sido capaz de vivir por toda su melancolía; Susanna, en cambio, se reía incluso bajo tierra. Concluyó que solo quien es triste en la vida lo sigue siendo también después de muerto.

—Pero ¿se siente mejor ahora que está muerto? —le preguntó entonces.

—*Al menos he dejado de sufrir* —suspiró de nuevo.

Padre e hijo charlaron largo rato de la muerte y de los buñuelos dulces, de los juegos preferidos de Dollaro, de caballos, de la gente de Stellata y de los peces del Po, que no dormían nunca. El niño también le habló a su padre de Susanna y de los gritos espantosos de Virginia.

Según hablaba, reparó en que su padre ya no estaba tan triste. Entonces le preguntó:

—Papá, ¿volvería a estar vivo?

Tras esa pregunta, Giacomo cambió de tema, dijo que estaba cansado.

—Pero ¡qué dice! Los muertos no se cansan.

—Cómo que no. Nosotros también necesitamos descansar, ¿qué te crees?

Dollaro entonces lo besó varias veces en la frente. Por fin, salió de la cocina, pero sin volverse, incapaz de apartar la mirada del rostro de su padre.

Por la mañana llevaron a Giacomo al cementerio. Fue un funeral sin misa porque la Iglesia no perdonaba a los suicidas, pero al final el cura aceptó bendecir el cuerpo y permitió que lo metieran en la capilla de la familia. A lo largo del perímetro de las paredes había varios nichos. En el centro estaba la tumba más grande, donde, debajo de una pesada lápida de mármol, yacían los cadáveres más recientes.

De vuelta en casa, Viollca fue al dormitorio, abrió el armario y sacó la ropa de su marido. Estaba desgreñada y tiraba al suelo la ropa de Giacomo con tanta rabia que la familia se inquietó. Por último sacó al patio camisas, pantalones y calzoncillos del hombre que había amado y lo quemó todo, como solía hacer su gente con la ropa de los muertos.

Los parientes observaban la hoguera, estupefactos. Alguien dijo que había que detenerla, que era un feo gesto desprenderse tan rápido de las cosas de un difunto.

—Es el dolor. Dejadla, pobrecilla —la excusaron los suegros.

Esa noche, Viollca, abrumada por el luto, no conseguía conciliar el sueño. Pensaba que la culpa de ese sufrimiento la tenía ella: se había enamorado de un *gagé*, y por eso había sido castigada. Tendría que haberse casado con alguien elegido por su padre, como habían hecho sus hermanas. Él, sin duda, le habría encontrado un hombre fuerte y sano, un marido sólido, no como Giacomo, con sus fantasías peligrosas.

Luego Viollca se fijó en su hijo. Dollaro era extraño. Desde que iba a la escuela, además, pensaba demasiado, y eso solo podía causarle problemas. Encima, esa costumbre de estar todo el día en medio de las tumbas... De golpe sintió miedo: ¿y si en él también se había desarrollado el hábito de vivir de sueños y extravagancias? ¿Y si, de mayor, trataba de quitarse la vida?

La mujer se levantó de la cama y se dirigió resuelta hacia el armario. Sacó de ahí una caja de madera, forrada de terciopelo y con el borde de plata. La abrió. Contenía una muñeca de trapo sin un ojo, los pendientes de turquesa que le habían regalado los suegros el día de la boda y una cola de zorro; había también bolsitas de semillas, un broche de perlas y, por último, su baraja del tarot. Viollca cogió las cartas. Después de la boda no había vuelto a interrogar el destino, por la promesa que le había hecho a su marido, que no quería tener como esposa a una adivina. Mientras él vivió, Viollca había mantenido su palabra, pero ahora Giacomo estaba muerto y ella tenía que saber.

Con las cartas en la mano, la gitana se sentó en la cama. Un viento impetuoso llegó desde lejos, agredió a la casa y abrió la ventana. Una ráfaga irrumpió en la habitación y apagó la única vela. Viollca corrió a cerrar las contraventanas. Estaba despeinada y parecía que el corazón se le quería salir del pecho. Encendió la vela y se dispuso a cortar la baraja. Cerró los ojos, haciendo caso omiso a las ráfagas que fuera doblaban los árboles y tiraban al suelo docenas de pájaros sin vida. Se concentró en las cartas hasta que las sintió vivas entre los dedos. Solo entonces invocó:

—Creo en el Sol y en Dios, y por medio de estas cartas llamo al espíritu de los muertos, que tienen en la boca la magia de la tierra y la voz del viento.

Esparció las cartas por la cama. Hacía frío, pero ella ni se percató. Dio la vuelta a la primera carta y salió El Ermitaño invertido: exceso de espiritualidad, sueños, alejamiento del mundo.

—Ese es Giacomo —murmuró.

La carta confirmaba sus miedos: al casarse con él, había dado inicio a una estirpe de soñadores, de gente melancólica y destinada a sufrir, tal y como le había pasado a su marido.

Dio la vuelta a la segunda carta y salió La Luna: lejanía de toda lógica, el universo nebuloso de los sueños, el misterio y la locura. ¡Otra confirmación! Su hijo y sus descendientes iban a ser unos visionarios como Giacomo: gente propensa a vivir de ilusiones y, en consecuencia, infeliz. Pero ¿por qué el símbolo del misterio y de la locura? Había que elegir las cartas del oráculo final. Primero salió el Cinco de Espadas invertido: infortunio, muerte y pérdida de la razón. Luego la segunda carta: Los Amantes, de nuevo invertida. Se trataba, pues, de un matrimonio nefasto. Faltaba la última carta, la definitiva: Viollca le dio la vuelta, y salió El Diablo.

El viento paró de golpe y el tiempo pareció detenerse. La habitación quedó sumida en un silencio sobrecogedor. Viollca se sintió flotar, sin peso, en un estado de total suspensión. Hasta la cama en la que estaba sentada pareció elevarse unos centímetros del suelo.

En la carta había dos figuras: en el centro estaba el demonio, con patas de cabra, cabeza con cuernos, órganos genitales masculinos y mamas femeninas. A su derecha y su izquierda, un hombre y una mujer, desnudos, la mirada soñadora, pero encadenados. Viollca pensó enseguida en dos amantes infelices, atados el uno al otro en una cárcel. Después se concentró en la imagen del diablo: en su vientre había un rostro, un pequeño ser. Debía de tratarse de un niño, quizá, de un feto. Observaba ese detalle tratando de descifrar su secreto, y de repente tuvo una arcada.

Notó que el mensaje se volvía más claro... Una unión equivocada..., un matrimonio en el seno de esa familia de soñadores... y una desventura enorme, una muerte trágica..., quizá más de una, y vinculada a un niño, o a un embarazo.

Cuanto más se adentraba Viollca en el misterio contenido en esa carta, más aumentaba su angustia. La gitana cerró los ojos, asustada, concentrándose en el intento de averiguar más. ¿Quién de la familia iba a vivir esa tragedia? ¿Cuándo y cómo ocurriría? Pero solo se le aparecieron imágenes desenfocadas: vio agua, un remolino de agua negra...

De golpe, Viollca se sintió arrastrada, caía al torbellino. Le faltaba el aire..., iba a ahogarse... Se llevó las manos a la garganta, hizo acopio de fuerzas, abrió mucho la boca y lanzó un grito.

Sentada en la cama, temblando, trató de comprender qué le había pasado. Miró las cartas, desconsolada. Luego, con un gesto de la mano, las arrojó al suelo.

Tenía que avisar a Dollaro y, a través de él, también a sus hijos y nietos. Toda la familia debía saber, todos debían comprender el horror que los amenazaba. Los Casadio llevaban la locura en la sangre y, antes o después, ese perseguir sueños imposibles los conduciría a la ruina. Había que estar alerta, apartarse de las pasiones insensatas, de los enamoramientos locos. Había que hacer de todo para evitar la tragedia, detener como fuera esa unión maldita.

Dollaro no le dijo nada a nadie sobre la noche en la que había hablado con su padre muerto. Después del entierro volvió al cementerio para tratar de encontrar de nuevo la voz de su padre entre la tranquilidad de las lápidas y el aroma dulzón de las flores, pero desde el día del funeral no había podido hablar con él ni había oído la risa de Susanna o los gritos de Virginia cuando llegaba un temporal. Al principio, esa ausencia lo entristeció, pero después pensó que tal vez fuera mejor así.

Se hizo alto, flaco como Giacomo y con su sutil inteligencia, pero tenía los ojos negros y la labia hechicera de su madre. Viollca comprobó con alivio que, al revés que Giacomo, su hijo demostraba un temperamento sereno y un carácter jovial. Se iba convenciendo de que sus miedos estaban infundados, hasta que se dio cuenta de que Dollaro había heredado del padre la timidez con las mujeres. Si se encontraba delante de una chica, de repente se ponía a balbucear; si una se le acercaba, se iba corriendo. Tanto es así que cumplió veintinueve años sin haber tenido nunca novia.

Entonces, Viollca decidió intervenir. Se fijó en una tal Domenica Procacci: una chica robusta, práctica, de constitución sana y de principios firmes. Una vez que supo que la chica sentía simpatía por su hijo, Viollca llamó a Dollaro. Le habló de ella y le dijo que, antes de nada, había que consultar las cartas del tarot. Viollca recurría a ellas solo en raras ocasiones, pero ¿había algo más importante que la felicidad de su único hijo?

—Es la decisión más importante de tu vida; no puedes cometer errores —le explicó, barajando. Le hizo elegir siete cartas y empezó la lectura.

Cortó varias veces la baraja, y siempre salió el Arcano VI: la carta de Los Amantes al derecho.

—¡El Triunfo del Amor! —exclamó Viollca.

—Pero si ni siquiera he hablado con ella.

—Tendrás toda la vida para hacerlo.

Sin embargo, el hijo callaba.

—¿Qué pasa, es que no te gusta? —lo apremió la madre.

—Es demasiado silenciosa. Nunca la he oído decir una sola palabra.

—Solo faltaría que te casaras con una que tuviera tu misma labia. No harías nunca nada en la vida. La chica es sana y no tiene pájaros en la cabeza. Eso es todo lo que hace falta.

—Pero yo no estoy enamorado de ella.

—Mejor. Cásate con una que sepa cocinar, una mujer fiel y con buenas caderas para parir muchos hijos. Lo demás no son más que fantasías.

—Pero usted estaba enamorada de papá.

—Precisamente. Y mira de qué me ha servido. Tú no debes cometer el mismo error.

Sin embargo, él seguía sin estar convencido. Viollca comprendió que había llegado el momento de revelarle lo que, muchos años atrás, había leído en las cartas.

—Dollaro, ahora escúchame bien, porque en lo que me dispongo a decirte está oculto el destino de nuestra familia. Cuando tu padre murió, yo tenía miedo, no sabía lo que nos esperaba. Así que les pedí a las cartas que me revelaran el futuro. Vi cosas terribles, hijo mío… —Y le contó lo de las imágenes del diablo, del pequeño rostro en el centro de su vientre; le contó también lo de la pareja de los ojos soñadores, encadenada, y de una desgracia. Muertes trágicas; había un niño involucrado. Por último, le reveló la terrible experiencia del remolino de agua negra en el que había caído—. No sé cuándo ocurrirá todo esto, o a quién. Pero las cartas me han puesto en guardia: los sueños son insensatos, Dollaro, las pasiones ciegas son cadenas que arrastran un remolino que mata. Con las cartas nunca me he equivocado. Has de tener cuidado. Elige una mujer usando la cabeza, sin hacer caso al corazón. Solo así estarás a salvo.

Él la miraba, serio. Unos instantes de silencio, luego rompió a reír.

—¿Y tendría que casarme con Domenica Procacci por lo que usted vio en las cartas hace más de veinte años? ¡Es ridículo! No se ofenda, madre, pero he aceptado que me lea las cartas solo por complacerla.

Se levantó de la mesa, besó a su madre en la frente y se encaminó hacia la salida.

—No debe preocuparse por mí. Con la suerte que tengo con las mujeres, nunca encontraré esposa —le dijo desde la puerta.

Viollca se quedó sentada a la mesa, desconsolada, pero en

absoluto convencida. Una expresión de desafío empezó a abrirse camino en su rostro: su hijo no iba a salirse con la suya. Por las buenas o por las malas, seguiría sus consejos.

Esa misma noche, Dollaro decidió ir a cazar ranas. Era más fácil cogerlas de noche que de día, inmovilizándolas con la luz de la linterna. Cogió la lámpara de aceite y la red, y se puso en bandolera un saco para guardar ahí las ranas capturadas. Fue hacia un canal grande que no quedaba lejos de su casa, en un lugar que había descubierto hacía poco y que estaba repleto de ranas.

Era una noche sin luna y todo alrededor se hallaba completamente oscuro; se dio cuenta de que en la lámpara casi no quedaba aceite, así que decidió guardarlo para la captura y la apagó.

Llegó al pequeño puente de madera para cruzar a la otra orilla. No se veía nada. Avanzaba con cautela, procurando no caer al canal, pero tropezó dos veces. *«¡Maldita sea! Más vale encender la lámpara no vaya a ser que...».* Sin embargo, antes de terminar la frase, cayó al agua. Trató de subir, pero el saco para las ranas se había enganchado en algún sitio. Y aunque tiró una vez, y otra, no pudo soltarse. Alrededor, todo estaba oscuro. Le faltaba el aire. Tenía que desengancharse enseguida... Buscó a tientas el punto al que estaba agarrado. La sangre le pulsaba en las sienes, y seguía forcejeando, empujando y tirando, pero luego se dijo que ponerse nervioso era peor y que debía calmarse. Entonces ocurrió. Fue como si su espíritu lo estuviese abandonando, como si se estuviera desdoblando, y ya no fuese el hijo varón de Giacomo Casadio, sino una mujer. Sintió que le apretaban los anillos en los dedos; sintió los largos cabellos ondear en el agua, acariciarle el rostro...

Ya no aguantaba más. Tenía que abrir la boca para no ahogarse. Haciendo acopio de sus últimas fuerzas, tiró otra vez del saco y se soltó.

Subió a la superficie y abrió la boca, lanzando un grito.

Agarró un palo, al que permaneció sujeto hasta que respiró bien; después, sujetándose a las tablas del puente, se dio impulso y salió del agua.

Quedó largo rato tumbado, jadeando. «*¡Menuda alucinación! ¿Quién era esa mujer?*». No había sido un sueño: había notado los anillos, los cabellos... Solo entonces recordó las palabras de su madre: atrapado en el remolino de agua negra, había vivido la misma experiencia que cuando ella, más de veinte años atrás, quiso desvelar los misterios del futuro. No podía tratarse de una coincidencia: era una advertencia. La profecía era, pues, verdadera, y él tenía la misión de transmitirla a las generaciones futuras.

Al día siguiente, Viollca se presentó en la casa de Domenica con una excusa. Le robó un par de zapatos y después, de vuelta en casa, los llenó de ruda y los escondió debajo de la cama de su hijo. Por último, durante siete mañanas consecutivas, le dio de beber a Dollaro una infusión hecha con raíz de espárrago hervida en vino.

—¿Qué le ha puesto? —preguntó Dollaro, torciendo la boca cuando la probó.

—Es para proteger los bronquios.

La infusión era, en cambio, un afrodisiaco que, tomado durante una semana, provocaría en el hijo un incontenible deseo sexual.

La mañana del séptimo día, Viollca llamó a Domenica a su casa. La hizo sentarse, luego fue a despertar a Dollaro y le dijo que en la cocina había alguien que quería hablar con él. Enseguida salió, con la intención de regresar solo al anochecer.

Cuando reapareció, encontró a su hijo con la camisa fuera de los pantalones, tan desgreñado que parecía un erizo y la mirada enardecida.

—¡Por todos los santos del paraíso! —exclamó, temiendo haber exagerado con la dosis.

—*¡Madre, quiero casarme!* —proclamó el muchacho en tono exaltado.

No se puede saber si fue realmente gracias a las artes mágicas de la madre, pero lo cierto es que el de Dollaro fue un buen matrimonio. Él fue siempre fiel a su esposa; Domenica demostró ser una estupenda madre para sus ocho hijos, todos los cuales nacieron sanos, con el pelo tupido y una dentadura envidiable. Cinco vinieron al mundo con ojos azules y tez pálida; los otros tres con el pelo negro y la mirada salvaje de Viollca.

1847

Era una mañana de principios de abril. Achille Casadio, hijo primogénito de Dollaro y Domenica, cruzaba a paso rápido el gueto judío de la pequeña ciudad de Cento. Estaba muerto de hambre y no veía la hora de llegar a la posada donde solía comer cuando se encontraba por esa zona. El chico silbaba, contento. Acababa de vender dos purasangres árabes a un precio mayor que aquel que había fijado su padre. Dollaro temía que, a sus diecisiete años, Achille fuese demasiado joven para llevar solo ese tipo de negociaciones; sin embargo, lo había hecho, y muy bien. No veía la hora de regresar a casa para contárselo a su padre; pero antes tenía que llenar la barriga.

Achille Casadio era un chico pálido, de pelo rubio y ondulado y ojos claros como el agua. Desde pequeño había demostrado ser muy despierto. En la escuela, su asignatura preferida era la aritmética. Cuando el maestro no bastó para satisfacer su curiosidad, Achille empezó a acosar al párroco con preguntas, y no paró hasta que a este no le quedó más remedio que enseñarle también los rudimentos de la geometría. A los diez años, el primogénito de Dollaro sabía sumar mentalmente, calcular áreas e hipotenusas, sacar porcentajes y hacer divisiones complicadas sin necesidad de papel y lápiz. Siguió avasallando al pobre cura hasta que también le dio clases de álgebra y de física; para concluir, con tal de quitárselo de encima, el sacerdote le permitió consultar la pequeña biblioteca de la parroquia.

Domenica tenía que reconocer que, en efecto, ese hijo suyo era inteligente, pero sus manías lo alejaban de la gracia de Dios. Por ejemplo, no comprendía su empeño en poner los guisantes en filas ordenadas sobre el plato. A veces, además, encontraba los tarros de la cocina colocados conforme al tamaño, el más grande a la izquierda y así sucesivamente, hasta llegar al más pequeño. Cuando Achille la ayudaba en el campo, sus montones de nabos acababan siempre en forma de conos perfectos. ¡Era de locos! Domenica confiaba en que, de mayor, Achille ya no tuviera esas extrañas costumbres, pero las pasiones de su hijo no parecían disminuir.

A los quince años, el joven ya se había familiarizado con las obras de Galileo Galilei y Arquímedes, sobre todo con las del primero. Un día dio con una caja polvorienta escondida en la última estantería de la biblioteca parroquial. Con hermosa caligrafía, alguien había escrito en ella: *Index librorum prohibitorum*. Achille abrió la caja y, junto con el índice de los libros prohibidos por la Iglesia, encontró unos volúmenes de Galileo, entre ellos, las *Dos lecciones ante la Academia Florentina acerca de la figura, la ubicación y el tamaño del Infierno de Dante*. El chico se zambulló en el estudio de ese texto, si bien la falta de una instrucción formal hacía fragmentarias y nebulosas las nociones que conseguía extrapolar.

Algunas mañanas, Domenica lo encontraba todavía levantado, la cama intacta y los ojos inyectados por el cansancio. Estaba encorvado sobre la mesa, rodeado de un montón de hojas, compases y extrañas fórmulas que ella sospechaba que eran demoniacas.

—¿Puede saberse qué haces toda la noche levantado? —le preguntó un día.

—Estoy tratando de calcular el tamaño exacto del purgatorio dantesco —explicó Achille, resurgiendo de sus cuentas con una mirada de fanático.

Entonces, Domenica asió la escoba y empezó a perseguirlo, esperando que unos escobazos lo devolviesen a la realidad, pero Achille consiguió esquivar la ira de la madre. Así las cosas, Domenica cogió de la mesa todo lo que pudo y se lo llevó a la estufa para quemarlo. Dollaro le había contado que a su padre las ideas visionarias lo habían vuelto loco y lo habían llevado al suicidio; la suegra, después, le dio un susto de muerte, describiéndole la terrible profecía que había leído en las cartas del tarot. Domenica, aterrorizada, habló con el cura en confesión. El párroco le ordenó que no diera crédito a esos chismes, subrayando que creer en las artes adivinatorias era pecado. Sin embargo, Domenica no estaba dispuesta a correr riesgos. A medida que los hijos crecían, se aseguraba de que mantuviesen a raya los sueños más raros y de que no fuesen víctimas de enamoramientos atolondrados. Con los otros siete hijos no había habido aún problemas, pero Achille, con su maldita manía por los cálculos, no la dejaba dormir.

También Dollaro trataba de alejar al primogénito de esa pasión desmedida y, por ende, peligrosa.

—Eres igual que tu abuelo Giacomo. Mejor piensa en los caballos. Hay que almohazarlos y llevarles el forraje. Con tus ideas extravagantes no se come —le repetía.

Pero la sed de conocimiento del chiquillo no tenía límites y ningún escobazo o reprimenda paterna podían alejarlo de sus estudios.

Esa mañana de abril de 1847, el cielo sobre Cento estaba despejado y el invierno parecía un recuerdo lejano. Cuando llegó a la plaza principal, Achille reparó en un grupo de gente amontonada alrededor de la iglesia e, intrigado, se acercó. En los escalones de la entrada había un predicador: era joven, barbudo, tenía el pelo largo y muy negro y los ojos brillantes. Vestía una camisa roja y llevaba al cuello un crucifijo enorme.

—¿Quién es? —preguntó Achille al viejo que estaba a su lado.

—Ugo Bassi. Es un barnabita, pero también un combatiente valeroso.

—Si es sacerdote, ¿cómo es que no lleva túnica?

—No es un cura cualquiera. Míralo bien, chico, porque algún día podrás decir a tus hijos que viste a un héroe. Nadie es capaz de inflamar las almas como este hombre.

El viejo le explicó que, según se contaba, Ugo Bassi había tomado los votos después de una decepción amorosa, pero su vocación más profunda era la de luchar por una Italia libre del yugo austriaco. Aspiraba a la creación de una nación nueva, unida e independiente. Sus sermones eran tan sobrecogedores que lo habían hecho famoso en toda la península. A menudo, sin embargo, le habían causado enfrentamientos con las jerarquías eclesiásticas, debido a su ímpetu patriótico y a las denuncias sociales que contenían.

Atraído por el fuego que ardía en las palabras del barnabita, Achille se quedó escuchándolo. Ugo Bassi exhortaba al pueblo a luchar para liberarse del yugo del extranjero:

—El Señor no dijo en vano: «No temáis a los que matan el cuerpo, pero no pueden matar el alma». ¿Estas palabras de Dios, que hicieron que hubiera tantos apóstoles y tantos mártires por el Evangelio, no pueden ser válidas para que haya otros que luchen por la justicia?

Cuando el barnabita hubo terminado el sermón, Achille Casadio se le acercó.

—Padre, estoy preparado. Quiero ir con usted a luchar por la patria.

Ugo Bassi lo miró, perplejo.

—¿Cuántos años tienes? Hay que ser hombre para decidir poner en peligro la vida.

—Veintiuno cumplidos —mintió Achille.

Ese mismo día les escribió una carta a sus padres, informándoles de que se iba a luchar por la independencia de Italia.

Cuando Dollaro la abrió, se tuvo que sentar para recuperarse del golpe. Luego empezó a quejarse.

—Mi madre tiene razón. Los Casadio llevamos la locura en la sangre; de lo contrario, no se explica la desdicha de tener un hijo tan exaltado...

Vencido por la angustia, fue enseguida a ver a su madre para que le leyera las cartas.

Viollca tenía ya setenta años, pero ni una sola cana ni tampoco una arruga. Sin embargo, las cataratas la habían dejado casi ciega. Cuando supo lo de la carta de Achille, cogió la baraja del tarot y cortó. Empezó entonces a girar los naipes pese a que ahora, para distinguirlos, tenía que acercárselos hasta la punta de la nariz. Al principio, la gitana tenía una expresión sombría, pero poco a poco su rostro se fue relajando. En el dictamen final, esbozó una sonrisa.

—Puedes estar tranquilo: tu hijo volverá a casa sano y salvo.

—¿Está usted segura, madre?

Ella volvió a barajar las cartas y le hizo elegir otras. Esta vez las acercó tanto a sus ojos enfermos que Dollaro estuvo seguro de que las estaba oliendo.

—Hay muerte, no puedo ocultarlo... Pero mira: este es El Ángel, la carta de la resurrección.

—¡Madre! ¿De qué me vale la resurrección? A Achille lo quiero vivo, y darle un montón de patadas en el culo para que se le quiten de una vez por todas sus malditas fantasías.

—Te digo que Achille volverá. Fíjate, ¿lo ves? Es El Ermitaño. Tu hijo está con un hombre justo. En la carta figuraba san Antonio Abad, tradicionalmente retratado con una linterna, una cruz y un cerdo al lado. Viollca suspiró—. El hombre debe de ser un religioso. La linterna le señalará a Achille el camino y, a su lado, está el cerdo.

—¿Qué pinta el cerdo?

—Ya..., ¿qué pinta? —repitió Viollca, perpleja. Pensó que era demasiado vieja para esas cosas, ya no se concentraba bien. Giró la última carta y de nuevo apareció El Ángel, al derecho—. ¡Suenan las trompetas y los muertos resucitan!

—¡Otra vez con la resurrección! Es cierto que a veces los muertos nos hablan, pero nadie los ha visto nunca resucitar.

—Te digo que Achille volverá. Pasarán muchos años, pero, al final, lo veremos de nuevo.

—Pero ¿el cerdo?

—Ya..., el cerdo... —murmuró Viollca, cada vez más confundida.

En los dos años siguientes, Achille Casadio recorrió Italia de punta a cabo con el sacerdote revolucionario. Su único contacto con la familia fueron las cartas que, de vez en cuando, mandaba a Stellata para tranquilizar a sus padres. Un par de veces fue herido, pero, por suerte, solo levemente. El chico descubrió muy pronto que la guerra no era solo heroísmo, banderas tricolores y actos de valentía, sino también miedo, heridas pútridas, soledad. La guerra era frío y hambre, era los gritos de los heridos, la locura que vislumbraba en los ojos de quienes iban a morir.

Achille sufría profundamente también por el caos que regía su vida. Soportaba mal tener que ir siempre de un lado a otro, no contar con puntos de referencia y la falta de orden. Trataba de mantener una rutina que le hiciese creer que era dueño de su destino: por ejemplo, se abotonaba la casaca de abajo arriba con sumo cuidado, sin olvidarse nunca de un solo botón. Una vez, de regreso de una batalla en la que había visto morir a muchos de sus amigos, se dio cuenta de que había atado los cordones de las botas omitiendo un corchete, pero envolviendo el cordón dos veces en el corchete siguiente. Se convenció de que eso le había salvado la vida y, a partir de ese día, siempre se ató así las botas.

En los momentos de aburrimiento —a pesar de todo, bastante frecuentes—, Achille repasaba mentalmente las fórmulas algebraicas y los teoremas, y entonces sentía en su interior una nostalgia desgarradora, como si estuviese pensando en un amor lejano. En sus cartas, sin embargo, hablaba poco de sí mismo. En cambio se explayaba en la descripción de las batallas, en las acciones heroicas en las que había participado y, sobre todo, hablaba de la valentía y la generosidad de Ugo Bassi. A finales de 1848 escribía:

El 27 de octubre, en el asalto de Mestre, estuve a su lado. El padre Bassi incitaba a los soldados sin apartarse de ellos y ondeando la bandera tricolor. Todo noviembre ha sido una fuente de consuelo, ayudándonos, atendiendo a los heridos, animando a los soldados a no desistir. Por fin, hemos llegado a Ravena, ciudad desde la que le escribo. Anoche, el padre Bassi dio un discurso al lado de la tumba de Dante, atacando al enemigo con ímpetu y pasión.

Mientras Dollaro leía esa carta, Domenica se hacía una y otra vez la señal de la cruz, estremeciéndose ante la idea de todos los peligros que su hijo estaba corriendo.

—*Confiemos en que la Virgen nos ayude* —decía afligida.

Dollaro, en cambio, maldecía la manía de los Casadio de vivir de sueños y de empresas imposibles.

—*Los pobres son los que pagan siempre. ¡Seguro que los señores no se dejan matar por ideas estrafalarias!* —protestaba.

En los momentos de mayor desconsuelo, Dollaro pensaba en la lectura de las cartas de su madre, en las que había previsto el regreso de Achille. A lo mejor tenía razón. Además, si su hijo hubiese muerto, ya le habría hablado como, cuando era pequeño, él hablaba con las almas del cementerio. En cambio, de Achille no llegaba ni siquiera un suspiro. Buena señal, se decía.

A pesar de la excomunión, promulgada el 1 de enero de 1849 por Pío IX, sobre cualquiera que se atreviese a «ser culpable de un atentado contra la temporal soberanía de los Sumos Pontífices Romanos», Ugo Bassi prosiguió su lucha revolucionaria y Achille continuaba a su lado.

En abril de 1849, cuando el barnabita se unió a Garibaldi en Rieti para convertirse en el capellán de sus legiones, el joven escribió a sus padres:

> El 27 de abril llegamos a Roma, pero por la noche, temiendo los ataques del enemigo, tuvimos que marcharnos. No pueden hacerse una idea de los peligros que hemos afrontado, pero Garibaldi siempre nos ha librado de ellos. Me lo imaginaba más alto y robusto. Lo cierto es que es bastante bajo, pero su figura a la grupa de su hermosa yegua blanca resulta de todos modos imponente. Las mujeres, tanto si son ricas como del pueblo, se arrojan a sus pies. A su esposa Anita le cuesta mucho mantenerlo a raya.

Tras dejar Roma, los garibaldinos cruzaron el Lacio, la Toscana y las Marcas, perseguidos por cuatro ejércitos enviados por Francia, España, Austria y el Reino de las Dos Sicilias. El 31 de julio, las tropas llegaron a las puertas de San Marino, que se consideraba territorio extranjero.

Los uniformes de los voluntarios estaban rasgados, los hombres, hambrientos y con la moral baja. Anita, embarazada de cinco meses y extenuada por la malaria, había cabalgado siempre al lado de su marido, no a la mujeriega, sino a horcajadas, como un auténtico soldado. En esos días, sin embargo, su salud había empeorado mucho.

Achille la admiraba y, como muchos otros, estaba secretamente enamorado de ella. Pensaba que algún día le gustaría casarse con una mujer hermosa y valiente como ella. Anita tenía el pelo lacio y castaño, la frente alta y un pecho tan generoso que ni siquiera la ropa masculina que se ponía para cabalgar conseguía ocultar.

Una noche, estando acampados al pie de la Roca de San Marino, Achille tuvo ocasión de hablar con ella. Tenía que entregarle a Garibaldi una misiva de Ugo Bassi, pero en ese momento el general había salido. Anita, que se hallaba sentada fuera de la tienda, lo invitó a esperar.

—José no debería tardar en llegar. Ven.

Achille se sentó a su lado. Miraba al frente, empachado, sin saber qué decir o dónde colocar las manos. Hacía mucho calor y el chirrido de las cigarras era ensordecedor.

Ella lo observaba.

—*Você parece uma crianza.* ¿Cuántos años tienes?

—Los suficientes para luchar al lado del general.

—La guerra… ¿Para qué sirve, en realidad?

—Para liberar los pueblos.

—No, *menino*: solo sirve para volver a los hombres falsos, más ambiciosos y crueles. La inventaron ellos, no para perseguir ideales, sino para acallar el miedo a la muerte y a ser mediocres.

—Yo no tengo miedo a morir.

—Guapo, y además valiente —comentó Anita, sonriendo.

Achille, emocionado por el cumplido, volvió la cabeza hacia ella. Estaba pálida, sin duda enferma, y tenía la frente perlada de sudor.

—¿Se encuentra bien, señora?

—Es este calor. Y eso que soy de Brasil, tendría que estar acostumbrada… ¿Sabes dónde está Brasil?

—¿… Debajo de los Estados Unidos de América?

Ella se rio.

—Sí, mucho, mucho más abajo. Ahí es donde José y yo nos conocimos. —Se lio un cigarrillo y lo prendió—. La gente se escandaliza si ve fumar a una mujer, pero a mí me da igual.

Le contó de su juventud rebelde, de cómo su madre, cuando ella tenía catorce años, la había obligado a casarse con un hombre al que no quería.

—Me decía que una mujer tiene que estar en su sitio, y a mí ese sitio me quedaba muy pequeño. Hasta que, un día, conocí a José. Estuvo mirándome toda la noche, y por fin se me acercó. Dijo solo tres palabras: «Debes ser mía», pero fueron suficientes. Cuando José estuvo listo para marcharse, yo dejé a mi marido y lo seguí. Nunca he mirado atrás.

—¿Echa de menos Brasil?

—Un poco. Es un hermoso país, ¿sabes? Demasiada pobreza, pero también mucha belleza.

—Cuando acabe esta guerra podrá regresar.

—No habrá tiempo —dijo ella en voz baja.

A Achille le pareció que las palabras le morían en la boca.

—¿Dónde está tu familia? —continuó Anita, cambiando de tema.

Él le habló de su pueblo pegado a la ribera del Po, de su padre, que se llamaba como la moneda americana, y de su abuela, que era gitana y que llevaba siempre plumas de faisán en los cabellos.

Ella se rio alegre y el aire de alrededor pareció volverse más leve.

—Apuesto que en casa hay una chica guapa esperándote.

—¿A quién, a mí? No... Algunas chicas me han gustado, pero no sé si alguna vez me he enamorado.

—Cuando te enamores, lo sabrás. No te cabrá ninguna duda.

—¿Puedo hacerle una pregunta?

—Claro.

—¿Qué se siente cuando uno se enamora?

Ella esperó un poco, y por fin respondió:

—Es un círculo que se cierra. Conoces a alguien y, desde el primer momento, ya sabes que esa persona lo será todo, será lo bueno y lo malo, sabrás lo que te regalará y cuánto te hará sufrir.

Como las tropas austriacas habían rodeado los campamentos situados al pie de la Roca de San Marino, Garibaldi intentó huir.

Superando grandes dificultades, en la noche de entre el 1 y el 2 de agosto, los doscientos cincuenta fugitivos garibaldinos llegaron a Cesenatico. Anita todavía cabalgaba al lado de su marido. A las tres de la madrugada, después de vender los caballos y de reunir provisiones, los fugitivos zarparon con rumbo a Venecia, donde pretendían prestar ayuda a los revolucionarios que estaban luchando ahí. Garibaldi insistió en que Bassi subiese a su embarcación y, como el sacerdote y Achille ya eran amigos fraternales, recibieron a bordo también al chico.

Durante todo el día siguiente, la navegación fue tranquila. Llegada la noche, los hombres prosiguieron la travesía hacia el norte, convencidos de que la oscuridad los protegería. Los traicionó la claridad de la luna. Fueron sorprendidos por una goleta austriaca, que empezó a disparar y a lanzar bengalas. Varias embarcaciones se rindieron. Solo cinco, la de Garibaldi entre ellas, consiguieron ponerse a salvo.

Tras varias peripecias, los hombres llegaron a Comacchio. En la posada donde se quedaron, alguien reconoció a Garibaldi y a Ugo Bassi, y los denunciaron. En el último momento, el general consiguió huir con su mujer y algunos soldados, pero el barnabita fue arrestado junto con otros tres hombres: Fabrizio Testa, Giovanni Livraghi y Achille Casadio.

Los cuatro fueron llevados a Bolonia, a la cárcel de la Caridad, donde unos días después se les leyó la sentencia de muerte, sin que se hubiese celebrado ningún juicio.

Desde su celda, Achille escribió una carta de despedida a sus padres.

Desde esta cárcel, queridos madre y padre, os escribo esta mi última carta. Más que por mi vida, lloro por el dolor que mi muerte les va a causar. No desesperen, y piensen que muero orgulloso de mí mismo y por un ideal que lo merece. Los abraza y besa, con todo su afecto,

Su hijo Achille

Sobre el mediodía del 8 de agosto de 1849, los cuatro condenados a muerte fueron dejados solos con unos sacerdotes, encargados de oír las confesiones y de darles la extremaunción.

Achille estaba sentado cabizbajo, destrozado. Ugo Bassi pensó que lo mejor para él sería gritar, desahogar su dolor. Se le acercó.

—Yo soy el que te hago morir, y no me lo puedo perdonar. Cuando te conocí, en Cento, te pregunté la edad y me di cuenta de que no podías tener veintiún años. Tendría que haberte mandado volver a casa, pero en tus ojos vi tanta indignación, tanta valentía... Y comprendía que iba a ser imposible disuadirte.

—No pueden ajusticiarnos así, sin que nadie nos defienda, sin siquiera un juicio.

—Lo sé, pero el juez hasbúrgico es un monstruo de dos cabezas: juez y jurado a la vez. He pedido clemencia al menos para ti y para Fabrizio, ya que todavía no sois mayores de edad. Confío en que eso sirva para remover la conciencia de los austriacos. Ánimo —concluyó. Y lo abrazó.

—¿Y Garibaldi, padre?

—Está a salvo, pero Anita ha muerto.

Llegó la hora de la ejecución. Encadenados por las muñecas, a los cuatro hombres los hicieron subir a un carro militar. Rodeados de soldados, y al redoble sordo de los tambores, fueron conducidos hasta la via della Certosa, cerca del cementerio. Una vez ahí, sin embargo, solo hicieron bajar del carro a Ugo Bassi y Giovanni Livraghi. Poco después, un guardia dijo a Fabrizio y Achille que seguían discutiendo si debían concederles a ellos la gracia.

Entretanto, pusieron a Ugo Bassi y Giovanni Livraghi contra el muro, uno al lado del otro. Sereno hasta el final, el barnabita pidió que fuese un sacerdote a vendarle los ojos. Después se puso a rezar el avemaría.

Profundamente conmovido, Achille pensó que su voz no había sido nunca tan armoniosa.

Ave, Maria, gratia plena,
Dominus tecum.
Benedicta tu in mulieribus,
et benedictus fructus ventrus tui, Iesus.
Sancta Maria, Mater Dei...

Una descarga de fusiles interrumpió la plegaria.

Esa noche, Achille y Fabrizio no durmieron, sobresaltándose cada vez que se oían pasos en el pasillo, temblando cada vez que sonaba un ruido.

Al amanecer, un gendarme abrió la puerta. Los dos muchachos se sentaron de golpe en los catres. Cuando vieron que lo acompañaba un cura, comprendieron que no había esperanza.

Los condujeron al mismo lugar del día anterior, en la via della Certosa. Hacía fresco y la brisa agitaba el pelo rubio de Achille. En el suelo seguían las manchas violáceas de la sangre derramada. Fabrizio estalló en sollozos, luego, balbuciendo, se puso a implorar a la Virgen. Achille Casadio no rezó. Una vez con la venda en los ojos, pensó en su padre y en su madre. Pensó también que nunca conocería el amor. La descarga de fusiles resonó en el cielo del alba. Achille Casadio cayó de lado, la mejilla apoyada en el suelo.

Su última carta a sus padres llegó unos días después de la ejecución. La recibió Domenica. Aunque la mujer era analfabeta, sintió en su interior un desasosiego extraño, como si esa hoja de papel le quemase en las manos. Fue corriendo a los campos donde estaba Dollaro para que se la leyese. Avanzaba entre los arbustos y las espinas que había en torno al sendero, pero ahí tampoco reparaba en los arañazos.

En cuanto Dollaro abrió la carta, empalideció. Abrazó a su mujer y después, rabioso, lanzó un gemido que aterrorizó a Domenica.

—Nos lo han matado... —logró decir por fin. Durante un rato, marido y mujer permanecieron abrazados, luego cayeron de rodillas, todavía juntos, demasiado destrozados como para llorar.

Por la tarde prepararon la carreta y emprendieron la marcha hacia Bolonia. Por la fecha que figuraba en la carta comprendieron que ya era demasiado tarde para abrazar a su hijo por última vez. Solo podían recuperar su cuerpo. Iban en la carreta desconsolados, sin encontrar palabras que pudieran desahogar su desesperación. Dollaro fustigaba a los caballos. Los animales estaban sudados, echaban espuma por la boca.

—Para, así los vas a matar. Da lo mismo si llegamos una hora después —comentó con amargura Domenica.

El calor ese día era asfixiante. En cuanto entraron en la pequeña sala vacía en la que estaba el féretro de Achille, al marido y la mujer los acometió una peste tan fuerte que los dos tuvieron que taparse la nariz con un pañuelo. Encontraron el ataúd cerrado.

—Quiero ver a mi hijo por última vez —dijo Dollaro a un gendarme.

—Murió hace tres días, y con este calor...

—Venga, Dollaro. Llevémoslo a casa así —intervino Domenica—. Yo prefiero recordarlo como era.

Cuando volvieron, Dollaro pidió a sus otros hijos que lo ayudaran a bajar el ataúd del carruaje. Viollca observaba la escena, tensa. «Era preferible morir a soportar un dolor semejante», pensó. Sin embargo, las cartas decían que el nieto iba a volver vivo. ¿Cómo se podía haber equivocado?

La peste era demasiado fuerte para meter el ataúd en la casa y hacer ahí un velatorio, así que tuvieron que dejarlo en la era.

Ya era de noche y, como no podían hacer nada más, Dollaro y Domenica se retiraron a su dormitorio. Durante horas, la mujer sollozó en la oscuridad. Dollaro, los ojos clavados en el techo, recordó cuando, de niño, había hablado con su padre, después de que este se colgara. Aquella conversación hizo que se sintiera mejor, hasta el punto de que después pudieron bromear, hablar de buñuelos fritos, de la gente estrafalaria del pueblo y de los peces del Po que nunca dormían... Pensando en eso, se levantó de la cama.

—¿Adónde vas? —le preguntó Domenica, alarmada.

—Vuelvo enseguida —Dollaro bajó las escaleras corriendo y cruzó la era, hasta que llegó al ataúd.

—¡Achille...! Achille, ¿me oyes? Soy tu padre...

Esperó la respuesta conteniendo la respiración. Nada.

Acarició las tablas de madera en el punto donde debía de encontrarse el rostro del chico.

—Hijo, soy yo... Te lo ruego, háblame...

Esperó. Notaba que la sangre le pulsaba en las venas del cuello, que le retumbaba en las sienes. Ninguna respuesta. Dollaro pensó que hacía muchos años que no hablaba con los muertos, pero tenía el don y hay cosas que no desaparecen como un resfriado. ¿No iba a manifestarse su don en un momento semejante? A lo mejor Dios estaba enfadado con él. Pensó en Jesús en el Gólgota, moribundo, mirando al cielo mientras decía: «Padre, ¿por qué me has abandonado?». Dollaro se sentía igual que Cristo en la cruz: nunca había estado tan solo, nunca se había sentido tan olvidado.

—Achille, te lo ruego, di algo. Necesito oír tu voz. Aunque solo sea una palabra... Pero no me dejes así de desesperado.

El ambiente era pegajoso, el hedor, insoportable. Dollaro sintió un rencor profundo contra Dios y su propia vida.

—¡De acuerdo! —gritó—. ¡Si has decidido no hablarme, al menos he de mirarte a la cara una última vez! ¡Ya veremos si después tienes las agallas de seguir callado!

Fue al armario de las herramientas y volvió con la lámpara

de aceite, un martillo y una palanca. Empezó a quitar de uno en uno los clavos de la tapa del cajón, aturdido, dominando con esfuerzo los nervios. Una vez que quitó el último clavo, levantó la tapa y acercó la lámpara al ataúd.

Dollaro Casadio abrió mucho los ojos, a continuación dio un respingo, con una exclamación de incredulidad.

Acercó de nuevo la lámpara y miró mejor, entonces se sentó al lado del ataúd. Se cubrió el rostro con las manos y empezó a llorar. Pero ese llanto, poco a poco, se transformó en una leve mueca, que enseguida fue risa nerviosa y luego carcajada que se extendió por la era, entró en la casa, subió las escaleras y llegó al dormitorio donde estaba Domenica.

La mujer se sobresaltó. No comprendía si su marido estaba llorando o riendo, pero intuyó lo que tenía que hacer. Bajó a toda prisa, descalza. Cruzó la era corriendo y en camisón.

Encontró a su marido agachado en el suelo y no, no cabía duda: se estaba riendo como un descosido.

—Dollaro... ¿De qué te ríes, te has vuelto loco?

—Nunca me he sentido tan bien.

—No blasfemes y cierra enseguida el ataúd.

—¡El cerdo! Eso es lo que mi madre vio en las cartas —decía Dollaro entre lágrimas.

—¿Has perdido la razón?

—Un *gugét*, Domenica... Un cerdo, diantres. ¡Estábamos a punto de dar sagrada sepultura a un puerco!

El olor a vinagre en la nariz. Una luz que deslumbra. Los ojos duelen, pero poco a poco se acostumbran. Luego el perfil de una ventana, una mesita blanca sobre la que hay una lámpara de aceite y un ejemplar de los Evangelios.

Un rostro de chica se inclina hacia él: el cutis muy blanco, la boca pequeña. Tiene ojos verdes, pestañas y cejas claras.

—No haga esfuerzos, todavía está débil —murmura la joven.

Él nota su olor a limpio, a naranja y jabón. Advierte también que lleva cofia y hábito gris de novicia.

—¿Dónde estoy? —le pregunta.

—En el convento de la Visitación. Lo han traído los sepultureros, a escondidas. Es un milagro que haya sobrevivido.

Achille empezó a recordar: la venda en los ojos, la imploración de Fabrizio, la orden de disparar. Después, la oscuridad.

—Llegó aquí completamente cubierto de sangre, pero solo tenía heridas en brazos y piernas. Hasta los austriacos se habrán apiadado cuando llegó el momento de disparar a dos personas tan jóvenes. Algunos soldados debieron de apuntar al muro, los otros, hacia partes no vitales. El muchacho que estaba a su lado murió. Cayó encima de usted, y usted estaba cubierto de su sangre. Eso también lo habrá ayudado.

—Pero ¿y el examen del médico? Porque siempre comprueban si...

—El latido debía de ser tan débil que ni el propio médico lo oyó —lo interrumpió la chica—. O a lo mejor también él decidió brindarle una esperanza. Ya lo habían metido en el cajón para entregarlo a su familia. No se impresione, pero el suyo ya estaba clavado. Después, uno de los sepultureros oyó un quejido, y por eso usted se salvó. Lo trajeron aquí porque es un sitio seguro, pero, cuando llegó, no tenía sangre. Ha estado entre la vida y la muerte una semana. ¿Sabe cómo lo llaman las hermanas? Lázaro. —La novicia se rio, mostrando una fila de dientes pequeños y un par de hoyuelos—. Me llamo Angelica —continuó—. Aquí en el convento solo hay monjas y, como todavía no he profesado ni los votos simples, me han encargado a mí que lo atienda.

—Dígale a la madre abadesa que le estoy muy agradecido y que me marcharé en cuanto pueda.

—Entretanto, piense en recuperarse.

—Tengo un fuerte dolor en la mano izquierda, todo el brazo me duele mucho...

Ella le tocó un hombro.

—Achille... Se llama usted Achille, ¿verdad? Ya no tiene brazo. El médico ha tenido que amputarlo por debajo del codo. Pero al menos está vivo, y, por suerte, era el izquierdo.

Sin un brazo, ya no podía hacer la revolución. Fue lo primero en lo que pensó Achille y también lo que más le dolió.

—Mis padres deben de creerme muerto. ¿Los han avisado?

—No. Hasta que no deje el convento, nadie debe saber que está usted vivo. Es una condición que la madre abadesa impuso para acogerlo. Sé que debe de ser terrible para su familia, pero era necesario para salvaguardar a las hermanas.

—Pero... el ataúd, ¿cómo lo han entregado?

—Con un cerdo dentro. Al sepulturero se le había muerto uno todavía pequeño y lo metió ahí.

Achille permaneció escondido en el convento dos meses. Al principio, Angelica pasaba tiempo a su lado, pero, cuando empezó a recuperarse, las visitas se espaciaron. Iba a la celda del chico solo para dejarle las comidas, cambiarle las sábanas o llevarse la ropa sucia. En esas breves ocasiones, sin embargo, los jóvenes charlaban un poco. Angelica tenía un temperamento vital que le gustaba a Achille. Cuando entraba en su celda, arrastraba consigo ese aroma a limpio que él había notado enseguida. Por lo demás, la novicia era la única persona con la que podía charlar un poco.

Cuando estuvo en condiciones de levantarse, la abadesa le hizo llegar una hoja con los horarios en los que podía estirar las piernas en el claustro, como también en los que podía ir al huerto sin molestar a las monjas. Ya era otoño. Achille pasaba el tiempo entre los rosales o bajo las hayas, cuyas hojas estaban amarilleando. El ambiente era fresco y el silencio de alrededor estaba impregnado de una tranquilidad tan profunda como leve. La presencia de las monjas se limitaba a los himnos que las hermanas entonaban a las horas canónicas. El resto del día solo se escuchaban los cantos de los pájaros y las voces de los campesinos que trabajaban al otro lado de la tapia.

Era como si, rodeado de tanta paz, por primera vez Achille tuviese tiempo de fijarse en la perfección de la naturaleza: la caída de una gota en una hoja, el rastro brillante de un caracol, un capullo de rosa que desafiaba el primer hielo. De vez en cuando pensaba en sus compañeros de lucha, en los esfuerzos que tenían que acometer. Se sentía culpable por estar ahí, todo el día sin hacer nada, mientras tantos arriesgaban la vida. Incluso se sentía culpable por estar vivo.

Sin embargo, ahora que se encontraba mejor, Achille se aburría, de modo que le pidió a la abadesa permiso para acceder a la biblioteca del convento. Creía que tenía solo textos sagrados, libros de oraciones o acerca de las vidas de los santos, y le sorprendió encontrar también volúmenes de ciencia, de anatomía y de física. Se los llevó a su celda y los devoró uno tras otro, con una emoción que no experimentaba desde los tiempos en los que había descubierto los libros de Galileo Galilei en la caja de los libros prohibidos.

Un día, mientras se hallaba absorto en la lectura, Angelica entró en la habitación para dejarle ropa limpia: un hábito y otras prendas pertenecientes a algún fraile, todo lo que las monjas habían podido conseguirle.

—¿Qué está leyendo?

—A Isaac Newton, un científico.

—Déjeme ver... *Principios matemáticos de la filosofía natural.* ¿No es el que trata de la teoría de las mareas y del cálculo de los equinoccios?

—Sí, ¿cómo es que lo conoce?

—Lo he leído. Me hacen estudiar, así, una vez que sea monja, podré dedicarme a la enseñanza.

—No creía que fuesen lecturas apropiadas para las monjas.

—¿Por qué?

—La ciencia siempre se ha enfrentado a la religión. Piense en Galileo.

—No es cierto que los descubrimientos científicos nieguen la existencia de Dios. Las matemáticas tienen tanta belleza y perfección, que solo pueden confirmar el origen divino del mundo.

Sorprendido, Achille no supo cómo replicar y bajó la mirada al libro.

En ese momento, Angelica vio una manzana en el suelo y se agachó enseguida para recogerla. Al hacerlo, la cofia se le cayó. Se incorporó, con la esperanza de que Achille no se hubiese dado cuenta de lo que había pasado.

Él, en cambio, la estaba observando. Sin cofia, Angelica parecía otra. El pelo, del color del cobre, era ondulado y formaba una corona alrededor del rostro blanquísimo.

—Angelica...

Ella se puso roja. Luego cogió la cofia y salió corriendo.

No hizo nada por seducirla. A pesar de su belleza, Angelica seguía siendo una novicia, una mujer que quería dedicar su vida a la oración y a Dios. Achille nunca se había planteado el problema de si creía o no creía en Dios. Pero el simple hecho de desearla lo incomodaba. Llegó a imaginársela desnuda, pero se sintió mal. Imaginársela de ese modo era como profanar un lugar sagrado.

Durante unos días, Angelica dejó la bandeja de la comida en la puerta, o bien entraba en la celda solo si estaba segura de que él se encontraba en el claustro o en el huerto. Pero, incluso cuando pareció que las cosas habían vuelto a la normalidad, ella no era capaz de mirar a Achille a los ojos. Le resultaba imposible quitarse de la cabeza su mirada cuando se le había caído la cofia al suelo. La manera en que la había observado lo había cambiado todo y ya no había manera de volver atrás.

También Achille había cambiado. Ahora, cuando se cruzaba con ella, bajaba los ojos y notaba una inquietud nueva, inesperada. Los dos se limitaban a cruzarse un saludo y alguna frase amable, después cada uno volvía a su mundo.

Octubre estaba a punto de terminar y Achille se había recuperado del todo. Un día, mientras Angelica se disponía a cambiarle las sábanas, él la detuvo:

—No hace falta, mañana me marcho.

—¿Y adónde?

—Un primo de mi padre vive en las colinas de las afueras de Bolonia. Le pediré que me aloje.

Ella no replicó, pero la idea de no volver a verlo le resultaba insoportable. Había hecho todo lo posible por quitárselo de la cabeza. Había hecho penitencia, había rezado durante horas. No se había confesado solo por el temor de que después hubiesen alejado a Achille del convento. Y ahora era él quien quería irse.

Permaneció inmóvil, con las sábanas pegadas al pecho.

—Lléveme con usted —le dijo por fin.

—¿Qué dice?

—Ya no puedo tomar los votos.

—Si es así, debe regresar a su casa.

—No quiero regresar a casa..., yo..., yo quiero estar con usted.

—Angelica... Míreme: me falta un brazo; soy un fugitivo, un bandido que arriesga la vida a cada momento. Y, además, no estoy enamorado.

—Da lo mismo.

—¿Ha comprendido lo que le acabo de decir? Yo no siento...

No pudo terminar la frase, porque ella avanzó un paso, y lo besó. Un beso al principio tímido, torpe, pero fue largo y borró en un instante a Dios, a la madre abadesa y el miedo al infierno.

Después hablaron cogidos de la mano, con una intimidad que no tenían antes.

—Piénsalo bien, antes de dejar el convento. No te arruines la vida.

—Me la arruinaría si me quedase aquí.

—¿No le temes a Dios?

Ella le acarició una mejilla.

—Pero tu rostro está tan cerca de Dios...

Cuando Angelica lo dejó, Achille no le había prometido nada, ni ella le había pedido nada. Pero la muchacha había conseguido que le dijera el nombre de la aldea donde se refugiarían. Solo esperaba que el pariente que los iba a acoger se apellidase como Achille.

Él se presentó en la casa del primo de su padre vestido con el hábito. Alfonso era un hombre de cuarenta años, bajo y robusto. El cuerpo fuerte lo había heredado de su madre, pero la tez clara y los ojos azules los había sacado de los Casadio. Al principio, le costó creer que ese fraile fuese hijo de Dollaro, el mismo que meses atrás habían enterrado en el cementerio de Stellata. Esa historia del cerdo, además, le parecía inverosímil. Tenía que admitir, sin embargo, que el parecido existía, pero ¿cómo podía estar seguro? La última vez que lo había visto, Achille tenía doce años.

—Dime el nombre del padre de Dollaro, y también el de su madre —ordenó.

—Giacomo Casadio es el padre y Viollca Toska la madre.

—¿Y a qué se dedica Giacomo? —lo apremió Ada, la mujer de Alfonso.

—Se colgó cuando mi padre era pequeño.

Los dos cónyuges se miraron.

—¿Cuánto es dos mil trescientos cuarenta y cinco por dieciocho? —le preguntó entonces Alfonso.

Pocos segundos después, el muchacho contestó:

—Cuarenta y dos mil doscientos diez.

Alfonso cogió papel y pluma e hizo la operación. Por fin levantó la vista.

—¡Achille, *hay que joderse*! ¡Eres tú!

Alfonso y Ada vivían con sus tres hijos en una casa de labranza al pie de las primeras colinas de Bolonia. Como muchos agricultores de la zona, alternaban la labranza de los campos con la cría de gusanos de seda. Alrededor de la casa había una hectárea solo con moreras, cuyas hojas servían para alimentar a las larvas. Como Achille tenía tan solo una mano, y, en cualquier caso, era preferible que no lo viesen mucho rondando por ahí, decidieron que ayudase con los gusanos. Encantada de que la reemplazaran en esa tarea, Ada lo llevó al desván para enseñarle lo que tenía que hacer.

El espacio estaba lleno de estructuras de madera en varios niveles, cada uno de los cuales tenía una reja de cañas cubierta de hojas de morera sobre las que se arrastraban las larvas.

—Los gusanos de seda son más valiosos que el oro y hay que tratarlos bien. Ante todo, tienes que acostumbrarte a desinfectar el suelo y las herramientas con agua mezclada con azufre. Los gusanos se infectan con facilidad y es importante mantenerlo todo limpio. Además, tienes que cerciorarte de que el desván esté siempre bien oreado y de que nunca haga demasiado frío ni demasiado calor. Esa estufa habrá que meterla dentro de poco. Seguimos la producción hasta los capullos, luego los llevamos a Bolonia para venderlos en la piazza del Pavaglione.

Las mariposas se ponían encima de las rejillas, hechas con cañas. Este sistema permitía la formación de lechos que, colocados debajo de las cañas, recogían los huevos. A medida que los gusanos nacían y crecían, se los trasladaba a los niveles superiores, que eran constantemente renovados con hojas frescas. Los subían ahí en manojos de brezo, preparados por Ada, y empezaban a producir los filamentos con los que hacían el capullo. Los mejores se vendían; de los otros salían las nuevas crisálidas que reanudaban el ciclo, apareándose y poniendo nuevos huevos.

Ocuparse de los capullos suponía orden y precisión, virtudes que Achille apreciaba. Así, declaró que era un trabajo estupendo y que lo haría encantado.

Dos días después de la llegada del joven, Alfonso fue a Stellata para informar a sus primos de que Achille estaba vivo. Le dio la noticia a Dollaro con cautela, temiendo que semejante revelación le diese un síncope.

Sin embargo, Dollaro no se alteró.

—Lo sabía —dijo sencillamente, y le explicó riendo que, para no despertar sospechas, iba a menudo con la familia... a llevar flores a la tumba de un cerdo.

A la espera de que la guerra terminase, Dollaro y Domenica dijeron que visitarían a su hijo al menos una vez al mes.

Al cabo de una semana de su llegada, Achille se encontraba en el desván poniendo a los capullos hojas frescas, cuando oyó el campanilleo de una calesa. Poco después, Ada lo llamó desde la era.

—*Achille, ven. ¡Te busca una chica!*

Él se asomó por una ventana: ahí, en el centro de la era, sentada en una calesa, sujetando las riendas, estaba Angelica: vestía un traje rojo, un chal y un sombrerito atado a la barbilla con un lazo.

Poco después, la chica le explicó que había dejado el convento tras su marcha, pero que sus tíos, los únicos parientes que le quedaban después de la muerte de sus padres, ahora le exigían que volviera para que se hiciese monja.

—No quieren mantenerme, y eso que en realidad dinero tienen, y mucho. Pero yo a ese convento no pienso ir —repetía.

—Siempre puedes intentarlo en otro sitio.

—Ya no quiero ser monja. Quiero estar contigo.

—Angelica, caramba, yo no tengo intención de casarme. ¿Acaso en algún momento te he dicho que te quiero?

—Ya aprenderás.

—Ahora monta en la calesa y regresa a Bolonia.

—No voy a resignarme, Achille. Volveré la próxima semana, cada semana, hasta que te convenzas.

Achille estaba desconcertado. La determinación de Angelica rompía el orden que por fin había encontrado en la casa de las moreras. No sabía cómo reaccionar ante tal vehemencia, si bien, reflexionó, la determinación era una de las virtudes que más había apreciado en Anita Garibaldi. Pero Anita era un sueño inalcanzable, mientras que Angelica estaba ahí, en carne y hueso, y lo ofuscaba.

—¡Estás loca! —le gritó, exasperado.

—Loca o sana, te quiero y volveré aquí hasta que tú también me quieras.

Achille creía que lo decía en broma, pero la chica cumplió su palabra. Desde ese día, cada jueves por la mañana, Angelica fue a la granja de Alfonso.

Al principio, Achille ni siquiera se molestaba en bajar. En cuanto oía el campanilleo de la calesa, cerraba la puerta del desván de una patada y no se dejaba ver hasta que Angelica se marchaba. Luego, poco a poco, la presencia de la chica se hizo tan habitual que él aprendió a convivir con ella. Acabaron comiendo a la misma mesa con la familia, pero en silencio, si bien ella trataba inútilmente de empezar una conversación con él. Terminada la comida, Angelica subía al desván, se sentaba al lado de la estufa y lo observaba ocuparse de los gusanos. Después, al anochecer, regresaba a Bolonia, pero antes de irse le entregaba siempre una carta. Achille la abría de mala gana solo al cabo de días, y tampoco siempre. Todas eran cartas de amor.

A Alfonso y Ada les daba pena esa chica tan menuda, aunque también muy decidida.

—Pero ¿tus tíos saben adónde vas todos los jueves? —le preguntaron un día.

—Claro que no. A ellos les digo que voy a un hospital cercano a hacer obras de caridad para ver si me vuelve la vocación. Esperan que, tarde o temprano, me convenza de regresar al convento.

—Lo sentimos, por Achille —le decían, incómodos, cuando él pasaba delante de ella sin siquiera dignarse a mirarla.

—Da igual. Si a ustedes no les molesta, volveré el jueves. A lo mejor algún día cambia de idea.

Las visitas semanales de Angelica continuaron más de un año. Llegaba cada jueves, en calesa, el caballo al trote. Ya se comportaba como una más de la familia. Ayudaba a Ada a poner la mesa, cuando terminaban de comer insistía en fregar los platos, o bien se ofrecía para cuidar a los niños. Incluso Achille, entretanto, se habituó a su presencia, como si la costumbre de tenerla por la casa hubiese hecho que se olvidase del motivo de esas visitas. Mientras, Angelica seguía escribiéndole cartas de amor y, si bien él se había jurado a sí mismo que las quemaría sin abrirlas, al final las leyó todas.

Así llegó diciembre de 1850. Era el último jueves antes de Navidad y había nieve. Para calentar los capullos, Achille había encendido la estufa grande. Estaba metiendo la leña, cuando sonó el campanilleo que, cada semana, anunciaba la llegada de Angelica. Poco después oyó a la chica deseando felices fiestas.

—Felices fiestas, querida —le contestó Ada.

—¿Y Achille?

—Está arriba con los capullos.

—Subo.

—Déjalo. ¡Ese burro no se lo merece! —masculló Alfonso.

Angelica subió rápido las escaleras y llegó al desván.

—Hola, Achille.

Él ni siquiera le respondió y siguió trabajando.

Angelica no se desanimó y le tendió una carta.

—Feliz Navidad. No la abras hasta el 25. He subido también para decirte que esta es mi última visita. No te importunaré más. —Después, rápida como había entrado, salió y bajó las escaleras de madera.

Pasaron las fiestas, y transcurrió todo enero sin que Angelica volviese. Al principio, Achille se sintió como liberado. Pero, cada jueves por la mañana, no podía dejar de asomarse a mirar continuamente por los ventanucos del desván. Esperaba el campanilleo de la calesa, pero la era seguía vacía; y, cuanto más vacía, más se abría camino en él la nostalgia de Angelica. Su necesidad de orden se había impuesto. Con sorpresa, Achille descubrió que empezaba a añorar a esa chica testaruda y decidida. Luego se acordó del sobre que ella le había entregado como último regalo. Se había olvidado de él. Fue a buscarlo y lo abrió. Contenía solo una hoja con dos ecuaciones.

$$x_1(t) = -\alpha_1 x_1(t) + R_1 x_2(t) + I_1(A_2)$$
$$x_2(t) = -\alpha_2 x_2(t) + R_2 x_1(t) + I_2(A_1)$$

Achille estuvo muchas horas haciendo cálculos, pero no consiguió descifrar las fórmulas. Las estudió varios días, devorado por su necesidad de orden, por la exigencia de encontrar respuestas claras a cada pregunta. Pero Angelica sabía muchas más matemáticas que él y esas malditas ecuaciones siguieron siendo un misterio.

Al cabo de dos semanas, devorado por la curiosidad, Achille fue a la cocina.

—Ada, ¿sabe por casualidad dónde vive? —preguntó con gesto indiferente.

—¿Quién? —lo pinchó ella.

—Venga, ya me entiende. Angelica.

—No, no lo sé. A la vista de cómo la tratabas, no se me ocurrió preguntárselo.

Achille buscó a Alfonso, confiando en que él sí pudiese ayudarlo.

—*El borrico conoce las ventajas de la cola solo cuando ya no la tiene* —le respondió Alfonso. Luego añadió—: Ven.

El hombre sacó del fondo de un cajón un sobre. Encima, en la letra menuda y elegante de Angelica, se leía: «Para Achille. Para cuando lo necesite».

El muchacho lo abrió con gesto pasmado, sintiéndose como el ratón cuando sigue el rastro del queso aun sabiendo que el gato está al acecho.

Querido Achille:
Si has abierto esta carta es porque no has sabido resolver las ecuaciones que te regalé antes de salir de tu vida. Pero, si la has abierto, significa también que has comprendido que resolver las ecuaciones era tan importante como encontrar el camino que te conducirá a mí. Escríbeme a las señas que anoto al pie y yo volveré para revelarte su significado.

TU ANGELICA

Achille mandó enseguida un telegrama. El jueves siguiente, acompañada por el campanilleo de la calesa, Angelica volvió a su vida.

No bien la vio en la era, con un abriguito azul con botones dorados y un sombrero blanco de piel, Achille sintió una extraña alegría en el pecho.

Cuando la tuvo delante, el muchacho aspiró su aroma a naranja y jabón, y se sintió feliz. Angelica le dijo:

—Venga, pongámonos manos a la obra. —Y subió con él al desván.

Se sentaron el uno al lado del otro.

—Los dos enamorados son I_1 y I_2 y la cantidad de amor que el uno siente por el otro está representada por x_1 y x_2 —explicó Angelica—. Así pues, el modelo de la teoría está representado por el cálculo... —Y empezó a aclararle las ecuaciones, llegando a la conclusión de que la manera en que se genera el amor es fruto de una serie de reglas y fórmulas concretas, que no se pueden ignorar ni descartar, pues estaba científicamente demostrado que—: Si dos partículas microscópicas interactúan durante un determinado periodo de tiempo con una determinada modalidad, y luego se separan, ya no pueden describirse como dos partículas distintas, sino que de alguna manera comparten algunas propiedades. Es un poco lo que les ocurre a dos personas que se enamoran: aunque la vida las aleje, cada una seguirá teniendo algo de la otra.

Él nunca comprendió del todo las dos ecuaciones, pero ese día, sentado al lado de ella y mientras se aventuraban juntos por los caminos luminosos de las matemáticas, Achille tuvo la certeza de que Angelica era la persona con la que quería compartir su vida.

Se casaron en secreto, en presencia solo de los padres de Achille, de los tíos de la novia y del cura. Alfonso y Ada fueron los testigos y apadrinaron a los tres hijos que en los años siguientes tuvo la pareja: el primogénito Ugo, que recibió el nombre del heroico sacerdote; Anita, en honor de la mujer de Garibaldi, y el pequeño Menotti, como el héroe de Emilia en el Resurgimiento.

1861

Terminada la segunda guerra de Independencia y una vez formado el Reino de Italia, Achille Casadio se instaló de nuevo en Stellata. En la casa de la Fossa nacieron los dos últimos hijos de la pareja: Beppe, como el general Garibaldi, y Edvige Rosa, el primer nombre como el de la abuela materna, el segundo, en honor de la madre de Garibaldi.

En los años que estuvieron juntos, Achille y Angelica se dedicaron con entusiasmo al estudio de la física y de las matemáticas. La joven, además, decidió convertirse en obstetra. Para hacer frente a la escasez de parteras, se instituyeron cursos en los hospitales. Aunque se había casado hacía poco, Angelica se matriculó con entusiasmo y, por mucho que Ada mostrase su disconformidad, pues ya estaba embarazada de su primer hijo, se diplomó.

Además de trabajar en el campo, Achille se hizo inventor. Siempre en busca de novedades y prodigios del progreso, fue uno de los primeros en Stellata que compró un modelo de segadora automática, lo que suscitó la envidia de todo el pueblo. En un cumpleaños, le regaló a Angelica una caja de madera con un objetivo de cristal y latón: servía para hacer daguerrotipos, un invento francés que captaba los rasgos de las personas en una plancha de cobre con la precisión de un espejo.

A menudo, sin embargo, Achille tendía a concentrarse en

estudios de absoluta irrelevancia práctica, como el cálculo del peso del aire o el del aliento; o bien se sumergía en experimentos relacionados con la transformación de los metales, que a Angelica le recordaban más el antiguo arte de la alquimia que la ciencia moderna. Consiguió, de todos modos, que le patentaran algunos inventos, como la máquina automática para hacer *cappelletti* y un sistema para entretener a los niños, formado por arneses sujetos a correas elásticas que se colgaban en fila de los olmos y los chopos. Sus hijos estuvieron días enteros yendo de un lado a otro, de lo más felices, mientras los padres trabajaban, o recorrían los misteriosos meandros de la ciencia. Después le tocó el turno al traje de corcho para que flotara quien no sabía nadar y el de unas espantosas muñecas mecánicas que movían los ojos y lanzaban gritos tan chillones que aterrorizaban a las niñas. En 1877, obsesionado por el hecho de que, de joven, había corrido el riesgo de ser enterrado vivo, Achille presentó en la Oficina de Patentes un ataúd especial, provisto de una veleta, «el indicador de vida». Podía accionarse desde el interior del cajón, girando una serie de manijas que movían un cuadrante que tenía fuera. Pero no se le concedió la patente: en efecto, en el Reino Unido se usaba desde hacía tiempo un sistema semejante, y ya había salvado a más de una persona.

La vida de Achille y Angelica fue larga y feliz. Vieron crecer a sus hijos y morir a los miembros más viejos de la familia. Solo el primogénito, Ugo, y Edvige, la hija menor, causaron problemas a la pareja.

Ugo, el predilecto de Achille, y con diferencia el más inteligente de sus hijos, desafió la voluntad de la familia, primero haciéndose sacerdote de la Compañía de Jesús, luego yéndose a Brasil como misionero. Achille nunca le perdonó esa decisión. Durante años, todas las esperanzas estuvieron depositadas en él. En la escuela, Ugo demostró ser tan brillante que sus padres decidieron que continuara los estudios. Achille y Angelica vendieron tierras y gastaron todos los ahorros conseguidos con las patentes para enviar a su primogénito a la universidad. Ugo era su orgullo: un simple campesino que se convertiría en licenciado, el primer Casadio que llegaría tan alto. Querían que fuese médico y que contribuyese con sus investigaciones al progreso, pero él, cuando le faltaba un año para licenciarse, dejó los estudios para hacerse novicio. Achille no se despidió el día que se marchó a Brasil y nunca respondió a sus numerosas cartas. Angelica, en cambio, pensó que ese era el justo precio que había que pagarle a Dios por su traición cuando, de joven, había renunciado a hacerse monja por amor.

Así como su marido siempre había tenido debilidad por el primogénito, la preferida de Angelica fue desde el principio Edvige, nacida cuando ella tenía cuarenta y dos años. En cuanto la vio, Angelica reconoció en los rasgos de la niña los suyos y su pelo color cobre. Cuando creció, notó que también había heredado su inteligencia y su índole romántica.

Edvige era la más hermosa de sus hijas, la más brillante y juiciosa. Desde que empezó a deletrear, sacó siempre las mejores notas, sobre todo en lectura y gramática. A la niña le encantaba la escuela. Ah, cómo le gustaba el olor de los silabarios y de los libros de lectura, y las cubiertas negras de los cuadernos, las tizas de colores. Y estaban los mapas con los ríos, los mares, los volcanes y las montañas. Su descubrimiento más emocionante fue el de que se podía reproducir cada sonido con signos. Le parecía imposible que se pudiesen formar sobre el papel los nombres de todas las cosas, pero absolutamente todas. Aprendió incluso que todas las palabras figuraban en dos grandes volúmenes forrados en piel que la maestra tenía sobre su escritorio. En ellos se leía: *Diccionario italiano*. Doña Gina le explicó cómo usarlos y esos libros se convirtieron en su juego preferido. Cada palabra que se le ocurría estaba en su sitio, en un orden preestablecido, y a ella le encantaba buscarla.

Cuando Edvige cumplió diez años, Achille la sacó de la escuela. Había hecho estudiar a Ugo, el primogénito, y después de tantos sacrificios Ugo se lo había pagado haciéndose cura. No iba a cometer el mismo error, especialmente con una chica. Angelica luchó durante meses contra esa injusticia, con la misma vehemencia y terquedad que había empleado para que su marido se enamorase de ella tantos años atrás, pero esa vez no logró su propósito.

—La ciencia y las matemáticas se las puedes enseñar tú. Lo demás es tiempo desaprovechado —concluyó el marido, y fue inflexible.

Pero era tarde: Edvige ya era una apasionada de la lectura y con el tiempo la afición a los libros acabó llenándole la vida. Empezó a pedirle novelas prestadas a su antigua maestra, y doña Gina se las dejaba encantada. Cada mes, la mujer iba a la Biblioteca Ariostea de Ferrara para regresar luego a Stellata con el bolso lleno de libros. Por medio de la maestra fue como Edvige conoció a los autores rusos. Leyó *Guerra y paz*, *Anna Karénina*, *Los hermanos Karamazov*. A continuación pasó a los escritores franceses: Hugo, Balzac, Dumas... Por último, Edvige descubrió *Madame Bovary* y se quedó deslumbrada.

En el fondo de su alma, Emma esperaba que algo ocurriese. Como los marineros abandonados, paseaba por la soledad de su existencia desesperadas miradas, buscando en la lejanía, entre las brumas del horizonte, alguna vela blanca.

¡Ese Flaubert parecía conocerla, hablaba precisamente de ella! Edvige no podía dejar de leer. Lo hacía a escondidas hasta muy tarde, a la luz de una vela.

A medida que se fue haciendo mayor, la hija pequeña de Achille se convirtió en una joven preciosa. Tenía los ojos claros, almendrados, la mirada intensa y el pelo muy tupido y cobrizo como el de la madre. No era tanto por su belleza por lo que preocupaba a sus padres, ni por el ejército de chicos que siempre la rodeaba, sino más bien por su temperamento exageradamente romántico. Así tanto Achille como el abuelo Dollaro se habían dado cuenta enseguida de su marcada tendencia a fantasear. No sufría de melancolía ni tendía al suicidio como Giacomo, pero sí era otra soñadora incurable. Edvige no quería construir arcas, pero se alimentaba de ilusiones, de fantasías amorosas que, temían, la conducirían a la ruina.

Dollaro, ya próximo a la muerte, un día se la llevó aparte y le contó, con pelos y señales, lo que Viollca había previsto, muchos años atrás, leyendo las cartas. En aquel entonces Edvige era apenas una adolescente y las palabras del abuelo la impresionaron.

—¿Cómo puede saber que todo es verdad?

—Al principio yo tampoco lo creía, pero una noche, cuando iba a cazar ranas, casi me ahogué y tuve una visión. Ahí comprendí que mi madre no se equivocaba. Sobre todos los Casadio pesan sus palabras.

También Achille estaba preocupado.

—Esa, si se enamora, es capaz de todo —advirtió.

Sus palabras resultaron proféticas. A los veintiún años Edvige se enamoró y lo hizo exactamente como una de sus heroínas literarias: con la persona equivocada, sin ninguna reserva, sin remedio.

El hombre que le cambió la vida se llamaba Umberto Cavalli. Había llegado a Stellata del litoral para casarse con una prima de Edvige, Marta Casadio. Tenía ojos verdes y una dulzura con la que se granjeaba la simpatía de todos. Marta, en cambio, pertenecía a la mitad de la familia con sangre gitana. Tenía piel oscura, mirada lánguida, nariz ligeramente aguileña y una mata de pelo negro recogida en una trenza que le llegaba hasta la cadera. La chica se enamoró locamente de ese joven, pero cuando Umberto le dijo que quería casarse con ella, le dio largas.

—Te respondo mañana —le dijo.

Pasó toda la noche dando vueltas en la cama, presa de un mal presentimiento. La familia le había metido en la cabeza ideas raras sobre los peligros de matrimonios equivocados y sobre ciertas profecías catastróficas. Cuando amaneció, pasó delante del espejo y le pareció ver el reflejo de una mujer con plumas de colores en el pelo. Sin embargo, al abrir las persianas, en el espejo ya solo vio su propio rostro.

En ese momento, una bandada de pájaros se elevó de las frondas del olmo, armando un revuelo en el cielo. «Los pájaros son una señal de mal agüero», pensó Marta. Pero el viento era fresco y el sol resplandecía. La joven decidió que un día tan bonito solo podía darle suerte. Se olvidó de los pájaros, de la imagen que había vislumbrado en el espejo, del mal presentimiento que no la había dejado dormir, y se casó con ese guapo muchacho de ojos verdes y de sonrisa cautivadora.

Fue en la mañana de la boda de su prima, justo en el atrio de la iglesia, donde Edvige Casadio vio a Umberto Cavalli por primera vez. No se dio ni cuenta de que era el novio, y cuando reparó en su error ya era demasiado tarde.

Tiempo después se diría que había sido ella quien arruinó la vida del muchacho, observándolo sin ningún pudor el mismo día de su boda. Por su parte, cuando Umberto se cruzó con los ojos de Edvige, pensó que tenía una mirada endemoniada y sintió un escalofrío. Luego, sin embargo, no podía apartar los ojos de ella. Llegó al extremo de volverse varias veces para buscarla entre la multitud de parientes, incluso cuando estuvo delante del altar.

Edvige y Umberto se evitaron durante meses e hicieron cuanto pudieron para resistirse a la atracción que habían experimentado enseguida el uno por el otro. De nada valió, y al cabo cedieron a una pasión que iba a arruinar a dos familias.

Edvige sufrió durante años el resentimiento de sus padres.

—¡Desgraciada! ¡Tenías que liarte con un hombre casado, y encima con el marido de tu prima! —la acusaban.

Hubo noches en las que, para impedirle que se viera con su amante, Angelica encerró a su hija bajo llave. Ella tenía ideas modernas y adoraba a esa hija, pero para todo había un límite.

Ahí de lo que se trataba era de no destruir un matrimonio, un sacramento inviolable.

Desde el interior de su cárcel, Edvige gritaba:

—¡Abran, si no quieren que me mate! ¡Juro que si no abren, me corto las venas!

No se cortó las venas pero, en las noches en las que estuvo presa, Edvige consiguió romper a empujones dos candados, tiró las cortinas y arrojó contra la pared varios objetos de valor.

Sus padres estaban consternados.

—Pero ¿a quién habrá salido? —se preguntó Angelica.

—¡La culpa la tienen todos esos libros! —aseguró Achille. Pero, en la hija, él percibía la vehemencia que lo había distinguido en sus días de garibaldino.

Una noche, de nuevo encerrada con llave en su cuarto, Edvige abrió las ventanas y empezó a gritar:

—¡Ayudadme, llamad a los gendarmes! ¡Me han encerrado como a un animal!

No apareció ningún gendarme, pero la familia se encontró en la puerta de la casa con un grupo de lugareños que, con la boca abierta y mirando hacia arriba, asistían al espectáculo de aquella loca.

Así las cosas, los padres decidieron alejar a Edvige de Stellata. Se iría a vivir con los hijos de Alfonso y Ada, en las colinas de las afueras de Bolonia, con la esperanza de que la distancia curase esa pasión insana. La dejarían ahí meses o incluso años, si fuese necesario.

—¡Ni por la fuerza! —despotricó la chica cuando fue informada de la decisión.

—O haces las maletas y te vas sin rechistar donde tus primos, o vendemos la casa y emigramos todos. A América, o a Argentina. Incluso a África con los beduinos, con tal de alejarte de ese infeliz —le respondió Achille sin alterarse.

Edvige comprendió que no tenía elección y, una semana después, dejaba el pueblo, sollozando de rabia y de amor.

Durante meses, la chica ignoró las cartas de sus padres, encerrándose en un silencio resentido. Pasó todo un año así. Luego, de un día para otro, empezó a escribirles cartas llenas de afecto. Les contaba que había encontrado trabajo con una costurera, que echaba de menos a la familia y que había hallado en su interior un poco de paz.

—Parece sincera —aventuró Angelica.

—No, demasiado tranquila. No me fío —replicó Achille, enroscándose el bigote con la única mano que le quedaba.

Dudaban. Sin embargo, al final, Edvige mandó una carta en la que, con mucha humildad, pedía perdón por sus excesos y le rogaba a su padre que intercediese con Marta para que la perdonase. Así las cosas, Achille ya no tuvo más reservas y se mostró dispuesto a aceptarla de nuevo en el seno de la familia.

Después de dieciséis largos meses de alejamiento, Edvige hizo de nuevo las maletas, cogió la diligencia, luego el tren, después otro tren y, por fin, se presentó en Stellata. Antes de que hubieran pasado veinticuatro horas, la relación con Umberto se había reanudado, más escandalosa que nunca.

La joven soportó los castigos del padre, las amenazas del confesor, las escenas de Marta y los remordimientos de su propia conciencia. Y, mientras su prima pasaba de un embarazo a otro, ella sacrificaba toda esperanza de matrimonio y de hijos por su amor a Umberto. La relación duraría años, hasta que cansó a los chismosos y a los curas. Se transformó, quizá por puro aburrimiento, en un hecho aceptado por todos, incluida la esposa traicionada.

Una tarde de julio, Umberto salió después de la comida con la excusa de dar un paseo con dos de sus niños. Luego los dejó jugando en una cala del río para irse corriendo donde su amante, que lo estaba esperando en el bosque de chopos. Antes de irse, les mandó a sus hijos que no se metiesen en el agua.

—Nadie va al Po hasta que yo vuelva. ¿Queda claro?

Pero era un día muy caluroso y, sofocados tras haber hecho

el amor, los dos amantes se quedaron dormidos, el uno en los brazos del otro. El bochorno flotaba en el río, las ovejas descansaban a la sombra y el chirrido de las cigarras llenaba el ambiente. La paz de la tarde la rompieron los gritos de Marta. Umberto abrió los ojos de par en par.

—Los niños...

Solo dijo eso. Enseguida se vistió como pudo y fue corriendo hacia la cala donde los habían dejado. Corría con la camisa abierta y descalzo, sin importarle las zarzas ni las espinas. En su fuero interno sentía que su vida estaba acabada.

Los dos hermanitos habían esperado largo rato la llegada de su padre. El más pequeño insistía en bañarse, el mayor no quería, pero hacía demasiado calor y, al final, ganó la llamada del río. Se quitaron la ropa y fueron corriendo al agua. Reían, daban manotazos y patadas, se lanzaban de cabeza. Se llenaban la boca de agua, asomaban la cabeza y expulsaban el agua. De repente, al más pequeño lo absorbió un remolino traidor. El hermano de ocho años lo alcanzó y lo agarró del pelo. Luchó contra la corriente, pero luego él también desapareció en el remolino.

Hacia las cuatro, extrañada por la ausencia de los hijos y el marido, Marta salió a buscarlos. Iba a ir por el sendero de la ribera, cuando reparó en un hombre que avanzaba en sentido contrario. No bien se acercó, sintió que las piernas le flaqueaban y que un sudor frío le perlaba la frente: del cuello del campesino colgaban dos serpientes de vientre blanco, las dos con la cabeza cortada.

—¿Dónde las ha cogido? —le preguntó Marta.

—Allí, justo detrás de su huerto. Estaban enroscadas entre sí.

Marta echó a correr con todas sus fuerzas hacia el río. Cuando llegó a la cala, encontró las sandalias, las camisetas, el sombrero de paja del más pequeño. Llamó largo rato a los niños, gritando sus nombres, pero ya sabía qué había pasado.

Encontraron los cuerpos tres días después, a casi diez kilómetros del pueblo. Flotaban, hinchados y azulados como ciertos peces tropicales.

Marta perdió la razón. Se negaba a comer y pasaba las noches llamando entre sollozos a sus hijos muertos. Una noche de octubre, dos pescaderos la vieron bajar por la ribera. Avanzaba a pasos lentos, los ojos de gitana clavados en el agua del Po. Vestía un camisón que le llegaba a los pies, tenía la larga trenza suelta y una cascada de cabellos negros le cubría las caderas. Los dos hombres la llamaron, pero ella siguió andando hacia el río sin volverse. Entró en el agua y enseguida se confundió con la corriente.

Los pescadores la devolvieron a tierra desmayada y con agua en los pulmones. La colocaron en la orilla cenagosa. Los largos cabellos flotaban aún en el río, formando alrededor de su rostro una enorme aureola, como una gran cola de pavo. Los dos hombres la miraban asustados y, entretanto, apretaban con las manos el tórax: de arriba abajo, de arriba abajo, con fuerza, hasta que de su boca salió un chorro de agua.

Cuando recuperó el conocimiento, Marta miró a los pescadores como si estuviese soñando. Luego dijo:

—Que Dios os maldiga a los dos. —Cerró los ojos, y la boca se le transformó en una mueca que la acompañaría hasta su último día.

La mujer no volvió a dirigirle la palabra a nadie. Se refugió en un mundo propio, basado en el odio y el rencor. Se expresaba solo asintiendo o negando con la cabeza, pero todavía se la escuchaba de noche, mientras llamaba a gritos a sus hijos muertos. Después de aquello, la familia se mudó con los tres que quedaban vivos a la casa de unos parientes en Novara y de ellos ya nunca se supo nada.

Desde el día de la tragedia, Edvige se encerró en un silencio tan profundo como la locura de su prima. La que había sido rebelde y combativa se convirtió en una criatura de carácter esquivo y mirada apagada. Se desprendió de toda su ropa, y desde entonces se vistió solo de negro.

La familia aceptó esa tragedia con resignación, como una deuda que tarde o temprano había que pagar. Ese suceso era el fruto del hecho de que fueran diferentes, siempre propensos a los sueños y a las desgracias. Era el pasado que se repetía, el resultado de haberse mezclado su sangre campesina con una sangre salvaje y extranjera. Volvieron a casa del funeral de los dos niños con los corazones abrumados, pero albergando la esperanza de que, al menos, los muertos se hubiesen quedado tranquilos. En el fondo, los temores de Viollca se habían confirmado: había habido un matrimonio desdichado, como también un remolino de agua y unos niños ahogados. Pero el espectro de Viollca no dejó de atormentar sus sueños y bien pronto los Casadio comprendieron que la profecía de la gitana seguiría persiguiéndolos.

Con el tiempo, la familia se acostumbró tanto al silencio de Edvige que casi se olvidó de ella. Cuando enfermó de sarampión y no bajó a la cocina, nadie pareció notarlo, ni siquiera su madre. Cuando era pequeña, la había querido con una intensidad que no había tenido con los otros hijos, pero esa relación ilícita le había hecho daño y, al final, también Angelica perdió la paciencia. A Edvige la dejaron sin comida tres días. Cuando la fiebre disminuyó, consiguió bajar de la cama e ir tambaleándose por el pasillo, pero se desmayó delante de la despensa, abrumada por el olor del montón de embutidos al ajo que colgaban de las vigas del techo.

Después de la tragedia, la propia Edvige llegó a la conclusión de que los libros de amor le habían ofuscado el cerebro, y juró que nunca más en la vida volvería a leer una novela. Dado que para ella casarse ya era imposible, pensó que tenía que encontrar una manera de mantenerse. En sus días de exilio boloñés había aprendido a coser, así que colocó la vieja Singer de la familia delante de la ventana de la cocina y, durante más de medio siglo, se convirtió en la costurera de Stellata, confeccionando trajes de novia para todas las mujeres del pueblo.

Al principio se la veía todavía en los días de mercado. Pasaba por el camino a Bondeno de pie en el carro, magnífica y terrible en su traje negro, los ojos azules fijos en el horizonte y aquel extraordinario pelo tupido y cobrizo suelto sobre los hombros. Con una mano sujetaba las riendas, con la otra fustigaba al caballo. Su mirada era impenetrable y en la boca tenía una mueca de desprecio. Después, con el paso de los años, fue saliendo cada vez menos. Solo se la veía en la iglesia, o en las noches de verano, cuando buscaba un poco de fresco en la ribera. Al llegarle la vejez, abandonó también las misas dominicales y los paseos por el río, hasta que el pueblo se olvidó de ella.

Edvige Casadio dejó de vivir de sueños y empezó a vivir tan solo de recuerdos. En su larguísima vida, vio morir uno tras otro a todos los parientes con los que había crecido. La bisabuela Viollca se había marchado en 1862, antes de que ella naciera, pero su padre Achille y el abuelo Dollaro hablaban tan a menudo de ella que, con los años, Edvige se convenció de que la había conocido. Cuando era pequeña, su padre solía enseñarle un daguerrotipo de Viollca. Le contaba que ese retrato se lo habían hecho cuando ya estaba muerta, para poderla recordar siempre. Habían cogido el cadáver y lo habían colocado de la mejor manera posible en una silla con brazos. Dollaro y Domenica se habían puesto a un lado; él y Angelica al otro. Delante de la gitana estaban sentados todos los nietos.

—Mi abuela ese día parecía una reina en el trono —le contó Achille—. Habíamos colocado con cuidado los volantes de la falda. ¿Lo ves? El pelo lo tenía todavía muy negro y las plumas de faisán formaban en su cabeza una gran corona. Estaba espléndida, arreglada como una Virgen, con montones de collares y anillos en todos los dedos.

—Su mirada da miedo —observó Edvige.

—Porque ella sabía ver más allá de las cosas, incluso más allá de su propia muerte.

Ese día, Ugo fue elegido como fotógrafo. En cuanto tomó la placa de cobre, Angelica fue corriendo a revelarla. A los veinte minutos volvió. Parecía confundida. Le entregó la placa a su marido, muda, y Achille empalideció: de pie, detrás de la silla de Viollca, se entreveía a un hombre flaco y huesudo. Tenía la mirada desconsolada y una soga le pendía alrededor del cuello.

Después de la bisabuela Viollca, le tocó a Dollaro. Cuando murió, Edvige tenía diecisiete años y lo recordaba bien. Su mirada era tenebrosa, de gitano, el pelo siempre desgreñado, negro hasta en la vejez. Sin embargo, la gente decía que, con el tiempo, su carácter había empezado a parecerse cada vez más al de su padre Giacomo, muerto suicida. Con los años, también Dollaro se volvió sombrío y silencioso y, como su padre, cogió la costumbre de pasear por las orillas del Po, llevándose con él a algún nieto. Edvige lo había acompañado muchas veces. De pequeña caminaba rápido para ir a su ritmo. Si salían después de un temporal, la niña corría delante del abuelo para poner a salvo a los caracoles, porque él siempre estaba distraído y podía pisarlos.

Después, a los noventa y un años, también Dollaro Casadio se despidió del mundo, viudo desde hacía mucho tiempo pero rodeado del afecto de su familia. En los días de la agonía, sus hijos y sus nietos mayores estuvieron a su lado, cuidándolo y cogiéndole la mano. Poco antes de expirar, abrió mucho los ojos.

—¿Qué le pasa, abuelo? —preguntó Edvige, que en ese momento estaba sentada a su lado.

—*Qué sueño más raro...* —dijo él. Y se echó a llorar.

—¿Qué ha soñado?

—Estaban todos los parientes de nuestra familia, incluso los que todavía no han nacido...

—¿... Los que todavía no han nacido?

—*Sí, los he visto a todos, los he visto bien.* También a tus hijos, y a los hijos de tus hijos... —respondió Dollaro, con dificultad para hablar.

—Abuelo, pero ¿por qué llora?

—Muchos de ellos no eran felices, todos perdidos tras algún sueño imposible… y además…, Dios santo, lo que he visto es terrible…

—Es por la fiebre, olvídelo.

—¡No, no lo comprendes…! Mi madre no fue capaz de comprender lo que iba a pasar, no fue capaz de ver bien… Pero yo… ahora sé qué va a pasar… Edvige, escúchame, es importante que…

Expiró a mitad de la frase. Murió llorando y a la chiquilla le pareció que seguía llorando ya muerto, mucho tiempo después de su último suspiro.

Lo sepultaron en la capilla familiar. Desplazaron la pesada losa de mármol para depositar el féretro en la tumba central, donde estaban los padres, y fue entonces cuando se dieron cuenta con estupor de que el ataúd de Viollca había sido abierto: alguien había movido la tapa y había robado los collares y los anillos. Todos pensaron en una venganza de los gitanos, quizá de la misma familia de Viollca, que nunca había aceptado su matrimonio con un *gagé*. Pero nadie se atrevió a expresar en voz alta ese pensamiento. Porque había algo más, algo más sorprendente: mientras que Giacomo no era más que un montoncito de huesos, Viollca estaba intacta. Su pelo, negrísimo, no había dejado de crecer y ya le llegaba a los pies. Las plumas de faisán también seguían ahí. Colocaron a Dollaro en medio de los dos y, mientras volvían a poner en su sitio la tapa del ataúd de Viollca, uno de los presentes tuvo la impresión de que el cadáver de la mujer había vibrado. Juró que incluso la había visto mover los ojos hacia su único hijo y que, durante un instante, pareció sonreírle.

1909

La familia Casadio seguía viviendo en la casa de la Fossa, en el mismo punto fronterizo entre la provincia de Ferrara y la de Mantua. Los suelos de barro desgastado, a los que antes sacaba brillo Viollca, después Domenica y, por último, Angelica, ahora los fregaba con tenacidad Armida, la mujer del último hijo varón de Achille. Les sacaba brillo de rodillas, con un trapo, aceite rojo, brazos fuertes y dos manos que parecían de hombre. Siempre estaba atareada con las faenas de casa, pues para ella el amor no era cosa de besos o caricias, sino de acciones concretas: asegurarse de que los niños iban a la escuela con las orejas limpias y los mandiles planchados; envasar la mermelada de albaricoque; sacar los jerséis de lana cuando llegaba el invierno y guardarlos en los cajones con alcanfor cuando empezaba el calor. Para Armida, esas eran las cosas que se quedaban en el corazón. Estaba convencida de ello, como estaba convencida de que había tenido suerte de haberse casado con Beppe Casadio: un hombre brusco, pero honrado, que además tenía muchos animales y bastantes hectáreas de tierra. En el establo había dos vacas y un caballo; en la pocilga, un cerdo y tres marranas. En el pueblo la familia Casadio era considerada pudiente, pese a que eran muchos hijos y el dinero que entraba servía sobre todo para que se vistieran con decencia y se calzaran. Ellos, al menos, tenían pan y condumio.

En aquellos tiempos paupérrimos, muchas familias de Stellata pasaban hambre. Cada año, en los días de san Martín y cuando se acababan las labores en el campo, los que no tenían un trozo de tierra se preparaban para marcharse. Metían en el carro sus cuatro pertenencias y empezaban a ir de finca en finca en busca de trabajo para la nueva temporada. Avanzaban en la niebla, los huesos débiles y un hambre nunca saciada, que hacía que los hijos estuvieran raquíticos y las mujeres desdentadas antes de los cuarenta años.

En aquella época emigran centenares del pueblo. Siguen a parientes y paisanos que ya se han ido en busca de fortuna al otro lado del océano. Y ahora escriben que allá, en América, sobra trabajo. Solo hay que tener brazos fuertes y ganas de trabajar, después el dinero llega: ¡*moni*, mucho *moni*, y ciudades con calles anchas como ríos, y edificios altos como torres, y tranvías que echan chispas, trenes rapidísimos, avenidas llenas de automóviles! Escriben que, de noche, las ciudades se encienden con tal cantidad de luces que siempre parece la noche de Navidad.

Mes tras mes, más gente sueña con irse. Venden la vaca o la mula, y se marchan con parches en los pantalones y anemia en la sangre. En la pequeña estación de Stellata toman el tren para Poggio Rusco, y ahí el que va a Milán. Les da miedo perderse, les da miedo que les roben las pocas liras que llevan atadas en los calzoncillos. ¿Y si luego no dan con el tren? ¿Y si no comprenden los nombres ni los horarios que el cura les ha escrito en un papel? En Milán hacen transbordo para Génova y ahí se embarcan en un barco de la Regia Marina para buscar fortuna en tierras de América. Llevan en la maleta las fotografías de los padres, porque ellos son mayores y prefieren morirse de hambre a irse, al menos su miseria la conocen y no da tanto miedo como esa tierra perdida en medio del océano, que solo de pensar en ella los consterna. Los que se quedan tendrán que luchar con las invasiones de insectos, las enfermedades del trigo, el miedo a una granizada en verano o a las inundaciones del río en noviembre. Todas calamidades que, de golpe, podían arruinar la cosecha entera.

En 1909, en Stellata no murió nadie. A cambio, el párroco estuvo ocupado con una cantidad espectacular de bautizos y, sobre todo, bendiciones, porque ese año en el pueblo ocurrieron rarezas como nunca antes. En pocos meses nacieron cinco parejas de gemelos; el día de Pascua, la campana de la iglesia se desplomó al suelo, y la noche de San Lorenzo la jumenta de Marietti dio a luz un potro con dos cabezas.

Corrían extraños rumores.

—Han matado demasiadas serpientes buenas. Por eso es por lo que ahora el mundo gira al revés —susurraban muchos.

—¿Qué serpientes? —preguntaba Armida, que era de Mantua y no sabía nada de esa superstición.

En efecto, en el último año, nada menos que siete serpientes con barriga blanca se habían hallado muertas en el pueblo. Algún campesino que no conocía esa leyenda, o no creía en ella, las había matado cortándoles la cabeza. Inquieta por la acumulación de rarezas, ahora la gente nunca se olvidaba de poner un cuenco de leche en la puerta de su casa.

Fue en ese año exuberante de nacimientos y de monstruosidades cuando vino al mundo la sexta hija de Beppe Casadio. Nació en agosto, de pie, y, cuando la llevaron a la ventana, lo primero que se encontró delante fue un mundo al revés: un paisaje polar en pleno verano del valle del Po.

Cuando rompió aguas, Armida estaba en el campo cortando acelgas. Llamó a Nellusco y Pasquino, los hijos que en ese momento rondaban por ahí, y soltó el pie de Amelia, la niña menor, del olmo al que la tenía atada para que no se alejase. Se la cargó a la cadera y, tambaleándose, fue hacia la casa.

Hacía un calor que quemaba las mariposas. Los campos

ardían, el bochorno era insoportable. De golpe, una sombra que cubrió casi todo el cielo ennegreció el mundo. Se levantó viento. Armida vio los árboles doblarse en medio de una oscuridad que ya parecía noche y las camisas tendidas volar como fantasmas por encima de las cabezas de los hombres. Los patos y las gallinas salieron de los corrales aleteando, mientras que de los campos segados se elevaron remolinos de briznas doradas.

Armida llegó a casa, jadeando bajo el peso del hijo en el vientre y el de la niña en la cadera. Los dolores se habían vuelto más intensos.

La primera persona con la que se encontró fue su cuñada Edvige.

—Pon agua a hervir, porque el niño ha decidido nacer —le dijo, empapada de sudor, los labios del color de la ceniza. Luego bajó la mirada: un chorro de sangre le bajaba por las piernas y corría por el suelo—. Erasmo, ve a llamar a Angelina —le gritó al primogénito—. ¡Dile que venga enseguida, deprisa! —Después, dirigiéndose a otro hijo—: Nellusco, busca a tu padre. Debe de haber ido al herrero.

Los dos chiquillos salieron corriendo, asustados por el tono alarmado de la madre y por la vista de la sangre.

—Es mejor que te acuestes. Si quieres, te echo una ojeada para ver en qué punto te encuentras —le dijo Edvige, que, con la madre obstetra, había aprendido algunas cosas.

—No pasa nada, esperaré a Angelica. Tú procura mantener a raya a los niños —le pidió Armida. Nunca se había llevado demasiado bien con su cuñada. Cuando aparecía en la cocina, vestida enteramente de negro, y con esa cara de Virgen Dolorosa, le parecía que había entrado el invierno, aunque estuvieran en pleno verano.

En ese momento, ajeno a lo que estaba ocurriendo en su casa, Beppe Casadio se encontraba en la pista de la ribera. Envuelto en una nube de polvo, se tapaba la nariz al paso de un automóvil. El Fiat Tipo 1 Fiacre se alejaba, restallando. En su interior iban el hacendado del pueblo, Samuele Modena, y su familia. Los Modena eran judíos, se decía que eran los más ricos de Stellata, y que habían hecho dinero aprovechando los préstamos que concedían a la gente pobre, si bien nada de todo eso era verdad. Sencillamente, trabajaban duro importando lana y buenas telas. Les gustaba la elegancia: él vestía a la inglesa, la mujer llevaba guantes y velete; los niños iban de marineritos, mientras que las niñas tenían trajes de encaje y un lazo de raso en los bucles.

—¡Malditos coches! ¡Solo sirven para escupir aceite y humo pestilente! —masculló Beppe. Se pasó la mano por el pelo, tan tupido y rebelde que no había manera de que se quedase en su sitio. Eran muchos los que aseguraban que esos aparatos no tardarían en reemplazar a los caballos y las calesas. Sobre todo, su loco padre Achille, siempre entusiasta de los nuevos descubrimientos y ferviente defensor del progreso. «¡Patrañas!». Beppe Casadio no apostaría ni un céntimo por esos chismes ridículos. Eran manías, cosas de ricos, sin futuro.

Estaba sumido en esos pensamientos cuando oyó que lo llamaban:

—¡Papá! Venga, mamá está mal.

—¿Es el nuevo niño? —preguntó Beppe, alarmado, los ojos negros de gitano clavados en su hijo.

—No lo sé, pero le sale mucha sangre... —respondió Nellusco, el terror en la mirada.

Los dos se encaminaron rápidamente hacia casa. El viento soplaba con fuerza y habían empezado a caer las primeras, grandes gotas de lluvia.

Mientras tanto, Armida se lavó lo mejor que pudo entre una contracción y otra, luego se tumbó en la cama y le rezó a la Virgen. Fuera, el viento hacía temblar los cristales y la verja golpeteaba sin parar, lo que ponía aún más nerviosa a la parturienta.

Pronto el dolor se volvió insoportable. Los gritos de Armida se confundían con las rachas de la tormenta, haciendo que huyeran de la casa ratones, arañas y gallinas. Los vasitos del vermú bailaban como endemoniados detrás de la cristalera del aparador.

En la cocina, Edvige había puesto al fuego una olla llena de agua y preparado las toallas húmedas y los pañales para el niño. A cada grito de la cuñada, Edvige tenía una sensación amarga en su interior. Habría querido sentir ella esos dolores. Los habría aguantado todos sin una queja. Sin embargo, ahí estaba ella, ya vieja, atendiendo una vez más el parto de otra mujer.

Entretanto, Adele, la hija mayor de Armida, trataba de calmar a sus hermanos, pero seguía llorando y ellos, asustados, no dejaban de pelearse y de montar jaleo. La única tranquila parecía Amelia, que, sentada debajo de la mesa de la cocina, comía las sobras de la cena tiradas ahí la noche anterior para los gatos.

Beppe Casadio entró en la casa, empapado de pies a cabeza. Fue corriendo donde su mujer.

—¿Ya habéis llamado a la comadrona? —le preguntó, preocupado.

—Sí, se ha encargado Erasmo. Tú lleva a los niños al establo, así no se asustan —contestó Armida. Le habría gustado que su suegra estuviese con ella para traer al mundo ese hijo, como había hecho con todos los demás, pero Angelica había muerto un año antes de nefritis y nunca como en ese momento Armida la había echado en falta.

Beppe Casadio volvió a la cocina y le pidió a Adele que llevase al establo a los niños más pequeños. Luego se sentó a la mesa, con la mano temblándole, se sirvió un vaso de vino y le sirvió otro a su hermana.

—Nunca la he visto sufrir de esa manera —se lamentó.

—Esos dolores solo dan buena suerte —le dijo Edvige, con la boca seca.

Pero Beppe, nervioso, empezó a retorcerse el bigote.

Los niños, desde el establo, se pusieron de nuevo a alborotar.

—Aquí está todo preparado para Angelina. Es preferible que vaya a echarle una mano a Adele —dijo Edvige. Y se levantó para ir con ella.

Armida vomitó y luego se tumbó de nuevo, más blanca que la sábana, esperando a la comadrona. Pero Erasmo no volvía, y, de Angelina, ni siquiera el olor. Por fin, la puerta se abrió, y el chiquillo fue corriendo donde su madre.

—No ha querido venir, pero ha dicho que vendrá antes del anochecer.

—¿Cómo que no ha querido venir? —gritó Armida.

Ese día Angelina ya estaba trajinando con dos partos difíciles que la mala suerte había programado para el mismo cambio de luna.

—¿Cuándo le empezaron los dolores? —le había preguntado al chico.

—Hará un par de horas, pero nunca la he visto tan mal.

—Dile a tu madre que tengo un parto de gemelos y el de una mujer con el niño atravesado en la barriga. Que esté tranquila, porque hay tiempo.

Sin embargo, tiempo no había. Armida había tenido cinco hijos y de eso sabía. Se tapó la cara con las manos.

—¡Dios, me muero! —gritó, sintiendo una punzada más violenta.

Beppe cogió capa y sombrero.

—Procura tranquilizarte, voy a llamar al médico.

Salió corriendo. Ató el caballo al birlocho y desapareció en la tormenta.

Armida rogaba a Dios que no se enfadase con ella. No por ella, juraba, sino por los hijos, que todavía eran muy pequeños. Adele tenía catorce años y Erasmo quince, pero los otros todavía iban a la escuela y Amelia ni siquiera caminaba.

Siguieron las contracciones entre los gritos de Armida y la furia del temporal. Por fin, entre el retumbar de los truenos y el resplandor de los relámpagos, se oyó primero un galope, al que siguió un largo relincho y, por último, sonaron pasos nerviosos.

La puerta se abrió y Beppe entró con el señor Negrini.

Armida abrió mucho los ojos.

—¿Es que estáis locos? ¿Qué hace él aquí?

—La comadrona no está y el doctor Sarti tiene mucha fiebre. Tenemos que dar gracias al cielo de que el señor Negrini haya...

—¿Dónde está Angelina? —repetía Armida, con los ojos como platos, el rostro desencajado.

—Escucha, tienes que razonar... —insistió Beppe.

—¡Que no y que no! No soy una vaca ni una yegua. ¡Quiero un médico, no un veterinario!

—Todas las criaturas de Dios nacen de la misma manera —se apresuró a decir Negrini.

Una nueva contracción le impidió a Armida replicar. Sintió que algo le estaba saliendo del cuerpo; estiró una mano, se encontró entre los dedos algo liso que podía ser cualquier cosa, menos una cabeza.

—Ay, Virgen santa... me está naciendo por los pies.

El señor Negrini ni siquiera se quitó la chaqueta. Se lanzó hacia la mujer y mandó salir a todo el mundo. La puerta se cerró de golpe.

Chorreando agua, Beppe Casadio volvió a la cocina. Fuera, el viento arreciaba y el cielo estaba tan negro que tuvieron que encender la lámpara.

Luego el viento paró y la casa se sumió en un silencio sobrecogedor. Empezó a granizar, bolas del tamaño de nueces que, en pocos minutos, cubrieron el campo, las calles, los patios, la ribera del Po, los carros de la era.

Un llanto se elevó en el aire. Beppe Casadio se puso de pie y fue corriendo a ver a su mujer: Armida tenía los labios pálidos y los cabellos empapados de sudor, pero sonreía. El señor Negrini le tendió a Beppe una toalla con una criatura roja y arrugada que chillaba.

—Otra niña, vivaz como una rana.

Había dejado de granizar. Ahora el sol se filtraba a través de las fisuras de las persianas y teñía las paredes de estelas luminosas. Beppe Casadio cogió en brazos a su nueva hija y la observó. Igual que él, había salido a la rama de los gitanos, morena y con el pelo negro. Luego llevó a la niña a la ventana, para enseñarle el mundo.

Subió las persianas y permaneció ahí, con su hija en brazos y la boca abierta. Terminada la granizada, el mundo brillaba bajo una capa blanca. Más que agosto, parecía Navidad.

—En pleno verano, y fíjate. Parece nieve. ¿Cómo la vais a llamar? —preguntó el señor Negrini.

Beppe Casadio lo pensó solo un momento.

—Neve. Se llamará Neve. Le dará suerte.

—¿Neve? ¿Qué nombre es ese? —preguntó Armida.

Fue la misma pregunta que hizo don Gregorio cuando llegó el momento de bautizar a la recién nacida. El viejo párroco se secó con el pañuelo la cabeza calva, brillante de sudor.

—Ni hablar. Tiene que ser el nombre de una santa. Una santa conocida y con un bonito nombre italiano. —Y siguió, diciendo que no continuara con los Dollaro, Menotti, Nellusco y todas esas herejías que se les ocurrían a los Casadio cada vez que tenían un hijo. La familia se estaba pasando de la raya—. ¡Neve..., lo que faltaba! ¿Y cómo iban a llamar a los siguientes? ¿Tempestad, Temporal... Diluvio Universal...? —El sacerdote se persignó. De todos modos, reflexionó, tenía que ser paciente, era la virtud de los santos. Los Casadio, a pesar de sus rarezas, eran gente honrada, grandes trabajadores y todos ellos respetuosos de la religión, no como los socialistas comecuras que proliferaban en la zona más que las setas.

Cuando llegó el día del bautizo, el cura y los padres acordaron llamarla Natalia, sin embargo, tal y como había ocurrido con Dollaro, nadie la llamó nunca con el nombre oficial. Para todos, ella siguió siendo «Neve».

La niña pasó los primeros años gateando alrededor de su madre y jugando debajo de la mesa de la cocina, entre las faldas de las mujeres y las botas embarradas de los hombres. En las noches de invierno, uno de los momentos que más esperaba era el de cuando su madre la acostaba en la cama recién caldeada por el «cura», una estructura de madera y una olla con brasas que Armida metía debajo de las sábanas. La habitación era gélida, pero, cuando su madre quitaba el «cura», la cama estaba caliente, era una guarida atractiva. Neve se acurrucaba bajo las mantas, se metía el pulgar en la boca y se dormía feliz.

De vez en cuando la niña veía a su madre o a Adele quitar las sábanas o cambiarlas y se preguntaba dónde acababan las usadas. El misterio de las sábanas desaparecidas se despejó por fin la siguiente primavera, cuando las vio reaparecer todas juntas en un caldero que su madre y Adele pusieron sobre un gran fuego, en el centro del patio. Así descubrió que las sábanas se usaban un mes por un lado, luego se les daba la vuelta y, cuando se cambiaban, las sucias acababan en el sobrado, a la espera de la primavera y del *gran lavado*. Las sábanas se hervían con ceniza, y quedaban más blancas y olían mejor que empleando jabones caros, comentaba con orgullo Armida.

Una vez que llevaba sábanas sucias al sobrado, la mujer de Beppe encontró una antigua caja de madera taraceada. Estaba en un rincón y tenía un dedo de polvo y montones de telarañas. Armida, intrigada, la cogió: parecía muy antigua y tenía un borde de metal, Empezó a frotar. «Parece de plata», pensó. Trató de abrirla, pero no hubo manera.

Bajó las escaleras con la caja bajo el brazo y fue a buscar a su marido. Lo encontró en el establo.

—Beppe, mira lo que he encontrado. ¿No tendrás la llave?

—La busco desde hace unos veinte años. ¿Dónde estaba?

—En el sobrado, pero no consigo abrirla. Parece muy antigua...

—Era de mi abuela Domenica. Decía que la había heredado de mi bisabuela Viollca... Y la caja no se toca.

Armida pensó que había perdido la cuenta de todas las rarezas de su marido.

—Pero ¿qué tiene dentro?

—Recuerdos, una baraja de cartas..., insignificancias —zanjó Beppe. Cogió la caja de Viollca, la envolvió bien con una tela de algodón y la escondió en una esquina del fondo del armario de su habitación, para que los niños no pudiesen encontrarla. Y ahí iba a quedarse, generación tras generación.

En verano, Neve iba a los campos con la madre. A ella también le llegó el momento de ser atada por un pie bajo el olmo. Los sillines con elásticos inventados por Achille habían sido abandonados hacía tiempo, después de que algunos niños hubieron caído rodando por el suelo.

Ahí, a la sombra, rodeada de bebés que apestaban a orina y pataleaban en cestas de mimbre o chinchada por niños de más edad, que correteaban medio desnudos y embarrados, Neve buscaba con la mirada a Armida, que contemplaba encorvada la inmensa extensión de trigo. Envidiaba a los más pequeños porque, si se ponían a chillar, sus madres acudían a consolarlos enseguida, con la camisa mojada, los senos ya manando leche.

De vez en cuando, la niña se quedaba dormida en el suelo caliente, con el pulgar en la boca. Se despertaba si las mujeres cantaban una canción o cuando se levantaban un momento del mar de espigas y empezaban a lanzarse pullazos, que ella escuchaba sin comprender.

—Anda, cuenta, Marisa, ¿qué haces de noche? ¡Menudas

ojeras tienes! Más vale que os tranquilicéis un poco vosotros dos, que aquí hay mucho trabajo. *Patrón*, fíjese en las ojeras que tiene hoy Marisa. ¡Más vale que se quede a dormir con nosotras, *pobrecilla*, si no, nos la va a destrozar! —Y todas se echaban a reír con ganas.

Cuando tenía que hacer pis, Neve llamaba a gritos a Adele. Ella era la hermana a la que más quería: le había enseñado a hablar, la había ayudado a dar los primeros pasos y a agarrar la cuchara. Adele se levantaba de golpe e iba al olmo. Ahí le subía el vestido, le daba la vuelta, la levantaba por las piernas y la sujetaba en el aire.

—Venga, mea.

—No me sale.

—Venga, si no, tendrás que hacerlo sola.

—Si lo hago sola, se me moja el vestido.

—Mea, allá tú, si no.

Neve entonces se concentraba. Mientras Adele la sujetaba por las piernas y los pies se balanceaban, veía caer el chorrito de pis, formarse un agujerito en el suelo y correr un riachuelo brillante por el campo.

Al anochecer, Armida soltaba el pie de Neve y se la subía a hombros como un cordero. Luego reunía a los otros hijos y, de vuelta en casa, los lavaba de uno en uno en la palangana de estaño, con agua del pozo y un jabón que hacían en noviembre, el mes de la matanza de los cerdos.

Cuando tenía cuatro años, Neve enfermó gravemente. Armida se dio cuenta de que tenía fiebre, pero creyó que no era nada serio, pues a sus hijos les pasaba con frecuencia. Por la noche, sin embargo, empezó a poner los ojos en blanco. Erasmo fue a llamar al médico.

—Hay que ingresarla enseguida —dijo el médico, serio, tras examinarla.

Beppe y Armida envolvieron a la niña en una manta, montaron en el carro y, en plena noche, la llevaron al hospital de Bondeno. Neve todavía reaccionaba, pero, pocas horas después, cayó en coma. Por la mañana no daba señales de vida.

Un médico llevó aparte a los padres.

—No hay nada que podamos hacer; está en manos del Señor.

—Pero ¿qué tiene? —insistió Beppe.

—No lo sabemos. Le hemos tomado muestras de sangre y orina, pero hace falta tiempo para analizarlas y, por desgracia, la niña está empeorando muy rápidamente. El latido cardiaco es muy débil y le cuesta respirar. Deben estar preparados.

—Mi hija todavía no está muerta —dijo Armida, firme—. No voy a moverme de aquí hasta que no la salven. —Y, con una mirada desafiante, se sentó al lado de la cama.

Durante toda una semana, Neve no dio señales de mejoría. Beppe y Armida no la dejaron sola ni un minuto. Llegó incluso el momento en que llamaron a un sacerdote para que le diera la extremaunción. Pero, la mañana del séptimo día Neve abrió los ojos, miró a su madre y dijo, con gesto tranquilo:

—Tengo hambre.

Armida se levantó de un salto y abrazó a su hija casi hasta asfixiarla. Enseguida, temblando, fue corriendo a llamar a los médicos.

Pasmados, los doctores empezaron a acribillar a la niña a preguntas. Le preguntaron su nombre, su edad, quién era la mujer que estaba a su lado. Luego le examinaron las pupilas y le hicieron seguir con la mirada el movimiento de un lápiz.

—¡Increíble! —exclamó uno de ellos, y le ordenó a Neve que se pusiera de pie. Ella trató de levantarse, pero las piernas cedieron y se cayó al suelo. Al principio, pensaron que se trataba solo de debilidad, pero se equivocaban: Neve se había quedado paralítica de la cintura para abajo.

Sus padres se la llevaron a casa, tratando de consolarse con el hecho de que, por lo menos, seguía viva. Sacaron del desván un carrito que su abuelo Achille había hecho antes de que ella naciese. Tenía dos ruedas laterales que la niña era capaz de manejar. Una vez que se acostumbrara a usarlo, Neve podría moverse con autonomía.

Beppe se iba resignando a esa situación, no así Armida: ella decidió que, si la ciencia había sido incapaz de curar del todo a Neve, entonces pediría la intercesión de la Virgen, o de algún santo, pues el milagro no podía dejarse a medias.

Fue a ver al párroco, le confió sus esperanzas y él le sugirió que fuese enseguida a Bolonia.

—Pídele la gracia a santa Catalina. Ella sí te puede ayudar.

Y le contó la historia de Catalina de' Vigri y de su milagrosa sepultura.

—Era una monja clarisa y, después de haber llevado una vida santa en palabras y obras, le llegó también el momento de reunirse con el Señor. Como era costumbre entre las monjas en aquella época, Catalina fue enterrada en el huerto de su convento, el que está en la via Tagliapietre, envuelta en una simple sábana. Pero el misterioso resplandor que se desprendía de aquella modesta tumba convenció a las monjas de exhumar el cuerpo. Pasados dieciocho días, encontraron el cadáver milagrosamente intacto, menos el rostro, marcado por las azadas y las palas. Metieron entonces a Catalina en un ataúd, a la espera de darle una sepultura más digna, pero a la mañana siguiente estaba hermosa, blanca y sedosa —explicó el cura, inspirado, y continuó—: Además, emanaba un aroma ya de azúcar caramelizado, ya de narcisos o rosas. Por eso, al final las monjas prefirieron no enterrarla y, unos años después, decidieron exponerla en su iglesia, sentada en una silla con incrustaciones de oro. Hizo falta la orden de la abadesa para que Catalina, rígida, aceptase sentarse en el trono. Desde entonces, está siempre ahí y dicen que, cuando las hermanas tienen que cambiarle el hábito, la santa las ayuda, levantando brazos y piernas para facilitarles la tarea. Son incontables los milagros que ha hecho —concluyó don Gregorio con una sonrisa bonachona.

La historia impresionó mucho a Armida. La mujer decidió

que tenía que ir de todos modos a ver a la santa para pedirle que intercediera por Neve.

Así, al día siguiente, se presentó en el convento de la via Tagliapietre con el carrito y la niña paralítica. Las monjas la hicieron pasar a la capilla donde, en penumbra, sentada en un imponente trono dorado e iluminada solo por varias filas de velas, estaba la santa.

—Quédese todo el tiempo que necesite —le dijeron antes de salir.

Armida se encontró sola ante la momia. Por suerte, Neve estaba dormida; sería milagrosa, pero a ella la santa le daba repelús, sentada en ese trono, con la cabeza inclinada hacia delante y la piel tan oscura y ajada que parecía cuero. En lugar de los ojos había dos agujeros y tenía la boca torcida en una mueca, como si estuviese enfadada. Sin embargo, Armida se dio ánimos y se puso a rezar.

Por momentos le pareció que la expresión del rostro de la santa cambiaba y hubo un instante en el que tuvo la impresión de oír incluso un suspiro. Estuvo a punto de coger a la niña y marcharse deprisa, pero luego vio a Neve durmiendo en el carrito y sintió una enorme pena. Así que cerró los ojos y siguió rezando. En el segundo rosario empezó a mascullar las palabras. Antes de llegar al final, ya dormía, con la barbilla sobre el pecho.

Cuando Neve se despertó, la madre roncaba. La niña se frotó los ojos, luego, sin poder salir de su asombro, miró el trono dorado y la extraña figura vestida de negro, el rostro del color del orujo. Le pareció una muñeca, solo que más grande. De repente tuvo la impresión de ver que una mano se movía, a continuación oyó una voz.

—*Ven, ven... Avanza, camina. ¡Yo a tu edad saltaba los fosos a lo largo!*

Neve bajó del carrito y, sin el menor esfuerzo, se acercó a la santa. Se quedó mirándola, más embelesada que temerosa, por fin, sobrepasó las filas de velas encendidas, montó en sus brazos y empezó a acribillarla a preguntas. Le preguntó cuántos años tenía, por qué su piel era tan oscura, por qué tenía tantas arrugas, y cómo era que hablaba si estaba muerta, y por qué estaba en el trono si...

—¡*Vale, vale! ¡Calla, que ya me has puesto la cabeza como un bombo!* —la interrumpió la santa.

Neve calló de golpe, pero enseguida siguió revisando a la momia, observándola por la derecha y luego por la izquierda, y metiéndole el índice primero en las órbitas, después en la nariz.

—¡Ay! —gritó la niña. La santa le había mordido un dedo.

—¡*Y ojo, que la próxima vez te arreo una bofetada!*

Tras el grito de Neve, su madre abrió los ojos.

—Pero..., pero ¿cómo has acabado ahí? —consiguió a duras penas balbucir.

—¡Me ha mordido! —contestó Neve, mientras se bajaba de las rodillas de la santa y corría hacia la madre.

Acudieron primero la abadesa y después un cura. Tan estupefactos como Armida, se arrodillaron y dieron gracias a la santa. Después, el sacerdote llevó aparte a Armida y le pidió que no contara nada por ahí: en cuestión de milagros, se precisaban exámenes médicos, antes había que hablar con el obispo.

Sin comprender bien por qué algo tan maravilloso debía guardarse en secreto, y pensando que, de todos modos, en Stellata iba a ser difícil ocultarlo, Armida asintió. Pero el rumor se extendió y no hubo manera de pararlo. Periodistas, curiosos y fieles en busca de milagros empezaron a presentarse en la casa de la Fossa, diciendo que querían ver a Neve, hablar con ella y poder tocarla. Una fotografía de la niña acabó incluso en el periódico de Ferrara con la leyenda: «¡Milagro! Niña paralítica vuelve a caminar por gracia recibida».

Después, poco a poco, la gente se fue olvidando y la vida de la familia volvió a la normalidad. Armida se limitaba a ir una vez al año en peregrinaje donde la santa, para llevarle cofias de lino bordadas con sus manos. Sin embargo, no podía ignorar que, desde el día del milagro, Neve había cambiado. De ella ahora emanaba un aroma delicioso que, en los momentos de gran alegría, se intensificaba. En verano, además, no resultaba raro verla correr cantando por los campos seguida por un enjambre de abejas. Muchas caían a sus pies borrachas, desconcertadas y abatidas por su dulcísimo aroma.

1915

Cuando estalló la guerra, Neve tenía seis años. Una mañana descubrió a la madre llorando en la cocina, con una carta entre las manos. Unos días después, todos fueron a la estación para despedir a Erasmo, que se marchaba al frente.

Pegada a la falda de Adele, Neve se chupaba el pulgar. Con ellos estaba también Nina, la novia de Erasmo. Él había encontrado trabajo fijo en el taller del herrador y los dos se iban a casar en primavera, pero entonces el chico fue llamado al frente. Neve miraba a la novia de su hermano hipnotizada por sus ojos, de un verde tan claro que la impresionaba. Un día había oído decir a su madre que, con esos ojos transparentes, Nina parecía ciega, y desde entonces la chica le daba miedo.

Los mayores se apartaron un poco para dejar solos a los novios, pero el tren llegó enseguida. Erasmo besó a Nina en la boca, cosa que no había hecho nunca delante de sus padres. Luego se oyó el silbato del jefe de estación y tuvo que subir al vagón. Poco después se asomó por la ventanilla junto con los otros muchachos del pueblo que, como él, se marchaban a la guerra. Nadie decía nada: ni los jóvenes que estaban en el tren ni las familias que estaban en el andén. Las mujeres sujetaban el pañuelo en la boca, los hombres apretaban el sombrero entre las manos.

La locomotora lanzó un pitido. El tren avanzó despacio,

luego cogió velocidad y se alejó entre una nube de vapor. Vieron la cabeza de Erasmo hacerse pequeña, más y más pequeña, un puntito. Los parientes se quedaron inmóviles: los rostros, de golpe más viejos, el viento en los sombreros. Las mujeres se sonaban la nariz, alguno rezaba.

Neve miró de un lado a otro, y de repente sintió miedo.

—¿Qué es la guerra? —preguntó, pero nadie le respondió.

Desde la marcha del hijo mayor, Beppe Casadio estaba más huraño y taciturno de lo habitual. En cambio, cuando llegaban noticias de Erasmo, parecía diez años más joven. A la mesa, contaba chistes y bebía un vaso de vino más que de costumbre. También Armida esos días se reía sin motivo y, para celebrar, freía en tocino buñuelos de pasta de pan.

Después de cenar, sentada con los hijos al lado del fuego, releía la carta en voz alta:

10.12.1915
Zona de guerra

Queridos padres:

Les doy las gracias por su carta que acabo de recibir, y me ha alegrado mucho saber que todos están bien. Lo mismo puedo decirles de mí, que tengo buena salud y, gracias a Dios, hasta ahora me he librado de los peligros.

Les cuento que ando por Treviso, en un río que se llama Piave, y esperamos estar mejor aquí que en el Trentino, con toda la nieve que caía. Tengo un amigo de Como que se llama Danilo. Nos conocimos en el tren militar que nos llevaba a la guerra y seguimos juntos. Danilo solo habla italiano porque ha estudiado. Al menos a él lo comprendo, pero hay soldados del sur de Italia que cuando los oficiales necesitan decirnos algo, tienen que llamar a los intérpretes, que se reconocen porque llevan una banda en el brazo. Muchos de ellos nunca habían oído hablar italiano antes. Para que supieran qué era la derecha y qué la izquierda tuvieron que atarles una cinta roja en el brazo y se la dejaron hasta que se enteraron de que la derecha era el lado donde tenían la cinta. Pero los generales y los capitanes se lo pasan mejor. Se han traído de casa criados que les preparan la comida, les lavan la ropa y les lustran las botas. Danilo es teniente, pero él ha estudiado para ser abogado y seguro que pronto lo ascienden. Los demás se burlan de él porque se ha venido a la guerra con libros en la maleta y por su acento.

Me alegra que me hayan dado buenas noticias de los niños y saber que Nina los ha visitado. ¿Ustedes cómo están? ¿Y Amelia, Nellusco, Neve? ¿Y Adele? ¿Se ha echado novio? Es mejor que se case si encuentra un buen hombre y que no me espere, pues a saber cuándo se arreglarán las cosas aquí.

Ya está, queridos padres, por ahora los dejo con mis saludos y muchos besos, confiando en poder darles siempre buenas noticias, si la Virgen me ayuda. Que pasen una feliz Navidad y ojalá podamos estar el próximo año juntos. Ahora he de irme. Muchos saludos de

Vuestro hijo y hermano Erasmo

Los niños escuchaban, procurando imaginarse a los soldados, el río Piave, los fusiles y los generales. Terminada la lectura, Armida dobló con cuidado la hoja, luego llevó a la cama a los niños más pequeños.

De regreso en la cocina, puso en remojo las alubias, se sentó cerca del fuego y releyó a solas la carta del hijo mayor. Era como si en ese momento hubiesen estado solo ella y él, como cuando de pequeño Erasmo tuvo sarampión y ella lo dormía en sus brazos, al calor de las brasas.

Estaba sentada delante de la chimenea, cuando vio a Beppe coger leche de la despensa.

—¿Todavía tienes hambre? —le preguntó.

—No es para mí.

—¿Y qué haces con la leche?

—Cosas mías —respondió él, y no dijo nada más. Echó un poco de leche en un cuenco y luego lo dejó en la puerta de casa.

Armida conocía la leyenda sobre la serpiente buena que vivía en los cimientos de las casas. Creía que eran historias sin sentido, pero, por otro lado, uno de sus hijos estaba en la guerra y esa noche no dijo nada. En el fondo, esa rareza no hacía daño a nadie.

Llueve desde hace días. Se hunden en el barro hasta los tobillos, los uniformes empapados hasta por dentro de las capas impermeables. Están ahí, las piernas agarrotadas, apretujados en aquella fosa pestilente. Llevan dos semanas esperando. Sucios, tienen escalofríos. En verano, las moscas y el calor los atormentaban, pero ahora que ha llegado el frío todavía es peor. Con la lluvia, de la tierra sale olor a meado viejo y a heces. No hay espacio para estirar las piernas. La trinchera es una galería angosta, forrada de sacos terreros, llena de hombres, cajas de municiones, fusiles y basura. Las camillas de tela están ahí, en fila, aguardando la batalla. Quienes las usen serán afortunados. Muchas veces dejan que los muertos se pudran en los campos. Entierran solo carne descompuesta, cuerpos hinchados con rostros irreconocibles. Los soldados mueven los pies para calentarse. Algunos fuman, otros escriben a sus familias.

Erasmo piensa en Nina. Su amigo Danilo está leyendo una carta de la madre. Ella le escribe que quiere cambiar las cortinas del salón y plantar rosales nuevos en el jardín. Le asegura que le mandará dinero, y a la vez le ruega que se cuide y no se exponga a los peligros. Le recomienda como reconstituyente un medicamento del que ha oído hablar. Le parece que se llama «heroína». Se informará y después se lo contará.

Erasmo sabe que ha tenido suerte: dos veces ha salido al asalto y dos veces ha vuelto solo con un arañazo. En el primer ataque estaba al lado de un cementerio. Una bomba hizo saltar por los aires cadáveres. Unos trozos le cayeron encima. Se desprendió de ellos, lleno de asco. La peste que impregnaba el aire era espantosa. Poco después, atraídas por el hedor, llegaron las ratas. Ratas enormes, muchas. Se abalanzaron sobre los restos. Devoraban, chillando, manos y calaveras. Invadido por las náuseas, vomitó. Todavía no se explicaba cómo pudo salir vivo de aquel infierno. Después vislumbró la locura en los rostros de los supervivientes, vio llegar a las mulas del frente, cargadas con los cuerpos de los soldados muertos. Llegaban docenas, parecían no tener fin.

—Son muertes previstas, un número de bajas calculado por las estadísticas —le dijo un día Danilo. Le explicó que era por eso por lo que, cuando salían al ataque, la mitad de ellos no tenía fusil—. Los generales saben que la mitad de los hombres acabarán muertos, de ahí que a los soldados se les ordene que usen el arma del primer combatiente que caiga a su lado.

Erasmo ha aprendido que en la guerra uno se vuelve malo. En caso de triunfo, muchos se esconden y disparan a los alemanes que huyen, sin motivo. Uno se vuelve malo en la guerra. El odio aumenta, día a día, hora a hora. Hacia el enemigo, por supuesto, pero quizá todavía más hacia los propios oficiales, los que han querido la guerra. Mantienen el orden amenazando con el fusilamiento y poniéndolo en práctica a veces de manera indiscriminada, bien contra los autores de los hechos condenados, bien contra quien no los ha cometido. Un intento de insurrección fue castigado con la muerte de diez soldados, cuyos nombres se decidieron al azar. El día de la revuelta, dos de los hombres elegidos aún no habían llegado al frente. En el momento del fusilamiento, uno se desmayó. El otro, con los ojos vendados, repetía: «Señor coronel, el día de la revuelta, yo ni siquiera estaba». Y el coronel, obligado a responder, al final le dijo: «Si eres inocente, Dios lo sabe y lo tendrá en cuenta».

Sigue lloviendo. Erasmo mira a los suboficiales que reparten botellas de aguardiente. Ya lo sabe: cuando los atiborran de alcohol es para que se lancen a la muerte sin miedo. Los soldados beben, se pasan la botella sin mirarse.

Erasmo busca con la mirada a su amigo. Danilo tiene veintidós años, pero el cuerpo de un adolescente y el rostro completamente lampiño. Anoche lo oyó llorar, pero no hizo nada. Nadie hizo nada. Ahora lo observa mientras llena el vaso con su mano fina, de mujer. Se lo lleva a la boca y apura el contenido de un trago.

Llegan los carabineros. Los oficiales los colocan en fila detrás de los soldados. Cuando se produzca el ataque, le dispararán a cualquiera que no se lance al asalto, y siempre hay gente a la que le asusta encarar el fuego de las ametralladoras austriacas.

Danilo está al lado de Erasmo. Es como si la presencia del amigo lo protegiese y le diese suerte.

Aparece un automóvil. Se abre la portezuela y se apea el general.

—Virgen santa…, así que la cosa es seria —murmura alguien. El general es un hombre rubio, recién afeitado y con las botas brillantes. Habla debajo del paraguas que un soldado sujeta abierto sobre su cabeza. Su voz es clara: tiene un tono autoritario, pero al mismo tiempo es cálido, paternal. Habla de valentía, de las madres que los esperan llenas de orgullo, de los niños que hay que defender para que un día puedan llamarse «italianos».

—¡Trolas! —dice Danilo en voz baja. Él nunca habla de patria, sino de marxismo y de una sociedad sin fronteras; habla de los ricos que los explotan y los mandan a morir para salvar sus capitales. A Erasmo, Danilo le parece un poco chiflado.

—A mí no me explota nadie. Soy herrador y el patrón fue mi padrino de bautizo. De noche juega a las cartas con mi padre y nunca deja de pagarme. A veces incluso me da una propina.

Pero Danilo no da su brazo a torcer. Sigue hablando de explotación y del dinero que el patrón va amontonando en el banco. Tantos libros tienen que haberle destrozado el cerebro. ¿Y por qué les tiene tanta manía a los ricos, cuando él tiene un montón de dinero?

Esperan el momento del ataque. Erasmo mira hacia las trincheras del enemigo. La tierra está tan dura que la lluvia no consigue penetrarla, se expande por la superficie como el delta de un río. ¿Por qué están ahí? En esa zona no crecen ni los cardos.

La noche anterior tuvo un sueño raro. Había una mujer con ropa de colores y muchas plumas en el pelo. Le tendía las manos, pero él no quería tocarla y retrocedía. Sin embargo, ella consiguió abrazarlo, y lo estrechaba tan fuerte que no lo dejaba respirar. Se despertó empapado de sudor con el corazón latiéndole desenfrenado.

Alguien canta en voz baja, otros rezan. Los mayores besan las fotografías de sus esposas y sus niños. Hay quien corre hacia las letrinas abriéndose los pantalones, sienten un miedo tan enorme que es fácil cagarse encima. El ambiente es denso, llueve a cántaros. Los hombres esperan cabizbajos. Todos están pendientes de la orden del teniente.

—¡Adelante, muchachos! ¡Viva Italia!

Los sacan a empujones, gritando:

—¡Viva Italia!

Los carabineros detrás de ellos, listos para disparar contra quien huya o vuelva atrás. Y, entonces, corren.

—¡Adelante, adelante!

Se vuelcan sobre la tierra del Carso con estruendo y luego corren, corren, corren. No saben adónde, no saben para qué, pero corren, algunos sin nada en las manos, otros empuñando un fusil. El ruido es ensordecedor; el cielo, un resplandor. Casi parece la noche del patrón, cuando en el pueblo estallaban los fuegos artificiales y la oscuridad se llenaba de luces. Los proyectiles silban alrededor de los soldados como pájaros enloquecidos. Uno pasa cerca del rostro de Erasmo y le cae al hombre que está a su lado. Erasmo se agacha y recoge su arma. Cae otro soldado, y luego otro. Erasmo sigue corriendo. «¿Dónde está Danilo?». Se encontraba a su lado hace un instante. Se vuelve para buscarlo.

Un ruido seco y el Carso desaparece detrás de una luz blanca. Todo sonido cesa. Es como si un rayo le hubiese atravesado las carnes, como cuando era niño y se desmayaba, el domingo, en la iglesia, rodeado de incienso. Dejó de oír los gritos de los soldados y de temblar como un flan. En un instante vio la casa de la Fossa, el rostro de su madre, las noches en Stellata..., los ojos transparentes de Nina...

Y es la oscuridad del útero materno. Es la energía y la música. Es el universo que estalla dentro de sus ojos. Él ya no es el hijo de su padre, no es el hijo de su madre, no es el hermano, no es el amigo, no es el amor de Nina. Es él solamente. Sin cuerpo. Sin pena. Sin tiempo.

Beppe Casadio se despertó de golpe. «¡Virgen santa, qué pesadilla más espantosa!».

Le costaba respirar. Se levantó, se tapó los hombros con la chaqueta y fue a la cocina.

Abrió el grifo para ponerse un vaso de agua. Las manos le temblaban todavía cuando oyó un tintineo en el aire.

—Hola, papá.

Beppe Casadio soltó el vaso, que se cayó al suelo. Permaneció inmóvil delante del fregadero sin volverse, las piernas apenas lo sostenían. Solo después de un rato que le pareció larguísimo, se atrevió a volverse. Solo vio un perfil de luz, sin forma clara, pero lo reconoció enseguida.

—*Mi pobre muchacho* —dijo, y se le quebró la voz.

—No debes sufrir por mí. Yo estoy aquí mucho mejor de lo que te imaginas.

Beppe sintió un dolor que nunca había notado antes, una pena atroz, infinita.

—¿Y ahora qué le digo a tu madre? —consiguió balbucir.

—Dile que la tortilla de cebolla no la hace nadie como ella, y que no le tenga miedo a la noche, que es poca cosa.

—Pero ¿cómo vamos a poder seguir viviendo, de dónde sacamos fuerzas?

No hubo respuesta, pero Beppe sintió que un calor se le acercaba, que lo envolvía con fuerza y entraba en su pecho. Algo, o alguien, lo abrazaba, dejaba en su interior una huella de dulzura. Ese calor parecía licuarse en la sangre, llegar hasta el latido violento de su corazón. Luego aquel algo, o alguien, se apartó. La luz pareció recogerse, reducirse, irse por el pasillo, hasta que desapareció del todo.

Beppe notó de nuevo el hielo en la habitación. Trató de abrir la boca, de llamar a su hijo, pero solo le salió un gemido. Se apoyó en el fregadero, rígido, convencido de que su corazón no podría aguantar tanto. Solo un rato después fue capaz de volver al dormitorio.

—¡Armida, Armida, despierta! Erasmo se ha ido... —farfulló entre lágrimas.

—¿Adónde se ha ido? —respondió ella, sin poder abrir los ojos.

—Está muerto. Lo acabo de ver. Me ha pedido..., me ha pedido que te diga que está bien... y que la tortilla de cebolla no la hace nadie como tú.

—La tortilla de cebolla... ¿Estás seguro de que te encuentras bien?

—Ha dicho eso, y además..., además me ha dicho que morir no es tan difícil.

—Es el miedo el que te juega estas malas pasadas —le dijo Armida, observándolo con recelo.

No era solo lo de las serpientes buenas. La mujer también había oído contar que en la familia de su marido de vez en cuando se ponían a hablar con los muertos. El propio Beppe le había hablado de su abuelo Dollaro, de cómo de pequeño había hablado con su padre difunto, y de cómo también él, de niño, había tenido ese don. Tendría seis años cuando se hizo amigo de las almas de Nino y Clemente, dos pescadores ahogados en el Po hacía cincuenta años. De vez en cuando se sentaba en la orilla y ellos iban a contarle sus historias, pero cuando Beppe se lo decía a su madre, Angelica lo regañaba y le decía que lo había soñado. Así, las charlas con Nino y Clemente acabó guardándoselas para sí. Después, con los años, dejó de buscar a los dos pescadores ahogados y casi se había olvidado de sus extrañas conversaciones.

Pero Armida a esas historias no les daba crédito.

—Ya verás cómo mañana nos llega una carta y te quedas tranquilo —concluyó. Pero, de momento, ella tampoco pudo volverse a dormir.

A la mañana siguiente, la mujer parecía que se había olvidado de aquella extraña conversación nocturna. No le pasó lo mismo a Beppe. Él sabía, no necesitaba confirmaciones. Cuando llegó el telegrama, se lo entregó a su mujer con la mirada baja, sin necesidad siquiera de abrirlo.

1918

Neve soplaba sobre el tazón de leche, con las piernas colgando en la silla. Quitó la capa de nata con dos dedos y sumergió los trozos de pan duro que su madre acababa de desmenuzar. La guerra había terminado, el fuego ardía en la chimenea y la gata dormía enroscada en las cenizas. Todo en el mundo estaba a salvo.

Desde el retrato que había encima del aparador, Erasmo sonreía vestido con uniforme.

—¿Qué tal se vive cuando te mueres? —preguntó de repente la niña.

Era noviembre y Armida estaba buscando en los cajones los jerséis gruesos de los hijos mayores que iban a pasar a los más pequeños. Se detuvo, olió el alcanfor, entre las manos la lana apelmazada.

—Se vive…, se vive bien, sin dolores ni preocupaciones. Así es el paraíso.

—Pero ¿Erasmo nos ve desde el paraíso?

—Claro. También ahora él está aquí, con nosotros.

¿Qué quería decir? ¿Que él la miraba mientras se hurgaba la nariz o cuando hacía caca en el agujero de detrás de casa?

—¿Y solo me mira él, o también me miran todos los otros parientes muertos? —continuó, preocupada.

—¡Qué ocurrencias tienes! —repuso Armida sin saber qué contestar.

Pensó que a lo mejor la culpa de esas preguntas era suya. Llevaba muy a menudo a la niña al camposanto y estar tan cerca de los muertos tenía que haberla impresionado. Por otro lado, llevaba también a sus otros hijos, pero solo a Neve se le ocurrían esas frases.

En el cementerio limpiaban la capilla familiar y, en verano, cambiaban el agua de los floreros y les ponían flores que recogían en el campo. Cuando aprendió a leer, Neve empezó a descifrar los nombres grabados en la piedra.

GIACOMO CASADIO 1754-1808
VIOLLCA TOSKA DE CASADIO 1777-1862
ACARIO CASADIO, LLAMADO DOLLARO 1800-1891

—¿Quiénes son? —le preguntó a su madre.
—Los bisabuelos y el abuelo de tu padre.
—Violl-ca Tos-ka. ¿Por qué se llama así?
—Era de fuera, una gitana.

A Neve le gustaba pensar en esa antepasada de nombre tan raro. Se la imaginaba guapa, con faldas de colores y muchas plumas en el pelo. Nadie se la había descrito nunca, pero ella se la imaginaba así.

En los últimos tiempos, la familia había notado unos comportamientos extravagantes en la niña. Como que hablara de muerte a su edad, y luego esa manía nueva de adelantarse a la llegada de la gente a la casa.

—Está llegando el tío Neno —anunciaba sin levantar los ojos del cuaderno. Antes de que hubiera terminado la frase, llamaban a la puerta. Indefectiblemente se trataba de la persona que ella había nombrado.

—Está viniendo el cura a bendecir la casa —dijo la niña en otra ocasión.

—No puede ser. Don Gregorio dijo que iba a hacer la ronda el jueves —la corrigió su madre.

En ese momento llamaron. Armida y su marido se miraron. Beppe fue a abrir.

—Alabado sea Dios. Tenía que venir el jueves, pero ahora resulta que ese día debo ir a la diócesis.

El verano que cumplió once años, Armida le dijo a Neve que ya no podía trepar a los árboles o quitarse la falda para bañarse con los otros niños en el Po.

—Pero ¿por qué? —rezongó ella.

—Ya eres una señorita, no está bien quitarse la falda delante de los hombres.

Neve notaba con aprensión que su cuerpo se estaba transformando. Los senos presionaban bajo el vestido y le crecían pelos debajo de las axilas y también ahí, en medio de las piernas. En esos días su hermana Adele ya era una mujer formada y le explicó que toda mujer, para poder ser madre, primero debía perder sangre tal y como le había pasado a Lena, su perra. Cuando tuvo la primera menstruación, Neve sintió pánico y luego asco. Se sentó horas al pie de la ventana de la cocina, con el dedo en la boca, sin saber cómo resolver el asunto.

—¿Qué haces aquí, todo este tiempo sin llegar a nada? —le preguntó su madre, pasando delante de ella con el cesto de la colada. Neve se encogió de hombros y Armida salió de nuevo.

De noche, la niña no se decidía a meterse en la cama que compartía con Adele.

—Quítate el dedo de la boca y muévete, que quiero apagar la lámpara —la azuzó su hermana.

—No puedo... —respondió Neve en voz baja. Adele insistió y al final la niña tuvo que confesarle lo que había pasado.

Adele se echó a reír. Cogió de su cajón un trozo de tela de algodón blanca, elástico e imperdibles, después le explicó a Neve cómo colocarlo todo. Ella escuchaba con la mirada baja y pensaba que no deseaba crecer, y tampoco tener hijos. Desde luego, no quería tener nada en común con Lena.

Más tarde, tumbada en la cama al lado de su hermana mayor, le preguntó:

—Adele, ¿tú no quieres tener hijos?

—Primero hay que encontrar a la persona adecuada para tenerlos.

—¿No te quieres casar?

—Duerme, que ya es tarde —zanjó la otra. Apagó la lámpara y le dio la espalda.

Neve permaneció despierta largo rato. Creía que Adele era guapa, la más guapa de todas las hermanas. Tenía ojos claros y melancólicos. Su tez era del color de la miel. El pelo era ondulado como el suyo, aunque castaño. Ya tenía un mechón blanco en la frente, pero no la hacía mayor, sino más atractiva. Era esbelta y elegante, por modesto que fuera el traje que se pusiera, parecía confeccionado en una casa de modas de ciudad. La tía Edvige, cuando le tomaba las medidas para un traje nuevo, le decía que estaba mejor hecha que una estatua y que hasta un saco le quedaría bien. Le faltaba poco para cumplir treinta años, pese a lo cual no tenía novio. Había algo que a Neve se le escapaba, algo relacionado con su hermana que toda la familia sabía pero de lo que nadie quería hablar.

Un día oyó que la madre le gritaba a Adele:

—¡Acabarás soltera como tu tía Edvige, así es como vas a acabar!

En otra ocasión, su padre la cogió de un brazo y le soltó una bofetada, pero fuerte, no como esos suaves cachetes que de vez en cuando también le daban a ella. ¿Qué podía haber hecho su hermana? Esa noche, Neve quiso preguntárselo, pero Adele le dio la espalda.

Se quedó despierta pensando en la desventura de los niños que nacían como los gatos, los corderos y las crías sin pelo de Lena. Pensaba también en la bofetada del padre: un ruido seco, como un estallido. Adele tenía la mejilla roja y un hilo de sangre le caía del labio; pero no había llorado, ni una sola lágrima. Sin embargo, peor que la bofetada, fueron las palabras de la madre cuando le dijo a Adele que se había destrozado la vida y que iba a acabar igual que su tía Edvige.

Habían pasado casi veinte años desde el infortunio de los niños ahogados, pero Beppe Casadio temía que esa hija estuviese repitiendo el destino de su hermana. De vez en cuando estallaba:

—Las desdichas de nuestra familia se repiten idénticas. Los Casadio las buscamos, mi abuelo Dollaro ya me contó que su madre había visto eso en las cartas.

—Para ya —lo interrumpía siempre Armida—. No puedes vivir obsesionado por lo que una gitana dijo hace un siglo. Los muertos están muertos, Beppe, y sus palabras están enterradas ahí abajo, con sus huesos.

—*Ya lo sé*. Sé muy bien adónde van los muertos: no van a ninguna parte, porque nunca se han ido. *¡Los muertos se quedan aquí!* —repetía.

—No hay ni un solo Casadio que esté bien —concluía la mujer, meneando la cabeza.

«En eso no está del todo equivocada», reflexionaba Beppe. Pero, para él, no era posible librarse de la presencia de los muertos, y aún menos de sus palabras. Beppe Casadio se pasó toda la vida temiendo la profecía de Viollca y crio a sus hijos con el miedo de que hubiesen heredado la propensión a ser soñadores y a sufrir las tragedias de sus parientes. «¿Y ahora, a cuál de ellos le toca?», se preguntaba. Pero, en el fondo, lo sabía: Adele era la que tenía la mirada inconfundible de los soñadores. Y acertó. Ella también acabó enamorándose de un hombre casado; sin embargo, al revés que la tía, aceptó su papel de amante sin provocar nunca escándalos.

Vivió años a la sombra de un tal Paolo, un tipo flaco y pálido que trabajaba en el Ayuntamiento de Bondeno. Era bastante bajo, ya medio calvo y usaba gafas con lentes de un dedo de grosor. «¿Qué verá en ese?», se preguntaban Beppe y Armida. Sin embargo, Adele estaba enamorada. Se conformaba con breves encuentros clandestinos, con una nota o con el sueño de un viaje a Roma o Florencia, que antes o después ella y Paolo harían. Pero los rumores corrían, y no había que asombrarse si, con treinta años cumplidos, la hija mayor de Beppe y Armida no hubiera recibido ninguna propuesta de matrimonio. Sus padres esperaban que encontrase a alguien dispuesto a llevársela, a pesar de su mala reputación. Por suerte, era hermosa y, gracias a la tía modista, vestía con cierto refinamiento. Sus padres pensaban en un hombre de cierta edad: en un viudo, o en uno de fuera que hiciese la vista gorda sobre su pasado. La madre la estimulaba para que se moviese:

—Como no salgas de casa, ya no vas a encontrar marido —le advertía.

Por lo demás, Adele sabía que para ella ya era imposible casarse con uno del pueblo.

Edvige observaba envejecer a su sobrina, y le recordaba muy de cerca su propia vida. Después de años de silencio decidió que había llegado el momento de intervenir.

Un día esperó que ella y Adele estuviesen solas. Dejó sobre sus rodillas el traje de novia que estaba acabando y miró a su sobrina por encima de las gafas.

—De manera que has decidido arruinarte la vida —proclamó.

—¿Qué dices, tía?

—¿Quieres pudrirte en esta casa igual que yo, limpiarles el culo a los hijos de los demás toda tu vida?

—Los maridos no se piden por correo.

—Si es por eso, tampoco los amantes se piden por correo —replicó Edvige, fulminante. Arrancó unos hilos que sobraban en el traje y añadió—: No le creas cuando dice que no quiere a su mujer. Los hombres solo salen ganando cuando tienen dos mujeres. Sacan lo que pueden de cada una de las dos sin complicarse la vida. Y la esposa, ya me dirás: ella tiene una casa, hijos, a un hombre que duerme a su lado cada noche. Pero ¿y a ti? ¿A ti qué te queda?

Adele estaba pensando en una respuesta tajante para cortar esa conversación demasiado triste, pero empezó a jadear. Rompió a llorar y se derrumbó en una silla.

Edvige le acarició el pelo.

—Es tarde para las lágrimas. Hay que encontrar un buen marido y tu padre y yo ya hemos pensado en uno.

—¿En quién? —le preguntó Adele, sonándose la nariz.

—Nos ha hablado de él nuestro hermano Ugo en una carta que acaba de llegar de Brasil. Parece un buen partido. Los padres son de Italia, pero él ha nacido allí. Tu tío dice que es honrado y un gran trabajador. Ahora que sus padres han muerto, busca esposa y quiere que sea italiana. Estoy segura de que, cuando vea tu retrato, no sabrá negarse.

Edvige lo arregló todo, le escribió una carta a su hermano misionero y le mandó una fotografía de la sobrina desde el otro lado del mundo. Al cabo de unas semanas, cuando el cartero le entregó la respuesta, abrió el sobre temblando, pero después sonrió.

No bien estuvo delante de Adele, exhibió una actitud triunfadora.

—¡Ya te había dicho que le ibas a gustar! Se llama Rodrigo y parece bien dispuesto. Tiene treinta y seis años y está sano. Sus padres le han dejado una plantación de café. Si te casas con él, serás una mujer rica.

Adele cogió la foto. El hombre a caballo tenía el cuerpo flaco y el rostro medio tapado por un sombrero. Solo se veía la frente y un ojo; lo demás quedaba a la sombra. Reflexionó durante medio minuto y después dijo:

—De acuerdo. Escríbele diciendo que acepto. Seré su esposa.

1925

Adele fue con su padre a la iglesia y luego al ayuntamiento, en Bondeno, para preparar los papeles del pasaporte y la boda.

—Es estupendo que te vayas —le dijo Beppe, sentado al lado de ella en el carro—. Con ese Mussolini en el gobierno todos parecen unos exaltados, pero no tardarán en darse cuenta de que son unos matones.

Habían pasado tres años de la Marcha sobre Roma, acto que había causado incluso muertos pero, como todos los hechos temerarios, había tenido lugar entre la sorpresa y la admiración de gran parte del pueblo. Para Giuseppe Casadio, en cambio, los fascistas eran unos violentos y Mussolini un fanático del que había que desconfiar. Cuando, el 3 de enero de 1925, el Duce anunció que se convertía en dictador, él no se sorprendió en lo más mínimo.

—¡Maldita sea! Y todavía hay quien lo aplaude —imprecó.

Mientras Adele iba con su padre al ayuntamiento, Armida mandaba a Neve a la panadería a comprar un poco de levadura madre. Era una perfecta mañana de septiembre, cuando el sol ya no quema y la luz es suave. Neve cantaba, y se sentía igual de contenta que en el día de Navidad. No era solo por la mañana preciosa, sino también porque la noche anterior se había cortado el pelo. Estaba harta de las trenzas. Quería tener el pelo corto, como las actrices americanas que salían en *Eco del cinema.* Deseaba ser diferente, distinguirse de las otras chicas de Stellata. Sin embargo, sus padres no se lo iban a permitir nunca. Su padre repetía que la belleza de las mujeres residía en el pelo: cuanto más largo, más atractivo. Neve, en cambio, había decidido que, si quería ser moderna, tenía que tomar sus propias decisiones. Cogió las tijeras y zas y zas y zas. Se cortó el pelo mechón a mechón, sin vacilar un instante. Por último, se puso el carmín de su hermana, uno chillón, que Adele había comprado en una tienda de Ferrara. Neve se pintó bien los labios, luego posó delante del espejo: de tres cuartos, la mirada lánguida. «¡Caramba!». Menuda envidia iban a tener sus amigas cuando la vieran con el pelo corto.

Después de pavonearse, Neve se quitó el carmín y bajó las escaleras con temor. Ahora tenía que hacer frente a sus padres.

Cuando entró en la cocina, la madre se quedó de piedra y el padre con la cuchara en el aire. La miraban, mudos.

—¿Por qué has hecho eso? —exclamó Beppe.

Pero Neve ya sabía qué responder.

—Es una promesa que le hice a la santa de Bolonia.

—¿Qué promesa? —la apremió su madre.

—Lo he hecho por Adele. Le he sacrificado a la santa mi pelo y le he pedido que mi hermana tenga un matrimonio feliz.

Los padres se miraron, perplejos, pero al final el padre se limitó a añadir:

—Bueno, si es una promesa a la santa… Pero al menos tápate la cabeza cuando salgas a la calle, porque me pareces un payaso.

Al día siguiente, Neve iba saltando por los canales, encantada de su nuevo aspecto de chica a la moda. Como le pasaba siempre en esos estados de euforia, emanaba un aroma que mareaba y pronto las abejas empezaron a seguirla.

Entró canturreando en la panadería, donde encontró a la mujer del panadero.

—¡Qué te has hecho! —exclamó la mujer, que ni siquiera en la ciudad había visto nunca un peinado así.

—Nada, una promesa. ¿Me puede dar un poco de levadura madre?

—Mi marido está en el obrador; entra y pídesela tú misma.

Neve pasó a la trastienda y se detuvo de golpe, paralizada: en el centro de la habitación, un joven alto, cubierto de harina de pies a cabeza, resplandecía bajo el haz de luz que entraba por la ventana. Se quedó en la puerta, incapaz de moverse.

—Pero ¿tú quién eres, el arcángel Gabriel? —consiguió balbucir.

Él rompió a reír.

—No, el santo de los panaderos. ¿No te dan miedo todas esas abejas?

—Sencillamente, me siguen —farfulló ella.

El santo de los panaderos se disponía a responderle, cuando lo llamaron del obrador.

—¡Radames! ¿Vienes o no?

—Tengo que irme... —fue todo lo que añadió, y se alejó a paso rápido.

Neve siguió con la mirada al arcángel Gabriel hasta que lo vio desaparecer detrás de la puerta. Permaneció en la trastienda, las piernas flojas, las manos sudadas. Unos segundos después fue corriendo a la otra habitación, pero solo encontró al panadero. Pidió la levadura madre, confundida, olvidándose luego de coger lo demás. Por fin se encaminó hacia casa. No conseguía quitarse de la cabeza esa visión.

Fue en esos días de septiembre, pocas semanas después de la decisión de Adele de marcharse a Brasil, cuando Neve anunció que quería matricularse en la escuela nocturna que el Fascio había abierto en el pueblo.

—Ni hablar —le respondió el padre, sin levantar los ojos del caldo de gallina—. Tú tienes que ayudar a tu madre, porque tu hermana va a marcharse dentro de poco y se te va a necesitar más.

—A madre la seguiría ayudando, y además ella ha dicho que le parece bien.

Beppe Casadio abrió la boca, sin encontrar las palabras para replicar a tamaño descaro, de manera que miró a su mujer.

—Solo he dicho que tenías que decidir tú —se justificó Armida.

Habían sacado a Neve de la escuela cuando cumplió diez años. Demasiados libros podían hacer daño, solo había que ver lo que le había pasado a su tía Edvige. Al principio, Neve había aceptado la decisión sin oponerse, pero, cuando supo que habían puesto clases nocturnas, quiso volver a los pupitres, y tanto insistió que acabó saliéndose con la suya.

La primera noche subió las escaleras de la escuela de dos en dos. Una vez en el aula, se vio rodeada de una docena de hombres de piel arrugada y quemada por el sol. Los mayores ocultaban la vergüenza esforzándose por hablar en italiano, pero les costaba sujetar bien el lápiz. En clase había solo otra chica: Luciana, la hija del tendero. Su padre había muerto unas semanas antes y la madre, analfabeta, se había encontrado de buenas a primeras discutiendo de precios y porcentajes con los proveedores. La suya era la única tienda de alimentación del pueblo y vendía de todo: de embutidos al ajo a capazos de paja, de sandalias a aceite, de alubias secas a habas; había también monederos, cremalleras, imperdibles, canillas, queso fresco y jabón para lavar ropa. Pero ¿ahora? ¿Qué podía hacer la tendera, con el marido a dos metros bajo tierra? Presa del pánico, obligó a su única hija a matricularse en los cursos nocturnos. La pobrecilla se opuso, pero la madre cortó por lo sano. Instalada en el centro de la tienda, rodeada de tarros y embutidos, balanceaba sus ciento diez kilos sobre dos pies minúsculos que desafiaban todas las leyes de la física. Con los brazos en jarras, le advirtió a su hija que, como no se esforzara en aprender rápido gramática y matemáticas, no le quedaría más remedio que vender la tienda; eso sí, nadie le quitaría el gusto de arrancarle antes los ojos, para, a continuación,

estrangularla con sus propias manos y, por último, arrojarla al
Po con una piedra al cuello. Al menos podría llorar por ella,
pero muerta, y con serenidad. Entonces, la chica se matriculó
en el curso.

En cuanto vio a Neve, dio gracias al cielo de que ahí dentro
hubiese al menos otra mujer y se sentó a su lado.

El maestro ya había empezado a pasar lista, cuando la puerta se abrió. El chico que estaba de pie en la puerta era tan alto
que casi tuvo que agacharse para entrar. Tenía un rostro delgado pero era guapo, con ojos castaños y rasgos delicados. Solo
la nariz, larga y con una pequeña protuberancia, rompía con la
armonía de la cara. Se detuvo delante del maestro, azorado, sin
saber si quedarse o desaparecer.

Cuando lo vio, Neve contuvo la respiración: el arcángel
Gabriel...

Entretanto, respondiendo al maestro, él dijo en voz alta:

—Me llamo Martiroli Radames.

—No eres de aquí.

—Mi familia vino hace poco. Somos de Polinesia.

—Ah, bien. ¿Has dicho Radames?

—Sí, señor.

—¿Por qué ese nombre?

—Es por *Aida*, señor maestro. La ópera, quiero decir. A mi
padre le gusta la ópera y ha llamado a todos sus hijos con los
nombres de sus protagonistas.

—Es un bonito acto de patriotismo. Muy bien, Radames.
Ve a sentarte.

Bagonghi llegaba cada año con las primeras nieblas, el cuerpo
flaco enterrado en un abrigo de terciopelo raído y en la cabeza un gorro de aviador de la Gran Guerra, encontrado a saber
dónde. Le bastaban un plato de sopa o una botella de vino
para sacarle un repertorio infinito de historias de marineros
persas en el Mediterráneo, de cuentos de brujas y de mal de

ojo, de canciones de cantantes napolitanas o de relatos de los viajes de Dante al infierno. Todo rigurosamente de memoria.

Esa noche de octubre, Bagonghi se exhibía en el establo de Beppe Casadio, uno de los más amplios de Stellata. Por la tarde, Armida y Adele habían quitado la mierda de las vacas, lavado con ceniza y agua hirviendo la parte enlosada, esparcido paja fresca por el suelo, apartado hacia un lado a los animales y colocado dos filas de bancos para la gente. Todo estaba listo: el aliento de los animales entibiaba el ambiente y la ropa que Armida había tendido sobre sus lomos echaba humo, llenando el establo de vaho. Neve habría querido sentarse en primera fila, pero ahí estaban los más pequeños y ella ya había crecido. De empujón en empujón, acabó conformándose con un sitio en la fila de atrás.

Bagonghi ya había empezado a contar, cuando entraron los Martiroli: el padre, la madre y su media docena de hijos. Entre todos sobresalía el mayor: un adolescente de rostro delicado que rozaba el metro noventa. Radames miró de un lado a otro. En la primera fila no había sitio y el único espacio que quedaba libre estaba al lado de Neve. La reconoció enseguida pero, cuando se sentó a su lado, no dijo una sola palabra, en parte por timidez, en parte porque se sintió abrumado por su aroma a azúcar caramelizado y a narcisos.

Bagonghi seguía contando. Era una historia nueva, que incluía palabras en francés para darse un aire refinado, pero la gente se desternillaba de risa, sobre todo cuando hacía de mujer y ponía una vocecita chillona irresistible. Pero Neve no conseguía seguirlo. Se había dado cuenta de que la pierna de Radames estaba pegada a la suya. Eran muchos en ese banco, y todo el cuerpo del chico estaba aplastado contra su lado. Bagonghi movía las manos y ofrecía al público reverencias, saltos repentinos, exclamaciones y gritos, pero Neve estaba ahora rígida, ya sin saber dónde poner las manos y, en esa mezcla de emociones, tras cada respiración el pecho parecía hinchársele más. Inquieta como estaba, no aguantó y se puso el pulgar en la boca. Él se quedó perplejo, pero tanta proximidad lo emocionó. Sintió una ola ardiente corriéndole en la sangre, un nudo en el estómago y una agitación en los pantalones. Cuando acabó el espectáculo, Radames Martiroli ya estaba enamorado.

Todo el mundo empezó a salir. Una vez en el patio, el chico buscó a Neve con la mirada. Ella le daba la espalda y charlaba con un par de amigas. «Cuento hasta tres. Si se da la vuelta antes de que termine, será mi novia», se convenció. «Uno, dos…, tres…, cuatro…», empezó a ir más despacio, parando en el número cuatro, temiendo que todas sus esperanzas se fueran al garete…, «cinco».

Neve le seguía dando la espalda, y reía. A Radames le pareció que esa risa era para él. Luego su madre lo llamó. Estaba a punto de llegar al lado de su madre, cuando Neve se volvió. Fue solo un segundo, pero le sonrió.

El chico estaba desconcertado. «Se ha dado la vuelta solo después del cinco…, ¿valdrá?», se preguntaba. Volvió a casa nervioso y sin saber qué le reservaba el destino.

En los días siguientes, no hizo más que pensar en Neve. Dedicaba el tiempo a buscar frases para abordarla cuando se encontraran de noche, en la escuela. En los momentos más audaces elaboró atrevidas declaraciones de amor, pese a que en realidad sabía que nunca las pronunciaría, pues, cuando estaba delante de ella, la lengua se le ponía pastosa y empezaba a sudar. La encontraba muy guapa, y, en efecto, Neve Casadio era atractiva, también bajita y flaca, y pasaba inadvertida. Pero tenía dos ojos negros y profundos, un aroma delicioso a azúcar caramelizado y un aspecto como de revoltosa, sobre todo ahora con el pelo corto.

Los días pasaban sin que ocurriese nada. Además, siempre estaba en medio Luciana. En la escuela, la chica se sentaba al lado de Neve; después, terminadas las clases, tenía la costumbre de acompañarla hacia casa. Radames pensaba que iba a hacer falta un milagro para cambiar las cosas. Y, al final, ocurrió.

Una noche, la hija de la tendera se presentó en la escuela con la cara deformada por un acceso. El dolor era tan fuerte que, al cabo de una hora, tuvo que irse a casa.

«Ahora, o no volverá a pasar nunca», se dijo Radames.

Una vez terminadas las clases, todos se levantaron de los pupitres, recogieron sus cosas y salieron. Radames y Neve, que se habían quedado solos, seguían guardando hojas y lápices con una lentitud exasperante. En un momento dado, él empezó a decir algo, pero la chica tuvo la misma idea. Hablaron en el mismo instante, para enseguida recluirse otra vez en el silencio. Hubo un penoso momento de espera.

—Yo vivo en la Fossa, ¿y tú? —dijo Neve por fin.

—Yo, en el Ponte della Rana—. «Pero ¡seré idiota!», pensó el chico antes de terminar la frase. Y se apresuró a añadir—: Pero si quieres…, o sea, si no te importa, pensaba… podríamos recorrer un poco de camino juntos.

—Vale —zanjó ella.

A la noche siguiente, cuando Neve le explicó a Luciana que ahora ya no necesitaba que la acompañara hasta casa, la otra se encogió de hombros. En realidad se sintió herida y, cuando vio que Neve y Radames se alejaban juntos, pensó que aquella era una auténtica traición. A partir de esa noche comenzó a observar sus movimientos. Enseguida reparó en que buscaban cualquier ocasión para estar cerca y que se reían por nada. Una vez descubrió que incluso se rozaban las manos debajo del pupitre. Cada noche, Luciana regresaba a su casa sollozando por el camino sin comprender bien el motivo de aquel dolor.

Neve y Radames empezaron a verse a escondidas también de día. Estaban horas besándose y siempre regresaban a casa inquietos, con una ligera fiebre en la piel.

Una tarde de noviembre, mientras la gente del pueblo dormitaba delante de la chimenea, los dos fueron corriendo al bosque de chopos que estaba junto a la ribera, el mismo donde muchos años antes Edvige se veía con su amante. El sol brillaba y el ambiente era tibio, a pesar de la estación. Neve y Radames se tumbaron al pie de un arbusto. Se besaron largo rato, anhelantes y turbados. Luego él introdujo una mano debajo del jersey de la chica. La acariciaba, con torpeza, avergonzándose de no saber bien qué hacer.

—El aroma que tienes en las axilas me vuelve loco... —le susurró. Se volvió audaz, metió la mano debajo de la falda, pero, llegado al pecho, no se atrevió a seguir.

Neve, los ojos brillantes, la respiración acelerada, tiró de él hacia sí. Él temblaba tanto que falló varias veces en el intento de desabotonarse los pantalones.

—Maldita sea... ¡Mierda! —farfullaba. Solo después de imprecar varias veces logró bajárselos. Ella lo oyó jadear como buscando aire. Parecía que solo supiese imprecar o balbucir su nombre. De repente calló y la miró con una intensidad que la emocionó. Neve se mordió el labio, él se deslizó dentro de su cuerpo.

1926

En enero, a Armida le sorprendió que Neve, habitualmente nunca satisfecha, no quisiese comer.

—Me duele la barriga —se justificó la chica, mareada por el guiso de cerdo con un dedo de aceite encima. Enseguida se levantó de la mesa y salió corriendo al patio a vomitar.

La madre empalideció. Había notado que, desde hacía un par de meses, Neve no se lavaba los paños de la regla, pero había pensado que era muy joven y que eso pasaba a su edad. Sin embargo, a su hija le habían crecido unos pechos tan grandes y redondos que de un día para otro ya no podía abotonarse las camisas. Armida empezó a temblar, porque, además, había notado que ese tipo alto como una pértiga rondaba todo el día por la casa. La noche en la que Neve se fue corriendo al patio con náuseas, a la madre ya no le quedó la menor duda. Dejó la cuchara y le dio rápidamente alcance.

—Ya sé qué tienes en la barriga. ¡Y no es una indigestión! —le dijo y entró de nuevo en la casa, dando un portazo.

Neve se quedó junto al pozo. Temblaba de frío. Detrás de la ventana veía discutir a sus padres. Su padre, de vez en cuando, pegaba un puñetazo en la mesa, haciendo que Armida se estremeciese tras cada golpe.

—Si es cierto que está embarazada, la culpa es tuya. ¡Tenías que vigilarla! —gritaba.

—Está embarazada, Beppe, lo noto —se quejaba la mujer, y rompió a llorar.

—*¡Señor, dame paciencia!* —exclamó él, abriendo los brazos. Luego la señaló con el dedo—. Tú eres la madre, tú tenías que ocuparte de las mujeres. Y fíjate qué bien ha salido todo: una se ha arruinado la vida por un hombre casado y la otra con un niño en la tripa, y ni siquiera sabemos de quién es.

Sin embargo, también él había reparado en ese muchacho alto, de nariz larga, y flaco como un Cristo crucificado. Una tarde, mientras se afeitaba al lado de la ventana, lo vio besando a Neve, los dos se reflejaban en el espejo. Salió corriendo con los calzoncillos de lana y la cara enjabonada. Los encontró con los pelos llenos de paja y los ojos muy abiertos. Notó un sudor frío justo ahí, *en la nuca*. Agarró a Neve de un brazo.

—Tú ve dentro. Y tú..., tú ve a ayudar a tu padre, que todavía tienes la boca manchada de leche. ¡Y, como te vea de nuevo por aquí, juro que te abro la cabeza en dos con este puño!

A partir de esa noche, al final de las clases, encontró siempre a su hermano Nellusco esperándola en la puerta de la escuela, pero, a todas luces, esa vigilancia no había servido, y ahora estaba embarazada. La chiquilla seguía al lado del pozo y le rechinaban los dientes por el frío. Armida estaba sentada en la cocina, pálida, sin saber qué replicar a las acusaciones de su marido.

Después de la bronca, Beppe salió al patio. Vio a su hija arrebujada en el suelo. Le pareció pequeñísima sentada ahí, con el dedo en la boca. Un rubí. Durante un momento pensó que su mujer se había vuelto loca y que Neve tenía realmente una indigestión.

—Neve, mírame. ¡He dicho que me mires, caramba! —le ordenó.

Ella elevó los ojos, pero enseguida apartó la mirada. Beppe levantó una mano para darle una bofetada, pero la dejó suspendida en el aire. Entró en la casa y no hubo más palabras entre ellos.

Beppe dejó todo el asunto en manos de su mujer.

Una vez que la comadrona hubo confirmado el embarazo, Armida se sobrepuso lo mejor que pudo y se presentó en la casa de los Martiroli.

Dio la noticia sentada en la cocina, con la copita de un licor amarillo que le ofrecieron sobre la mesa, pero que ella no era capaz de tragar.

Sofia Martiroli parecía la Virgen de un cuadro antiguo, por la piel clara, sus rasgos delicados y el pelo rubio ondulado. Estaba esperando a su séptimo hijo, y, al escuchar la noticia, lloró como si acabasen de comunicarle una muerte. Su marido Anselmo se puso pálido y tuvo que apurar de un trago el licor para recuperarse. Pasado el primer desconcierto, el hombre se levantó, enarcó las cejas y empezó a caminar de arriba abajo por la habitación, nombrando a varios santos. Hubo silencios largos, larguísimos, mejor dicho; vacíos en los que nadie rozaba ni con el pensamiento la palabra «boda». Nadie, salvo Armida.

—Hay que hacer algo —se atrevió a decir.

—Radames tiene dieciocho años, es un niño —balbució Sofia.

—Sí, pero su niño ha sido capaz de dejar embarazada a mi hija.

—¡Si hubiese mantenido las piernas cerradas, esto no habría pasado! —replicó la otra, fulminante.

Armida sintió que la sangre le bullía en la cabeza, pero el sentido común le sugirió mantener la calma. Sí, tenía que estar muy tranquila. Tranquilísima. «Reza un avemaría, aguanta», se repetía. Tenía que ser amable y apuntar directamente al corazón. Esa familia lo único que podía ofrecerle a su hija era una vida de penurias y miseria, pero, si los Martiroli se emperraban, al final Neve se le quedaría en casa con su bastardo.

—¡Ánimo, Sofia! El daño está hecho... ¿Por qué, en vez de llorar, no buscamos una solución?

La otra meneaba la cabeza y se quejaba como si estuviese a punto de morir. La cara de Anselmo reflejaba calamidades.

—¡Dios santo, si no se ha muerto nadie! —exclamó entonces Armida.

Anselmo se rascaba la cabeza, Sofia sorbía por la nariz, pero la palabra «boda» no quería salir. El reloj de cuco marcaba el paso de los segundos. Armida Casadio giraba la copita de licor entre los dedos y ya se temía lo peor. «Tictac, tictac». La péndola se seguía moviendo en medio del silencio.

—Voy a hablar con mi hijo —dijo de repente Anselmo. Salió y fue a buscar a Radames, que esperaba en el establo—. ¿Sabes a qué ha venido Armida Casadio? —le preguntó.

—Sí, lo sé —respondió Radames mirando al suelo.

El padre lo observaba, y pensó que realmente su cara seguía siendo la de un niño. Tenía algún grano aquí y allá y le salía tan poca barba que solo necesitaba afeitarse una vez al mes. Carraspeó.

—¿Y tú no tienes nada que decir?

—Yo quiero a Neve. Si es por mí, me caso con ella.

—¿Cómo que te vas a casar? ¡Cómo que te vas a casar, si no sabes ni limpiarte los mocos! —Se quitó el sombrero y lo estrelló varias veces contra la pared, haciendo que el hijo diera un respingo con cada golpe. Al final cerró los ojos, respiró hondo y dijo—: Si hay un niño en camino, habrá que hablar con el cura. Es mejor que os caséis antes de que llegue la primavera, porque después hay que trabajar en el campo.

Volvió a la cocina para anunciar que, en cuanto se publicaran las amonestaciones, esos dos burros se casarían. Sofia Martiroli empezó a sollozar. Armida Casadio aflojó la presión de los dedos sobre la copita y le prometió diez rosarios y un corazón de plata a la Virgen.

Anselmo Martiroli fue de nuevo al establo. Se acercó a su hijo. Le dio una bofetada en toda la cara, luego lo apretó contra su pecho.

—Ven, está todo arreglado.

Volvieron juntos a la casa. Anselmo bajó al sótano y regresó con una botella polvorienta: era un buen vino, de muchos años, y reservado para las ocasiones especiales.

La boda se celebró el 26 de enero de 1926, a primera hora de la mañana y rápido, como solía hacerse con las chicas embarazadas. El termómetro marcaba bajo cero. «*Un frío exagerado, como cuando se murieron las vides*», comentó Beppe. Durante la noche se oyeron estallidos secos, como cañonazos: eran las cortezas de los árboles, que reventaban porque la linfa, al helarse, se había expandido.

Neve llevaba una camisa clara, un vestido de paño azul y un abrigo con botones dorados; más que una novia parecía una colegiala. Su madre trató de colocarle el pelo debajo del velo, pero como lo tenía tan corto había poco que colocar.

Beppe Casadio la subió al carro y notó que casi no pesaba nada. Montó a su vez en el asiento, pero tuvo que fustigar varias veces al caballo para que se moviese. En el carro de atrás iban Adele, la tía Edvige y los hijos de Alfonso que habían llegado de las colinas de las afueras de Bolonia. Los hermanos de Neve fueron a pie detrás de la pequeña caravana. Sentada al lado de su hija, Armida se tragaba las lágrimas y murmuraba para sus adentros: «Esa idiota se ha arruinado la vida antes de crecer. Mira que casarse con alguien que no tiene nada más que la camisa que lleva puesta. No podía elegir a nadie peor».

Cuando llegaron a la piazza Pepoli, el pequeño grupo reparó en unas personas que estaban escribiendo en letras grandes en un muro: CREER, OBEDECER, LUCHAR. Ahí cerca, otro pintaba con una brocha grande: ¡ME DA IGUAL!

Una vez que llegaron a la iglesia, ataron los caballos y entraron todos.

Radames estaba esperando delante del altar, la cara roja por el frío y una manchita de sangre en el cuello almidonado, porque aún no había aprendido a afeitarse su escasa barba.

Los dos chicos se casaron respondiendo a las preguntas del cura como si fuese un examen del maestro. Cuando el párroco se dirigió a Radames y le preguntó si quería recibir como esposa a Natalia Casadio, él respondió con mucho ímpetu: «Pues sí», lo que hizo que rompieran a reír todos los presentes.

Cuando salieron, nevaba. Todo estaba blanco, igual que el día en que Neve había nacido, de pie, vivaz como una rana. La chica subió al carro de su nueva familia, junto con Radames y sus suegros. Miró a sus padres. Armida tenía los ojos rojos.

—¿Bueno? ¿Se puede saber por qué lloras? —la regañaba Beppe.

—Le tocaba a Erasmo. Él era el mayor, él tendría que estar ahí, delante del cura.

Beppe Casadio volvió la cabeza y se puso a apartar con gestos nerviosos la capa de nieve fresca del asiento. Solamente refunfuñó:

—¡Por la Virgen, si nieva!

Armida le recordó que estaban delante de un lugar sagrado, le rogó que no blasfemase al menos el día de la boda de su hija. A lo cual él respondió con impaciencia:

—Pero, por los clavos de Cristo, ¿qué pasa? Solo he dicho que está nevando.

Los carros echaron a andar, chirriando un poco por la gruesa capa de nieve fresca. Los caminos estaban blancos, los árboles llenos de nieve. Alrededor todo era silencio.

En el carro de los Martiroli, Radames cogió con su mano la de su esposa, pero lo hizo despacio, sin volver la cabeza y a escondidas de sus padres.

Antes de que Beppe y Armida hubieran podido acostumbrarse a la ausencia de Neve, llegó para Adele el momento de partir. El 10 de marzo de 1926, la joven abrazó a sus hermanos, a sus hermanas y a su cuñado, y, por último, se despidió de Edvige.

Más que emocionada, se sentía llena de dudas y temores por su futuro. La tía lo comprendió por su mirada.

—En la vida lo que importa es la valentía —le dijo.

—Lo mío no es valentía, es solo miedo a vivir así, sin esperanza.

—*Aquí solo hay cerdos y niebla. Ve, corre, que vas a llegar tarde.*

La tía y la sobrina se abrazaron con fuerza, sin más palabras. Después, Adele se acercó a sus padres, que esperaban en el patio. Su hermano Nellusco los llevó a los tres a la estación. Beppe y Armida acompañaron a su hija hasta el puerto de Génova. Desde Brasil, el novio se había ofrecido a pagar el pasaje a su futura esposa, pero Beppe, ofendido, le respondió por medio de su hermana que él corría con esos gastos, y que su hija llevaba además una dote.

Ese día, el ambiente era frío y el cielo tenía la misma grisura del agua. Adele, elegante con el abrigo azul que la tía Edvige acababa de confeccionarle, con el mechón blanco sobresaliendo del sombrero, besó a sus padres, pálida, luego se aprestó a subir por la escalerilla del buque Principessa Mafalda, con destino a Río de Janeiro. Trataba de sonreír, pero tenía las manos heladas, las piernas rígidas. Miró el barco, asustada, y pensó que era más alto que el campanario de Stellata. Empezó a avanzar con paso inseguro. A mitad de la pasarela se volvió para ver a sus padres. Le costó encontrarlos, luego los vio en medio de la multitud. De repente le parecieron más viejos: se sujetaban mutuamente, pero sonreían, procuraban darle ánimos. Adele se quedó inmóvil, la mano sujeta a la barandilla de la pasarela. La gente empujaba, los cuerpos se apretujaban contra el suyo, pero ella ya no quería avanzar. «¿Qué estoy haciendo?», se preguntó de repente. «¿Cómo se me ha ocurrido casarme con un desconocido?». Lo único que quería ahora era bajar del buque. «¡Fuera, fuera!». Empezó a empujar en sentido contrario, a abrirse paso entre la multitud que seguía subiendo. Nadie le hacía caso, y empezó a gritar:

—¡Dejadme pasar! Tengo que bajar... ¡Por el amor de Dios, dejadme bajar!

Se encontró delante una muralla de carne, una barrera de cuerpos sudados, bolsas, hatillos, chaquetas y capas. La multitud de emigrantes avanzaba hacia los puentes del buque con la cabeza gacha, inmutable a sus súplicas. Adele luchó contra aquella marea de gente buscando una rendija que le permitiese llegar a tierra. ¡Empujaba, gritaba que tenía que volver atrás, que le era imprescindible bajar! Todo fue inútil. Hombres, viejos, mujeres y niños proseguían impasibles su avance. Sintió que los demás la absorbían, que la hacían volverse, que la empujaban hacia delante, que la rodeaban con brazos y dedos, que la apretujaban, hasta que, sin saber cómo, acabó con esa marea humana en el puente principal del buque.

Se apoyó en el pretil. Había perdido el sombrero y estaba despeinada, el rostro perlado de sudor. Miró abajo: estaban retirando las pasarelas. Permaneció agarrada a la barandilla rodeada de un estruendo de gritos y de sollozos, de gente que caminaba, de niños que lloraban, de pañuelos agitándose, de lágrimas y gritos. Trató de reconocer a sus padres entre la multitud. «Quizá se hayan ido», pensó, pero entonces los vio. Levantó la mano y se despidió de ellos por última vez, segura de que no volvería a verlos nunca más.

En los días siguientes, la joven pasó la mayor parte del tiempo en el puente para evitar el tufo de la tercera clase. La distancia que debía servir para que olvidara a Paolo parecía surtir el efecto contrario, pues ahora no hacía más que pensar en él. Estaba muy asustada: la esperaban un mundo desconocido y un marido del que no sabía casi nada. Con Rodrigo solo se había cruzado pocas cartas en las que se habían tratado de usted. Se imaginaba Brasil como una tierra de salvajes, con casas plagadas de insectos enormes y jardines llenos de serpientes venenosas.

—Usaré botas y compraré mucho azufre —se vio diciendo en voz alta.

Los días se repetían iguales en el tedio de la larga travesía. El mar estaba en calma, en el cielo no había una sola nube. Después, en medio del océano, llegaron las tempestades y duraron casi una semana.

Poco a poco, en el buque se fue haciendo un silencio fúnebre. El tercer día, los pasajeros ya no tenían fuerzas para quejarse. La propia Adele no era capaz de mover la cabeza y levantarse del camastro para ir a la palangana y vomitar la poca saliva que le quedaba.

A pesar de las rachas de viento y de la violencia de la lluvia, algunos hombres se arrastraban hasta los puentes, en busca de aire fresco. Lívidos, los pañuelos cubriendo la cabeza y la chaqueta del revés para que no se estropeara, luchaban contra el viento, con los ojos cerrados, sujetándose espalda contra espalda. Por fin, las olas se calmaron y el cielo fue de nuevo celeste.

La primera noche de quietud transcurrió silenciosa como el sueño de un niño que ha superado una fiebre. A la mañana siguiente, los puentes se llenaron de nuevo, pero de gente pálida y esmirriada. Se sentaban con ojeras, la ropa mugrienta y la mirada clavada en el horizonte.

El buque atracó en el puerto de Río de Janeiro una mañana húmeda, de ambiente cálido y denso. Nadie se podía imaginar que unos meses después el Principessa Mafalda fuera a hundirse en esa misma ruta, arrastrando al fondo del océano a cientos de emigrantes.

En la estación marítima había tanto caos y bullicio como en un circo. Había un montón de gente gritando, y carretas cargadas de tabaco, caña de azúcar y fruta desconocida. El puerto estaba lleno de puestos de telas, caballos, burros, vendedoras de flores, carruajes antiguos y automóviles brillantes; y una multitud de niños, mendigos, loros, damas paseando, monjas, cadáveres de animales, sombrillas de seda y nubes de mariposas.

Adele miraba de un lado a otro, aturdida. Caminaba con paso inseguro y miedo a tropezarse con algo. Luego, entre la multitud que esperaba, distinguió a un hombre alto y bien vestido acompañado de un sacerdote. «Son ellos», concluyó, y apretó el paso.

Cuando tuvo delante a su prometida, Rodrigo no mostró ninguna emoción. Estrechó la mano de Adele con cordialidad, pero con indiferencia, como lo habría hecho con un nuevo socio de negocios.

—Bienvenida a Brasil —se limitó a decir con un marcado acento extranjero.

—Encantada, Adele Casadio. —Le correspondió al saludo, pero enseguida le soltó la mano.

Celebró la boda el tío cura, en una iglesia cercana al puerto y con dos paseantes cogidos al azar como testigos. Ugo tenía el pelo hirsuto, los ojos negros de sus antepasados gitanos y barba larga. Hacía mucho calor y se secaba sin parar el sudor de la frente.

Terminada la ceremonia, comieron en un refinado restaurante del centro. Adele miraba disimuladamente a su marido, agradecida de que, al menos, tuviese un aspecto agradable: su rostro era regular; las cejas, espesas, y las pestañas, largas, y los ojos marrones tenían una expresión plácida. El pelo empezaba a encanecer, a pesar de ser joven. Ugo contó cómo lo había conocido.

—Era su profesor de filosofía en el colegio jesuita. ¡Es uno de los pocos alumnos con los que he mantenido contacto, quizá porque era el más indisciplinado de todos, el peor! —dijo, riendo.

Adele reparó en que su marido quitaba la grasa de la carne y que bebía el vino a pequeños sorbos después de haber girado la copa. «Habrá aprendido los modales elegantes en el colegio», reflexionó. Ella, en cambio, en ese lugar se sentía incómoda. No sabía distinguir los cubiertos y se sirvió agua en el vaso equivocado.

En cuanto terminaron el postre, los esposos se despidieron del tío cura, luego fueron a la estación para empezar el largo viaje hacia casa: la *fazenda* de Cachoeira Grande, un *cafezal* en el valle del río Paraíba.

—Estoy seguro de que la plantación te gustará. Son colinas exuberantes. En la más alta hay también una gran cascada. «Cachoeira Grande» significa precisamente eso. Cuando era pequeño, los niños íbamos mucho ahí a bañarnos. Es un lugar maravilloso.

El tren cruzó campos que parecían infinitos. Plantaciones enormes, sin una sola casa ni una iglesia ni la apariencia de una aldea; espacios inconcebibles en el pequeño mundo del valle del Po de Adele.

Marido y mujer estuvieron la mayor parte del viaje en silencio. De rato en rato, Rodrigo trataba de empezar una conversación, pero nunca pasaba de dos frases.

Llegada la noche, cada uno se instaló en su propia litera.

—Que duermas bien —le deseó él, y apagó la luz.

Adele le deseó también buenas noches, aliviada de que su marido no le hubiese hecho ninguna petición amorosa. Cerró los ojos, pero estaba demasiado aturdida por todos esos sucesos y solo pudo conciliar el sueño al cabo de muchas horas.

Se bajaron del tren a la tarde del día siguiente en un apeadero perdido en medio de la campiña. Algunos árboles de eucalipto sombreaban la fachada y la plazoleta de arcilla. No había nadie, salvo un par de peones de la *fazenda* de Rodrigo que lo esperaban con el carruaje. Subieron el equipaje de la esposa y reanudaron el viaje. Al cabo de tres horas, y después de cruzar por innumerables plantaciones de café, subieron por una pista de tierra. En lo alto de la colina, Adele vio una pequeña villa colonial.

—Esa es tu nueva casa —le comunicó Rodrigo.

Una vez que llegaron, él ayudó a Adele a bajar del carruaje

y, al hacerlo, la agarró de la cintura un instante más del necesario. Ella se quedó suspendida en el aire, el aliento de su marido en la mejilla, luego se soltó.

La casa era un edificio de madera pintado de blanco y con un porche enmarcado por una buganvilla. Todo estaba limpio y ordenado. Sin embargo, se notaba que le faltaban alegría y cuidados cariñosos. En las paredes solo había dos cuadros viejos, no se había hecho nada por que fuese acogedora. Era como si la casa llevase años abandonada.

Por las ventanas solo se veían colinas cubiertas de hileras de plantas de hojas gruesas y lustrosas. Estaban cargadas de bayas rojas.

—Eso es café —le explicó Rodrigo—. Ahora que estás tú, deseo comprar más terrenos, plantar nuevos campos. Ven, quiero que los conozcas a todos.

La llevó al *senzala*, la residencia de los peones. Un par de generaciones antes había sido el barrio de los esclavos, pero aquellos eran otros tiempos.

Adele notó enseguida cierta frialdad. Los hombres se quitaron el sombrero; las mujeres la observaban, manteniéndose apartadas. En el murmullo que siguió a su aparición, Adele vio en sus rostros una expresión de pasmo.

—¿Por qué me miran de esa manera?

—Sienten curiosidad, nada más —zanjó Rodrigo. A continuación, dirigiéndose al grupo de mujeres, llamó—: Núbia, ven.

Adele vio avanzar a una negra alta y robusta. Tenía un porte sobrio y el paso de quien no se deja intimidar fácilmente. El rostro no tenía edad. Solo unas pocas canas revelaban que ya no era joven.

—*Benvinda, dona Adela* —dijo, pronunciando el nombre con el acento local.

—*Obrigada* —respondió ella, estirando la mano y diciendo la única palabra en portugués que había aprendido.

La otra no respondió al saludo, sino que se quedó mirándola con gesto estupefacto. Luego se dirigió a Rodrigo con una frase que Adele no comprendió y, mientras hablaba, se pasó una mano por el pelo.

—No te ofendas; no entra en sus costumbres estrechar la mano a los blancos —le explicó él. Enseguida añadió—: Ella es Núbia Vergara. Me conoce desde que nací. Te ayudará con las faenas domésticas y te enseñará todo lo que hay que saber en la zona. Ha dicho que le pareces elegante y que... le gusta tu pelo.

Adele tuvo la sensación de que estaba mintiendo.

Esa noche, los esposos cenaron por primera vez en su casa. Bebieron vino y hablaron con más soltura. Sin embargo, Adele sentía que entre ellos había una sensación de incomodidad, algo que iba más allá de la obvia falta de confianza. Él quiso que le hablara de su familia y de su pueblo. Adele le habló de Stellata, del Po, y de que hacía más de un siglo un antepasado suyo se había casado con una gitana.

—De ti nadie lo diría, pero sí es verdad que tu tío es un poco gitano debajo de esa túnica —remarcó Rodrigo.

—La mitad de la familia es pálida y tiene los ojos azules, como yo, y la otra mitad es morena y tiene los ojos negros, como Ugo —explicó Adele.

—Ya veremos a qué mitad se parecen nuestros hijos —bromeó Rodrigo, y entonces le rozó la mano, pero Adele la apartó de golpe—. No hay ninguna prisa —añadió un momento después. Le deseó buenas noches y se fue a dormir a otra habitación.

En las semanas que siguieron, Adele tuvo que aprenderlo todo acerca de la vida en la *fazenda*: dónde estaba el pozo del agua, el lugar donde almacenarla, la manera de conservar la comida y cómo cocinarla. Le costaba comprender el portugués; le costaba acostumbrarse a la nueva dieta de alubias, arroz, carne seca y fruta tropical. Tenía que empezar en todo desde el principio: a aprender el idioma, a conocer a su marido, a vivir en un lugar tan diferente. Núbia Vergara le enseñó a preparar la *feijoada*, un guiso de alubias y cerdo que, le explicó la criada, era el plato más extendido en Brasil. Le enseñó otras recetas criollas como la tortilla de mandioca, el dulce de *adóbora*, una calabaza local, y el arroz con coco. Le enseñó también cómo había que llevar la casa y cómo había que comportarse con los peones de la *fazenda*.

Todas esas novedades hacían que Adele llegase a la noche exhausta. Se daba un baño para luego tumbarse desnuda en la cama. Llevaba en Brasil veinte días, y ella y Rodrigo todavía dormían separados. Adele sabía que él la deseaba. Lo percibía en la manera en que la miraba, en cómo la rozaba a la menor oportunidad. Esperaba un gesto de ánimo y Adele se sentía mal por no hacerlo. Pero lo cierto es que no era capaz: Paolo seguía demasiado presente en sus pensamientos. Le habría parecido que lo traicionaba.

Tumbada en la cama, oía la voz de su marido que, al otro lado de la pared de madera, daba a Núbia detalles sobre un nuevo empleado. Adele comenzaba a comprender alguna palabra, a formar las primeras frases. Había algo en él que le resultaba atractivo: le gustaban su proceder firme, las maneras elegantes, la decisión que mostraba poseer; pero, al mismo tiempo, reconocía en su marido un carácter cerrado y una actitud soberbia. Cuando impartía órdenes o se dirigía a los empleados, era arrogante. Pero lo que le preocupaba era otra cosa. Era como si él la buscase y, al mismo tiempo, la rechazase. A veces le hablaba con amabilidad, pero, en otras ocasiones, le respondía usando un tono grosero, y su mirada se volvía de golpe cruel. «Es porque se siente rechazado», se convencía.

Las semanas pasaban, y Adele seguía durmiendo sola. No conseguía quitarse de la cabeza el recuerdo de Paolo. «Me he equivocado en todo», se repetía, sin saber cuánto tiempo Rodrigo iba a aguantar esa situación. Pero no era posible regresar a Italia: había hecho una elección y ahora su vida estaba en esa casa. Tenía que olvidar el pasado, y la manera de hacerlo era encarar con decisión su matrimonio. Así, una noche, después de la cena, mientras remendaba una camisa y su marido estaba en la mesa haciendo cuentas, Adele se armó de valor.

—Te espero más tarde —dijo, sin levantar los ojos del zurcido.

Esa noche, Rodrigo fue a su habitación. Adele lo esperaba bajo las sábanas. Él se sentó en el borde de la cama y se desnudó, dándole la espalda. Luego se metió bajo las sábanas en silencio, al lado de ella. Exploró su cuerpo palmo a palmo, sin violencia, pero sin mostrar ninguna ternura. De repente, Rodrigo le agarró el pelo por la nuca y la obligó a mirarlo: su rostro estaba tenso; los rasgos, contraídos; los labios temblaban. Le apretó el pelo hasta hacerle daño. Fue solo un instante, luego la soltó. Ella permaneció inmóvil, petrificada, incapaz de quitarse de la cabeza esa mirada preñada de odio. El marido se le subió encima. Fue como un ritual. Fuera sonaba la lluvia y los perros ladraban al fondo del patio.

Neve tuvo contracciones unas semanas antes de lo previsto. Fue un parto difícil y la juventud de la muchacha no ayudó. Cuando los dolores aumentaron, se aterrorizó. Quería huir y la madre tuvo que emplear toda su fuerza para impedírselo. En un momento dado le gritó:

—*¡Adónde vas, el niño está a punto de salir! ¿Quieres tenerlo en la calle?*

Pero Neve balbucía frases sin sentido y se retorcía con tanta violencia que Armida necesitó la ayuda de Radames para impedir que se moviera. Solo a medianoche, después de veintitrés horas de contracciones, nació el niño. Era flaco, con la piel arrugada y morada. No lloraba, pero miraba de un lado a otro con gran curiosidad.

—¡Jesús…, tiene unos ojazos que parece adulto! —exclamó asustada la comadrona, sin saber que, más de un siglo antes, otra partera había dicho palabras muy parecidas en la misma casa en el parto de Dollaro.

—Por la barriga que tenía Neve, estaba segura de que pesaría por lo menos cuatro kilos, pero resulta que no pesa ni la mitad —comentó Armida, fijándose, como siempre, en los aspectos concretos de la vida.

—Espera…, porque todavía no hemos acabado —añadió la comadrona.

Unos minutos después nació otro varón, está vez de piel clara, regordete, y con el doble de peso que su gemelo.

—Y pensar que salen de la misma barriga —observó alegre la matrona.

Neve, ya tranquila, sonreía. Un aroma agradable inundaba la habitación y cinco abejas salieron de a saber dónde.

Cuando llegó el momento de elegir los nombres, Anselmo Martiroli habría querido seguir con la tradición operística y llamar a su primer nieto «Nabucco» y al gemelo «Rodolfo», el héroe de *La Bohème*.

—Si lo llamamos Nabucco, conseguiremos que se rían hasta los pollos —le advirtió su mujer Sofia.

—Neve pensaba llamarlo «Guido» —sugirió Radames—. Démosle ese gusto. A ti te toca, padre, elegir el nombre del otro gemelo.

Acabaron siguiendo su consejo. Llamaron al que había nacido primero Guido y al otro gemelo Rodolfo, si bien, por comodidad, desde el principio lo dejaron en «Dolfo».

El día del bautizo hubo una gran fiesta y se vaciaron docenas de botellas de vino. A los Martiroli les encantaba la compañía y cualquier ocasión era buena para la juerga. A lo mejor por su espíritu alegre, Neve se acostumbró enseguida a su nueva familia. Mientras que sus padres eran personas de temperamento esquivo y de carácter severo, sus suegros eran gente de índole alegre y despreocupada. En casa no había muchas reglas o restricciones. Los hijos comían cuando tenían hambre y se acostaban cuando se morían de sueño.

Anselmo era un hombre guapo, alto como el hijo mayor pero robusto, con ojos inteligentes y dos mostachos que retorcía continuamente con los dedos. Medio siglo más tarde, su fotografía recordaría a los nietos al hombre que aparece en las botellas de la cerveza Moretti. Anselmo Martiroli amaba la vida y, por encima de todo, amaba la ópera, el vino y los placeres de la cama. Gran trabajador, no renunciaba a nada que pudiera dar algo de dinero, pero tampoco a las noches en el bar. Ahí jugaba una partida, cantaba sus arias preferidas, bebía una botella de vino y también una copa de buen brandy, que, gracias al consejo de un viejo curandero, le habría curado un problema cardiaco. Volvía a casa pasada la medianoche, cuando el bar cerraba y a él lo echaban a la calle. «¡Eh, qué modales!», protestaba, tambaleándose en la plaza desierta. Entonces se encajaba el sombrero en la cabeza, se quitaba el polvo de la chaqueta y se encaminaba hacia su casa, cantando el «Ritorna vincitor», de *Aida*.

Sofia Martiroli lo había intentado todo para quitarle a su marido el vicio de beber. Había pasado de los rezos a las amenazas, de los rapapolvos a un obstinado silencio que en más de una ocasión había durado hasta una semana. Su mutismo estaba acompañado de la prohibición categórica de hacer el amor. En esos días de abstinencia, Anselmo la rondaba, susurrándole palabras dulces y propuestas indecentes. Encontraba intolerable el ayuno sexual que su mujer le imponía en los días en los que se enfrentaban, y siempre terminaba dejando el brandy y jurando solemnemente que no volvería nunca a probar una gota de vino. «¡Nunca más!». Y Sofia siempre acababa cediendo. Mandaba a los niños al patio y se encerraba en el cuarto con el marido para celebrar el fin de una castidad que no se compadecía con su carácter. Sin embargo, su disposición a hacer encantada el amor le dejaba por dentro una duda.

—¿Esto no será pecado? —le preguntaba de vez en cuando a su marido.

—Que no, seguro que también los curas lo hacen —jadeaba Anselmo.

Pero a Sofia le parecía extraño que tanto disfrute estuviese exento del castigo divino.

—A lo mejor soy demasiado fogosa... —insistía.

Él le daba palmadas en las nalgas y la tranquilizaba riendo.

Al sentimiento de culpa por el pecado de lujuria, se sumaba el de gula, pues si el vino era la debilidad de Anselmo, la glotonería era la de su mujer. Sofia Martiroli era una cocinera excelente y, ahora que en casa estaba Neve para echarle una mano, había empezado a ganar dinero guisando para la familia del médico. Ah, cómo le gustaban esos maravillosos jamones curados, las paletillas y las sobrasadas que colgaban en la despensa. ¿Y qué decir de los panes con cebolla, de los higos y de la fruta en alcohol? En la cocina del médico, Sofia probaba las salsas con los ojos cerrados, con la misma expresión que cuando recibía la hostia.

Los señores le regalaron una vez unos dulces de almendra para que se los llevara a los niños. Sofia fue a su casa decidida a no tocarlos, pero no pudo resistirse. «Solo uno pequeño, para probarlos», se prometió. Comió uno, luego otro, quedaron tan pocos que al final dijo que era preferible comérselos todos; si no, los niños se pelearían. Se comió, pues, todos los dulces de almendra, pero esa noche no pudo conciliar el sueño.

A la mañana siguiente fue a confesarse con el corazón apesadumbrado.

—Padre, perdóneme porque he pecado —le dijo al cura, abrumada por el remordimiento.

—¡Ah, Sofia! ¿Qué has hecho esta vez?

Respiró hondo y liberó su conciencia, primero confesó el pecado de lujuria y luego el de los dulces. Eran siempre las mismas debilidades y siempre las mismas penitencias las que el cura le ponía: tres avemarías por los pecados de la carne y cinco padrenuestros por los pecados de gula, junto con el consejo de que fuera un poco moderada así en la cocina como en la cama.

1927

En pocos meses, Adele lo aprendió todo sobre el cultivo del café: desde cómo evitar las plagas de insectos hasta cómo proteger los semilleros de la sequedad. Ahora conocía los criterios para elegir las mejores bayas, el color que indicaba su maduración y cuáles eran las lunas más apropiadas para la cosecha. Como Rodrigo viajaba a menudo por negocios, muy pronto tuvo que ocuparse de todo, incluso de pagar a los asalariados y de contratar a los jornaleros.

La relación entre marido y mujer, sin embargo, no se tornó más afectuosa. Rodrigo era cortés, pero frío. Aparte de algún estallido de impaciencia, no la trataba mal, pero de noche hacían el amor sin pasión, como si para ambos se tratase de un deber. La pareja buscó enseguida un hijo, sin embargo, diez meses después, Adele seguía sin estar embarazada.

—Tenemos que ver a un especialista —dijo una noche el marido. Ya habían fijado una cita, cuando se dieron cuenta de que estaba embarazada.

Rodrigo sirvió *caipirinha* a todos los peones del *senzala*, y estaba tan emocionado que esa noche no pudo pegar ojo. Su carácter pareció ablandarse. Adele lo sorprendió más de una vez, mientras lo observaba, con una expresión distinta; le pareció advertir en sus ojos, si no la mirada de un enamorado, al menos afecto. Él nunca le preguntó nada acerca de su pasado, como tampoco le preguntaba en qué estaba pensando cuando la veía melancólica o con una expresión pensativa en el rostro. Adele se daba cuenta y se ponía colorada, porque en esos momentos estaba pensando en Paolo.

«¡Qué idiota!», se reprochaba. Ya era hora de dejar atrás ciertas fantasías. El matrimonio era eso: una vida tranquila, un futuro que crear luchando unidos por la tierra, por una casa y unos hijos. Pero Adele había heredado el temperamento de los soñadores y, a pesar de su buena voluntad, no podía ahuyentar el recuerdo de su amante. Durante mucho tiempo esperó encontrar en el correo una carta suya. Si lo deseaba, pensaba, Paolo podría conseguir sus señas. Quería creer que su ausencia le resultaba insoportable y que, con tal de recuperarla, Paolo dejaría a su mujer e iría a buscarla. O bien que Rodrigo, antes o después, aceptaría el fracaso de su matrimonio y que entonces ella podría regresar a Italia. Se perdía en todas esas elucubraciones para arrepentirse al momento. Esperaba un hijo de Rodrigo, tenía que dejar de soñar. Sin embargo, un día, al volver a casa, Núbia le dijo que un italiano había preguntado por ella, y Adele pensó inmediatamente en Paolo.

—¿Te ha dicho un nombre, te ha dejado un mensaje?

—No, *senhora*. Solo hablaba italiano.

—Pero habrá intentado decir algo.

—A lo mejor que vuelve mañana, pero no estoy segura...

—¿Cómo era? ¿Alto, bajo?

—Era... normal. Un blanco con anteojos, más bien flaco.

Adele sintió que le flaqueaban las piernas. De golpe, vio un gesto de Paolo que conocía bien: cuando estaba cansado, se quitaba las gafas y se frotaba el entrecejo. Por supuesto, no podía ser más que él.

Pasó la noche atormentada por el sentimiento de culpa, pero incapaz de ignorar lo emocionada y eufórica que se sentía.

Al día siguiente, mientras comía con su marido, estaba distraída. Rodrigo le hablaba, pero ella era incapaz de seguirlo.

—¿Qué opinas? —le preguntó él.

Adele ni siquiera se dio cuenta de que había sido interpelada. Daba vueltas con la cuchara en la sopa, con la mirada baja.

—¡Adele!

—¿Sí?

—Te he pedido tu opinión.

—¿Sobre qué...? Perdóname, estaba distraída.

—Te pasa cada vez más.

Se sintió avergonzada. Estaba a punto de disculparse, cuando llamaron a la puerta. Se puso de pie de un salto y tiró la silla. Ni siquiera se molestó en levantarla.

—¡Voy yo! —le gritó a Núbia. Estaba tensa, dispuesta a todo.

Abrió la puerta. Mostró tal decepción que el hombre con gafas, un paisano recién llegado que buscaba trabajo, se sintió obligado a disculparse.

—Si es un mal momento, ya vendré más tarde.

—No, no es nada. Adelante —le respondió ella. Pero estaba tan exhausta por esas veinticuatro horas de sueños, expectativas y conflictos interiores, que sintió la necesidad de alejarse—. No tardo. Siéntate, vuelvo enseguida.

Desde el comedor, Rodrigo observó el comportamiento de su mujer: su estremecimiento cuando llamaron a la puerta, la silla volcada, después su inmovilidad cuando abrió la puerta. Notó que su voz se tornaba grave cuando invitaba a ese extranjero a pasar. Luego, en el instante en que se volvió, a Rodrigo le costó reconocer en su rostro alterado a la mujer con la que se había casado un año antes.

No le pidió explicaciones. Eso no era propio de él, sin embargo, después de aquel incidente, Rodrigo se alejó de nuevo. Lo hizo con delicadeza, con una leve frialdad, pero, sin duda, dio un paso atrás. Ella se dio cuenta, pero no intentó ponerle remedio.

Adele trataba de averiguar quién era realmente su marido. Porque casi no sabía nada de él y, cuando le hacía preguntas acerca de su pasado, él cambiaba de tema. Así, de vez en cuando, ella le preguntaba a Núbia cómo eran los padres o cómo había sido Rodrigo de niño.

—¡Un pequeño demonio, eso era! Su madre apenas podía con él. Estaba siempre corriendo. No recuerdo haberlo visto nunca andando o haberlo visto jugar tranquilo. Cuando después nació Antonio, todo empeoró. Tenía celos. Más de una vez intentó volcar la cuna...

—No sabía que Rodrigo tuviese un hermano. ¿Dónde está?

Núbia se bloqueó. Cuando respondió, estaba visiblemente incómoda.

—Antonio... murió.

—¿Murió? Pero ¿dónde está enterrado? En la capilla familiar no está su nombre.

—Se lo ruego, no le diga nada al señor. Es mejor para todos que no le diga nada.

—No te preocupes. Si Rodrigo no me habla del tema, yo, por supuesto, no lo haré.

Una vez que entró en el cuarto mes, Adele recuperó toda su energía. El embarazo avanzaba sin problemas y, con la ayuda de Núbia, se hizo un par de trajes anchos para usarlos en los últimos meses. También se cambió un poco el peinado, desplazando hacia la izquierda la raya del pelo para dar más realce a su mechón blanco. Por primera vez desde que había llegado a Brasil se sentía, si no precisamente feliz, por lo menos tranquila.

Una tarde, sin embargo, empezó a perder sangre y esa misma noche abortó.

Era un varón. Núbia Vergara cogió el feto y la placenta y, a escondidas de la patrona, los enterró al fondo de un campo junto con un gallo vivo. Luego hizo una hoguera y quemó las sábanas sucias con hojas de eucalipto e incienso, para alejar los espíritus malos del vientre de la patrona.

Durante semanas, el marido y la esposa se evitaron. Parecía que ya no tenían nada que decirse, que solo compartían el recuerdo de aquel niño del que no podían desprenderse ni moverlo del lugar oscuro donde ambos trataban de enterrarlo. Pero la vida en el *cafezal* no podía esperar. Se acercaba el momento de la cosecha y no cabía demorarse en las desdichas propias. El marido y la esposa se sumergieron en el trabajo. Volvieron a hablar de negocios, a cenar juntos, a hacer de nuevo el amor sin acariciarse, con el miedo de dejarse llevar por las ilusiones.

A los seis meses del aborto, Adele estaba de nuevo embarazada. Esta vez nadie lo celebró y todos esperaban el nacimiento casi sin mencionar al niño. Cuando llegó el momento del parto, fue Núbia Vergara quien atendió a la parturienta. Lo había hecho tantas veces con las mujeres del *senzala*, que para ella era algo normal. Llamarían al médico solo en el caso de que se presentaran problemas.

Núbia acariciaba la barriga de Adele cantando viejos cánticos que debían animar a la criatura a salir del cuerpo materno. Cuando Adele estuvo lista para empujar, la criada le pidió que se agachara. Fue Núbia quien recibió al niño, que le cayó en las manos como una fruta madura.

Al primer vagido, Rodrigo entró corriendo en la habitación.

—¡Un varón! —exclamó, elevando al bebé todavía manchado del parto. Se acercó a su mujer y la besó con ternura en la boca.

Fue uno de esos momentos que no se olvidan, uno de esos momentos felices que se recuerdan toda la vida. Los días siguientes, Rodrigo no fue a los campos y cada diez minutos se acercaba a la cuna para mirar a su hijo.

—Me dan ganas de despertarlo solo para poder mirarlo a los ojos.

—Ni se te ocurra. Pero ¿no tendrías que retomar el trabajo? Hace una semana que no vas al *cafezal*.

—Creo que todavía no me siento capaz de apartarme de él.

Esa misma tarde, sin embargo, Rodrigo le dijo:

—Tengo que plantar unas simientes. Voy al huerto.

Adele acababa de quedarse dormida cuando su marido reapareció en la habitación. Llevaba en la mano una serpiente con la cabeza cortada.

—Esta no va a picarle nunca más a nadie —proclamó satisfecho.

—Tiene la barriga blanca... —murmuró ella.

—Parece que sí, pero ¿qué te ocurre? Ni que hubieses visto al diablo.

—Nada, cosas que se cuentan en mi pueblo, viejas supersticiones.

Esa noche, el niño murió mientras dormía. Era perfecto: tenía una leve pelusa en la piel y los párpados jaspeados de azul.

Adele insistió en ir al funeral. El sol daba en las lápidas y las flores de los floreros estaban secas. No había casi nadie en el camposanto: solo ella, Rodrigo, el cura y Núbia. Enterraron el pequeño ataúd blanco en la capilla familiar. Cuando tapiaron al hijo con cemento, Adele se mareó y Rodrigo tuvo que sujetarla. Núbia Vergara lloró como solo se llora por alguien de tu propia sangre.

Cuando regresaron a la casa, Adele le anunció a su marido:

—Durante un tiempo, querría dormir sola.

—No es el momento de estar solos.

—No puedo dormir y acabaría molestándote.

Él la miró.

—Como prefieras. —Y no insistió más.

Adele entornó las persianas, se acostó en la cama y permaneció en esa habitación varias semanas.

Pasaba los días sepultada en la sombra, casi sin comer y negándose a abrir las ventanas. Por la noche se quedaba despierta, obsesionada por un único pensamiento: había fracasado. Dos embarazos logrados con esfuerzo, y los dos inútiles. No había sido capaz de darle un hijo a Rodrigo, cuando ese era el único motivo por el que se había casado con ella.

Al amanecer, Núbia Vergara le llevaba café; luego, a las nueve, llegaba el médico. Le hacía muchas preguntas, pero obtenía solo respuestas en monosílabos: sí, no. Cuando salía de la habitación, el médico meneaba la cabeza. Prescribió fármacos para ayudarla a conciliar el sueño, pero pronto también los somníferos resultaron inútiles. Adele permanecía en la cama con los ojos cerrados, sin importarle lo que ocurría a su alrededor. Cada minuto que pasaba le resultaba insoportable. Al llegar la noche, rogaba dormirse y no despertarse más. Morir habría sido un regalo del cielo, un gesto de misericordia.

En esos días se acordó del antepasado que muchos años antes se había quitado la vida. Ahora comprendía su gesto. Empezó a pensar en la mejor manera de suicidarse: quería algo rápido y tenía que hacerlo de noche, cuando no corriese el riesgo de ser descubierta.

El médico se dio cuenta de que la situación estaba empeorando y habló con Rodrigo.

—Es mejor que su mujer nunca esté sola.

—¿Qué puedo hacer?

—Podríamos internarla en un sanatorio, pero eso quizá solo empeoraría las cosas. Esperemos. Entretanto, mi consejo es no dejarla sola.

Rodrigo mandó que la puerta de la habitación donde dormía Adele estuviese siempre abierta y por la noche empezó a dormir en un catre en la habitación de al lado.

Pasaban los meses y Adele no mostraba ninguna señal de mejoría.

Una tarde de lluvia estruendosa, Núbia se presentó ante la patrona con tono nervioso:

—*Senhora*, ha venido alguien a verla.

—Dile que vuelva cuando esté Rodrigo y… —No tuvo tiempo de terminar la frase porque oyó una voz conocida—: ¿Y bien, cómo está mi sobrina preferida?

—Tío Ugo… ¿Qué haces aquí?

—Te prometí que vendría a verte, ¿o es que ya me has olvidado?

—Te lo ha pedido Rodrigo.

Ugo se sentó a su lado y le cogió la mano.

—Sí. Tu marido está muy preocupado. Lo que os ha pasado es doloroso, Adele, pero tienes que recuperarte.

Ella le apretó la mano, se la aferró como si Ugo representase su última esperanza.

—Quiero regresar a Italia. Te lo ruego, tío, ayúdame…

—¿Qué dices? Tu casa está aquí.

—He decepcionado a Rodrigo. Si regreso a Italia, le haré un favor también a él.

—No digas tonterías. Tu marido te quiere. Es que para él no resulta fácil… Escucha, Adele: no sé si hago bien contándote esto, pero es importante que lo sepas. Verás, Rodrigo ha sufrido mucho en el pasado. Ahora le cuesta abrirse, confiar de nuevo en una mujer.

—¿Qué estás tratando de decirme?

—Hace años, siendo aún muy joven, tuvo una novia. Perdió la cabeza por esa chica. A sus padres no les gustaba, se contaban muchas cosas sobre ella, pero Rodrigo nunca les dio crédito. Iban a casarse, solo faltaba una semana, y entonces… ella desapareció. Huyó con otro.

—¿Con otro?

—Sí…, con Antonio, el hermano de tu marido.

—Creía que estaba muerto.

—Para Rodrigo es como si lo estuviese. Desde entonces no ha querido saber nada de mujeres. Fui yo quien lo convenció de que ya era hora de que se casara y quien le habló de ti.

—Eso lo explica todo, su frialdad…

—Quizá al principio, pero ya no. Lo conozco desde que era un chiquillo y créeme, Adele: tu marido te quiere mucho.

—Si me quedo aquí, me moriré.

—Piensa primero en recuperarte, luego ya veremos qué hacer. De todos modos, reflexiona: la casa no es un lugar, sino un sentimiento. Algo que guardamos dentro de nosotros, que creamos día a día con esfuerzo y mucha voluntad. ¿Recuerdas lo que prometisteis cuando os casé? Permanecer unidos en la salud y en la enfermedad, en lo bueno y en lo malo. Es un juramento que hicisteis ante Dios, y tenéis que esforzaros, hacer todo lo posible por salvar vuestro matrimonio. Rodrigo está dispuesto. Ahora te toca a ti.

Ugo se quedó en Cachoeira Grande una semana. Pasaba los días sentado al lado de Adele. La consolaba, le daba consejos y, para distraerla, le contaba episodios divertidos de su infancia: de cómo su padre se dedicaba a los inventos más extravagantes y sus disparatados experimentos.

—Nunca me perdonó que me hiciese cura. Mi madre hizo de todo para que aceptase mi vocación, pero fue inútil. Decidí regresar a Italia para tratar de hablar con él, pero murió pocos días antes de que llegara, mientras estaba de viaje.

Si Adele se sentía cansada, Ugo se sentaba a su lado y leía un gran volumen forrado en piel, que había llevado consigo del convento. De vez en cuando ella lo oía musitar frases en latín, o suspirar lleno de admiración cuando repasaba algunos pasajes. Las noches, en cambio, el tío las pasaba en compañía de Rodrigo. Ella los oía hablar hasta tarde, sentados en el porche. Se notaba que a los dos los unía un afecto profundo. La presencia de Ugo alivió durante unos días la soledad que reinaba en aquella casa. Hasta que él se marchó, y la pareja volvió a tener los problemas de siempre.

Un día, Núbia Vergara se presentó ante Adele con una taza.

—Beba, *senhora*, ya verá cómo después se encontrará mucho mejor —la animó.

—Déjalo, no quiero nada.

—Tenga, es milagrosa. Es un remedio bendecido por Dios. Lo usamos en la iglesia para hablar con el alma de los muertos.

—No me interesa nada de lo de tu gente.

—La *senhora* cree que lo sabe todo, pero todavía tiene mucho que aprender —replicó la mujer con voz dolida.

Núbia era la persona que Adele sentía más próxima, no podía exponerse a que se distanciara de ella.

—Perdona, no pretendía ser grosera. Anda, dame esa taza. —Se incorporó contra el respaldo de la cama y bebió todo el contenido de un trago.

Al cabo de pocos minutos, la bebida hizo efecto. A Adele le pareció que abandonaba su cuerpo. La percepción de los ruidos, las formas, los colores, todo era difuminado, leve, evanescente. No existía el recuerdo, solo una gran sensación de paz. En los sueños provocados por la droga, Adele se sintió transportada a un lugar habitado por figuras extrañas, y, sin embargo, familiares. La socorrió un hombre alto, flaco, desgarbado y de aspecto melancólico; a su lado había un niño parlanchín que empezó a dar saltos alrededor sin parar de hacer preguntas. Entre todos destacaba una mujer de tez morena y ojos negrísimos, de la misma forma y profundidad que los ojos de los componentes de una de las dos mitades de su familia. Llevaba faldas multicolores y tenía plumas de faisán en el pelo. Adele sabía quién era. La imagen era tan real que, en algunos momentos, estuvo segura de notar que Viollca le agarraba la mano. Una vez creyó incluso oír que le susurraba al oído:

—No pienses en la muerte. Te espera un largo futuro. Mucho dolor, pero también momentos de gran felicidad. Para ti habrá dinero y veo mucho éxito. Pero has de ser fuerte y muy valiente.

—Solo quiero que todo acabe.

—Tú no puedes decidir. Es el camino que te ha sido asignado, y has de recorrerlo hasta el final.

—Yo soy la mujer de la carta del Diablo, ¿verdad? Conozco

tu profecía. Mi padre siempre le tuvo miedo y, en cuanto nos hicimos mayores, nos la contó a todos los hermanos. ¿Era mío el matrimonio que solo traería desdichas, era mío el niño muerto que viste en las cartas?

—El azar es lo único que se ha llevado a tus hijos, y tu matrimonio es mejor de lo que crees.

El torbellino de voces y de fantasmas pareció entonces alejarse, diluirse en el aire.

Adele oyó que una voz la llamaba. Entornó los ojos y murmuró.

—Viollca…

—¿Qué has dicho? —Rodrigo estaba inclinado sobre ella.

—He tenido un sueño extraño.

Pero ¿realmente eran sueños? Adele se lo preguntaba cada vez que salía de esos estados de embotamiento. Después, sin embargo, se sentía tranquila, como si aquellos personajes consiguiesen infundirle ánimos, hacerle más llevaderos los días. Empezó a pedirle con insistencia a Núbia que le consiguiese dosis cada vez más fuertes de la bebida, pero Núbia se negó.

—No, senhora. Dios no quiere que los hombres se acerquen demasiado al mundo de los espíritus.

—El mundo de los espíritus está aquí, en medio de nosotros —le respondió Adele, repitiendo las palabras de su padre.

Rodrigo iba a ver a su mujer a primera hora de la mañana y después por la noche, cuando regresaba de los campos. Le llevaba fruta, dulces de coco, el caldo que Núbia dejaba expresamente en la cocina. Le hacía siempre las mismas preguntas: cómo te encuentras, has comido, has podido descansar. Luego, abatido por su mutismo, la dejaba de nuevo sola. Poco después, Adele oía sus pasos en el suelo de madera del porche. Su presencia parecía contenida en aquellos pasos. A veces se detenían de golpe, como si a Rodrigo se le hubiese ocurrido algo importante. Más tarde, lo oía entrar, acostarse en el catre de la habitación de al lado. Su lámpara se apagaba y la casa quedaba sumida en la oscuridad.

Pasaron así la Navidad y también Semana Santa. Adele estaba tan débil que para ir al cuarto de baño tenía que apoyarse donde podía y avanzar poco a poco, palpando las paredes. Dejó de asearse. Permanecía en la penumbra como una planta tropical, húmeda e inerte. Un día le pareció ver una sombra en su piel, como si le estuviese saliendo moho en el cuerpo. Creyó volverse loca, lo que tal vez habría ocurrido si una tarde su marido no hubiese intervenido.

Había regresado al galope antes de lo habitual. Relinchó el caballo, luego sonó la puerta de entrada. Permaneció un rato quieto en el umbral, y por fin se acercó a la cama.

De un manotazo arrojó al suelo todos los medicamentos que había en la mesilla. Ella se sobresaltó, pero permaneció con los ojos cerrados. Él abrió las ventanas. Adele se llevó las manos a los ojos, desacostumbrados a la luz. Rodrigo se le acercó de nuevo. Esta vez la cogió de los brazos y empezó a zarandearla.

—Ya basta. Vas a levantarte, ¿entendido? Tendremos más hijos, Adele. Verás que llegan, y aunque no fuese así... ¡Estamos los dos, tú y yo!

Ella seguía inerte, los párpados caídos, el cuerpo flojo. Podía notar la respiración de su marido, imaginarse sus ojos clavados en ella. Hubo un momento de vacilación, una espera. Luego Rodrigo la atrajo hacia su pecho.

—¡Te necesito..., maldita sea! —La abrazó unos segundos, luego la echó de nuevo en la cama, con delicadeza.

«Ahora se marcha», pensó Adele, y sintió en su interior un vacío, una añoranza por el instante que acababa de vivir.

Pero Rodrigo no se movió y poco después dijo:

—Núbia va a preparar las maletas. Mañana nos vamos.

Todavía estaba oscuro cuando, al amanecer del día siguiente, él cogió a Adele en brazos para llevarla al carruaje. A las primeras luces de la mañana, marido y mujer subían a un tren de camino hacia el norte del país.

Adele pasó todo el día dormitando. Por momentos observaba a su marido, que estaba sentado delante de ella: una arruga profunda en la frente, el pelo casi completamente gris. Pensó que, en esos pocos años que llevaban viviendo juntos, Rodrigo se había convertido en un hombre mayor.

Llegada la noche, Adele esperó que él se durmiese, entonces se sentó al lado de la ventanilla. El viento entraba en el tren en marcha, secándole el sudor. Adele miraba los pequeños grupos de luces que había a lo lejos, las sombras de algunas casas, el perfil negro de los árboles; después ya solo hubo campos, un cielo vacío y el traqueteo monótono de la locomotora. De repente se acordó de Paolo. Hacía mucho que no le pasaba y esa noche se dio cuenta de que ya no sentía nada por él. Era como si el dolor de los últimos meses hubiese anulado todo recuerdo, borrado todo sentimiento que la unía al pasado.

El sol alumbró una tierra color herrumbre, extensiones inmensas, sin árboles ni pastos. Solo se veían campos áridos, dunas de arena y esqueletos de animales en las orillas de lagos secos. Luego surgieron de nuevo los bosques, cielos de plomo, árboles de anacardo, plantaciones de banano, de coco y de maracuyá. El ambiente estaba impregnado del olor de la melaza y se respiraba el aroma intenso de las flores tropicales. Entonces, al fondo, apareció la ciudad de Salvador de Bahía.

La primera noche en el hotel, Adele durmió poco y mal. A la mañana siguiente se despertó de mal humor. Solo quería volver a cerrar los ojos, pero Rodrigo la obligó a levantarse.

—Ven, un poco de aire te sentará bien. —La llevó de la cintura hasta la terraza. Ahí la esperaba una mesa con café, huevos, pan y fruta.

—No tengo hambre.

Rodrigo hizo caso omiso de sus palabras. Trató de servirle café, pero Adele lo rechazó. No se dio por vencido. Untó mantequilla en una rebanada de pan y empezó a dársela en la boca.

La terraza daba a una plaza de la ciudad vieja, rodeada de antiguos palacios portugueses. Con los siglos, estos habían perdido gran parte de su gloria, pero retenían la huella forjada a lo largo de años de sol abrasador y de lluvias tropicales. Se habían desteñido los colores de los muros y la humedad había bordado en ellos las formas más singulares: hojas enroscadas, ángeles, animales y bandadas de pájaros. Adele fijó la mirada en dos mujeres negras que estaban asomadas a la ventana de enfrente: reían, con sus turbantes de colores, sus hermosos hombros desnudos, y la risa de la una alimentaba la de la otra en un gorjeo contagioso. Más abajo, en la calle, correteaban unos niños. Una mujer hacía un cuenco con sus manos para beber debajo de la fuente; al lado de ella, un anciano partía cocos. Rodrigo le sonrió:

—Es una ciudad mágica. Aprenderás a quererla.

Transcurrieron un par de semanas y poco a poco una sangre nueva pareció que comenzaba a circular por las venas de Adele. Empezó a dormir de nuevo y fue recuperando el apetito. Afrontar una nueva mañana ya no le daba tanto miedo. «Poco a poco, Adele. Poco a poco», se repetía.

Un mes después de su llegada, Adele ya era capaz de estar de pie toda la mañana. Marido y mujer se levantaban temprano, desayunaban; después, para aprovechar las horas más frescas, salían y paseaban por las calles de la ciudad. Cuando Adele se cansaba, se sentaban a la sombra a tomar un jugo de caña de azúcar o la delicada agua de coco.

Siempre poco a poco, empezaron a discutir abiertamente del dolor por la pérdida de los dos niños, pero hablaron también de sus sueños, de episodios de su infancia y de un futuro juntos. Charlaban durante horas, con ansia, descubriéndose como dos amantes que se acabaran de conocer. Bromeaban sobre sus defectos, se tomaban el pelo por sus pequeñas manías. Los distraía solo la belleza de algún rincón oculto o una escena con la que se tropezaban de repente en una esquina: niños negros bailando al ritmo de tambores o un grupo de mujeres vestidas de blanco danzando en corro. Adele parecía absorber la energía que vibraba a su alrededor. Aprendía a vivir de nuevo, y a hacerlo junto al desconocido que desde hacía años vivía a su lado.

Un día, Adele se despertó al amanecer. Los rayos del sol entraban por las persianas entornadas. El aire era suave, el ventilador del techo zumbaba dejando sobre sus cuerpos desnudos un agradable frescor. Adele estiró los brazos y las piernas. En la calle olía a café y se oían el bullicio de las aves y voces lejanas. Alcanzaba a distinguir conversaciones de mujeres, a unos niños cantando en el patio de una escuela. Adele volvió la cabeza y miró a su marido; tenía el pelo revuelto, una mano apoyada en su vientre. Sonrió. Se habían quedado por la noche hasta tarde en la terraza tomando el fresco. Había sido una velada tranquila. En la plaza, una mujer daba de mamar a su hijo sentada en la puerta de su casa; alguien cantaba. En un momento dado, dejaron de hablar y se miraron a los ojos. Luego él le acarició el rostro y esa vez Adele no se apartó. Entonces Rodrigo se acercó para besarla.

Hicieron el amor, por primera vez después de meses. Hubo algo nuevo, muy diferente. Parecía como si Rodrigo fuese otra persona, pero Adele pensó que a lo mejor era ella la que se sentía distinta. La besó sin prisa. Primero en la boca, después en el cuello, por dentro de los brazos, cada parte del cuerpo. Ella cerró los ojos y se abandonó, vaciada de todo pensamiento malo. El placer fue tan intenso que Rodrigo tuvo que taparle la boca.

Adele ahora observaba de cerca el rostro de él: el perfil recto de la nariz, los labios entornados, la pequeña vena que le latía en la sien.

—*Meu marido* —murmuró en portugués.

Rodrigo abrió los ojos y sonrió.

—Anoche montaste un buen escándalo. Temí que viniesen los bomberos —le dijo, serio.

Ella se apartó, muy avergonzada. Rodrigo se echó a reír y la atrajo hacia sí.

Reanudaron el viaje hacia el norte del país. En Recife se embarcaron en un bananero y navegaron por el Amazonas. Era un mundo nuevo para Adele, y se quedaba siempre deslumbrada cada vez que pasaban frente a una aldea de los indios: grupos de cabañas, mujeres encendiendo hogueras o lavando ropa en la orilla, niños correteando. A su paso, los chiquillos mayores se lanzaban al agua y se acercaban al barco gritando y riendo. Rodrigo tenía razón, reflexionaba Adele. Todo en ese viaje era milagroso: la vegetación exuberante, la majestuosidad del río, los pájaros tropicales, los chillidos de los monos. Las mujeres estaban prácticamente desnudas, pero no parecían avergonzarse. El paraíso terrestre debió de ser así.

Manaus apareció en el horizonte al ocaso, como un espejismo de luces reflejadas en el agua. Era una pequeña ciudad perdida entre bosques vírgenes, pero en los últimos años las plantaciones de caucho habían cambiado su aspecto soñoliento: había crecido y ahora contaba hasta con un teatro de la ópera. El edificio destacaba en todo su esplendor, testigo de la riqueza acumulada gracias al caucho, y a los heroicos esfuerzos de algunos amantes de la música lírica que habían transportado cada piedra a través de toda la selva amazónica.

Cada vez que llegaban a otra ciudad, Adele y Rodrigo iban a la oficina de correos para recoger los telegramas que les enviaba Núbia. De vez en cuando encontraban una postal del tío Ugo, que los animaba a seguir ese magnífico viaje. Desde Cachoeira Grande, en cambio, empezaban a presionar para que regresasen, pero ahora la *fazenda* parecía tan lejos. Rodrigo tiraba las cartas casi sin leerlas. Abrazaba a su esposa y le susurraba con malicia que estaba ganando peso, pero que él adoraba a las mujeres gordas, porque le sugerían pensamientos pecaminosos.

—El café puede esperar —le decía.

—No, tenemos que volver. Estoy embarazada —anunció ella un día.

Maria Luz nació en noviembre de 1930, cuando la sombra de Getúlio Vargas ya se recortaba sobre el futuro de Brasil. Nació casi sin dolor al alba de la revolución que iba a cambiar para siempre la vida de Cachoeira Grande y de toda la nación.

Poco más de dos años después del nacimiento de los gemelos, Neve se quedó de nuevo encinta. Esta vez las contracciones llegaron incluso antes, cuando aún no se había cumplido el séptimo mes de embarazo, y nació un niño tan pequeño que cabía en la palma de una mano. Era otro varón, con la piel cianótica y el cuerpo cubierto de pelusa.

—*He parido un mono* —exclamó Neve, asustada.

—¡Que no es un mono! Lleva el manto de la Virgen, será un niño con suerte —la tranquilizó Armida, pero ella enseguida supo que el niño tenía pocas posibilidades de sobrevivir.

Lo lavaron, lo envolvieron en un pañal y lo pusieron en una caja de zapatos forrada de algodón. Rodearon la caja de botellas de agua caliente, que cambiaban en cuanto se enfriaban.

El médico iba a ver al niño varias veces al día, más para consolar a la familia que para hacer algo en ese caso desesperado. Le decía a Neve que se animara, pero a los demás les revelaba su impotencia.

—Los pulmones todavía no están bien desarrollados —decía—. Está en manos del Señor.

Beppe se quejaba con Armida de la historia de las desdichas que en su familia se repetían siempre iguales: primero le había pasado a Adele, que había perdido dos hijos, y ahora le tocaba a Neve.

—La profecía hablaba de niños muertos. El destino no se puede cambiar.

—¡No es el destino! —lo interrumpió ella—. ¿Es que conoces a una sola familia que no haya llorado a un niño muerto?

Sofia sugirió a su nuera que llamase al cura. Neve le respondió de malas maneras que ahí no se estaba muriendo nadie y le dijo que a ella no se le ocurriese llamar al cura. Sin embargo, cuando se quedó sola, bautizó al niño y lo llamó Vittorio. Inmediatamente después, le rezó largo rato a la santa de Bolonia. Le había hecho un milagro de pequeña y ella nunca le había pedido nada, pero ahora le imploraba que salvase a su hijo.

Neve no dejaba nunca al bebé, por miedo a que muriese solo. Trataba de amamantarlo, pero, cada vez que Vittorio se le pegaba al pecho, vomitaba enseguida. Lloraba mucho y cuando dormía tenía continuos sobresaltos.

El tercer día comió más de lo habitual y después miró a la madre con una expresión serena.

—Radames, míralo…, ya verás cómo lo consigue —le susurró Neve a su marido. Antes de que hubiese terminado la frase, el pequeño tuvo convulsiones. Radames fue a las escaleras y llamó a gritos a su madre. Cuando Sofia llegó a la habitación, de la boca del niño salían burbujas de saliva. Un último temblor y dejó de respirar. Ni siquiera la santa de Bolonia había podido salvarlo.

Cuando nació el nuevo niño, habían llevado a los gemelos a la casa de la abuela Armida. Tres días después, al regresar Radames para dar la noticia de la muerte del recién nacido, Dolfo dormía y Guido estaba jugando en el patio. El padre le revolvió el pelo, luego entró en la casa sin decir una sola palabra. De repente, Guido ya no quiso seguir jugando y lo siguió.

Entró en la cocina, y ahí los encontró llorando a todos. Guido se acercó a su padre, le buscó la mano y se la apretó, pero sin mirarlo. Los mayores cuchicheaban. Oyó a la abuela Armida decir: «Era solo cuestión de tiempo». Y una tía añadió: «Ahora está con los ángeles». Tras esas palabras, Guido rompió a llorar y empezó a llamar a su madre. Armida lo cogió en brazos y le secó la cara, pero no sirvió para calmarlo. Radames entonces decidió llevarlo a casa.

—Deja que Dolfo siga durmiendo; nosotros te lo llevaremos mañana —le sugirió Armida.

Padre e hijo fueron por los campos, luego siguieron por el camino de la ribera. Cuando llegaron a la plaza, la gente sentada delante del bar dejó de golpe de hablar. Guido notó que los observaban con una expresión extraña, como avergonzados. Radames tiró al niño de un brazo, pero él se tropezaba sin parar, entonces se lo subió a hombros.

Una vez en casa, el niño fue corriendo donde la madre y hundió el rostro en su pecho. Sintió el aroma de su piel, y supo que ahora ya no podía pasarle nada malo. Poco después vio a su hermano tumbado en la mesa de la cocina: tenía los ojos cerrados y estaba vestido de blanco. También notó que los ojos de su madre estaban hinchados y que le costaba hablar. Se apretó con más fuerza contra ella. Se quedó ahí, el rostro enterrado en ese abrazo, hasta que se durmió.

Lo despertaron unos martillazos. Abrió los ojos de par en par: se encontraba en la cama de sus padres, estaba solo y fuera estaba oscuro. Una franja de luz entró por debajo de la puerta que daba a la cocina. Guido se bajó de la cama, se acercó a la puerta y la entornó.

Alrededor de la mesa estaban todas las personas que conocía: solo faltaba su padre. Las mujeres rezaban con el rosario entre los dedos, los hombres tenían la cabeza gacha y el sombrero entre las manos. Un hombre calvo estaba detrás de un cajón de madera sujeto por largas patas de metal. Se inclinó y metió la cabeza debajo de un paño negro. Guido oyó de nuevo los martillazos: sonaban en el establo.

Al cabo de unos minutos, su padre entró en la cocina. Llevaba bajo el brazo un pequeño cajón de madera. Cuando vio eso, Neve rompió a llorar. Las mujeres la rodearon, los hombres miraron el suelo. La abuela Armida se acercó y colocó en el fondo de la caja un cojín bordado. La madre cogió en brazos al niño pequeño y lo besó en la frente. Parecía incapaz de dejar de besarlo y las manos le temblaban, tanto que Guido temió que se le cayese el hermanito al suelo. Luego la vio posar al niño en la caja. También el padre se inclinó hacia él, le dio un beso y le apretó una manita. Después cerró la tapa de la pequeña caja, agarró el martillo y empezó a clavarla.

Guido se lanzó a la habitación, gritando:

—¡No tiene aire! ¡El hermanito no tiene aire!

Radames se quedó con el martillo en el aire. Neve corrió hacia el niño, pero para detenerlo necesitó a Armida, porque Guido pataleaba demasiado y no había manera de calmarlo.

A la mañana siguiente, antes del amanecer, Neve despertó a Guido. Estaban a menos de cero grados de temperatura y había carámbanos a lo largo de la cornisa de la ventana. En los cristales, el hielo había formado abanicos, patas de pájaro, pequeños bordados.

Guido no quería abandonar la tibieza de la cama, pero Neve lo cogió en brazos y lo llevó delante del fuego de la chimenea.

—¿Adónde vamos? —le preguntó él, frotándose los ojos.

—A recoger la fotografía de Vittorio. Así podremos ver al hermanito cada vez que queramos.

Poco después salieron de la casa y se encaminaron hacia el bosque de álamos que llevaba al río. La primera luz del día teñía el mundo de un azul pálido. El hielo había cubierto los árboles y el suelo crujía bajo sus pies. Envueltos en varias capas de jerséis y en el abrigo, madre e hijo caminaban rápido. Su aliento era la única cosa viva en el bosque petrificado del invierno. De vez en cuando, Guido miraba a su madre, pero el rostro lo tenía casi tapado con una bufanda. Solo conseguía distinguir sus ojos negros y un mechón rebelde de sus cabellos color azabache. Tardaron media hora en llegar a la ribera. Cruzaron el puente de barcas sobre el Po y de golpe se encontraron en el pueblo de Ficarolo.

Llegaron al estudio del fotógrafo antes de las ocho, pero

Neve no pudo esperar, consumida como estaba por la impaciencia. El fotógrafo los vio por el cristal empañado de la ventana. Estaba todavía en pijama y sujetaba en la mano una taza de café. Faltaba casi una hora para abrir, pero aquellos dos, sentados en el escalón, ateridos de frío, debieron de darle pena. El hombre se puso el tabardo sobre los hombros y bajó a abrirles.

—Perdóneme, lo he hecho bajar antes de tiempo —dijo Neve.

—Faltaría más... Pase, ya está lista.

La fotografía de Vittorio colgaba de un hilo. El hombre la cogió y le tendió a Neve el retrato de un recién nacido arrugado, con un gorro demasiado grande y una sombra alrededor de los ojos. Ella lo recibió como si fuese una reliquia. Nadie hablaba. Guido observaba el rostro de su madre y de golpe le pareció más luminoso y bello.

Madre e hijo salieron de la tienda y emprendieron el viaje de vuelta a casa, pero, no bien salieron del pueblo, Neve se detuvo. Sacó la fotografía del bolso, la cubrió de besos, luego la volvió a guardar. La escena se repitió varias veces. Caminaban un rato, paraban, Neve sacaba la fotografía del bolso para luego acariciarla y besarla.

Tardaron un tiempo infinito en llegar a casa. Guido tenía hambre, pero, antes de darle algo de comer, Neve fue por su retrato de boda. Abrió el marco y reemplazó la fotografía por la del hijo muerto. Luego la puso sobre el aparador y desde ese día no se separó nunca de aquella imagen. De noche se la llevaba al dormitorio y todas las mañanas la colocaba en la cocina. Cumplió ese ritual todos los días, sin olvidarlo nunca, toda la vida.

1930

Getúlio Vargas llegó al poder en noviembre de 1930, mediante un golpe de Estado respaldado por las fuerzas militares y los industriales. Trató de granjearse también el favor de las clases populares, promulgando leyes en beneficio de los más pobres y promoviendo un modelo de sindicato que recordaba el de las corporaciones fascistas. Adele declaró desde el principio:

—Ese es otro Mussolini.

—Veamos qué hace antes de juzgarlo —replicó Rodrigo. Aún no sabía que, en el proyecto de modernización de Brasil de ese gobierno, no había sitio para el café.

Hacía meses, los precios de los productos tropicales, en los que siempre se había basado la economía del país, habían empezado a bajar.

—Es el efecto de la Gran Depresión. Pasará dentro de unos meses —afirmaba Rodrigo.

—No lo creo. Vargas ha dicho que quiere transformar Brasil en una potencia industrial, y que quiere conseguirlo en pocos años. ¿Qué pueden importarle la caña de azúcar y el café? —contestaba su mujer.

En pocos meses, el café se convirtió en un producto devaluado, casi inútil. Años antes había sido la fuerza motriz de la economía, ahora se pudría en las plantaciones de todo el sur.

El nuevo gobierno hizo frente a la crisis comprando a los

productores miles de quintales que luego mandaba quemar. Los *cafezais* de todo Brasil empezaron a llenarse de enormes hogueras. Grandes columnas de humo se elevaban hacia el cielo, mientras el fuerte olor de los granos en descomposición saturaba el ambiente.

Cachoeira Grande no se libró. Rodrigo observaba impotente los gigantescos fuegos que en pocas horas destruían todo lo que se había construido a lo largo de generaciones. Con la crisis del café, se acababa también el trabajo para docenas de hombres y mujeres que siempre se habían desvelado por su familia. Rodrigo no tuvo más remedio que despedir a más de la mitad de los peones, que quitar casa y salario a gente que había nacido en las tierras de Cachoeira Grande. Lo hizo con una frialdad que indignó a los trabajadores y escandalizó también a su esposa.

—No puedes tratar de esa manera a tu gente. Los conoces de toda la vida, muchos han compartido contigo los pupitres de la escuela —lo acusaba Adele.

—¿Qué pretendes? Ya no tenemos dinero para pagarles.

—Trata de darles una explicación, muestra al menos un poco de sensibilidad.

—Les quito la casa y el trabajo, ¿cómo crees que puedo hacer eso con sensibilidad?

Adele sabía que Rodrigo no tenía otra opción: se habían destruido cosechas enteras y ya no les quedaban ahorros. En esos momentos no cabían medias tintas. Se estaba de un lado o del otro, y, para muchos, su marido era un enemigo.

No mucho tiempo después Rodrigo volvió a casa con el rostro ensangrentado y la ropa rasgada. Lo habían agredido en la calle y solo la intervención de la policía había impedido que lo lincharan. Al cabo de pocos días, Adele descubrió que alguien había destruido a martillazos la capilla familiar. A partir de ese momento, tampoco ella pudo salir de la *fazenda* por miedo a ser objeto de represalias. Vivían en un estado de asedio, como encerrados en una cárcel. Fue entonces cuando Adele comenzó a tratar de convencer a Rodrigo de que vendiera el *cafezal*.

—Vende. Tenemos que llevar a Maria Luz a un sitio seguro.

—¿Y para ir adónde? ¿A Río, a São Paulo? ¿Y qué haría ahí? Yo me he criado en medio del café, no sé hacer otra cosa.

—Todavía eres joven y algo encontraremos. Aquí ya no hay nada para nosotros.

—No me pidas eso, Adele. Yo he nacido aquí, esta es mi vida.

Esa noche, los dos se acostaron extenuados por la larga discusión y se dieron la espalda. Ambos tardaron horas en dormirse, porque estaban demasiado alterados por la larga riña y aún no se sentían dispuestos a reconciliarse.

A la mañana siguiente, Rodrigo se levantó a la hora de siempre y desayunó solo. Se puso las botas, cogió el sombrero y salió.

Adele se levantó cuando el sol ya estaba alto. No soplaba ni gota de viento. Núbia la ayudó con las tareas domésticas. Cambiaron juntas las sábanas, fregaron los suelos de madera y entornaron las persianas para refrescar las habitaciones.

A mediodía, Maria Luz jugaba en la alfombra y Adele estaba cocinando. En el gramófono sonaba la voz de Beniamino Gigli.

Santa Lucia,
luntano 'a te,
quanta malincunia!
Se gira 'o munno sano,
se va a cercá furtuna,
ma, quanno sponta 'a luna,
luntano 'a Napule
nun se pò staaa!

Unos años antes, Adele no podía escuchar ese disco sin que le entraran ganas de llorar. Qué diferente era ahora su vida. De pie al lado del fregadero, Adele pensaba en Rodrigo. La noche anterior no se habían reconciliado y, cuando él se levantó, ella aún dormía. De repente sintió el apremio de verlo. Quería abrazarlo, decirle que tenía razón, que las cosas, tarde o temprano, se arreglarían. A la hora de comer, Rodrigo no había vuelto. Adele sabía que tenía la costumbre de quedarse a comer en el *senzala* y no se preocupó.

Sobre las dos de la tarde, acostó a la niña y se echó en la hamaca del patio. Estaba a punto de quedarse dormida, cuando oyó que unos caballos llegaban al galope a la casa. Entornó los ojos. Núbia Vergara estaba abriendo las verjas. El pequeño grupo de hombres desmontó, luego empezaron a hablar, en voz baja, alrededor de la criada. Adele se quedó observando. Miraba a los campesinos, sus rostros tensos. La hamaca se mecía despacio, el aire estaba inmóvil. Una mosca zumbaba en torno a su cara.

El silencio lo rompió el grito de Núbia Vergara: un grito que Núbia trató de contener, pero que resultó más elocuente que cualquier palabra. Adele se puso de pie de un salto y fue corriendo al patio. Núbia salió a su encuentro, pero, cuanto más se le acercaba, más vacilante se hacía su paso. Adele avanzaba y Núbia frenaba, hasta que las dos mujeres se encontraron frente a frente.

—*Dona Adela...* —La criada no pudo decir nada más y se tapó el rostro con las manos.

—¿Dónde está?

—Lo están trayendo en un carro. Me han dicho que... es preferible que no lo vea, *senhora*. Ya no tiene rostro. Le pegaron un tiro en plena cara.

Esas palabras no tenían sentido. Rebotaban en el aire, pasaban alrededor de Adele sin rozarla. Era como si no tuviesen nada que ver con ella, como si todo aquello le estuviese ocurriendo a otra. Permaneció quieta en medio del patio, sin expresión, los ojos clavados en Núbia. Parecía como si hubiese dejado de respirar. Luego rodeó con un brazo el hombro de la criada, como si fuese ella quien tuviese que consolar, ella quien tuviese que aliviar un dolor que todavía no le pertenecía:

—Ven, tenemos que preparar agua para lavarlo y el traje que le vamos a poner.

Más tarde, sentadas delante del féretro de Rodrigo, Adele le dijo:

—Hay que encontrar a Antonio. Es el hermano, tiene derecho a saber. También habrá que arreglar la división del *cafezal.* ¿De verdad que tú no sabes dónde está?

—Espere.

Núbia fue a otra habitación y volvió enseguida con un sobre.

—Cada vez que llegaba una carta de él, Rodrigo me pedía que la tirase. Pero esta la guardé y tiene unas señas. Tenga, es muy antigua pero, pasados unos meses, ya no llegó nada más. Todos estos años sin hablarse, y vivían a treinta kilómetros el uno del otro.

—Manda tú el telegrama. Él no sabe quién soy yo.

Dos horas después, Núbia dictaba el mensaje al empleado de correos:

RODRIGO FALLECIDO. FUNERAL VIERNES DOS DE LA TARDE. LO ESPERAMOS. NÚBIA.

La mañana del viernes, muchas horas antes del servicio fúnebre, llamaron a la puerta. Adele y la criada se cruzaron una mirada, luego Núbia fue a abrir.

—¡Heléna! —La criada abrazó a la mujer que estaba delante de ella—. Pasa —continuó—. Esta señora es Adele, la esposa de Rodrigo... Pero ¿y Antonio?

La otra no respondió. Se quedó delante de Adele, muda. Las dos se miraban, fascinadas y al mismo tiempo asustadas al descubrirse tan parecidas: los mismos ojos claros, el mismo cuerpo delgado, incluso un mechón más claro en la frente.

Tras el primer momento de estupor, Adele reaccionó.

—Perdóneme... Por favor, adelante.

La otra entró con paso inseguro y miró alrededor, lentamente, en la que muchos años antes se habría convertido en su casa. Tuvo como un temblor y se volvió de nuevo.

—He querido venir antes para poder hablarles a solas. Antonio murió hace años. Lo conté en una carta, pero nunca recibí respuesta.

Al oír esas palabras, Núbia tuvo que sentarse.

—Muerto... Pero ¿cómo?

—Atropellado por un auto.

—No sabíamos nada. Rodrigo tiraba sus cartas sin abrirlas.

—Me lo imaginaba. Cuando recibí la noticia de la muerte de Rodrigo, no sabía qué hacer; pero al final decidí que al menos yo tenía que estar para decirle adiós. ¿Puedo verlo?

—Venga —le respondió Adele.

Una vez delante del muerto, Heléna pareció vacilar.

—Tiene el rostro tapado, después de lo que pasó... —explicó Núbia.

—Sí, me enteré. —Se acercó y rozó la tela que cubría el rostro de Rodrigo—. Todos estos años de silencio, y el remordimiento... mío, de su hermano.

Explicó que Antonio había muerto pocos meses después de su fuga. Iban a casarse pero, una semana antes, ocurrió el accidente.

—Su muerte fue un castigo de Dios. Siempre he creído eso.

Adele la miraba y era incapaz de no sentir lástima por ella, pero lo que más la aturdía era su extraordinario parecido con Heléna..., ese único mechón claro, y los ojos... Ahora todo tenía sentido: la expresión de incomodidad de Núbia el día que había llegado, el estupor de los otros peones, pero, sobre todo, la actitud contradictoria de su marido... «Por ese parecido es por lo que se casó conmigo», concluyó.

Recordó su frialdad al principio, la primera vez que hicieron el amor, la mirada preñada de odio que, durante un momento, había visto en el rostro de su marido. Rodrigo seguramente había volcado sobre ella tanto el amor como el odio que seguía sintiendo por Heléna. «No, no puede ser», se dijo enseguida. A lo mejor al principio, pero después las cosas entre ellos cambiaron. Rodrigo la había amado a ella, no a un fantasma. Pero su marido había muerto, ya no podía aclararle nada y a ella no le quedaba más remedio que vivir siempre con esa duda. A lo mejor no había llegado nunca a conocer a Rodrigo, no del todo. Hasta el final había sido el mismo que el de la fotografía que había enviado a Italia: un hombre con media cara a la sombra.

No consiguió llorar, no hasta después del funeral. Respondía a las preguntas, organizaba el entierro de su marido, todo de forma mecánica, sin darse realmente cuenta de lo que había ocurrido. Solo cuando el cura se marchó, y el cuerpo de Rodrigo reposaba bajo tierra; solo cuando los peones regresaron a sus casas, y llegó la noche y pareció que duraría para siempre, Adele dio rienda suelta a su dolor. Y entonces ya no hubo Dios, ya no hubo perdón. De nada le valió saber que el asesino de su marido, un peón despedido tiempo atrás, había sido arrestado. En ella se abrió camino el odio. Odió a ese hombre, odió Cachoeira Grande, odió todo el país. Sin Rodrigo, aquella ya no era su casa.

Perdió interés por el futuro del *cafezal* y pareció perderlo incluso por su hija.

Al cabo de un par de semanas, la criada afrontó la situación.

—La niña necesita a su madre, *dona Adela*, y nosotros también la necesitamos a usted.

—Quiero vender, Núbia.

—Pero ¿qué dice?

—Busca a alguien que compre el *cafezal*. Regreso a Italia. Aquí ya no me queda nada.

—Este no es momento de vender; le darán una miseria.

—Me conformo con que alguien se haga cargo de vosotros y de la *fazenda*.

No hubo manera de disuadirla. Unas semanas después, Adela aceptó la oferta de los Güiraldes. Eran sus vecinos, los mismos a los que años antes Rodrigo había comprado tierras para celebrar la llegada de su esposa italiana. Ahora recuperaban aquello que habían vendido junto con el resto de la finca, y a mitad de precio.

Al mes siguiente, todo estaba listo. En la escritura de compraventa solo faltaba la firma de Julio Güiraldes.

Después de seis años de su llegada a Brasil, Adele se encontraba en la terraza de su casa con las maletas hechas y la niña en brazos. En el bolsillo llevaba dos pasajes de barco para Europa. Tenía treinta y siete años, pero sentía que la vida, para ella, había concluido.

Se despidió de uno en uno de los peones que habían ido a decirle adiós. Muchos de ellos tenían los ojos empañados. Núbia Vergara insistió en acompañar a la patrona hasta la estación, la misma a la que Adele había llegado la primera vez con Rodrigo. Subieron las maletas. Núbia chasqueó el látigo y azuzó al animal para que se moviera. El carro avanzó y cruzó lentamente el patio. Los peones seguían a los lados. Alguno llamó a Adele, de nuevo le deseó buen viaje, pero ella no se volvió. El carro cruzó las verjas de Cachoeira Grande y desapareció detrás de una curva.

Adele recorría en sentido contrario el viaje que había hecho seis años antes para ir a su nueva casa, pero a su alrededor ahora se extendía un paisaje yermo, un mundo muerto. Pasaron por plantaciones abandonadas, vieron los campos vacíos, las montañas de café ardiendo, el humo negro elevándose hacia el cielo. Muchas casas tenían las puertas y las ventanas atrancadas. Los huertos estaban cubiertos de paja; los jardines, asfixiados por la maleza.

Maria Luz estaba sentada en las faldas de su madre. Adela pensó que la niña era todo lo que le quedaba de esos años. Pensó también en los años de su enfermedad, y en las palabras que Viollca le había dicho en sueños. La había avisado de que había mucho dolor en su camino, y ese dolor había llegado ahora todo junto, un mazazo en el pecho.

En ese instante, Maria Luz volvió la cabeza y le sonrió a su madre. Adele sintió que el corazón se le paraba. Nunca como en ese momento había reparado en lo mucho que se parecía la niña a su padre. Fue un fulgor, la intuición de un instante. Comprendió que de nada iba a valer recorrer al revés seis años de su vida confiando en olvidar, confiando en que, una vez en Italia, aquello que había vivido se borraría del recuerdo. Ahora tenía una hija, y era hija de Rodrigo. Observaba a Maria Luz y, cuanto más la miraba, más claro y sencillo se volvía todo. La niña pertenecía a Cachoeira Grande y era en el *cafezal* donde ella iba a sentir la presencia de su padre. La vida de Rodrigo estaba en el aroma del café extendido a secar, en el sonido de la cascada en la cumbre de la colina, en los cuentos de Núbia Vergara y en las canciones del *senzala*.

Núbia estaba sentada a su lado, sujetaba con fuerza las riendas del caballo. Miraba hacia delante, con una expresión indescifrable en el rostro.

—¿Qué hora es? —le preguntó Adele.

—Casi las seis.

—Si regresamos ahora, ¿llegaríamos a casa a tiempo?

La criada dio un tirón a las riendas y el caballo se detuvo, relinchando. El sol estaba bajo, una luz cálida iluminaba su rostro sin edad, los ojazos dulces y redondos, el pelo hirsuto y entrecano.

—¿Quiere decir, a Cachoeira Grande?

—Sí. ¿Llegaríamos antes de que Julio Güiraldes haya firmado el contrato?

Y entonces Núbia Vergara rompió a reír. Rio largamente, como alguien satisfecho de su propia vida. Luego fustigó al caballo y lo azuzó para que se moviera.

—¡Claro que llegaremos, *dona Adela*, aunque tuviésemos que ir con una sola pierna!

1936

Roma, 9 de mayo de 1936. Antes del anochecer, la piazza Venezia ya estaba abarrotada de gente. En todo el país, millones de italianos esperaban delante de los aparatos de radio. A las diez menos cuarto, el Duce salió al balcón y peroró ante la multitud exaltada:

—Estamos ante un gran acontecimiento: hoy se ha sellado el destino de Etiopía. —Y añadió—: Elevad, oh legionarios, las enseñas, el hierro y el corazón para saludar, después de quince siglos, la reaparición del Imperio sobre las colinas fatales de Roma. ¿Seréis dignos de ello?

Un estruendo de voces respondió a coro un monumental:

—¡Sí!

Duró solo quince minutos, pero resultó ser una de las representaciones más felices del Duce.

Los más escépticos no creían que las extravagantes empresas coloniales de Italia pudieran ser beneficiosas. Mussolini arriesga demasiado, se murmuraba. La reacción de muchos gobiernos extranjeros, en cambio, fue sorprendente. Al principio, Francia e Inglaterra respaldaron incluso el sueño imperialista del Duce, creyendo que de esa manera evitaban una posible alianza de Mussolini con Alemania. Solo en un segundo momento, la Sociedad de Naciones impuso sanciones a Italia, y entonces el régimen atizó aún más el fuego del patriotismo.

Los italianos se movilizaron y respondieron en masa a los llamamientos de Mussolini, que invitaba a las mujeres a ofrecer a la patria el oro de sus anillos nupciales. La reina Elena fue una de las primeras en sumarse a la causa, y Totò se embarcó para Abisinia para mantener alto el ánimo de las tropas. Con el objeto de fomentar el odio popular contra las sanciones, el régimen mandó exponer en los ayuntamientos placas en las que se leía PARA LA PERENNE INFAMIA DE QUIEN QUISO Y APOYÓ Y COMETIÓ EL CRIMEN ABSURDO. Repartió, además, incontables postales de propaganda por todo el país. Entre ellas, una en la que un risueño Figlio della Lupa[2] figuraba sentado en un orinal, con un rollo de papel higiénico al lado, en el que se leía LAS SANCIONES.

En Abisinia hubo miles de muertos en los enfrentamientos y en las represalias indiscriminadas. Murieron miles de hambre y de enfermedades que causó la guerra. Para debilitar a la resistencia se vertieron en el territorio abisinio trescientas cincuenta toneladas de gas tóxico, un hecho que el gobierno italiano reconocerá solo sesenta años después.

En 1936, Guido y Rodolfo Martiroli estaban en cuarto de primaria. En la escuela, el maestro les había enseñado que el saludo fascista era infinitamente preferible al apretón de manos y que Mussolini había salvado a Italia. En su *Libro de lectura* se leía.

Los ojos del Duce os observan. Nadie sabe qué es su mirada. Es un águila que abre las alas y sube al espacio. Es una llama que busca vuestro corazón para prender en él un fuego bermellón. ¿Quién podría resistir ese ojo ardiente, armado de flechas? Tranquilizaos, para vosotros las flechas se convierten en rayos de alegría.

2. Miembro de la organización juvenil fascista que agrupaba a los niños menores de ocho años. *(N. del T.)*.

—¡Panda de imbéciles! —estalló Neve tras leer. Y siguió, mirando a su marido—: «Un niño que, aun sin negarse a obedecer, pregunta, ¿por qué?, es como una bayoneta de lata... Obedeced porque tenéis que obedecer... Una fe ha creado el Imperio, esta: Mussolini tiene siempre razón».

Radames lanzó un insulto que hacía referencia a la madre del Duce, pero lo dijo en voz baja, para que los niños no lo oyesen. Sin embargo, a ojos del fascismo, que multaba a los célibes y la «buscada impotencia para la procreación», Neve y Radames eran una pareja ejemplar. Ya tenían siete pequeños italianos, y Neve aún no había cumplido treinta años.

—Debes decirle que tenga más «cuidado» —le aconsejaba Armida—. Si no, te hará diez más.

Remarcaba ese «cuidado», lleno de detalles demasiado íntimos como para ser discutidos entre madre e hija. Radames trataba de tener «cuidado», pero no lo conseguía, pues cada año su mujer volvía a tener tripa.

Para la familia eran tiempos muy duros. Hacía años que Radames ya no trabajaba para el panadero, que solo podía permitirse un aprendiz unas horas a la semana. Durante un tiempo ayudó a su padre en la granja, pero con el nacimiento de todos esos hijos tuvo que buscar otro trabajo y otra casa. Encontró una en Pilastri: tres cuartos insalubres con suelo de tierra, bomba de agua fuera de la entrada y sin siquiera un retrete en el patio. Trabajaba solo estacionalmente como temporero y ganaba una miseria. Para conseguir trabajo, muchos se habían hecho con el carné del partido, pero ningún hijo de Anselmo Martiroli iba a considerar jamás esa opción.

Neve, que había sido una chica despierta y vivaz, en pocos años se transformó en una mujer arrugada, perennemente cansada y cada vez más desengañada de la vida. Su familia, sin ser rica, sí era pudiente, y ella se había casado con un hombre que solo podía ofrecerle hambre y miseria. Sin embargo, era orgullosa y no se quejaba con nadie, sobre todo con sus padres. Ellos procuraban ayudarla como podían. Cuando era día de mercado, Armida llenaba dos cestas con alubias, embutidos y pan, luego se montaba en la bicicleta y pedaleaba hasta que llegaba jadeando a la casa de Pilastri. Los niños la esperaban al borde del camino y, cuando divisaban a lo lejos a la abuela, salían a su encuentro lanzando grititos de alegría.

En esos años, el vínculo entre las familias Martiroli y Casadio se afianzó por medio de otros dos matrimonios. Dos hermanas de Radames, Mimì y Violetta, se casaron, en efecto, con los dos hermanos mayores de Neve: Nellusco y Pasquino. Los Martiroli se alegraron, porque para ellos la alegría y el optimismo eran, en cualquier caso, condiciones naturales; además, las hijas se casaban con gente que tenía tierra y animales. Beppe y Armida, en cambio, se habían hartado de tanta mezcolanza de parientes. Los matrimonios eran tan parecidos que habían empezado a confundirlos y a veces llamaban a las nueras con el nombre equivocado.

—Ya basta —exclamó Beppe dirigiéndose a sus hijos, cuando salieron de la iglesia después del tercer matrimonio con los Martiroli—. Es hora de que miréis más allá de vuestras narices.

Las nupcias entre las dos familias se limitaron a esas tres uniones, pero sus destinos iban a cruzarse de nuevo en los años venideros.

Ocurrió, en efecto, que los dos hermanos mayores de Neve heredaron bastantes hectáreas de los parientes de las colinas boloñesas, los hijos del primo Alfonso, que no tenían herederos directos. De un día para otro, el testamento convirtió a Pasquino y Nellusco en ricos propietarios. A pesar de esa suerte, eran dos parejas infelices, porque las dos fueron estériles. Neve creía que era una injusticia: quien tenía dinero para mantener hijos, no conseguía traer al mundo ni siquiera uno; ellos, en cambio, bautizaban un nuevo niño cada primavera. En casa, solo se comía sopa, polenta con leche y pan. Estaban tan mal que en invierno Radames salía a robar leña para la estufa y los hijos más pequeños no jugaban en el patio porque no tenían zapatos.

Fue en esos años de gran miseria cuando los dos hermanos

de Neve sugirieron por primera vez la posibilidad de adoptar a un par de sus niños. Un día se presentaron en la casa de Pilastri con sus respectivas mujeres. Dieron vueltas alrededor del tema y al final presentaron una propuesta.

—Vosotros ya no os podéis ni mantener —empezó Pasquino—. Si nos dais dos niños, al menos estaréis seguros de que tendrán lo necesario, y algún día todo lo que tenemos pasará a ser de ellos.

—Y, además, no estarán en manos de extraños. Somos sus tíos carnales por parte de las dos familias —se apresuró a añadir su mujer, Violetta.

—¿Qué decís? Estáis hablando de mis hijos —rebatió Radames, pasmado.

—No seas egoísta, debes pensar en su bien —lo regañó enseguida Mimì.

Por fin, Pasquino lo dijo claramente.

—No se trata solo de los niños. También os podemos ayudar a vosotros. Os daremos dinero, podréis salir de este agujero.

Tras esas palabras, Radames los echó a los cuatro de la casa.

Durante meses, los cuñados no se dirigieron la palabra. Solo Neve consiguió que se reconciliaran.

—*El hombre se enfada, el animal no perdona* —le repetía al marido.

—Somos pobres, pero no tanto como para vender a nuestros hijos. De algún modo saldremos adelante.

—¿Ah, sí? ¡Y cómo, si solo trabajas para pagar las deudas del año anterior!

—Antes me marcho a África.

—Eso, muy bien. Vete a África, al menos durante un tiempo no me dejarás embarazada.

Él se sintió herido, porque se dio cuenta de que su esposa no lo había dicho en broma.

En esos meses muchos habían firmado para ir a construir

carreteras en el África Oriental Italiana. En un primer momento Radames se resistió, pero, entre tener que entregar a sus hijos e ir a las colonias, eligió el mal menor y rellenó una solicitud para trabajar dos años en Abisinia.

El día de la partida le brillaban los ojos. Besaba a sus hijos, conmovido por la idea de que los más pequeños no iban a acordarse de él a su vuelta. Neve, en cambio, parecía tranquila. Estaba harta de las deudas, extenuada por tanto embarazo. Sentía que su amor por Radames había terminado por la excesiva miseria y por todos esos niños que había que criar. «El amor solo sirve para atontar a los jóvenes», se decía. Era lo que le había pasado a su hermana Adele y después a ella, cuando, a los dieciséis años, creyó que Radames era el arcángel Gabriel. Su marido era un buen hombre, también un buen padre, siempre dispuesto a abotonar el abrigo a los niños en los días de escarcha, y a secar con un paño caliente el pelo al que volvía a casa después de un aguacero. Era un hombre justo, su marido. Eso se repetía Neve, pero notaba que lo que sentía por él se quedaba en eso. Diez años de matrimonio, y había que ver la pinta que tenía. Se miraba al espejo y suspiraba. Con veintisiete años, ya parecía casi una vieja, aunque todo el mundo le repetía que sus ojos eran dos piedras preciosas y que tenía el pelo tupido y brillante. Poseía su encanto, Neve, pero cuando se comparaba con sus hermanas, sobre todo con Adele, no podía dejar de preguntarse cómo era posible que ella hubiese salido tan baja y flaca. Cuando era más joven emanaba un aroma muy suave y las abejas revoloteaban a su alrededor embriagadas. Pero para eso necesitaba sentirse realmente feliz, y hacía ya años que había olvidado lo que significaba la felicidad.

Cuando recibió las primeras retribuciones de Abisinia, Neve pagó parte de la deuda con la tienda y compró aceite, alubias, un saco de arroz y dos sacos de harina. Antes del invierno les compró también zapatos y abrigos a los hijos que iban a la escuela.

Cada semana le escribía a su marido. Eran cartas muy se-

mejantes, en las que hablaba de los niños, de los hechos coti-
dianos y del tiempo. Y cada semana él le respondía, puntual.

Querida mujer:
Estamos asfaltando un camino que para mí no va a acabar nunca. Y con el calor que hace aquí, es duro. Trabajo
todo el día con el pecho al aire y estoy tan negro que ya pa-
rezco uno de aquí. Pero es trabajo y de todos modos estoy
contento. Por la noche llego al barracón medio muerto, porque el día es largo. Se trabaja bien solo un par de horas por
la mañana temprano, pero después hace un calor espantoso.
Te extraño. ¿Y tú a mí? Te abraza con afecto y pasión,

TU MARIDO RADAMES

A esa última pregunta, ella nunca respondía.
La familia no esperaba que Radames volviese antes de que
se cumpliesen los dos años del contrato, pero se presentó en
casa por un permiso al año de que se hubiese marchado. Neve
lo recibió como cualquier mujer que se precie. Preparó una
sopa con dos capones y un trozo de pecho de vaca, luego hizo
un hojaldre con ocho huevos, perfectamente redondo y tan fino
que se podía ver al trasluz. Los niños recibieron con enorme
júbilo a su padre. Se peleaban por montarse en sus faldas y por
la noche estaban tan nerviosos que era siempre una lucha man-
darlos a la cama. Cada vez volaba un pescozón y se derrama-
ban bastantes lágrimas.
Cuando se quedaba a solas con su mujer, Radames trataba
de recuperar la complicidad de antaño. Pero le parecía que ahora a ella le molestaba tenerlo en casa, y aún más en la cama.
Cuando trataba de abrazarla, Neve se apartaba bruscamente,
inventándose cualquier excusa. Se dio cuenta también de que
ella hacía el amor con los ojos clavados en el techo. Cuando
acababan, él quería que siguieran arrimados, hablar, pero notaba que a Neve le costaba estar quieta entre sus brazos.

—Si me aprietas así, no puedo dormir —le decía poco después, y se apartaba hasta el borde de la cama.

Durante unos días, él hizo como si no pasara nada, pero una noche se desahogó.

—He estado un año fuera. Me moría de ganas de verte, y ahora resulta que te da asco hacer el amor conmigo... ¿No estarás con otro?

—Sí, claro. Con todo lo que tengo que hacer.

—Es que estando tan lejos, a uno se le ocurren cosas, se hace preguntas... Oye, Neve: ¿qué te parece si, cuando vuelva, tú y yo nos marchamos, solos, por ejemplo a Venecia? Imagínate: ¡Venecia: en un hotel como dos señores! Tenemos que darnos alguna alegría. Verás, estoy haciendo horas extra y cada mes reservo un dinero, justo para eso. Mi madre podría quedarse con los niños unos días. Sería bonito, ¿no? Tú y yo en una góndola... ¿Neve...? ¿Neve, estás despierta?

Ella no respondió. «Se habrá dormido», pensó él. Pero se le quedó una sensación de incomodidad, el temor de que, sencillamente, ella no le había querido responder.

El domingo, Radames dio una propina a los gemelos para que fuesen al cinematógrafo.

Era julio. Fuera del cine Cristallo las imágenes de Clark Gable y Myrna Loy se desteñían al sol. La tierra era solo polvo y los campos ardían de calor, tan denso y lechoso que parecía niebla.

Por detrás de una curva apareció el perfil de una mujer en bicicleta. Itala Palula, *«sin un solo diente en la boca»*, pedaleaba rápido en un viejo modelo marca Legnano. En el manillar llevaba colgadas dos bolsas grandes de pipas de calabaza listas para vender en el cine. Cuando la mujer apareció en el horizonte, sonó un fuerte silbido. Itala se puso tensa. Enseguida, un grupo de chiquillos apareció de a saber dónde y con la ferocidad de un enjambre de insectos se puso a perseguirla. Itala empezó a pedalear más fuerte, con la cara roja y jadeando. Daba tumbos en los baches, con las bolsas repletas de pipas de calabaza, mientras detrás de su culo los niños gritaban.

—¡Banco Agrícola de Mantua, Banco Agrícola de Mantua, Itala Palula es una gran puta!

—*¡Malditos!* —gritaba ella.

Falda hasta los tobillos y ceñida a la cintura, pañuelo negro atado bajo la barbilla, cuando se movía a pie Itala cojeaba, pero era de lengua ágil, y tenía mucho ingenio para el ahorro. En vez de comprar las pipas de calabaza, Itala recogía las que se quedaban en las mesas del bar de Quatrelle, el pueblo de Mantua donde vivía y donde desde hacía años repartía el periódico *La Voce di Mantova*.

De vez en cuando alguien la provocaba:

—*¿Itala, tienes La Voce?*

—Sí —respondía ella.

—*¡Pues grita!* —le tomaba el pelo el otro. Tras lo cual, Itala replicaba con variadas obscenidades.

Era el año 1937 y hacía mucho que Itala había abandonado las coqueterías. Ahora lucía zapatos de hombre, heredados de un vecino muerto, y un bigote que hacía que se pareciera a una tierna foca. Con los años se había quedado también medio tuerta y, cuando vendía las pipas de calabaza en el cine Cristallo, se acercaba la moneda a cinco centímetros del ojo bueno para comprobar que no era una baratija. De joven, sin embargo, había sido guapa Itala Palula. Guapa sin sombra de duda, y generosa. En todos los sentidos del término. Mucha gente de la zona se acordaba de eso y ella estaba orgullosa de su glorioso pasado.

—Me he ligado a todos los hombres más guapos del pueblo —declaraba riéndose cuando se había tomado una copita de más.

Guido Martiroli iba de vez en cuando a su casa para que le enseñase el uniforme garibaldino que había pertenecido a su padre. Itala gruñía, pero siempre le daba galletas y limonada.

Cuando terminaba de merendar, le mandaba que se lavara las manos y luego lo conducía a la habitación. Le abría el armario y, con gesto teatral, sacaba el uniforme rojo. Guido entonces le contaba que también su bisabuelo Achille había sido garibaldino, pero que a él el uniforme se lo habían acribillado a tiros durante el fusilamiento.

—¿El fusilamiento? —preguntaba Itala, pese a que esa historia la había escuchado más de una vez.

—Sí, lo detuvieron y después lo fusilaron, pero él sobrevivió.

—Tú las trolas las cuentas enormes —le respondía ella, sin creerse una sola palabra. Mientras tanto extendía el uniforme de su padre sobre la cama, con una caricia.

—¿Puedo tocarlo? —le preguntaba Guido en voz baja.

—Sí, pero con cuidado, no vaya a estropearse —respondía ella cada vez, siempre en voz baja. Guido no comprendía bien el motivo de tantos susurros.

Cuando llegó al cine Cristallo, Itala se apeó de la bicicleta, empapada de sudor y jadeando. Guido y Dolfo fueron los primeros que se le acercaron.

—Hola, Itala. ¿Nos das un cucurucho de pipas?

—A vosotros dos no os doy nada, porque os he visto antes, erais unos de los imbéciles que estabais en el camino.

—Pero si acabamos de llegar... —respondió Dolfo con gesto burlón.

—Seré vieja, pero no tonta. Tomad. Pero ojito, que antes o después le cuento un par de cosas que yo sé a vuestra madre.

Itala Palula dio a los gemelos Martiroli un cucurucho de papel de periódico lleno de pipas de calabaza, luego se quedó mirando a los dos mientras se dirigían al cine. Guido aparentaba menos de los once años que tenía. Era moreno y flaco como su madre, pero tenía los ojos claros de los soñadores; Dolfo, en cambio, había salido a la familia del padre: era un chiquillo robusto, medía al menos un palmo más que su gemelo, tenía el pelo rubio de su abuela Sofia y los andares presuntuosos de su abuelo Anselmo. En la escuela, nunca sabía dónde poner los acentos ni tampoco hacer las cuentas, pero si alguien lo importunaba o se atrevía a molestar a Guido, le paraba los pies con un par de recios castañazos. Cuando llegó a quinto de primaria, ni el propio maestro se atrevía a regañarlo. Guido, por el contrario, era tímido, y, en vez de ir a hurtar uva o a fisgar a las mujeres cuando se estaban bañando, prefería quedarse en casa con un libro que sacaba prestado del oratorio. *La vida de los santos* era su preferido y ya lo había leído tres veces. El cura había empezado a albergar esperanzas de que el niño quisiese hacerse sacerdote, pero él solo estaba fascinado por las historias intrépidas de los mártires, por su valentía y por todas las muertes violentas.

Ese domingo de julio los dos chiquillos entraron en el cinematógrafo y se sentaron en primera fila. El espectáculo había comenzado. En la pantalla, Vittorio De Sica hacía de vendedor de periódicos que trataba de hacerse pasar por don Max, un ricachón, pero le hacía la corte a Assia Noris, que no era rica. Los gemelos acababan de descubrir que los mayores se besaban con la lengua. La cosa les había dado asco, pero ahora solo estaban esperando ver a esos dos besarse en la gran pantalla.

—Dolfo, ¿tú crees que también los actores lo hacen con la lengua?

—Los americanos seguro que sí, los nuestros no lo sé —le respondió el hermano con la boca llena.

Ya casi no les quedaban pipas de calabaza y la hoja de periódico abierta sobre las piernas de Dolfo mostraba un Viva il Duce en letras enormes. Justo debajo, los ojos de Benito Mussolini parecían observarlos, pero los dos, haciendo caso omiso de esa mirada conminatoria, solo esperaban los besos de De Sica y Assia Noris, para ver si se los daban con o si la lengua.

En verano, lo que más gustaba a los gemelos era nadar en el Po. Se desnudaban, se lanzaban al río y empezaban a bracear con fuerza, desplazándose dentro y fuera del agua, desafiando la corriente y los remolinos. Competían para ver quién llegaba antes a la orilla opuesta. Volvían a la ribera de Stellata jadeando y se tumbaban exhaustos en la arena ardiente, con frecuencia se quedaban dormidos al chirriar ensordecedor de las cigarras. Los despertaba la voz de algún campesino que pasaba por ahí, o el silbido cantarín de Nena Casini, que, como siempre, iba con sus tres perros.

Nazzarena Casini: cuerpo flaco y andares viriles, ojos pequeños y hundidos, pero vivarachos, llenos de vida. Acostumbrada a remar y al trabajo duro, Nena tenía brazos recios como los de un hombre. Nunca se había casado. De joven había tenido un hijo y la gente se preguntaba quién la había dejado embarazada, pues nadie la había visto nunca en compañía de un hombre. El niño vivió dos años y luego murió. Ella nunca se casó ni tuvo más hijos, quizá por el dolor que había sufrido, quería a los niños y pasaba mucho tiempo con ellos. Contaba cuentos y leyendas del río, como la del *paraíso de los niños ahogados*, que estaba detrás del meandro donde el Po formaba una playa de arena fina como el talco. Era el mismo lugar donde se habían ahogado los hijos de Marta, que luego se volvió loca.

En el pueblo, Nena era una leyenda. Se contaba riendo que, en el último censo, habían ido a su casa y, a la pregunta de si los servicios eran privados o compartidos, respondió, seria: *«Nosotros cagamos en comunidad».*

Una tarde, los dos gemelos Martiroli la vieron mientras luchaba con un esturión que pesaría dos quintales. Los niños estaban descansando en la orilla después de un rato nadando, cuando la oyeron imprecar:

—*¡Te vas a enterar! ¡Te vas a enterar!*

Guido y Dolfo se levantaron de un salto y fueron corriendo a ver.

El esturión había acabado en la red de Nena, pero era tan grande que ella no conseguía arrastrarlo hacia la orilla. De pie en la barca, con el arpón en la mano, trataba inútilmente de tirar de él. Al final se decidió y saltó al agua, vestida y con botas. Asió al enorme animal y consiguió incluso montarlo a horcajadas. El esturión se defendía, pero ella persistía, plantada en el lomo, con el arpón en la mano. Parecía una guerrera, una especie de amazona, pensaba Guido, que, de los dos hermanos, era el que más leía. Durante la lucha hubo un momento en el que el esturión desapareció bajo el agua. Nena también se sumergió.

Desde la orilla, los gemelos contenían el aliento.

—¿No se habrá ahogado? —dijo Guido un rato después.

Dolfo no respondió, pendiente como estaba del río, los puños apretados, la respiración contenida. Pero en eso salieron los dos. Nena, todavía asida al animal, apuntó contra él. Iba a darle con el arpón, pero entonces lo dejó marchar. Se quedó mirando al esturión hasta que vio que se lo llevaba la corriente; después, de un par de brazadas, alcanzó la barca. Subió y empezó a remar despacio hacia la orilla.

Los gemelos se le acercaron corriendo.

—Nena, pero ¿por qué? ¡Con todo lo que te había costado!

Mientras ataba la barca a un palo, ella respondió:

—Mi miró con unos ojazos... Parecía un ser humano, y no me he atrevido.

El fuego estaba prendido, los cuerpos desnudos de los niños echaban humo. Neve lavó al más pequeño en la tina, frotando con jabón las rodillas, el cuello, el pliegue de detrás de las orejas. Lustró los zapatos, cepilló las chaquetas y puso una cinta en los rizos de la niña. Luego salió, con el más pequeño en brazos, llevando a otro de la mano. Los hijos mayores iban detrás. Caminaban rápido, los ojos bajos, los cuerpos envueltos en abrigos. Esa mañana, Neve iba a hacerse un retrato: quería una foto de los hijos para mandársela a su marido.

El fotógrafo los situó como un ramillete. Retocó los flequillos, luego los lazos y los cuellos. Todos quietos, en los rostros el mismo estupor. En la fotografía, todo está perfectamente colocado: la cortina de damasco, las espaldas rectas, la mano de Dolfo posada sobre el hombro de Guido. Miran al hombre oculto debajo del paño negro. Nadie sonríe. Uno lleva el sombrero inclinado hacia un lado, el otro viste un jersey gordo de lana. Neve mira a sus hijos, luego se toca la barriga: el niño acaba de dar una patada.

Más tarde, sentada en la cocina, cogerá papel y lápiz para escribir a Radames.

> Querido marido:
> Nosotros estamos bien. Los niños crecen y, aparte de Noemio, que ha tenido tos ferina, no me quejo. Al más pequeño le han salido dos dientes, espero el siguiente dinero para comprar jerséis gruesos a los gemelos y camisetas a las chicas. Aquí hace mucho frío. Hoy he mandado hacer un retrato a los niños. Están los siete y, en cuanto la fotografía esté lista, te la mando.

No le contó nada del hielo que había en los canales, de la escarcha que había en las ventanas ni de la cerda que había parido y que después se había comido a las crías. No le contó nada del octavo hijo que ya sentía moverse dentro de su barriga.

Ocurrió cuando él volvió de permiso. Se quedó solo tres semanas, pero fue suficiente para dejarla embarazada. Cada noche la tocaba a oscuras, oliendo a África; frotarse con jabón y bicarbonato no sirvió. Se le subía encima y Neve le susurraba: «No hagas ruido, para que los niños no oigan...». Luego se callaba, los ojos fijos en el techo y el miedo de que le dejase en el vientre otro hijo. Como así fue.

Otro hijo no, no podía. Neve se confió con algunas vecinas y estas le hablaron de una mujer que vivía en Mantua y podía ayudarla. Así, una mañana preparó a los niños mayores para la escuela y llevó a los pequeños a la casa de su suegra.

—Sofia, ¿podrías quedarte con ellos unas horas? Me duele aquí, en la barriga. Me gustaría ir al médico.

—Ve, ve; yo cuidaré a los niños.

Pero Neve no fue al médico. Salió del pueblo en bicicleta. Recorrió los diez kilómetros del camino de la ribera hasta que llegó a la aldea de Mantua donde vivía la mujer que podía ayudarla.

No tardó mucho en encontrar la casa, una vivienda ruinosa construida en una planicie fluvial. Neve bajó por entre las filas de chopos y apoyó la bicicleta en el muro. Notó que a las persianas les faltaba algún listón y que dentro estaba encendida la radio.

Quando tutto tace
e su nel ciel la luna appar,
col mio più dolce e chiaro miao,
chiamo Maramao...

Llamó a la puerta. Pocos segundos después abrió una mujer. Tenía muchas arrugas y le faltaba un diente delante, pero tenía el pelo negro y la postura era erguida. En la radio seguían sonando los gorgoritos del Trio Lescano.

Maramao perché sei morto,
pan e vin non ti mancava,
l'insalata era nell'orto
e una casa avevi tuuuu...

—¿Sí?

—He venido... he venido porque necesito... —masculló Neve.

—¿Qué?

Le micine innamorate
fanno ancor per te le fusa,
ma la porta è sempre chiusa
e tu no ritorni più...

—Estoy embarazada, ya tengo siete hijos, y, verá, mi marido trabaja en África, yo... No, verá, no es lo que parece. Ocurrió la última vez que él vino a casa y...

—Pasa, no son cosas de las que se pueda hablar en la calle.

—La hizo entrar y cerró la puerta con llave.

Maramao, Maramao,
fanno i mici in coro.
Maramao, Maramao,
mao mao mao mao...

La mujer apagó la radio.

—¿De cuánto estás?

—De tres meses. Yo... nunca lo he hecho. Tengo mucho miedo, porque a veces se cuenta de alguna mujer... Sabe, una hemorragia, una infección.

—De eso no tienes que preocuparte. Soy enfermera desde hace veinte años.

—¿Cuánto quiere por... ayudarme?

—Ya hablaremos de eso. Ahora quítate el abrigo y las bragas y échate en la mesa.

—¿En la mesa?

—Tengo que ver de cuánto estás.

Neve se preguntó por qué la seguía tratando de usted, ya que la otra la tuteaba, pero tenía algo más importante en que pensar. Se quitó el abrigo, luego el vestido y las bragas, y lo colocó todo ordenadamente sobre una silla.

Entretanto, la mujer había apartado algún cachivache de la mesa y había extendido sobre ella una toalla. La cocina era oscura, pero limpia. Olía a col. Una sopa hervía en el fuego.

Neve esperaba. La otra se lavó las manos, luego se remangó la camisa, encendió la luz y se acercó. Neve dejó que la lamparilla que colgaba del techo le iluminase el sexo. Sintió que la mujer le examinaba con un dedo la vagina y con la otra mano el vientre. Contuvo la respiración. La otra estuvo unos segundos en silencio, y al cabo dijo:

—Estás demasiado avanzada, al menos de cuatro meses, quizá de cinco. Ya no puedo hacer nada.

—No estoy de más de tres —trató de convencerla Neve.

—Estás, por lo menos, al final del cuarto. El riesgo es excesivo, lo lamento.

—Por favor, ya tengo siete niños...

La otra la miraba en silencio y se notaba que Neve le daba pena.

—En casa, mete los pies en agua. Tienes que hacerlo todo el día, si lo consigues, incluso toda la noche. Eso sí, si empiezas a sangrar, ve enseguida al hospital, porque después de los tres meses es peligroso.

Neve se puso las bragas, la falda, se sujetó las medias en las caderas con elásticos, todo sin decir nada, pero le costaba contener las lágrimas.

—Si no da resultado, resígnate. Cuando nazca, lo querrás como a los otros.

Neve no respondió. Dijo «gracias» en voz baja y salió. Montó en la bicicleta y fue hasta su casa pedaleando con fuerza. Pedaleó con rabia, sin parar un solo momento, adelantando a las bicicletas con las que se encontraba en el camino. Jadeaba y le chorreaba sudor de la frente.

Fue a recoger a los niños a la casa de Sofia y regresó a la suya. Dejó a los pequeños en el patio y se encerró con llave en la cocina. Ahí se dejó caer en una silla, los codos en la mesa, el rostro entre las manos. Solo entonces rompió a llorar. Sollozaba sin freno, haciendo caso omiso a los niños que desde fuera la llamaban asustados y daban patadas contra la puerta. Ella no se movió. Los dejó gritar hasta que se cansaron y pararon de hacer bulla.

Estuvo toda la noche con los pies metidos en un barreño lleno de agua. De vez en cuando los ojos se le cerraban y la cabeza se le vencía. Había momentos en los que le parecía estar soñando, entonces se despertaba de golpe, justo cuando se iba a caer. Por la ventana vio aparecer las primeras luces del día: una franja blanquecina contra el horizonte gris de los campos. Seguía con los pies en remojo, pero ya no sentía nada diferente: ningún calambre, ni siquiera un pequeño dolor.

En los días que siguieron trató de bajar de una escalera de mano en sentido inverso, con la espalda apoyada en los peldaños. Comió mucho perejil, e hizo todas las otras rarezas que le sugirieron las vecinas, pero nada le sirvió. Cinco meses después parió otros dos gemelos: Vasco y Clara. Nacieron tres meses antes del regreso definitivo del marido de Abisinia.

1938

Radames volvió de África diez kilos más flaco, con la piel bronceada y el pelo cortado al rape. No tardó en recuperar los kilos que había perdido y la piel volvió a tener el color de siempre, pero durante el resto de su vida siempre se cortó el pelo al rape.

Con lo que había ahorrado compró un carro y un caballo y empezó a recoger chatarra para venderla en Ferrara. Recogía todo tipo de metal: cobre, estaño, tuberías viejas, cacharros de cocina con agujeros, ruedas oxidadas, todo lo que la gente desechaba. La verdad es que en aquellos años se tiraba poco, pero a él ese trabajo le gustaba y no necesitaba depender de los favores de los fascistas que solo ayudaban a los que tenían el carné del partido. Lo malo era que muchas veces le gustaban ciertos objetos antiguos y acababa quedándose con ellos. En poco tiempo coleccionó un antiguo molinillo de café, una pajarera enorme, una máquina para preparar pasta de una fábrica napolitana y un baúl de la época napoleónica. Neve se quejaba de que necesitaban dinero, no cachivaches viejos. Un día, sin embargo, Radames se presentó con una preciosa cuna de hierro forjado. Parecía antigua y seguramente había pertenecida a alguna familia noble. Esa vez, también Neve se dejó arrastrar por el entusiasmo y decidió ayudar a su marido a limpiarla. Mientras la lustraba, descubrió unos grabados extraños.

Según sacaba brillo y frotaba, a Neve le pareció distinguir la imagen del diablo.

—Ahí yo no pongo a mi hijo. Tírala, que trae mala suerte —dijo al fin, recordando la profecía que desde hacía generaciones perseguía a la familia.

La imagen del diablo sobre una cuna impresionó también a Radames, que aceptó desprenderse de ella sin discutir.

Una vez que terminó quinto de primaria, Dolfo empezó a ayudar en las faenas del campo, mientras que Guido acompañaba a su padre a vender chatarra, que ya empezaba a dar frutos. Por fin, en la casa entraba algún dinero, pero, justo cuando las cosas comenzaban a enderezarse, un accidente echó por tierra todos los proyectos.

El padre y el hijo volvían a casa después de un día de trabajo. El caballo trotaba tranquilo, cuando un camión se estampó contra el costado del carro. Guido fue lanzado al aire, pero cayó en un prado y salió con algún raspón. Su padre, en cambio, fue arrojado al camino y acto seguido lo atropelló un camión. Lo llevaron al hospital, convencidos de que expiraría durante el trayecto. Pero se salvó, y por puro milagro, según los médicos.

—Las únicas partes del cuerpo que su marido no se ha roto son la cabeza y la espina dorsal. Puede ponerle una vela a la Virgen —le dijo uno de ellos a Neve.

«No hay nada que deba agradecerle a la Virgen», pensó ella. Estaban arruinados: el marido moribundo, el carro ya no era más que un montón de tablas y el caballo lo habían tenido que sacrificar porque en el accidente se había roto una pata.

Radames estuvo meses en el hospital y Neve tuvo que sacar adelante la casa. Lo consiguió gracias a la ayuda de sus padres y al buen corazón de los vecinos, que de vez en cuando le llevaban una olla de sopa.

Un día, Beppe la fue a ver, arrastrando, atada a una cuerda, una vaca preñada.

—Cuando haya parido, te la quedas por la leche, y el ternero es mi regalo.

Tres semanas después nació una hembra, a la que llamaron Serafina. Neve la cuidó igual que a sus hijos, y se encariñó tanto con ella que empezó a hablarle. Le contaba, suspirando, sus sueños de cuando era muchacha, y todas las desgracias que había sufrido.

Tras tantos infortunios, la llegada de la vaca y el nacimiento de Serafina eran las únicas cosas buenas que le habían ocurrido. Ahora tenía leche para toda la familia. La que le sobraba la llevaba a una quesería que estaba cerca de Bondeno. Cada noche se montaba en la bicicleta y, con el bidón en equilibrio entre las piernas, bajaba por el campo de alfalfa pedaleando hacia el Ponte della Rana con su valiosa carga. Hacía ese trayecto a diario, lloviera o soplara viento. El sábado, cuando le pagaban en la quesería, regresaba contenta con dinero en el bolsillo para hacer la compra.

Por difícil que fuera aquel momento, Neve recuperó el descaro que de pequeña le había permitido dialogar con la santa, el espíritu independiente que de adolescente la había impulsado a cortarse el pelo. A pesar de las desgracias, se dio cuenta de que era capaz de salir adelante sola: alimentaba a la familia sin la ayuda de su marido, negociaba los precios en la quesería y ganaba su buen dinero vendiendo leche. Neve creía que había caído de pie: había salido adelante, y sola. En ciertos días de verano, con los campos exuberantes de trigo y amapolas, iba incluso canturreando de nuevo, con abejas borrachas, después de mucho tiempo, siguiéndola.

Radames volvió del hospital unos meses después del accidente. Tenía poco más de treinta años y, durante el resto de su vida, tuvo que usar bastón, sufrió dolores constantes en la pierna izquierda y ya no pudo nunca doblarla.

—Por lo menos, si hay una guerra, con esta pierna atrofiada seguramente me descartan —bromeaba.

Unos meses después, Italia entró en el segundo conflicto mundial.

Fue en aquellos días cuando Neve volvió a tener sueños premonitorios. De pequeña, para ella había sido normal prever los acontecimientos. Incluso antes de empezar a ir a la escuela intuyó que era diferente, que podía hacer cosas que los demás consideraban extravagantes o imposibles, como leer los pensamientos de la gente o adivinar quién estaba llamando a la puerta. Cuando se hizo mayor, le pareció que había perdido esas extrañas dotes, pero de un día para otro empezó a soñar con gente justo antes de que se fuera a morir. Ocurrió con Cicci el veneciano, el vendedor de sandías; después con Giovanni, el cordelero. Personas en las que jamás había pensado, pero soñaba con ellas y enseguida resultaba que habían muerto. En cualquier caso, Neve no tardó en acostumbrarse a eso y, como tenía que ocuparse de muchas cosas, se despreocupó del asunto.

Después del accidente de Radames, Pasquino y Nellusco volvieron a acosarlos con el asunto de la adopción, y esta vez no los echaron de casa.

Neve mandó a los niños al patio y se sentó en la cocina con el marido, los dos hermanos y las cuñadas. Radames miraba al suelo. Ella de vez en cuando se sonaba la nariz, luego se metía el pañuelo debajo de la manga.

Pasquino abordó el tema:

—Podréis verlos cuando queráis. Siempre sabrán que sus padres sois vosotros.

—Eso sí, si vienen a vivir con nosotros, será para siempre —añadió enseguida su mujer—. Iremos donde el abogado y lo pondremos todo por escrito: tiene que ser una adopción en toda regla. Por los gastos no tenéis que preocuparos, y os daremos también suficiente dinero para que podáis salir de esta pocilga.

Antes del accidente, Radames no habría tolerado semejante desfachatez, pero ese día se limitó a agachar la cabeza. Neve le apretó la mano. Estaba pálida, pero serena.

—¿En quiénes pensáis?

—En los gemelos. Vasco para nosotros, y, para ellos, Clara —respondió Nellusco.

—Son demasiado pequeños, todavía toman mi leche.

Radames apretaba un vaso entre los dedos. Sin levantar la cabeza, dijo:

—¿Quiénes, entonces? ¿De cuáles de tus hijos piensas desprenderte?

Neve no respondió, pero se puso roja.

—No os vais a desprender de nadie. Los niños se quedan en la familia —intervino Mimì.

—Tenéis muchos hijos, se os mueren delante de los ojos —añadió el marido.

Neve y Radames callaban. Al final, ella transigió.

—De acuerdo. Os damos a los gemelos, pero no enseguida.

—¿Cuándo?

—Dentro de un año, en cuanto dejen de tomar mi leche.

—Pero ¡si ya hablan!

—Un año o nada.

—No queremos vuestro dinero —puntualizó Radames.

Acordaron esperar un año, pero la guerra no permitió esperar tanto. La zona del Po era demasiado peligrosa por los bombardeos, y los cuñados terminaron convenciendo a Radames de que en las colinas donde ellos vivían era más seguro.

—Tienen razón. Mejor arreglar enseguida el tema —reconoció Neve.

Dos semanas después, los padres naturales y los adoptivos se encontraron en un bufete de abogados de Ferrara. Se leyeron en voz alta los acuerdos y se firmaron muchos papeles. Al final, el abogado extrajo un sobre grueso del cajón.

—Esto es para vosotros.

—He dicho que no quiero dinero —protestó Radames.

—Cogedlo, os hace mucha falta —insistió su hermana Violetta.

Él estaba a punto de repetir que no quería, pero Neve le apretó la mano y con la otra cogió el sobre. Estaba de nuevo embarazada y no podía permitirse ser orgullosa. Era finales de 1940. Pocos días después, los gemelos fueron a vivir con los tíos a la casa de los gusanos, en las colinas de los Apeninos boloñeses.

Con el dinero que les dieron, Neve y Radames pudieron comprarse una casa, aprovechando también que, con la guerra, los precios estaban mucho más bajos. Encontraron una en el pueblo, pegada a la ribera. Era muy amplia y no tenía humedad; una auténtica ganga, salvo porque, como estaba junto al puente del Po, se convertía en un fácil blanco para las bombas.

—¿Y si nos la derriban? —le repetía Neve a su marido.

—Si esperamos a que acabe la guerra, no tendremos dinero para comprar nada —le decía Radames. Así, al final decidieron arriesgarse.

La casa tenía dos plantas. Formaba parte de un conjunto de edificios adosados que un siglo antes habían sido utilizados como almacenes para el trigo. Se accedía a la entrada bajando unas gradas de ladrillo colocadas en fila a lo largo de un costado de la ribera; se entraba en las habitaciones de la planta alta pasando por una serie de puentes que salían directamente de la calle de arriba. Las habitaciones tenían techos altísimos y dimensiones exageradas. Eran espacios más apropiados para amontonar montañas de trigo que para contener los escasos muebles de la familia. El dormitorio de Neve era tan enorme que ahí dentro su cama parecía un juguete. Para llegar a las ventanas tuvieron que hacer debajo unos escalones. Si querían mirar fuera, primero tenían que subir los escalones y luego ponerse de puntillas.

Mudarse a una casa salubre, con los suelos de ladrillo y las paredes secas, no ayudó a la pareja a sobrellevar mejor la separación de los gemelos. En los primeros meses, Neve y Radames iban a verlos cada dos semanas. De alguna manera conseguían reunir el dinero para el viaje; incluso a costa de saltarse las comidas, pero iban. Sin embargo, siempre, en el momento de la vuelta tenían que irse corriendo, con los niños agarrados a los pantalones del padre o detrás de la madre, implorándoles entre sollozos que los llevaran a casa. Tenían que luchar para quitárselos de encima; una vez, Radames llegó a darle una bofetada al niño para que parara.

En 1941, cuando vino al mundo el décimo hijo, lo llamaron Decimo: después de tantos nacimientos, se habían quedado escasos de nombres. Tras el bautizo, Neve le dijo a su marido:

—Ahora que ha nacido, a partir de ahora duermes en la otra habitación.

Radames creía que estaba bromeando, pero, antes de que anocheciera, Neve le preparó una cama en el cuarto de los hijos varones y desde entonces adoptó la costumbre de encerrarse con llave.

Él le rogó, le suplicó, llegó incluso a amenazarla con echarse una amante, pero Neve le respondió con calma:

—Si lo haces, no montaré un drama.

Radames se quedó sin palabras, pero unos días después reanudó la batalla y le advirtió a su mujer que, como no pusiera fin a eso, la denunciaría.

—Es un deber dormir con el marido: lo dice el Estado y también la Iglesia.

Sin embargo, ella no cedía.

Durante una temporada siguieron yendo a ver a los gemelos cada dos semanas, pero, con el paso del tiempo, notaron que los niños se estaban acostumbrando a su nueva vida. Ahora, cuando los veían marcharse, ya no lloraban. Llegó el día en que Vasco ya no quiso ir a los brazos de Neve, y el momento en que oyeron a Clara llamar «mamá» a la tía.

—¿Desde cuándo te llama así? —le preguntó Neve a su cuñada.

—Ahora va a la guardería, oye que los demás dicen «mamá» y ya sabes cómo son los niños —respondió Violetta.

Esa noche, Neve lloró durante todo el viaje de regreso a casa. Sollozó también cuando se acostó, sola, con la puerta cerrada con llave. La cama nunca le había parecido tan fría. Sentía que la respiración se le aceleraba, que un dolor seco aumentaba y disminuía en el corazón. No podía aguantar más tanta soledad, no esa noche.

Se bajó de la cama y se acercó a la habitación de los hijos varones. Giró la llave y entró, el corazón le latía rápido, como cuando era joven. Quería despertar a su marido con un beso, pero paró de golpe, desorientada: la cama de Radames estaba vacía. Miró fuera, pensando que su marido había salido para orinar, pero no lo vio.

Volvió a la cama, abatida. Permaneció despierta hasta que, a las primeras luces del alba, lo oyó entrar.

Se levantó de nuevo. Con cautela, se acercó a la puerta y la entornó. Vio a Radames caminar de puntillas, con los zapatos en la mano para no hacer ruido.

En el fondo, Neve sabía que tarde o temprano ocurriría eso. Regresó a su cuarto y cerró la puerta con llave, y lo siguió haciendo todas las noches.

Desde el día en que Clara había llamado «mamá» a la tía, Neve y Radames llegaron a la conclusión de que era preferible no volver donde los gemelos. Era demasiado doloroso ver que los hijos preferían jugar en el patio a estar con ellos; hacía mucho daño comprender que los tíos estaban ocupando su lugar en el corazón de los niños.

Decidieron que irían a verlos solo una vez al año, en Navidad, para llevarles un regalito. Pero incluso eso a Radames le parecía importunar, que era demasiado.

—Es una impresión tuya —lo tranquilizaba Neve, pero también ella sentía que se habían convertido en presencias molestas.

Radames nunca perdonó a los cuñados que se hubieran llevado a los gemelos pequeños, ni soportaba que esos dos tuvieran tanto dinero.

—Tu hermano Nellusco es un tacaño, y el otro es un invertido. Todo el mundo sabe que tiene un amante en Bolonia, y que lo mantiene.

Pero Neve no le hacía caso.

Cuando los tíos ricos se llevaron a los gemelos pequeños, Radames se hizo comunista. Él, al que hasta ese momento no le había interesado nada la política, empezó a odiar primero el fascismo y luego, terminada la guerra, a los democristianos. Más que fervor ideológico, el suyo era un desahogo dictado por el rencor contra los cuñados ricos. Neve no estaba resentida con nadie, pero nunca se perdonó haber renunciado a esos hijos. Pasó el resto de su vida conviviendo con el fantasma de los gemelos pequeños. La seguían por doquier, negándose a crecer y siempre pegados a sus faldas. Para ella siempre fueron pequeños. Siguieron viviendo a su lado, chillando para que los cogiera en brazos y acosándola con sus demandas de amor.

Así como el marido volcó esa ausencia en el fervor político, Neve encontró consuelo en la religión. Hasta entonces se había limitado a ir a la iglesia para agradecerle a la santa el milagro, a lo sumo, en Navidad y Semana Santa, pero ahora ya no se saltaba nunca una misa. Iba a la más temprana, cuando el sol aún no había salido y solo coincidía ahí con algún viejo que padecía de insomnio. Adoptó también la costumbre de rezar el rosario antes de acostarse. Todas las noches, Radames, que, como comunista, detestaba a los curas, mascullaba molesto:

—Reza, reza. Total, allá arriba no hay nadie que te escuche. ¡Allá arriba no hay una mierda!

1941

Cuando en Europa estalló la guerra, Getúlio Vargas trató de mantenerse neutral, titubeando entre el Eje y los Aliados incluso después del ataque a Pearl Harbor, el 7 de diciembre de 1941. Fue en agosto de 1942 cuando Vargas decidió dar su apoyo a Estados Unidos, lo que hizo primordialmente por intereses económicos y, en cualquier caso, la implicación de Brasil en el conflicto fue limitada.

La alianza con Estados Unidos dio pie, sin embargo, a un nuevo impulso del café, producto que empezó a ser exportado en cantidades enormes hacia Norteamérica. Eso permitió que se recuperaran muchos productores, entre ellos Adele, que, gracias a la experiencia adquirida y a la nueva alianza americana, en esos años se convirtió en una empresaria de éxito.

A muchos les habría encantado casarse con ella. La propia Núbia la animaba a fijarse en alguno.

—A los cuarenta y seis años es usted demasiado joven para quedarse sola —decía.

—Mi momento pasó, y además, no necesito un hombre.

Había cruzado el mundo para no quedarse sola, pero ahora ya no tenía fuerzas para correr riesgos. Pensaba en la tía Edvige, en la tragedia que, por culpa del amor, había destruido tantas vidas. Pero ella había aprendido la lección. «Tengo a mi hija, no necesito un marido», se repetía. Sin embargo, en un rincón de su interior, en una zona de sombra que procuraba ocultarse incluso a sí misma, Adele sentía que el amor por Maria Luz era imperfecto. Sin duda, era su hija y la quería. Y, sin embargo, había momentos en los que le costaba reconocer en la niña su propia sangre.

Había reparado enseguida en la dificultad de identificarse con ella. Después del nacimiento del primer hijo, que vivió solo una semana, Adele se sintió satisfecha, pero con Maria Luz las cosas fueron difíciles. La niña nunca quiso agarrarse a su pecho. Cada vez que Adele trataba de darle de mamar, Maria Luz se ponía tensa y roja y empezaba a gritar. Después de dos días de intentos fallidos, acabaron recurriendo a una nodriza. Cuando creció, la situación no mejoró. A veces se fijaba en sus defectos: en los labios finos, en los hombros demasiado flacos... Sobre todo, Adele notaba en la niña una índole apática, la falta del espíritu apasionado que había caracterizado tanto a ella como a su marido. Si solo se hubiese reconocido más en la niña —a veces pensaba—, a lo mejor la habría querido. Enseguida, la abrumaba la vergüenza. Se levantaba de golpe, se acercaba corriendo a la niña y la estrechaba contra su pecho, tratando de borrar su sentimiento de culpa. Lo cierto es que Adele sentía que había querido tenerla, sobre todo, por complacer a su marido. Había hecho lo que todos esperaban de ella, pero Adele no recordaba haber sentido nunca la necesidad de ser madre. A lo mejor, cuidar a Neve cuando era pequeña había sido lo más parecido al instinto maternal que había tenido. Sin duda había sufrido por la muerte del primer niño y por el aborto. Maria Luz había sobrevivido y, sin embargo, la miraba y la sentía ajena. Vivía esta carencia como una aberración que ninguna otra mujer, estaba segura, podía experimentar. Por lo demás, todos sus esfuerzos por acercarse a la niña eran inútiles. «Ven con mamá», le decía, esforzándose por ser cariñosa. Si abrazaba a su hija, ella se soltaba; si trataba de sonreírle, la niña rompía a llorar.

Desde que se quedó viuda, Adele dedicó todas sus energías

a dirigir Cachoeira Grande, dejando el cuidado de su hija en manos de Núbia. Pero luego sentía envidia cuando las veía juntas, cantando una canción infantil o riéndose por nada. Núbia levantaba en brazos a Maria Luz, la besuqueaba, y a Adele le parecía que su afecto era muchísimo más intenso que el amor que ella podía sentir por su hija. Creía que era una mala madre, y afrontó los sentimientos de culpa colmando a la niña de regalos, o bien organizándole fiestas en las que la niña acababa aburriéndose.

Por su parte, Maria Luz buscó de pequeña, con el empeño propio de la infancia, el afecto de su madre, pero si le insistía en que la cogiera en brazos, Adele la apartaba, diciendo que tenía cosas que hacer; si trataba de sentarse en sus faldas, la madre se lo impedía, para que no le arrugara el vestido. Así, la niña se le fue acercando cada vez menos, hasta que dejó de hacerlo del todo.

Un episodio en especial se le había quedado grabado. Cuando tenía cuatro años, la ingresaron para que le quitaran las amígdalas. La madre la llevó al hospital, pero fue Núbia la que se quedó con ella, porque, precisamente ese día, había que organizar un envío de café y su presencia era indispensable. Maria Luz no olvidaría nunca el momento en que su madre se desprendió de sus brazos y la dejó con la criada. Adele se alejó por el pasillo del hospital. Le daba la espalda y caminaba rápido, sin atender a sus gritos ni a sus súplicas. No se volvió ni una sola vez.

Maria Luz creía que la vida le había negado el amor de la madre, por lo que, cuando creció, buscó de todas las maneras posibles el amor del mundo. Estaba resuelta a suscitar la admiración de todos y decidió que un día sería famosa. No le faltaba talento: era inteligente y tenía temperamento artístico, sin embargo, no tenía confianza en sí misma y eso le impedía perseverar, y, en consecuencia, alcanzar sus objetivos. Entonces, tras cada fracaso, acusaba a la madre de ser la causa de todos sus problemas.

Núbia Vergara siempre apoyaba a Adele.

—No se merece que la trates así. Todo lo ha hecho por ti.

—¿Y dónde estaba cuando yo era niña? ¡Ella y su trabajo! ¡Me crie sin padre y también sin madre!

—¡Pero si te ha dado todo lo que has querido!

—¡Ah, no entiendes nada! ¡Como si llenarme de regalos fuese suficiente! —concluía nerviosa la chica.

Maria Luz asistió a cursos de interpretación y danza, luego a una academia musical y, por último, se dedicó a la escultura. Aunque nunca terminaba nada, consiguió convencer a su madre y se matriculó en una escuela muy cara de arte en Río, pero, ahí también, con escasos resultados.

Una vez arrinconadas las ambiciones artísticas, se dedicó a frecuentar los cafés más elegantes de Río, con el propósito de que la aceptaran en los círculos exclusivos de la ciudad. No era guapa, pero había heredado los modales elegantes de su padre y el pelo tupido y ondulado de su madre. Sobre todo tenía dinero suficiente para compensar lo que le faltaba.

Fue en una de esas reuniones mundanas donde la muchacha conoció al candidato adecuado para el matrimonio. Era un joven atractivo. No tenía intereses culturales, no apreciaba la música y de arte no sabía nada, pero estaba enamorado de ella y tenía orígenes aristocráticos. Casándose con él, Maria Luz pensaba que adquiría un apellido noble.

Cuando conoció al novio de Maria Luz en una cena, Adele enseguida se dio cuenta de sus limitaciones.

—En primer lugar, él no paraba de hablar y a ti te he visto aburrida. Se te notaba en la cara —le dijo a su hija.

—¿Es que nunca vas a aprobar nada de lo que haga?

—Solo digo que no me parece el hombre apropiado. ¿Cómo vais a estar juntos toda la vida si no lo aguantas ni una cena?

—¡Vaya, cuánto te preocupas por mí de repente!

—Por supuesto que me preocupo. Soy tu madre y tengo más experiencia.

—¿Y tú con cuánta experiencia te casaste?

—¿Qué tiene que ver eso? No quiero que cometas errores.

—No acepto consejos tuyos. Soy mayor de edad y me casaré con tu consentimiento o sin él.

Adele acabó rindiéndose a la voluntad de su hija. Intimidada por el estatus social del futuro yerno, gastó una fortuna para la boda. Por último, aunque Núbia trató de todas las maneras posibles de disuadirla, como regalo de boda puso a nombre de Maria Luz la mitad de las tierras de Cachoeira Grande.

—Así te construirás un futuro. Lo necesitas ahora, no cuando yo esté enterrada. Estoy segura de que tu padre estaría de acuerdo —le explicó a su hija.

Quería hacerla responsable, demostrarle que confiaba en ella, pero Maria Luz no sabía nada de café, y su marido, todavía menos. En pocos años, el patrimonio que había heredado desapareció, agotado en el alto tenor de vida de la pareja y en sus inversiones extravagantes: un criadero de gatos valiosos, una galería de arte, unos cursos de equitación. Todas sus iniciativas fracasaron.

Para hacer frente a las deudas, Maria Luz tuvo que vender, hectárea tras hectárea, su parte de Cachoeira Grande. Adele, desesperada, veía esfumarse las riquezas de la familia, pero no podía aceptar que Cachoeira Grande acabase en manos de extraños. Durante años fue detrás de los nuevos propietarios, a los que compraba, una tras otra, las tierras que su hija acababa de vender. Lo hacía a escondidas, para no herir el amor propio de su hija, y pagando por las tierras el doble de lo que habían cobrado por su venta.

Núbia temía que el *cafezal* perjudicase a la salud de la patrona. Esta vez fue ella la que aconsejó a Adele vender: si quería salvarse ella misma, tenía que desprenderse de Cachoeira Grande.

—No puede seguir esta guerra sola —le decía.

Adele estaba a la ventana. Siguió mirando sus tierras mientras le respondía:

—Tengo que hacerlo por él. Los muertos tienen más poder que los que siguen en la tierra, mucha más fuerza que la que tenemos nosotros.

1942

En tiempo de guerra vivir en un punto estratégico como un puente sobre el Po era muy arriesgado. Así, después del nacimiento de Decimo, Neve y su marido prefirieron no seguir en la nueva casa y se mudaron con sus hijos a la de Beppe y Armida, esperando que el conflicto se resolviese en pocos meses.

También en la casa de la Fossa, Neve le exigió a su marido que durmiese en otra habitación. Armida se dio cuenta de eso casi enseguida y le pidió a Neve explicaciones.

—Ronca. No puedo pasarme toda la noche despierta —se limitó a responderle la hija.

Poco convencida, Armida habló con su marido, pero Beppe le hizo notar que Neve ya era mayor y que ella no tenía derecho a meterse en sus asuntos.

Como no podía trabajar debido al accidente, en los últimos tiempos Radames había ideado un sistema para llevar a casa algún dinero: mataba gatos para luego venderlos como conejos en los restaurantes de Mantua y Verona. Salía a cazar de noche, y atraía a los gatos con caricias y pececillos de río. Luego los metía en un saco y a la mañana siguiente los mataba en el patio de la casa. Cuando llegaba el momento, los niños se escondían debajo de las camas y Neve se iba corriendo, tapándose los oídos. Cocinaban alguno de los animales en casa, pero casi todos los vendía en los restaurantes.

En esa época, Armida empezó a sufrir ataques de pánico y miedos incontenibles. Ella, que siempre había demostrado valentía y sentido práctico, se convirtió en una criatura miedosa y atormentada. Por lo demás, las bombas no podían afrontarse con sentido común y Armida notaba que se estaba desquiciando. Sus miedos no se limitaron a las bombas, sino que se extendieron a los terremotos, los rayos, las granizadas y las inundaciones. Desarrolló también un auténtico terror a las enfermedades, los ladrones y los forasteros. Se le metió en la cabeza que, antes o después, alguien la mataría, por lo que un día se apropió de la escopeta de caza de su marido y la escondió en la cocina. Si se quedaba sola en casa, se encerraba con tres vueltas de llave y no le abría a nadie. Si alguien llamaba a la puerta, respondía, contra toda lógica, que ahí no había nadie.

—*¡Váyase a su casa, que aquí no hay nadie!* —gritaba, con la escopeta apuntada hacia la puerta.

Beppe creía que, cuando terminara la guerra, su mujer volvería a ser la de siempre, pero Armida no esperó tanto tiempo. Murió durante un ataque aéreo, con el corazón partido en dos por un infarto. Todos estaban en el refugio. Cuando estalló una bomba cerca, Neve vio a su madre palidecer y le apretó un brazo para tranquilizarla. Ella, sin abrir los ojos, pidió silencio con un gesto, luego apoyó la cabeza en la pared y pareció calmarse. Todos creyeron que se había quedado dormida. Se dieron cuenta de que había muerto solo cuando llegó el momento de regresar a casa.

La desaparición de Armida fue una pérdida dolorosa para toda la familia, pero para Beppe supuso un dolor irreparable. Sin su mujer al lado, se volvió más huraño y solitario que antes. En los meses que siguieron al funeral se tornó también más excéntrico. Se consolaba hablando con una gallina a la que cuidaba desde que había nacido; la llamaba con apodos cariñosos y la alimentaba con salvado, leche y harina de maíz. La gallina le tenía tanto apego que lo seguía por toda la casa; cuando Beppe se sentaba, la gallina se acurrucaba a su lado.

Cuando salía a pasear por el río, Beppe se la llevaba consigo. Caminaba cabizbajo, con las manos cruzadas en la espalda, como solía hacer su abuelo Dollaro y, antes que él, su bisabuelo Giacomo. Se parecía a ellos en el modo de andar y en el hábito —adquirido hacía poco— de hablar solo. La gente con la que se cruzaba le daba los buenos días, pero Beppe rara vez respondía. Continuaba su monólogo en voz alta, sin que le importasen las miradas pasmadas de los paisanos. De vez en cuando paraba, luego se le oía exclamar: «Claro, claro...». Él, que en su vida rara vez había discutido, ahora se irritaba por los motivos más triviales.

«Ese perro necesita un poco de agua. ¿No ve que se está muriendo de sed?», exclamaba. Si el dueño del animal no reaccionaba, lo acuciaba: «¿Qué pasa, te da miedo darle un poco de agua? ¡Ni que te costara dinero!». Si seguía sin hacerle caso, Beppe apretaba el paso y alcanzaba al hombre, y entonces empezaba una discusión infinita sobre cómo había que tratar a los animales, le decía al otro que a veces los animales eran mejores que los hombres y que seguramente su perro era mejor que él.

«*Anda, Beppe, es mejor que te vayas a casa*», le respondía el otro.

Beppe Casadio entonces se encajaba el sombrero en la cabeza, cogía en brazos a la gallina y se alejaba murmurando:

«Claro, claro...».

Recordando la historia que se contaba en la familia sobre el ahorcamiento de Giacomo, Neve empezó a temer por su padre.

—Confiemos en no encontrarlo también a él colgado de una viga —le decía de vez en cuando a su marido.

Estaba sobre todo preocupada por esos sueños raros que últimamente le anunciaban la muerte de alguien. Mientras se tratara de algún paisano podía aguantarlo, pero como había soñado con la muerte de su madre la noche anterior a que se produjera, Neve se acostaba siempre con el miedo de soñar con la muerte de su padre.

Dado que podía leer los pensamientos ajenos, decidió intentarlo con su padre. Una tarde, con el sombrero en la mano y ya listo para salir a su paseo de siempre, Neve se le acercó.

—Espera, voy contigo.

—¿Para qué?

—Nada, me apetece caminar.

—¿Me estás vigilando? —le preguntó Beppe, mirándola con recelo.

—No, es solo que a mí también de vez en cuando me apetece un poco de paz.

—Haz lo que quieras —se resignó él al final. Anduvieron unos doscientos metros, entonces Beppe paró, cogió en brazos su gallina y empezó a acariciarla—. No tengo la menor intención de colgarme, si es eso lo que te preocupa.

—Pero, papá...

—¿Qué crees, que eres la única que lee los pensamientos de los demás?

—Entonces... ¿tú también? ¡Si nunca has dicho nada!

—No son cosas que se pregonen en el mercado.

Padre e hija se miraron. Neve vio en los ojos de su padre una tristeza inconsolable y algo más que una leve locura, pero no encontró en ellos señales que anunciasen el suicidio.

—Eres realmente mi hija —dijo poco después, y luego añadió—: Lo sé, no es fácil vivir sabiendo que, tarde o temprano, ocurrirá la tragedia que Viollca vio en las cartas. Quien no tiene nuestro don, no cree en estas cosas, pero para nosotros es distinto, porque sabemos que es verdad. No se puede hacer nada contra el destino, Neve, pero podemos enseñar a nuestros hijos a mantenerse lejos de los sueños y de los peligros.

—Descuida, papá. Eso haré.

Continuaron el paseo por el río, mezclando sus pensamientos, en un silencio leve y perfecto. Volvieron a la hora de cenar. Y, por fin, esa noche Neve durmió tranquila.

Fue en 1942, el mismo año en que murió Armida, cuando Luciana, amiga de Neve desde la época de la escuela nocturna, se casó. Un hombre de Ferrara, las manos cuidadas, el pelo engominado y un peine asomando del bolsillo de la chaqueta. Luciana no estaba enamorada, pero tenía más de treinta años y acabó cediendo a la presión de su madre, que cada día le repetía:

—A tu edad no puedes ser exigente, y ya no vas a encontrar a otro igual: es rico, guapo y muy fino.

Él se llamaba Attilio Coppi, era licenciado e hijo de un alcalde. Seguramente, un hombre de modales elegantes y acostumbrado a la vida urbana: zapatos comprados en tiendas de lujo, camisas inglesas y jerséis de cachemira; aperitivos en los bares más selectos y cenas en los mejores restaurantes.

Fue una boda de ricos, con coche adornado con lazos, comida en un hotel, tarta nupcial de tres pisos y servilletas blancas. La novia vestía traje largo, cosa rara en los años del conflicto. A los invitados les repartieron peladillas, vaciaron varios barriles de vino y bailaron hasta el amanecer. Ese día en Stellata se olvidaron de que había guerra.

El único detalle que asombró a los invitados fue la ausencia de la familia más rica del pueblo. Entre las mesas y los camareros que llevaban platos de pintada asada y estupendas viandas, se rumoreaba que Samuele Modena había declinado la invitación a la boda, y sin dignarse dar explicaciones.

—Es un judío insolente, como todos los de su raza —le soltó Attilio a Luciana—. Pero le queda poco para poder seguir haciéndose el exquisito. En Alemania lo esperan unos estupendos hoteles.

—Siempre han sido nuestros mejores clientes —los defendía ella.

—Tú tienes la culpa. Los invité solo por complacerte, pero no te quepa duda de que, antes o después, me pagará este desaire.

—¡Como si no hubiesen pagado ya! Las leyes raciales los

han dejado sin nada. Han tenido que vender los muebles y también el oro y que despedir a todos los criados, porque no les está permitido contratar arios. Su hijo mayor se ha quedado sin plaza en la universidad, solo porque es judío. ¿Es que todos no tenemos la misma sangre y el mismo corazón?

—¿Qué pasa, me he casado con una revolucionaria?

—Yo de política no entiendo nada, pero ver separar a los niños en escuelas distintas es doloroso. ¿Qué culpa tienen los niños?

—Tú acabas de decirlo: de política no entiendes nada, así que más vale que te estés calladita.

Muy pronto, Luciana y su madre se dieron cuenta de que el carácter autoritario no era el único defecto de Attilio. Al joven le gustaban los juegos de azar: apuestas en el hipódromo, el póquer, carreras de galgos, todo. Cuando conoció a la tendera —gorda como un armario, pero dueña de una tienda próspera en el centro del pueblo—, enseguida comprendió que no tenía que buscar más. Se casó con la hija sin renunciar a sus amantes y, en un par de años, llevó la tienda al borde de la ruina.

El vicio del juego y las infidelidades conyugales tampoco eran sus peores defectos. Enseguida, Luciana empezó a llegar a la tienda llena de moretones y con un ojo hinchado.

—Tienes que hacer algo. No puedes sufrir toda la vida —le repetía Neve.

—¿Qué hago? Y, encima, con un niño en camino.

—Si te pone la mano encima, llama a los guardias.

—Claro. Su padre es el alcalde. ¿Quién va a meterse con ese?

La madre de Luciana enfermó del corazón. El médico dijo que era por su mole a la sazón gigantesca, aunque, en realidad, lo que acabó con su salud fue el dolor de ver la tienda hundida y a su hija destrozada por un matrimonio que ella misma había alentado.

Debido a la enfermedad de la madre, Luciana tuvo que llevar la tienda sola y que enfrentarse a las tropelías del marido. Por lo demás, parecía que Attilio se enfurecía solamente con ella. En el pueblo lo consideraban un hombre amable; en la plaza conversaba con todo el mundo y llevaba en el coche a todo aquel que necesitaba ir a la ciudad. El cura, además, lo ponía como ejemplo: decía que nadie era tan generoso con los pobres y los ancianos del asilo. Era en casa donde Attilio sacaba a relucir su peor lado. Cuando se casaron, se ofreció a ayudar a su mujer en la dirección de la tienda, afirmando que podía llevar la contabilidad. Además, tenía grandes ambiciones, como importar mercancías del extranjero o abrir un pequeño restaurante en la plaza. Pensaba en algo chic: pocas mesas pero crear un buen ambiente, música de fondo, el mayor cuidado posible a la calidad y a los detalles. Sin embargo, Luciana no se dejaba cautivar.

—*Es fácil ser generoso con el dinero de la mujer* —lo recriminaba. Además, demasiadas ideas sofisticadas para un pueblecito de provincia.

Attilio la acusaba de ser una tendera, una ignorante. Ella rebatía que era preferible ser una tendera poco instruida a un fanfarrón solo capaz de despilfarrar sus ganancias.

—La tienda es mía y hago lo que quiero —concluyó.

Rechazó todas las propuestas del marido, y él, humillado por tanto desprecio, reaccionó ensañándose con ella. En los momentos de rabia llegaba a encerrarla en la pocilga con los cerdos. Luciana no se atrevía a contárselo a nadie, ni siquiera a Neve. Lo descubrió Radames. Ocurrió por casualidad, un día que fue a su casa para venderle huevos.

En la cocina no había nadie. Radames ya iba a irse, cuando oyó un quejido. No sabía de dónde procedía. Llamó en voz alta, pero no hubo respuesta. Se detuvo en el centro del patio y ahí se dio cuenta de que el llanto salía de la pocilga. Arrastrando la pierna mala, fue hacia allí, quitó la barra que bloqueaba la puerta desde fuera y encontró a Luciana: estaba agazapada entre las marranas, cubierta de moretones y mierda.

—¿Dónde está?

—Déjalo, no te metas en líos.

—¿Dónde está?

—Por favor…, que después me castiga a mí.

—Ya sé dónde encontrarlo.

Radames cogió el bastón y fue cojeando hacia la plaza. Entró en el bar y vio a Attilio jugando a las cartas con tres oficiales fascistas. Se le echó encima y lo golpeó sin decir palabra. Tras el primer momento de sorpresa, los tres soldados lo agarraron y lo arrastraron a la calle. Acabó tirado en medio del polvo. Los fascistas se disponían a darle una paliza, cuando apareció Attilio.

—Dejadlo. Yo me ocupo de él.

Radames trató de levantarse, pero con la pierna mala le costaba hacerlo. Aún no se había puesto de pie cuando un puñetazo lo tumbó de nuevo al suelo. Enseguida, Attilio empezó a darle patadas, gritando:

—¡Cochino cojo, hijo de perra, comunista de mierda!

La gente se había reunido alrededor de ellos. Miraban cómo el marido de Luciana daba patadas al hijo de Anselmo Martiroli, pero no podían hacer nada: los tres oficiales, con los fusiles en ristre, vigilaban para que nadie interrumpiese el espectáculo. Solo cuando Radames ya no se movió, Attilio dejó de pegarle. Paró, mirando como hipnotizado la sangre que salía de la nariz y los labios de Radames, que estaba quieto. Attilio empezó a temer que se hubiese desmayado o muerto. Asustado, se inclinó y le cogió un brazo.

—Oye, responde…, responde…, eh…

Poco después, Radames abrió un ojo.

—Bueno, ¿qué te esperabas? Tú te lo has buscado —le dijo el otro, aliviado. Se sacudió el polvo de la chaqueta y, dirigiéndose al dueño del bar, ordenó—: Dale un vaso de agua y llevadlo a casa. Si hay que pagar algo, anótalo en mi cuenta.

Radames estaba en el suelo, la cara llena de polvo y sangre. Attilio se seguía sacudiendo el polvo de la ropa, cuando vio el Bugatti rojo de Samuele Modena parado al lado de la plaza. El rico judío lo estaba mirando.

—Oye, ¿qué haces ahí? El espectáculo ha terminado. ¡Fuera, largo, largo!

Samuele Modena encendió el motor del coche, pero, antes de marcharse, escupió al suelo. Luego el Bugatti desapareció en la curva.

Attilio se quedó en el centro de la plaza.

—Juro por Dios que te arrepentirás —murmuró para sí.

A la noche siguiente, una decena de fascistas, mandados por Attilio Coppi, entró en la elegante villa de la familia Modena. Las mujeres y los niños fueron encerrados en una habitación. Empezaron enseguida a zarandear a Samuele y a los dos hijos varones. Los lanzaban de un fascista a otro entre risotadas burlonas, insultos y frases humillantes. Pasaron luego a las porras, y fue entonces cuando se desquiciaron. Lo que debía limitarse a una bravata punitiva degeneró en violencia desenfrenada. Attilio y otros dos empezaron a ensañarse con Samuele Modena. El viejo se desplomó enseguida. Estaba agazapado en el suelo, cuando los tres notaron que un abundante reguero de sangre había empezado a salirle de la cabeza. Miraban pasmados la mancha de sangre que se extendía con alarmante rapidez por la alfombra. Durante un instante, ninguno se movió.

—¡Fuera, enseguida! —gritó por fin Attilio.

Cuando llegó a casa, el marido de Luciana trató de meterse en la cama sin despertar a su mujer, pero ella tenía el sueño ligero y encendió la luz. Al momento reparó en su cara alterada. Attilio se le acercó.

—Si mañana te preguntan, yo esta noche estaba en casa, no me he movido de aquí. ¿Has entendido?

Ella notó enseguida olor a alcohol.

—¿Por qué, dónde has estado…? ¿Por amor de Dios, qué ha pasado?

Él no respondió y le dio la espalda.

Al día siguiente, en el pueblo se difundió la noticia de que Samuele Modena había muerto.

Radames Martiroli enseguida supuso quién estaba detrás de ese homicidio, pero sabía que el culpable tenía las espaldas cubiertas y que conseguiría quedar impune.

—¡Tarde o temprano, esos maleantes tendrán que pagar por sus pecados! —le dijo con rabia a Neve, después de contarle lo que había pasado. Ella daba vueltas a la polenta y de vez en cuando meneaba la cabeza. Los hijos más pequeños jugaban, sin comprender las palabras de su padre, pero los primogénitos eran dos adolescentes y se sentían cada vez más rabiosos con cada frase.

—Si nadie se lo hace pagar, ya me encargaré yo de hacerlo —dijo Dolfo con tono firme.

Neve se volvió de golpe hacia él.

—Son cosas de hombres y tú has de mantenerte al margen. ¿Comprendido? ¡No te metas en política, Dolfo, si no quieres enfrentarte a mí!

Pero el hijo a su vez fijó los ojos en ella, y le sostuvo la mirada sin descomponerse.

En la era, con el gramófono a todo volumen, Irma daba clases de baile a un grupito de chicos de Stellata. En ese momento bailaba con Dolfo, el que más sabía apreciar ese *swing* moderno.

> *Oh, mamma, mi ci vuol la fidanzata.*
> *Uh, mamma, mi ci vuol la fidanzata.*
> *Io vorrei quella cosa tanto cara, deliziosa,*
> *che fa il cuore sospiroso,*
> *che fa il cuore palpitar...*

Movían los pies, daban pasos cortos, rítmicamente, los cuerpos más pegados de lo necesario. Guido los observaba, con un gesto enfadado en el rostro. ¡Su hermano la estaba apretando más de lo debido, y vaya miradas que se cruzaban! La gente no tenía ni pizca de tonta. Irma tenía al marido en la guerra y su hermano tendría que ser menos descarado. Pero era evidente que a ese le daba exactamente igual y, por lo que se veía, a ella también.

El ritmo se iba acelerando.

Mamma no son più quel capriccioso ragazzino
che sgridavi sempre pel suo fare birichino.
Ora son cresciuto e sento un tremito nel cuore,
oh, mamma, è il segnale dell'amore!

Dolfo hizo dar vueltas a Irma, luego volvió a cogerla entre sus brazos, le apretó la cintura y, poco a poco, bajó las manos hasta su cadera. Siguieron frente a frente, las rodillas ligeramente inclinadas, llevando el ritmo con los pies. Se miraban fijamente, se movían con sensualidad. Dolfo la llevaba, siempre sujeta de la cadera. Por fin, la atrajo hacia él. Dieron rápidos giros, con los cuerpos entrelazados. Alguien hizo un comentario sarcástico. Guido sintió inflamarse.

Desde hacía tiempo ya todo el mundo sabía que Dolfo Martiroli e Irma eran amantes. Él tenía dieciséis años, ella, diez más, pero debía de haber decidido que Dolfo era un chico guapo y, de todos modos, parecía mayor.

Para una mujer enamorada de la vida como Irma, tener al marido en la guerra resultaba insoportable. Se había casado demasiado pronto. ¿Qué podía saber ella del matrimonio con diecisiete años? Tres meses después, ya estaba arrepentida. Y además sabía que era bonita y tenía grandes ambiciones: soñaba con convertirse en estrella de cine. Conocía los nombres de todos los actores y de todos los cantantes, las historias de sus carreras y de sus distintos amores, públicos o secretos. Apenas sabía firmar, pero eso no parecía preocuparla. A la espera de hacerse famosa, hacía todo lo posible por conservar su encanto. Para que no se le oscureciese la piel, cuando trabajaba en el campo se ponía camisas de manga larga y guantes, incluso en agosto; antes de salir a pasear, juntaba el polvo del fondo de los sacos de arroz y lo usaba como maquillaje.

Un día fue donde un fotógrafo y se hizo varios retratos con los hombros desnudos y una mirada sensual. Después mandó las fotografías a Cinecittà, no sin antes besar el sobre. A las tres semanas, le llegó la respuesta: desde Roma la invitaban para una prueba. La chica casi se desmaya de la emoción. Ya se veía en la gran pantalla como Assia Noris en *Love Story*, o como Alida Valli en *Los que vivimos*. Ya decidida a presentarse a la cita, no quiso contarle nada a su marido soldado y no atendió a la oposición de sus parientes, que trataron de que desistiera.

—*Todas las mujeres del cine son putas* —insistía su madre. Pero Irma creía que la vida no estaba solamente ahí, en ese pueblo de cerdos y escarcha: ella había nacido para tener un destino más grande y sentía que algún día sería famosa.

Una semana después se fue a Roma con el pelo teñido de rubio y grandes esperanzas para el futuro. Regresó al cabo de tres días, con los ojos hinchados de tanto llorar. No dio ninguna explicación. Se encerró en su habitación y estuvo jornadas enteras en la cama, en tal estado de postración que la madre terminó llamando al médico.

—Lo único que le pasa a su hija es que tiene un alma demasiado romántica y un marido lejos —decretó el médico tras reconocerla.

Irma nunca contó a nadie qué había pasado en Roma, pero, después de aquel viaje, abandonó toda aspiración cinematográfica. Fue entonces cuando decidió dar clases de baile, ya que, además de ser muy guapa, era una estupenda bailarina. Enseñó la mazurca, la polca y el vals a todos los chicos de Stellata. A veces, sin embargo, sus clases no se limitaban a los pasos del tango o del fox trot. Eso fue lo que le pasó con Dolfo Martiroli. Al principio, ella no quería, pero Dolfo insistió tanto que una noche los dos acabaron en la cama. El chico se convirtió en su amante y lo siguió siendo hasta que el marido regresó de la guerra.

A Guido, la oportunidad de conocer los misterios del sexo le llegó apenas dos años después. Era la primavera de 1944. Ella se llamaba Marilena: era bizca, pero tenía un cuerpo armonioso y un cutis brillante. Le dijo al chico que tenía veintisiete años, pero se rumoreaba que tenía bastantes más de treinta.

Un sábado por la noche, Guido la invitó al cine. En la oscuridad de la sala, le estrechó la mano y ella no dijo nada. Cuando terminó la proyección, él le preguntó si podía acompañarla a casa. Iban por una vereda del campo cuando, de repente, él se detuvo, se puso de puntillas y la besó en la boca.

Acabaron detrás de la pared de un establo. Poco después, ella le cogió la mano y se la introdujo en el escote. Guido tocaba embelesado el pecho suave, la piel tibia, pero no se atrevía a llegar más lejos. Marilena se apretaba contra él, le toqueteaba el lóbulo de la oreja, pero él, nada. «¡Maldita guerra!», pensaba la mujer. En el pueblo no quedaban más que viejos o chiquillos como él, a los que había que enseñarles todo. Guido la besaba con torpeza y parecía no entender lo que le pedía. Marilena no tardó en perder la paciencia.

—Ya está bien —estalló y, mientras se abotonaba rápidamente la blusa, se despidió de él dándole la espalda con un gesto seco de la mano.

El chico se enjugó la frente. No estaba seguro de que ese beso le hubiese gustado. En el camino hacia casa se detuvo en la fuente y se enjuagó varias veces la boca.

Al día siguiente, le contó lo que había pasado a Dolfo.

—¡Menudo imbécil! ¿Das con una que se deja tocar las tetas y tú no haces nada?

—¿Qué debo hacer?

—¡Tú no eres pariente mío! La próxima vez, si ella no te para, sigue. ¿O necesitas que te haga un dibujo?

Guido se prometió que el siguiente sábado buscaría de nuevo a Marilena, y que esa vez no quedaría como un idiota, pero el martes llegó una carta certificada de Ferrara: dentro de tres días Guido tenía que presentarse en la caja de reclutamiento.

Para Dolfo, ese problema no existía, pues hacía unos meses había sido descartado del reclutamiento por su mala vista. Cuando tenía trece años, un oculista le había diagnosticado una gravísima miopía. Entonces, Neve y Radames lloraron, sin saber que unos años después eso lo beneficiaría. En cambio, a Guido lo aceptaron, y ahora tenía que presentarse.

El muchacho habló primero con su padre, después con Anselmo.

—Si tienes que empuñar el fusil, es mejor hacerlo por los partisanos —le aconsejó el abuelo.

Guido huyó de casa esa misma noche. Estuvo oculto cuatro días en un campo de maíz, pasando un tremendo calor. Al anochecer, unos campesinos le llevaban un poco de pan y un trozo de queso. Una noche hubo un temporal y, como le daba miedo moverse, se cubrió la cabeza con la chaqueta y ahí se quedó, sentado en medio del maíz y empapado hasta los calzoncillos.

En esos días de espera, el muchacho tenía que luchar contra el aburrimiento, y lo que hizo, sobre todo, fue repasar las arias más famosas de la ópera. Descubrió la pasión por el *bel canto* en cuanto le cambió la voz. Aprendió las arias de Verdi y de Puccini primero escuchando a su abuelo Anselmo; después, gracias a los discos del hijo del carnicero, un auténtico fanático de la ópera. Aprendía rápido y sin esfuerzo, con el oído de un talento natural. Sin embargo, Guido era tímido y le daba vergüenza cantar, tanto es así que ni sus hermanos conocían su pasión. Hasta el día en que, estando en el bar de la plaza, su abuelo Anselmo lo hizo beber una copa de más. En un momento dado, el abuelo entonó el «Addio alla madre» de *Cavalleria Rusticana*. Los que estaban ahí empezaron a tomarle el pelo.

—¡*Calla*, Anselmo, que como te oiga Mascagni te denuncia! —dijo uno.

Todo el bar rompió a reír. Guido, ya un poco achispado, no aguantó esos insultos. Abandonando su proverbial timidez, cerró los ojos, apretó los puños y, por fin, entonó:

O Lola ch'ai di latti la camisa
si bianca e russa comu la cirasa,
quannu t'affacci fai la vucca a risa,
biato cui ti dà la primu vasu!

Todo el bar se calló. Estaban inmóviles, unos con las cartas en la mano, otros con la taza de café y el periódico en el aire. Tenían la piel de gallina, todos deslumbrados por aquella voz purísima. El abuelo lo escuchaba boquiabierto, con el cuerpo de mármol.

'Ntra la porta tua la sangue è sparsu,
e nun me mporta si ce muoru accisu...
E s'iddu muoru e vaju mparadisu
Si nun ce truovu a ttia, mancu ce trasu.
Ah, ah; ah, ah...

Terminada el aria, Anselmo Martiroli tenía el rostro bañado en lágrimas.

—¡Clavado a su abuelo! —exclamó, abrazándolo.

Así, si bien la familia Martiroli no era en absoluto religiosa, se decidió que Guido se uniese al coro de la iglesia.

—Al menos ese cura va a servir para algo —decretó Anselmo.

El chico hizo enseguida grandes progresos, tanto es así que pronto comenzaron a llamarlo para cantar en bodas, donde entonaba con éxito el *Ave Maria* de Schubert. Su caballo de batalla era, de todos modos, *Una furtiva lagrima*. La cantó también en el teatro de Legnano, un día que el carnicero los llevó a él y a su hijo a un concierto en esa pequeña ciudad. Cantó ante cientos de personas y, cuando terminó el aria, todo el mundo se puso en pie para aplaudirlo. Un tenor profesional le estrechó la mano, a la vez que le decía que él, esa aria, no era capaz de cantarla tan bien después de años de estudio.

El sueño del chico era estudiar canto, convertirse en un auténtico tenor. Tenía voz, también pasión. Pero Neve, asustada al vislumbrar en él la marca de los soñadores, trató de hacerlo desistir. «Si no los frenas, los sueños te destrozan. Han sido siempre nuestra maldición», le repetía. «Ya solo nos faltabas tú: ¡convertirte en el nuevo Caruso, estudiar música! Son cosas de ricos, tonterías», se quejaba. «Sé que hay cosas en las que no crees, pero mira lo que les pasó a nuestros parientes: primero Giacomo y sus manías, que acabó colgándose de una viga; después Achille, que quería ser un héroe, y de puro milagro no murió fusilado. ¿Y tu tía Edvige? Ella sola arruinó a dos familias; y luego mi hermana Adele, que por sus fantasías de amor acabó al otro lado del mundo y se quedó casi enseguida viuda. Recuerda que, si no los contenemos, los sueños acabarán trayéndonos una tragedia peor que todas las desdichas que hemos sufrido. Lo vio en las cartas nuestra antepasada, la gitana, y ella nunca se equivocaba».

—Venga, madre. La profecía, las cartas de la gitana... ¿De verdad te crees eso?

—¡Claro! Y tú también deberías. Cantar en la iglesia solo puede hacerte bien, pero has de olvidarte de esas ideas incongruentes que tienes.

Después de los cuatro días que estuvo metido entre el maíz, donde pasó el tiempo repasando en la mente las arias de las óperas, o las escalas y los solfeos que le había enseñado el cura, dos hombres llegaron para llevarse a Guido donde los partisanos. Acabó con otros tres chicos reclutas en un sótano cerca de Sermide, donde estuvo encerrado días sin que ocurriese nada. Por fin, una noche, los partisanos se lo llevaron con ellos.

—Esta noche vamos a hacer la compra —anunciaron.

—¿Dónde?

—No en la tienda, desde luego —le respondieron riendo.

Salieron cuatro. Era tarde y no se veía a nadie. Cruzaron los campos hasta Caposotto, una aldea de Sermide. Cuando estuvieron cerca de una granja amarilla, con una torrecilla a cada lado, se embozaron con un pañuelo. Unos llevaban un fusil; otros, una pistola.

—Mi arma es la única que está cargada y no debéis usar la violencia en ningún caso —dijo el mayor de los cuatro—. ¿Queda claro? Cogemos comida, damos las gracias y nos marchamos.

Los otros asintieron.

En la puerta de la granja encontraron a la hija del aparcero y a su novio.

—Abrid la puerta y entrad. ¡He dicho que entréis, andando! —los conminaron.

Los dos obedecieron, muertos de miedo. Una vez en la casa, el partisano que entró el último cerró la puerta de una patada. En la cocina encontraron a los padres de la joven y varios niños.

—No os asustéis. Solo necesitamos provisiones —anunció el mayor de los cuatro.

Guido estaba junto a la chica que acababa de empujar a la casa. Pensó que era muy bonita: ojos grandes, pelo rizado y una boca bien formada. Se fijó en tres pequeñas cicatrices redondas que tenía en la frente. «Ha sido la varicela», pensó. Él también tenía dos iguales en el cuello.

El aparcero se había quedado pegado a la silla, con el rostro cadavérico.

—Aquí no tenemos nada. El patrón se lo lleva todo a Mantua —consiguió decir.

—Pero sí que tenéis un cerdo.

—Qué va. Con la guerra se nos murió de hambre antes de crecer. —El hombre trató de encender un cigarrillo, pero temblaba tanto que no pudo.

—No nos cuentes trolas, vieron el cerdo en el patio hace dos días —le dijo Guido, acudiendo en su ayuda con un fósforo encendido.

—¡Juro que está muerto! —respondió el otro, abriendo mucho los ojos.

Mentía. En ese momento, el cerdo estaba con su hijo de trece años, al que una hora antes le habían pedido que se quedara fuera para vigilar a su hermana y al novio. Escondido en la sombra, el chiquillo había visto llegar a los cuatro hombres con las caras tapadas. Enseguida comprendió lo que buscaban. En cuanto los partisanos desaparecieron dentro de la casa, fue corriendo a soltar a la marrana. Ahora tiraba de ella hacia el viñedo, azuzándola y rogando a la Virgen que el animal no se pusiese a gruñir.

La primera expedición en la que Guido participó como partisano resultó un fiasco. No encontraron nada, aún menos la marrana.

El chico permaneció oculto en el sótano de Sermide otra semana, hasta que alguien los sacó de ahí a él y a los otros tres jóvenes. Los montaron en un camión y los llevaron a las colinas de Brescia, donde un batallón de las Brigadas Garibaldi iba a adiestrarlos para el combate. Guido no permaneció mucho tiempo tampoco ahí: pocos días después de su llegada hubo un soplo y el grupo entero de partisanos fue arrestado por los guardias fascistas. Todos acabaron en la cárcel de Brescia, sección prisioneros políticos.

1944

Las pulgas, listas para saltar, empujaban contra el cristal de los vasos invertidos.

—Si gano, me da dos paquetes de Nazionali; si pierdo, le doy mi pan durante una semana —prometió Guido.

El hombre que estaba delante de él lo miró de reojo: ese chico sabía que a él le llegaba buen pan de casa, pero estaba seguro de que le cedería su ración, pese a que las señales del hambre eran evidentes en su rostro.

En el último ataque aéreo, las bombas habían derribado las puertas del ala este, la de los prisioneros políticos, y nadie se había molestado en arreglarlas. Las hojas se habían quedado así, sueltas, casi todas abiertas hacia los balcones. Desde ese día, los prisioneros habían podido pasar libremente de una celda a otra, y gracias a eso, ese profesor de mediana edad y Guido se hicieron amigos.

—Nunca van a arreglar las puertas. Esos tienen otras cosas en que pensar. ¡La República de Saló tiene los días contados! —repetía el profesor.

Sin embargo, las bombas no dejaban de caer y el recuerdo del último ataque aéreo seguía poniendo nerviosos a los prisioneros. Ese día permanecieron agachados, la cabeza entre las manos, rígidos, la boca sin saliva, temiendo que una bomba los hiciese saltar por los aires; luego, el estallido, las paredes temblando, ladrillos que caían, trozos de cristal desparramados por doquier. Volaron esquirlas, pedazos de cemento y de yeso. Y ellos ahí, con las rodillas contra la barbilla y meándose en los pantalones. Se quedaron inmóviles, temblando de terror, hasta que oyeron el zumbido de los aviones alejarse, luego el aullido de las sirenas y, por último, el silencio.

Nadie se había movido: las manos alrededor de la cabeza, las piernas incapaces de sostenerlos. Solo después de unos minutos se levantaron y salieron a los rellanos.

El mundo flotaba en una nube de cal que cubría las celdas, las escaleras, los balcones. Cubiertos de blanco de pies a cabeza, los hombres se movían entre paredes que parecían mecerse. Avanzaban lentos, semejantes a criaturas de otro mundo: los rostros con un dedo de polvo, los ojos rojos. Tenían polvo en el pelo, en la ropa, en las pestañas, dentro de la nariz, en los labios, en los pulmones. Caminaban como sonámbulos, sordos por las bombas, perdidos en medio de todo aquel blanco. Cuando se encontraban con otro prisionero, se miraban, mudos, con un extraño miedo a tocarse o a hablar.

Guido tardó una semana en poder dormir sin despertarse cada hora, de golpe, vencido por el miedo. Cuando no conseguía volver a conciliar el sueño, pasaba por delante de la celda del profesor y solía encontrarlo despierto. Entonces, los dos pasaban el resto de la noche hablando de política, fumando o jugando a las cartas. Se rascaban la cabeza y las axilas y guardaban en un tarro las pulgas para las carreras.

Con la posibilidad de moverse más libremente, Guido recuperó las ganas de cantar. Se había creado cierta fama incluso ahí y muchas veces los prisioneros lo animaban a interpretar algo.

—Anda, un tema de *Rigoletto* —pedía uno, y otro preguntaba—: ¿Te sabes «Un dì, felice, eterea», de *La Traviata*?

Terminada el aria, aplaudían con entusiasmo, y el profesor siempre exclamaba:

—¡Es absurdo tener una voz así y desaprovecharla! Querido, tienes que estudiar canto. Cuando salgamos, te buscaré un buen maestro. En cuanto al dinero, ya lo encontraremos de alguna manera; pero tienes que cantar, caramba. ¡Has nacido para eso!

Guido se reía y le explicaba que había aprendido, sobre todo, para hacer feliz a su abuelo Anselmo, que había bautizado a todos sus hijos con nombres operísticos y le había transmitido esa pasión.

Si al profesor le entusiasmaba su voz, Guido admiraba al profesor por todo lo que en esos meses le estaba enseñando. Ese hombre, de carácter tenaz y de temperamento optimista, le había descubierto un mundo nuevo. Le había hecho comprender a Guido la fuerza de las ideas, el arte de la palabra; cosas que hasta ese momento él solo había percibido desde lejos, como a través de una neblina. Cuando el profesor le hablaba de historia, de dialéctica o de poesía, él podía quedarse escuchándolo horas. Pero también charlaban del huerto que tenía detrás de su casa, de los calabacines que el año anterior habían salido del tamaño de su brazo, y de Fedra. «Sí, Fedra», suspiraba el profesor. Seis embarazos nunca completados y un dolor que se te clavaba en los ojos cada vez que se miraban. Él decía que podían adoptar un hijo, pero Fedra no quería: insistía en que había tiempo y que antes ellos tenían que intentar tener el niño. Quería que fuera de su sangre, sentir que le daba patadas en la barriga hasta que se le pusiera azul. Pero se hicieron mayores y los hijos no llegaron. El profesor de golpe enmudecía, luego cambiaba de tema.

De vez en cuando Guido recibía paquetes de casa: un salchichón al ajo de su abuela Sofia, jabón para lavarse y DDT contra las pulgas de su madre. Neve añadía también jerséis gruesos hechos por ella misma y calcetines de lana tejidos por sus hermanas. Junto con los paquetes, siempre había una carta. En la última, la madre le había escrito:

Nos encontramos todos bien. Solo esperamos que esta guerra acabe, porque estamos cada vez más cansados y resulta difícil mantener la confianza. Sin embargo, querido hijo, le rezo siempre a la Virgen y le pido que te ayude, pues ella también es madre y sufrió por su hijo. El domingo pasado fui a Bolonia en peregrinaje donde la santa. Encendí dos velas y le hablé de ti y de la situación en la que estás. Quería que supiese que nunca la molestaría por cosas sin importancia.

El tiempo de calma que siguió al bombardeo que había echado abajo casi todas las puertas de la prisión no duró mucho. En diciembre de 1944 se presentaron unos militares de la República de Saló. Tenían una lista de nombres, compuesta por prisioneros políticos. Llamaron a quince hombres. Abrieron las puertas, los sacaron al patio y los subieron a un camión. El camión desapareció en los caminos de Brescia. Pasó lo mismo una semana después, y también la siguiente. Llegaban, llamaban a los de la lista y se los llevaban a saber dónde. De ellos ya no se supo nunca nada. Podía tocarle al amigo, al compañero de celda, al que hacía poco le había nacido un hijo y todavía ni lo había visto. Por último, el militar doblaba la hoja. Al que no habían llamado sentía que se le hinchaba el corazón, que volvía a respirar. Se agachaba en la silla y cerraba los ojos para ocultar su alegría, pues uno se avergonzaba de sentirse feliz en momentos como esos. Los prisioneros corrían luego a las ventanas para ver a sus compañeros por última vez. Permanecían en silencio, con la nariz entre los barrotes. En cambio, los detenidos nunca se volvían. Subían al camión uno tras otro, con una calma que asustaba.

El mes de enero de 1945 pasó sin redadas. Cuando los prisioneros ya esperaban que aquella pesadilla hubiese terminado, entonces, a principios de febrero, los militares de la República de Saló reaparecieron. Esa vez la lista de nombres parecía infinita. Aquel día llamaron a docenas de hombres. Le tocó el turno al profesor, y luego también a Guido. Llamaron a unos cien nombres: era toda la sección de los políticos.

Los sacaron al patio y los pusieron en fila. Un capitán con camisa negra salió de las oficinas doblando unos documentos. Se dieron unas órdenes y los guardias abrieron las puertas. Ese día no hubo camiones. Los prisioneros fueron a pie y caminaron por las calles de Brescia con las milicias fascistas detrás de ellos apuntándoles con sus fusiles.

Guido y el profesor iban juntos. Avanzaban con los demás en un silencio que impresionaba. Las mujeres, paradas en las aceras, los miraban consternadas, los ancianos se quitaban el sombrero.

—Nos van a matar a todos —musitó alguien.

El profesor estaba débil y jadeaba.

—¿Adónde nos lleváis? —le preguntó a uno de los militares.

—Calla y camina todo lo rápido que puedas —le respondió el otro. Alrededor solo se oía el rumor de sus pasos. Era como si todo lo demás se hubiese detenido.

Dejaron el centro de la ciudad y llegaron a un camino de tierra que conducía a los campos. Guido no comprendía: ¿por qué a pie? Habían reunido a toda la sección política de la prisión, pero ¿adónde pretendían llevarlos? A lo mejor querían fusilarlos sin testigos, enterrarlos en un sitio aislado para no llamar la atención, pero ¿entonces, por qué llevarlos a plena luz del día por las calles de la ciudad? Caminaban desde hacía casi una hora y alrededor ya no se veían casas. A los lados del camino solo había campos cubiertos de escarcha, arroyos, matorrales de majuelo. El cielo estaba despejado, el viento gélido cortaba la cara. Después de tantos meses encerrados en una prisión, esos espacios abiertos, llenos de aire fresco y de luz, casi intimidaban.

Una vez que salieron de Brescia, los militares se pusieron los fusiles en bandolera. Un rubito con gafas sacó una cajetilla de cigarrillos y le ofreció uno a Guido.

—Toma. Tranquilo, todo va bien.

Una vez en el camino hacia Nave, encontraron una columna de vehículos esperándolos. El profesor y Guido acabaron en camiones distintos. Antes de subir, se abrazaron.

—Buena suerte. ¡Cuando acabe la guerra, ven a verme y, por favor: no abandones el canto!

Guido se lo prometió, luego saltó a otro vehículo y sus camiones fueron por direcciones diferentes.

Esa mañana, a casi cien prisioneros políticos los liberó un grupo de partisanos provistos de documentos falsos que vestían el uniforme fascista. Cuando los guardias de la prisión descubrieron lo ocurrido, los hombres ya estaban en las montañas, listos para unirse a las Brigadas Garibaldi.

Guido fue llevado a los montes de Botticino San Gallo, donde le dieron de comer, lo espulgaron y lo pusieron en forma. Después, los partisanos le entregaron un fusil. La guerra estaba a punto de terminar y había bastantes alemanes desbandados. A Guido le encargaron batir la zona de Serle y Monte Maddalena. Llegaron noticias del pueblo sobre enfrentamientos armados, partisanos colgados y muchos muertos. Sin embargo, donde él estaba no pasaba nada. Por la mañana salía a batir los bosques. La primavera se empezaba a notar. Los árboles estaban repletos de yemas, ya había matorrales de prímulas y violetas en los senderos. Se adiestraba con el fusil, apuntando a alguna liebre y, cuando tenía suerte, volvía con un par de ellas al hombro. De alemanes desbandados, ni rastro.

Guido tenía en el bolsillo la dirección del profesor. Se preguntaba si lo vería de nuevo, pero creía que, una vez que acabara la guerra, el mundo volvería a ser el de antes y ellos ya no tendrían nada que decirse. Cuando caminaba reflexionando sobre todo eso, de repente se lo encontró delante: un alemán flaco, con el uniforme rasgado, el rostro de estar hambriento.

—¡Detente! —le ordenó, apuntándolo con el fusil.

El alemán abrió mucho los ojos, luego le dio la espalda y echó a correr.

—¡Quieto o disparo! —gritó Guido. Pero no se atrevía a apretar el gatillo.

Todo ocurrió rápidamente, como una secuencia de imágenes desenfocadas. El alemán corría y él lo seguía apuntando con el fusil. La puerta de una cabaña se abrió y un campesino se arrojó sobre el fugitivo. El hombre debía de tener más de setenta años, pero se arrojó sobre el soldado sin vacilar, inmovilizándolo en el suelo. Guido iba hacia ellos, cuando vio que el alemán extraía un cuchillo y se lo clavaba en el vientre al viejo. Una, dos veces, con fuerza. El rostro del campesino se contrajo, luego su cuerpo cayó a la hierba: con los ojos desorbitados, la boca abierta. Guido se puso furioso, la boca se le llenó de saliva.

—¡No era más que un viejo! —gritó.

El soldado lo miraba, aterrorizado. Guido pensó que debía de tener su edad. El alemán retrocedió, cayó, se levantó para intentar seguir huyendo. Guido apuntó hacia él. Un disparo. Dos disparos. Tres disparos. Vio al muchacho abrir los brazos. Se quedó inmóvil, como crucificado; luego cayó al suelo bocabajo. Guido lo miraba, el arma humeante entre las manos.

Primero fue corriendo donde el viejo. Se arrodilló y le tocó la garganta: estaba muerto. Se acercó al alemán. El muchacho murmuraba algo: a lo mejor llamaba a su madre o rezaba. Un charco de sangre se extendía debajo del hombro y tenía una herida en el muslo. Guido se lo subió a hombros. Estuvo a punto de caerse bajo su peso.

—No podías rendirte, ¿eh? ¿Qué te costaba? —le imprecó.

Una vez que se colocó como mejor pudo el cuerpo a la espalda, emprendió el camino de regreso. Estaba a cuatro kilómetros del refugio de los partisanos, casi todos ellos cuesta abajo; pensó que podía conseguirlo. Le costaba avanzar y el soldado gemía. A lo mejor lloraba, él también tenía ganas de llorar. Pasados unos minutos, los lamentos del alemán se hicieron más débiles. Después, nada.

«Está muerto», pensó Guido, pero un instante después volvió a oírlo quejarse. Empezó a hablarle para animarlo, o, quizá, para animarse a sí mismo.

—Venga, falta poco para llegar. Ahí hay un médico. Solo unos meses en prisión y luego te mandan a casa… ¿Qué diablos dices? No te entiendo… Además, te he dado en un hombro, en una pierna…, de eso no se muere nadie.

Hablaba para que no le retumbaran en los oídos los lamentos del muchacho. Avanzaba por el sendero de piedras, pero se resbalaba constantemente, perdía el equilibrio. Sentía que la sangre del alemán le resbalaba por el cuello, que le mojaba el jersey y la espalda.

—No te mueras, por favor… —murmuraba.

Se cayó dos veces. Se levantó, comprobó que el otro seguía vivo, luego volvió a subirlo a hombros y prosiguió el camino montaña abajo.

Pasó media hora. Guido ya no sentía su cuerpo; no sabía dónde terminaba él y dónde comenzaba la piel del otro. El alemán había dejado de quejarse. «A lo mejor se ha desmayado», pensó. Faltaba poco: una bajada, una curva y habrían llegado.

—Aguanta, ya casi estamos —le repetía.

El grupo de partisanos los vio salir del bosque: el que caminaba estaba cubierto de sangre, irreconocible, y llevaba a hombros el cuerpo de un soldado alemán. Fueron a su encuentro. Guido cayó al suelo. Un partisano le dio la vuelta al soldado sobre la hierba y le palpó la arteria del cuello.

—Está muerto —dijo.

1945

Mussolini huyó de Milán la noche del 25 de abril de 1945, tras
la orden de insurrección general dada por el Comité de Liberación Nacional de la Alta Italia; volvió, cadáver, el 29, y fue
colgado bocabajo en la marquesina de una gasolinera en la
piazza Loreto, ahí donde, el 10 de agosto de 1944, habían sido
fusilados quince partisanos. A su lado, expuestos a la ira de
una multitud exaltada, los cuerpos de Nicola Bombacci, Alessandro Pavolini, Achille Starace y Claretta Petacci, cuya falda
sujetó con un broche una mano compasiva en torno de las
piernas. El 1 de mayo, toda Italia del norte es liberada, poniendo fin a los veinte años de dictadura fascista y a los cinco de
guerra.

Fueron días de gran entusiasmo popular, pero también de
violencias y confusión. Hubo incontables ejecuciones sumarias,
venganzas, represalias. En Stellata, el marido de Luciana se
sintió perdido. De un día para otro, todo el mundo se convirtió
en opositor al régimen. Incluso gente que había participado en
los desfiles fascistas, haciendo con orgullo el saludo romano,
ahora cantaba *La Internacional* en la piazza Pepoli, ondeando
las banderas rojas. Attilio ya no podía contar con el padre alcalde, que se había dado a la fuga sin avisarle. Y sabía bien que
en el pueblo tenía más de un enemigo. En noviembre de 1943,
toda la familia Modena había sido arrestada. Primero la ence-

rraron en la cárcel de la via Piangipane, en Ferrara, después acabó en Alemania. En el pueblo corrió el rumor de que su deportación había sido decidida por Attilio en persona. Y ahora él tenía miedo: había que cambiar de aires, enseguida.

Fue corriendo a casa y le pidió a su mujer que preparase a los hijos y que hiciese las maletas.

—Vete tú, si quieres. Los niños y yo no nos vamos a mover. Tengo que ocuparme de la tienda; además, aquí yo no tengo enemigos.

Attilio ni siquiera intentó convencerla.

—Mejor así. Me resultará más fácil moverme solo. Dame dinero, lo necesitaré.

Luciana le dio más de lo que él esperaba obtener. A pesar de las vejaciones a las que la había sometido, Attilio seguía siendo el padre de sus hijos y no podía desear que lo colgasen de un chopo bocabajo, como le acababa de pasar al Duce.

—Ten cuidado... —musitó la mujer, pasándole el fajo de billetes. Lo dijo sin sombra de rencor, quizá presagiando que serían las últimas palabras que le dirigía.

El automóvil de Attilio fue detenido en la salida de Bondeno, en un puesto de control de un grupo de partisanos. Dos eran de Stellata y lo reconocieron enseguida.

—Es Attilio Coppi, el que mató de una paliza a Samuele Modena —dijo el más joven.

Lo sacaron del coche. Attilio solo conseguía balbucir palabras inconexas. El pelo, que siempre había llevado perfectamente peinado hacia atrás, ahora le caía sobre los ojos. Los partisanos hablaron entre ellos unos minutos. Luego le informaron de su condena a muerte y lo empujaron contra una tapia. En ese instante ocurrió algo raro: Attilio Coppi dejó de gemir y temblar. Parecía tranquilo, como si el miedo a morir, el terror de saber que un minuto después iban a acribillarlo o cualquier sentimiento terrenal lo hubiesen ya abandonado. En tono sereno, dijo:

—Yo no he matado a nadie. Esa noche solo queríamos asustar a Modena, pero él se golpeó la cabeza contra el suelo al caer.

No le respondieron. Alguien dio la orden de disparar. Attilio Coppi fue como arrojado contra la tapia por los tiros, luego se resbaló lentamente al suelo, dejando en la cal largas franjas de sangre.

Los cinco del pelotón se quedaron mirándolo, con los fusiles bajados. Entre ellos, un muchacho de diecinueve años, alto y robusto, rubio y arrogante: Dolfo Martiroli.

Tras la liberación, Dolfo estuvo entre los que animaban a los partisanos a no dejar las armas. Era el momento de luchar, insistía. El pueblo estaba de su lado y las cosas se encontraban maduras para la revolución. Hubo un momento en el que incluso el Partido Comunista vaciló, luego optó por devolver las armas al ejército de liberación, esto es, a los norteamericanos.

Dolfo nunca le contó a nadie el fusilamiento en el que había participado en los días de la liberación, ni que, a la larga, cargar en su conciencia la muerte de un hombre había acabado pesándole como el plomo.

El 9 de mayo, unos días después de la liberación, un camión del ejército, con una bandera tricolor a cada lado, se detuvo en la piazza Pepoli. El cartero vio bajar a dos muchachos: uno de ellos era Guido Martiroli. El empleado de Correos montó de un salto en una bicicleta y pedaleó con fuerza hasta la Fossa, porque sabía que la familia del chico vivía todavía en la casa de Beppe. Hacía tanto calor que ya parecía verano. Los campos de trigo estaban casi maduros y llenos de amapolas. El hombre llegó a la casa de Beppe empapado de sudor. Lo encontró en el patio, arreglando una silla de mimbre. Antes de llegar a su lado, empezó a gritar:

—¡Beppe, corre, ha venido tu nieto!

—¿Quién?

—¡Guido!

—Cómo..., pero ¿dónde?

—Lo han traído los del ejército. Lo he visto en la piazza Pepoli, pero seguro que ya viene hacia aquí.

Beppe Casadio volcó la silla, tiró un cubo, luego echó a correr. Llevaba sombrero de paja, camiseta y pantuflas. Cogió el sendero que conducía al pueblo. Dio una patada al perro que lo seguía ladrando, continuó corriendo hacia el camino principal, sin saber de dónde llegaba todo ese jadeo y pasó al lado de Guido sin reconocerlo. El que un año antes era un chico de aspecto infantil, se había convertido en un hombre flaco, con el rostro marcado por las penurias y los meses que había pasado en prisión.

Guido lo agarró de un brazo.

—Abuelo, ¿adónde vas corriendo?

Beppe se lo quedó mirando un instante, confundido, y finalmente lo apretó contra su pecho, sin voz siquiera para llorar.

—¿Mamá, y papá?

—Han ido a abrir vuestra casa. Alguien les habrá avisado. Ven, volvamos a casa.

Sentados delante de un vaso de vino, abuelo y nieto hablaron largo y tendido de todas las cosas que habían ocurrido en ese año de separación. En el pueblo muchos habían muerto y muchos otros no habían regresado.

—Muertos o perdidos en Rusia —explicó Beppe. Luego añadió—: Pero en la guerra nunca hay solo un uniforme.

Contó que, en los últimos tiempos, había visto a los alemanes huir y tirarse al río tratando de cruzarlo agarrados a cañizos, puertas y toneles. Escapaban en balsas o barcas improvisadas que a menudo se volcaban. Muchos de ellos habían muerto porque no sabían nadar. «*Parecían bailar en medio de toda esa agua*», decía Beppe, meneando la cabeza. Los oía gritar; después, desaparecer: primero los cuerpos, a continuación los ojos, el pelo, los dedos.

En aquellos días, Nena Casini no fue a cazar esturiones, sino que montó en la barca para rescatar cuerpos. Remando a favor de la corriente, veía una cabeza que asomaba del agua, una mano que se mecía en medio del río, casi como si estuviese saludando, un cuerpo hinchado enredado entre los arbustos. Neve entonces remaba hacia los cadáveres, los enganchaba y los arrastraba hacia la ribera para darles sepultura ahí donde la tierra era más blanda y cedía más fácilmente a su pala. Cuando conseguía dar con los nombres, los grababa con una navajita en las cruces, de manera que los parientes pudiesen encontrar los restos, como, en efecto, ocurriría años después.

Pero ese no era el momento de hablar de cosas tristes. Ya habría tiempo para contar, tiempo para que todos lloraran por los muertos de la guerra.

—Anda, toma otro poquito, necesitas recuperar fuerzas —le decía Beppe a su nieto mayor, derramando un poco de vino en el mantel por la emoción.

En ese momento, Neve y su marido estaban entrando en su casa de la ribera. El edificio se había mantenido milagrosamente en pie durante los años de la guerra, pero no habían vuelto desde que se mudaron a la Fossa. Aunque no hubo inundaciones, tuvieron inviernos de lluvia, hielo y humedad.

Neve y Radames entornaron la puerta. Se detuvieron en el umbral para acostumbrarse a la oscuridad; luego, desde la penumbra, empezó a surgir el espectro del abandono. En el suelo había un dedo de agua estancada, quizá por una tubería que habría reventado en los meses de invierno. La cocina se había convertido en un aguazal, donde las ranas croaban y había infinidad de libélulas. Las telarañas se extendían de un lado a otro del techo y, ahí donde no había llegado el agua, nacieron montones de setas. Los clavos de los marcos estaban oxidados y olía mucho a moho.

Los dos entraron con sigilo. De repente, el pajarito del reloj de cuco apareció, anunciando la hora. Neve y su esposo se miraron: si se cargaba manualmente, ¿por qué seguía funcionando? Avanzaron, arrastrando los pies por el agua. Radames se detuvo en el centro de la habitación. Una rata pasó a su lado, fue hacia la pared, desapareció por un agujero. Él ni se movió. Se quedó mirando aquel desastre en silencio, con los brazos caídos.

Neve fue la primera en reaccionar. Se acercó a la ventana, quitó todas las telarañas que pudo, empujó y tiró hasta que abrió los cristales. Abrió de par en par las persianas y, por fin, volviéndose hacia su marido, dijo, resuelta:

—Bueno, ¿qué haces ahí? Venga, que aquí hay mucha tarea pendiente.

A la noche siguiente, Guido y Dolfo fueron a bailar a una sala que acaban de abrir en Sermide. Vestían camisas blancas, planchadas por Neve, y el pelo se lo habían fijado con brillantina.

Nada más entrar, repararon en dos chicas que estaban sentadas a una mesilla: una era pequeña y morena, con rizos y boca ancha; la otra era más alta y pelirroja, y mirada un poco descarada que enseguida atrajo la atención de Dolfo.

—Yo la pelirroja y tú la morenita. ¿Te parece bien? —sugirió.

—Más que bien —respondió el otro.

Se acercaron. La morenita tenía tres pequeñas cicatrices redondas en la frente. «Así que es ella», pensó Guido.

La orquesta empezó a tocar un tema melódico. Los dos hermanos creyeron que era perfecto para conquistar a las dos chicas.

Tornerai da me
perché l'unico sogno sei del mio cuor,
tornerai, tu, perché,
senza i tuoi baci languidi, non vivrò.
Ho qui dentro ancor la tua voce
che dice tremando 'amor',
tornerò perché tuo è il mio cuoooor...

Dolfo estrechaba a la chica pelirroja, pero sin pasarse. Le gustaba de verdad y no quería parecer descarado. Cuando la rodeó con los brazos, lo hizo con delicadeza, y sintió un escalofrío, una turbación que no había sentido nunca antes. Bailando, cerró los ojos, y pensó que su pelo olía bien: a talco y lavanda. Cuando terminó el baile, la pelirroja se disponía a volver a la mesilla, pero Dolfo la agarró del brazo.

—¿Adónde vas? No quiero que te vayas.

—Me has pisado los pies tres veces. Por esta noche, basta y sobra.

—Lo cierto es que tú me has pisado a mí.

—¿No me digas? Entonces invita a una que sepa bailar mejor.

—Es que tú me gustas, aunque seas una pésima bailarina.

—Pero ¡serás descarado!

—¿Cómo te llamas?

—¿Y a ti qué te importa?

—Si vamos a casarnos y tener al menos cuatro hijos, conviene que sepa tu nombre.

—Sí, claro, te estaba esperando.

—Hagamos una cosa: no bailo más contigo, pero, ya que insistes, puedes invitarme a una cerveza. Me llamo Dolfo —le dijo, tendiéndole la mano.

—Y yo Zena —contestó ella, riendo. Pero me invitas tú.

Cuando terminó el baile, también la morena con la que estaba bailando Guido iba ya a volver a su silla.

—No me ha dicho cómo se llama —le dijo Guido.

—Elsa.

—Yo a usted la conozco.

—No lo creo.

—¿No es de Caposotto?

—Sí...

—¿No vive por casualidad en la granja que está detrás de la ermita, una amarilla con dos torrecillas?

—¿Cómo lo sabe?

—Estuve en su casa en la guerra...

—¿En mi casa?

—Sí, nos queríamos llevar el cerdo.

De entrada, la chica no se lo tomó bien, pero al final tuvo que pasarlo por alto, porque al año siguiente se casó con ese ladrón frustrado de cerdos.

Fue una noche feliz para los gemelos, pues Dolfo, dos meses antes de la boda de su hermano Guido, se casó con Zena.

Ambos fueron a vivir a Caposotto, el pueblo de sus mujeres y, en octubre de 1947, Guido y Elsa tuvieron una niña. El abuelo Anselmo enseguida propuso llamarla Aida, poniendo mala cara ante las protestas de Elsa, que quería un nombre más moderno. Al final acordaron llamarla Norma, que no dejaba de ser un nombre operístico, pero también el de la abuela materna.

La esposa de Dolfo también se quedó encinta y le faltaba poco para parir. El suyo fue un embarazo extraño. En los últimos meses de gestación, Zena no notaba las patadas del niño. La barriga crecía, las náuseas no le daban tregua, pero ella no sentía ningún movimiento. Temía que el hijo se le hubiese muerto dentro, pero, cada vez que se hacía una revisión, el médico la tranquilizaba.

—Su corazón late y tu barriga crece. Seguramente solo sea un gran dormilón.

Sin embargo, Zena no estaba tranquila. Conocía los antojos que tenían las mujeres embarazadas, pero los suyos eran realmente raros. Por ejemplo, había sentido un irresistible deseo de comer erizo, junto con un impulso irrefrenable de cocer unas raíces raras que encontraba en el campo. Cuanto más se acercaba el momento del parto, más cosas extrañas le ocurrían a Zena. Un día, mientras desplumaba en el patio una gallina, empezó a soplar una ráfaga de viento y acabó cubierta de plumas. Movió los brazos en busca de aire, luego, cuando se apaciguó el viento, empezó a quitarse las plumas del pelo y descubrió que, además de las plumas blancas de la gallina, tenía otras más grandes y de colores. Parecían de faisán.

Una noche, Dolfo tuvo un sueño extraño. Era invierno y estaba oscuro. Se encontraba en el borde de un camino y, de golpe, vio que llegaba una carreta de gitanos. El carromato avanzaba, inclinándose a derecha e izquierda, y estaba repleto de chiquillos que daban saltos. Caían al suelo ollas y sartenes y, de vez en cuando, se desprendía rodando también algún niño. No habría sido tan terrible de día, porque entonces el gitano que llevaba el carro podría haber parado para recoger los cacharros de cocina y a los críos, pero así, de noche, todo se perdía en la oscuridad. En una curva, el carro se inclinó peligrosamente y un fardo cayó a los pies de Dolfo, que lo recogió. A la luz de la luna, que salió de repente al despejarse las nubes, se le apareció una bebé preciosa: estaba desnuda y era regordeta, tenía ojos grandes y el pelo color azabache. Dolfo sintió una llamarada de amor y la metió debajo del tabardo, decidido a llevársela a casa.

El sueño lo interrumpió Zena, que se despertó entre las sábanas empapadas.

—¡Han empezado los dolores del parto! —le dijo a su marido.

Pocas horas después nació una niña con ojos de un celeste profundo y el pelo color azabache. Dolfo la miró, pasmado. Hasta donde él sabía, todavía nadie de su familia había mezclado los rasgos de las dos familias de origen: todos los que habían nacido se dividían de manera inconfundible entre los soñadores con ojos azules y piel clara, y los sensitivos de la rama gitana, con ojos negros y el pelo color azabache. Le pareció una buena señal que por fin las dos razas se hubiesen mezclado. Acarició el rostro de su hija, y pensó en el extraño sueño que acababa de tener, en la recién nacida que le había caído justo a los pies y que se parecía como dos gotas de agua a su niña. Reflexionó un poco, luego anunció:

—La llamaremos Donata, porque la hemos recibido como un don.

También Neve se quedó perpleja ante la mezcla de características de Donata. Cuanto más la miraba, más pensaba: «Qué raro, hasta hoy las dos ramas nunca se habían mezclado. ¿Qué significará?».

La hija de Dolfo creció enseguida fuerte y despabilada. Le gustaban más los juegos de niños que los de niñas: jugar con canicas o a las carreras en el camino de la ribera. A los cuatro años pasaba mucho tiempo con Melampo, cuyo taller estaba justo en su patio de Caposotto. Donata aprendió los nombres de algunas piezas del motor, y, cuando regresaba a casa, manchada de aceite negro, afirmaba que ella, de mayor, sería mecánico como Melampo. Dolfo se reía, mientras que a Zena le costaba bastante convencerla de que ese no era un oficio de mujeres y que ella no conseguía limpiar la ropa manchada de aceite. Cada Navidad, le regalaban a la niña una muñeca, pero Donata ni siquiera la miraba.

A Neve, esa nieta le recordaba un poco a ella de niña, cuando insistía en que la dejaran ir a nadar al Po con los chicos. Era una niña valiente, y eso le gustaba, pero, al mismo tiempo pensaba que, tarde o temprano, Donata acabaría metiéndose en líos.

Neve, en cambio, tuvo claro desde el principio que Norma pertenecía a la rama de los soñadores. No se le había escapado que esa nieta, incluso antes de empezar a hablar, observaba con sus enormes ojos celestes las sombras del techo, riéndose y aplaudiendo.

—Ten cuidado, procura que no tenga fantasías —le dijo un día a su nuera.

—¿Qué daño pueden hacer las fantasías?

—Los niños luego crecen y los sueños lo hacen con ellos. A nuestra raza solo nos han creado problemas —zanjó Neve.

Cuando Norma cumplió tres años, Guido le compró un álbum y lápices de colores. Norma empezó a dibujar y ya no paró. Cuando se quedó sin lápices, Guido le compró una caja de ceras. La niña no paraba de llenar de imágenes y de colores vivos todo aquello que encontraba: hojas, cuadernos, papeles de periódico; después, para desesperación de la madre, pasó a la pared de la cocina y a la del dormitorio.

Las maestras de la guardería repararon enseguida en su talento y lo estimularon. Guido lo agradeció, pero Neve, cuando se dio cuenta de esa pasión, la juzgó peligrosa. «Como no la pares ahora, tu hija va a acabar mal», le repetía a su hijo. Aun así, Norma siguió dibujando y pintando todos los espacios disponibles, y a los padres no les quedó más remedio que adaptarse.

Empezaron a vivir como dentro de un sueño, rodeados de imágenes fantasiosas y muchas veces inquietantes. Comían el potaje en compañía de dragones y hadas; dormían al lado de volcanes y ocasos en llamas; iban por casa entre estrellas y cometas incandescentes. Vivían como en un duermevela, rodeados de escenarios surreales, moviéndose por pasillos decorados con grafitos, alfabetos misteriosos y espectaculares paisajes de montaña, en la zona baja de Mantua, donde la parte más alta eran los pocos metros de la ribera.

«¿De dónde habrá copiado?», se preguntaba Elsa. Hicieron todo lo posible por contener la impresionante creatividad de la niña. Le compraron unos cuadernos, advirtiéndole que, a partir de ese momento, era lo único que podía pintar. Pero, en pocos días, Norma ya había terminado de pintar las hojas y de nuevo empezó a colorear puertas, paredes, todo lo que tenía a su alcance. De mayor quería ser pintora, repetía. Cuando se le acabaron los lápices de colores y los pasteles, Norma empezó a llevarse a casa los de las amigas, provocando grandes discusiones con los vecinos.

—¿Qué hacemos? Hemos probado de todo —se quejaba la madre. Luego suspiraba—: Si tuviese al menos a Donata para jugar con ella.

Tres meses antes, Dolfo y la familia se habían mudado a

Viggiù, una aldea de Varese en la frontera con Suiza. Ahí había trabajo para todos y Dolfo no había tardado en encontrarlo de albañil en una obra en Tesino, mientras que Zena trabajaba en una fábrica de camisas en Mendrisio.

Muchos se habían ido. El fin de la guerra había llevado la paz, pero los pueblos de las tierras bajas del Po seguían sumidos en la miseria. Después de casarse, Guido fue contratado como temporero en la azucarera de Sermide; Elsa trabajaba en el campo, pero solo en los meses de cosecha. En invierno, ninguno de los dos ganaba nada y llegó un momento en que la tienda se negó a venderles fiado. Desde Viggiù, en cambio, Dolfo escribía que las cosas les iban bien. Cobraban en francos suizos y, como su casa estaba en Italia, conseguían vivir tranquilos y ahorrar un poco.

«Venid aquí, esta es otra vida», los animaba en una carta.

Pero Guido y Elsa se resistían a la idea de marcharse tan lejos.

—Aunque sigue siendo Italia, vivir ahí es como estar en el extranjero, así que da lo mismo. Ya verás, Elsa, tarde o temprano, las cosas mejorarán —repetía Guido cada vez que su mujer se quejaba de su miseria, pero era el primero en no creer lo que él mismo decía.

1951

Llovía desde hacía días. El nivel del río se volvía cada vez más alarmante. El 13 de noviembre, desde el borde de la ribera podía tocarse el agua con la mano. Los campos se habían inundado, como también las llanuras aluviales, de donde la gente había sido evacuada. El Po arrastraba en la corriente tumultuosa troncos de árboles, ramas, carroñas de animales.

—*El Po ha crecido una barbaridad* —decían alarmados en el pueblo. Los hombres del Cuerpo de Ingenieros amontonaban sacos terreros en los puntos que corrían más peligro. Hasta el cura fue a ayudar. La radio estaba siempre encendida. Y, ese día, el *Gazzettino padano* avisó que la ola de la crecida se estaba acercando a las provincias de Mantua y Rovigo.

Asustados, Elsa y Guido bajaban y subían escaleras, llevando a los cuartos y el sobrado mesas, sillas, bicicletas, cajas con platos, calendarios, cafeteras, ralladores, sacos de arroz y de harina. El aparador, demasiado voluminoso para arrastrarlo por la estrecha escalera, lo ataron con cuerdas y lo subieron por la fachada.

—No cierres las ventanas y deja también abierta la puerta, porque si el Po se desborda, así atravesará y causará menos daños —recomendaba Guido.

Norma, que tenía cuatro años, estaba en el patio con la nariz levantada, mirando con sus ojazos celestes el mueble que se balanceaba y subía por la fachada de ladrillo. El aparador iba a quedarse suspendido en el aire varios días contra el muro de la segunda planta, tapado con una tela impermeable y atado con un entramado de cuerdas.

La niña presenciaba los nerviosos movimientos de los mayores sin saber dónde meterse ni qué hacer. Parecía sobrar en todas partes, así que siempre terminaba yéndose a jugar al patio. De vez en cuando veía aparecer a su madre en la puerta de la cocina, con la cara roja, las medias de lana enrolladas en los tobillos y el pelo sujeto con una goma.

El 14 de noviembre, en la ribera de Caposotto, que parecía más segura que la de Revere o la de Moglia, empezaron a llegar decenas de personas, uno con una vaca o un cerdo, otro con jaulas llenas de pollos. Algunos arrastraban carretas en las que habían amontonado todo lo que les había cabido. Los hombres trabajaban sin pausa con pico y pala; los viejos miraban el cielo, preguntándose dónde iba a terminar toda aquella agua, porque la tierra ya no absorbía ni un vaso. Todo el mundo esperaba que, en cualquier momento, el Po estallase. La tensión era palpable y los niños la percibían. Muchos rompían a llorar y las madres los estrechaban contra su pecho, observando el río con miradas asustadas.

Y entonces sonó un ruido que parecía llegar de debajo de la tierra. Todo el mundo calló. Se quedaron inmóviles, esperando. Hasta que, desde el camino, alguien gritó por un megáfono:

—¡Se ha desbordado! ¡El Po se ha desbordado en Occhiobello!

A la mañana siguiente, Elsa estaba en la cocina preparando café con leche, y oyó en la radio el alcance de la tragedia ocurrida a pocos kilómetros de su casa. La mujer se detuvo en el centro de la habitación, con el cazo en la mano. Una voz neutra contaba que las riberas de Occhiobello y de Canaro habían cedido y dos tercios del caudal del río se habían volcado sobre campos y pueblos. Una vez desatada, la avalancha de agua había invadido casas de labranza, destruido establos y heniles, matado a miles de animales y a un centenar de hombres. Nada menos que ochenta y nueve personas habían muerto en un camión, sorprendido por el aluvión mientras trataba de llevar a la gente a un lugar seguro. En los días que siguieron, cadáveres de adultos y niños salieron a flote, donde estuvieron al lado de osamentas de vacas y de cerdos.

Anselmo Martiroli, nacido en uno de los pueblos inundados, supo que uno de sus primos había muerto junto con la mujer y un hijo de siete años. Y una paisana había parido en una barca, de noche, mientras el marido la ponía a salvo.

Elsa rezó tanto por los muertos como por los vivos que habían perdido a sus seres queridos y que se habían quedado en la miseria, pero no podía dejar de sentir alivio: la espera había terminado, ahora podían reanudar la vida de siempre.

Una vez esquivado el peligro, bajaron todas las cosas que habían subido al sobrado y también el aparador, que volvieron a poner en la cocina. Elsa estaba decidida a dejar atrás ese espantoso momento. Para Guido, en cambio, era distinto. Se encontraba siempre nervioso, meneaba con frecuencia la cabeza. No quería irse del pueblo, pero, al mismo tiempo, nunca les alcanzaba el dinero y, encima, estaba la humillación de la tienda, que había dejado de venderles fiado. La inundación de 1951 fue el punto de inflexión.

Un día, sentado a la mesa a la hora de comer, Guido preguntó dónde estaba el pan.

—No tengo dinero para comprarlo —le respondió Elsa.

Él miró a su mujer.

—Basta. Nos vamos de aquí.

—¿Adónde? —preguntó ella, mientras le servía la sopa.

—Donde Dolfo, a Viggiù.

—Siempre has dicho que ahí no querías ir.

—Tarde o temprano, el río nos enterrará a todos y, si no lo hace él, lo hará el hambre. Hoy escribiré a mi hermano. Después de las fiestas, nos vamos.

Querían irse inmediatamente pasada la Navidad, pero en esos días la madre de Elsa cayó enferma y la partida se retrasó un par de años, hasta que la mujer murió. Eso sí, una vez enterrada la suegra, Guido fue inflexible.

Era principios de 1954. Norma estaba en primero de primaria y decidieron dejarla con la abuela Neve hasta final de curso, hasta que Guido y su mujer se instalasen en Viggiù. Se fueron a principios de febrero, un día gélido pero soleado.

El camión esperaba delante de la puerta de casa. Ya habían cargado los muebles y estaban llenando los espacios vacíos con cajas de ropa y cacharros de cocina, pero Elsa todavía se resistía a la idea de marcharse. Solo eran trescientos kilómetros, pero ella se imaginaba que ese pueblo de montaña debía de estar al otro lado del mundo. El éxito de la película con Totò *I pompieri di Viggiù* no la hizo cambiar de idea. Ya odiaba ese lugar donde las casas, escribía Zena, eran de piedra y no de ladrillo, y para que te entendieran había que hablar en italiano. Para hacer frente a las deudas, Elsa vendió parte del ajuar, pero al final tuvo que dar su brazo a torcer y ceder a la voluntad de su marido. Así, empaquetó sus cuatro cosas y ahora estaba mirando, llena de rencor, cómo ese camión se tragaba trozos de su vida para llevárselos a un pueblo que, en su imaginación, era un campo de concentración, como los del tiempo de guerra de los que hablaban tanto los periódicos.

Sin decir palabra, la mujer subió al camión y empezó a descargar las cajas que su marido acababa de colocar. Guido cargaba, y Elsa lo bajaba todo, impertérrita, haciendo caso omiso a las imprecaciones de su marido. Él las subía de nuevo, ella las bajaba, terca, en una batalla que rayaba en el ridículo. El conductor asistía a la escena sin saber si intervenir o reírse.

De repente, Elsa se puso a gritar:

—¡Yo ahí no me voy, a la fábrica, ni hablar! Quiero morir donde he nacido y arrancando acelgas. Aquí está toda mi familia. ¿Y mi madre? ¿Cómo hago para llevarle flores, cómo voy a limpiarle la tumba si ahora me marcho?

Tras esas palabras, la ira de Guido pareció calmarse. Abrazó a su mujer, le susurró algo al oído y le dio besitos en las marcas de varicela que tenía en la frente. Norma observaba a su madre, que aún sollozaba, luego vio que su padre la cogía del brazo y la llevaba al huerto que estaba en la parte trasera de la casa.

La niña se quedó sola con el conductor. Estaban sentados juntos. Ella peinaba su muñeca, él fumaba un cigarrillo. Estaba nervioso y daba golpes con el pie en el suelo, «tap-tap», muchos golpecitos ritmados. Por fin, los padres volvieron. La madre ahora estaba tranquila, pero tenía una expresión sombría. Ella y Guido terminaron de cargar sin decir una sola palabra, y, una hora después, el camión partió hacia Viggiù.

Llegó el momento de llevar a Norma donde la abuela Neve. Montaron los tres en la Lambretta que les había prestado Melampo, el vecino mecánico: la niña delante, de pie, luego Guido y, en el sillín de atrás, Elsa, sentada de lado, la maleta de la niña en vilo sobre las piernas.

Neve los vio llegar desde la ventana. Subió las gradas de la ribera a paso rápido.

—Norma, ven a darme un beso —dijo, estirando los brazos hacia la nieta. Luego habló un poco con su hijo y su nuera, quienes tenían que irse enseguida.

Elsa se despidió de la niña.

—Obedece a los abuelos y no los molestes, ¿vale? Volveré pronto y te traeré una muñeca enorme, completamente nueva.

También el padre le dio un beso. De pie en el camino de la ribera, vio a sus padres dirigirse con paso vacilante hacia la Lambretta. Guido dio un golpe seco al pedal, luego arrancó. Una nube de polvo cubrió la pista de grava.

—Volveremos pronto. ¡Pórtate biennn! —gritó la madre. Llevaba un abrigo gris y tenía un pañuelo de flores rojas y azules atado a la barbilla. La niña pensó que era preciosa. Sin embargo, se iba. Había dicho que volvería para buscarla, pero Norma no sabía si creerla. Le mandaba muchos besos con la mano. Los hacía volar hacia ella, pero esos besos la traicionaban, como la estaba traicionando su padre. Norma miró a sus padres desaparecer al fondo del camino y pensó que sería para siempre.

Esa noche comió potaje, hizo los deberes y luego se puso a dibujar. Siguió, concentrada, perdida en sus fantasías, hasta que la abuela le quitó las hojas de las manos.

—Basta. Es hora de irse a la cama —dijo Neve con tono brusco.

Ahora que Norma se encontraba en su casa, estaba decidida a devolverla al mundo de la realidad. Quería ser pintora... «¡Claro, para morir de hambre!», se decía. Por eso, la primera noche le quitó delante de sus narices el álbum y los colores, animándola, en cambio, a rezar con ella una oración.

Radames estaba sentado a la mesa leyendo *L'Unità*, pero de vez en cuando mascullaba que no había que adoctrinar a una niña, que esas palabras no significaban nada y que la dejara en paz. Neve no le hizo caso. Llevó a Norma al dormitorio y empezó a rezar el Ángel de la guarda, pero la niña, en vez de rezar, se metió en la cama, dolida, y volvió la cara hacia el otro lado. Neve le besó el pelo y salió de la habitación.

De vuelta en la cocina, notó que su marido la miraba contrariado. Decidió ignorarlo, pero Radames la abordó:

—Ha sido un día difícil. No era necesario quitarle los lápices.

—Es por su bien.

—¡Tonterías! La verdad es que con el tiempo se te ha agriado el carácter.

A Neve se le hizo un nudo en la garganta.

—Nunca me has perdonado que ya no durmamos juntos. —Él no dijo nada y ella continuó—: Tienes una amante. Lo sé desde hace años.

—Tú lo quisiste.

Durante un largo instante, nadie habló. Por fin, Neve añadió:

—Te lo pregunto ahora, y ya nunca más lo haré: ¿piensas ir a vivir con ella?

Radames bajó la cabeza. Pareció buscar en algún lado la fuerza para responder.

—No —se limitó por fin a decir. Y, desde esa noche, Neve no volvió a tocar el tema.

Acurrucada en la cama, Norma no conseguía dormirse. Se agarró a las rodillas, decidida a contener las lágrimas. Tenía frío. No lloró, pero permaneció despierta hasta que oyó que la campana de la iglesia sonaba dos veces.

Cuando abrió los ojos, había amanecido. Le costó un poco comprender dónde estaba. Permaneció en la cama tensa, respirando débilmente. Oía caer la lluvia en los cristales de la ventana, en la grava del camino, en el mundo entero. Cerró los ojos, quería seguir durmiendo. No paraba de llover. Pensó que iba a seguir lloviendo toda la vida.

1954

Elsa y Guido llegaron a Viggiù de noche. Había nevado y la aldea resplandecía bajo una capa blanca. Las ramas de los abetos estaban blancas, al igual que los jardines de las villas, las piedras del empedrado, y la estatua de Garibaldi; blancas estaban también la plaza de la iglesia y las colinas que rodeaban la aldea.

Era un pueblo de tres mil habitantes, con una serie de viejas casas de piedra, callejones estrechos y patios oscuros. Un lugar de gente cerrada, acostumbrada a trabajar una tierra pobre y a hablar tan solo lo indispensable. A principios del siglo XX, el aire sano y los hermosos paisajes de colinas atrajeron a la burguesía de Milán, que empezó entonces a pasar los veranos en Viggiù y a construir elegantes villas modernistas. Después de la guerra, sin embargo, los milaneses prefirieron pasar las vacaciones en la Riviera y el pueblo se convirtió en un punto de referencia para emigrantes que buscaban trabajo en la vecina Suiza. Así, de un día para otro, jornaleros y campesinos procedentes de las regiones más pobres del país empezaron a trabajar en los edificios en construcción de Tesino, asfaltando calles, cosiendo camisas en las fábricas de Stabio, de Arzo y de Mendrisio. Vivían a medio camino entre dos mundos y dos monedas, cobraban en francos y gastaban en liras. Los hombres iban al trabajo en Lambretta y Vespa; las mujeres llegaban a Suiza a pie, tras recorrer los tres kilómetros en pendiente que hay desde Viggiù hasta la frontera. Tras cruzar la frontera, se separaban en el interior de las fábricas, donde se convertían en obreras y aprendían a coser cuellos, puños y forros de chaquetas, a montar relojes o distintos engranajes para una industria en plena expansión.

Para Guido y Elsa, los primeros tiempos en Viggiù no fueron fáciles. Zena les había encontrado dos cuartos, donde instalaron, de la mejor manera que pudieron, los muebles que había llevado el camión.

—No es gran cosa, pero todos los días llega gente y encontrar casa es cada vez más difícil —explicó, al notar la expresión de desconsuelo de Elsa.

Eran dos cuartos en una casa vieja con balconada. La habitación de la planta baja era la cocina, pero solo tenía un fregadero de piedra y un grifo con agua fría. Las paredes tenían humedad y la única ventana daba a un patio casi siempre sombrío. El dormitorio estaba en la planta de arriba; también ahí había poca luz, tenía dos ventanucos por los que el sol entraba solo un par de horas al día. El baño estaba fuera: un cuartito pestilente que usaban todas las familias del patio. De mayor, Norma se acordaría que a veces retenía el pis hasta que ya no podía más, asqueada de los gusanos que subían por el agujero y que ni los baldazos de lejía que echaba su madre conseguían detener. Era una casa pobre hasta para ellos, que llegaban de una zona menesterosa, pero Guido y Elsa eran jóvenes y estaban decididos a crearse un futuro mejor.

—Hay todo el trabajo que queráis. En una semana estaréis colocados —le dijo Zena a su cuñada, tratando de animarla.

Guido y Elsa pasaron la primera noche en la casa de Zena y Dolfo, en cuya cocina pusieron dos colchones. Hacía mucho frío y, antes de acostarse, Zena metió entre las sábanas el «cura», la estructura de madera y una olla con brasas que se habían llevado de Caposotto. A Elsa le dolía una muela y esa noche no pegó ojo. Por la mañana se gastó las únicas diez mil liras que tenían en que le arrancaran el molar picado. Eso sí, como había previsto Zena, al cabo de una semana Elsa ya estaba trabajando en una fábrica de chaquetas de reno en Arzo, mientras que a Guido lo contrataron de albañil en la empresa constructora en la que trabajaba Dolfo.

A la joven pareja le parecía increíble cobrar dos salarios, y con regularidad. A los pocos meses de estar en Viggiù pudieron saldar las deudas con la tienda de Caposotto. Libres de esa carga, Guido firmó las letras para la compra de una Vespa 125 color plátano.

En junio, terminada la escuela, fueron a recoger a su hija a Stellata. Compraron un sofá cama e instalaron a la niña en la cocina. A Norma le costó un poco olvidarse del dolor que había sentido cuando sus padres la habían dejado en la ribera. Aún no sabía si podía fiarse de ellos. También tardó bastante en acostumbrarse a todas las novedades de ese pueblo de montaña, tan diferente del mundo llano al que estaba hecha. La Vespa color plátano la ayudó a aceptar la nueva situación. Cada domingo, la familia salía hacia las calas de Porto Ceresio, o hacia Lugano, o a merendar en las orillas del Lago Mayor. Con ellos iban también Dolfo, Zena y su hija Donata, los tres apretujados en el asiento de una retumbante Gilera roja.

Mientras que Elsa se colocaba en posturas elegantes en la Vespa, de lado, con faldas ceñidas o abultadas con enaguas, Zena fue de las primeras en adoptar la moda de los pantalones y en sentarse a horcajadas en el sillín de la Gilera. En las playitas del lago, le gustaba escandalizar a los conservadores luciendo bañadores de dos piezas, como los de Lucia Bosé y Sophia Loren en los primeros concursos de Miss Italia. Le daba igual que hubiera quien dijera que como madre tenía que dar buen ejemplo; ella no era del montón, sino llamativa y bastante excéntrica. Mientras que Elsa se limitaba a ponerse carmín y a empolvarse un poco la cara, ella usaba sombras de ojos y tintes chillones, verdes o turquesas. Decía que resaltaban su cabello rojo, que se lo dejaba largo y sin permanente. Justo al revés de como se llevaba en aquel entonces.

Como había ocurrido con sus padres, Norma y Donata terminaron siendo inseparables. Norma, con el pelo claro y los ojos azules de los soñadores, era flaca y tenía el carácter tímido de Guido. Donata también tenía ojos azules, pero además el pelo negro de los antepasados gitanos. Era alta y atlética como Dolfo, y, desde muy pequeña, mostraba el mismo carácter arrogante de sus padres. No le tenía miedo a nada y no se estaba quieta ni un segundo, siempre jugando, correteando de un lado a otro, inventándose algo emocionante que hacía que, habitualmente, se metiera en líos. A decir verdad, en líos se metían las dos, bien porque no hacían los deberes o porque no cumplían las pequeñas tareas domésticas que los padres les encargaban. Preferían pasar los domingos pavoneándose ante el espejo, poniéndose la ropa de sus madres, sus zapatos de tacón, el sombrero con velete de Elsa y los lápices de labios chillones de Zena. A Donata no le interesaban mucho los maquillajes ni la ropa elegante, pero las dos escenificaban pequeños actos teatrales, vistiéndose un día de condesas, otro de damas de ciudad, y esas interpretaciones improvisadas les encantaban a las dos. O bien jugaban al escondite inglés con Marcellino, Salvatore y los otros niños del patio. Cada tarde iban todos juntos a la plaza de la iglesia: «¡Un, dos, tres..., al escondite inglés!». Y de golpe quietos, paralizados en las posturas más ridículas, la respiración contenida y la frente perlada de sudor. Las horas pasaban volando, y en eso la campana de la iglesia sonaba seis veces. ¡Ya era de noche! Y ellas todavía no habían hecho las camas ni puesto agua para la pasta. Entonces se iban corriendo a casa para colocar en su sitio los zapatos de tacón, los collares y los sombreros, y luego, corriendo a la cocina para poner la mesa y encender el fuego de la cacerola. Muy a menudo, cuando sus madres llegaban las pillaban sin que estuviera nada hecho; entonces había gritos y volaba algún cachete.

Pero la mayor pasión de las dos primas Martiroli era subir

por los bosques que conducían al *colle* Sant'Elia. Se adentraban por senderos escarpados, entre castaños, matorrales de robinia y pinares. Una hora de camino, hasta que llegaban a la ermita que dominaba la montaña. Ahí cruzaban el tramo sombreado por abetos hasta un pequeño claro que daba al barranco, un talud de roca de unos cien metros de alto. En el horizonte se recortaban las cadenas nevadas de los Alpes, y más abajo, serpenteando entre valles y pendientes, estaba el azul cobalto del lago de Lugano. Norma y Donata se detenían a pocos pasos del precipicio. Delante de ellas había un gran agujero semioculto entre hojas de castaños. La gente contaba que era la boca de un túnel que, desde la cumbre del monte, conducía directamente al lago. En tiempo de guerra, se susurraba, habían arrojado a mucha gente ahí. Las niñas se imaginaban los esqueletos amontonados al fondo y retrocedían un paso, temiendo resbalar en las hojas y caer dentro. Si sus madres hubiesen sabido que habían subido hasta ahí, se habrían encontrado en un buen aprieto. Elsa le había ordenado a Norma, que parecía la más sensata, que se mantuviese lejos del *colle* Sant'Elia.

—Hay culebras por todas partes y, en ese precipicio, es muy fácil pisar mal. Ni se te ocurra ir. ¿Entendido?

Norma decía que sí, juraba que nunca iría. Que se quedaría en casa con sus lápices y con las pinturas. Si quería ser pintora, tenía que aprender. Pero, al final, ganaba el irresistible reclamo de la transgresión. El verano era largo, el sol abrasaba, y ahí en la montaña había lugares misteriosos, como las grutas del monte Orsa, con las trincheras de la Gran Guerra. Así, Norma dejaba hojas y pinceles y pasaba largas tardes de verano caminando con Donata entre los helechos y las hiedras, respirando el olor de las hojas impregnadas de agua, pisando la alfombra de tierra, blanda tras las frecuentes lluvias. Llegaban a las fortificaciones militares, aún con casquillos debajo de las troneras. Desde arriba podían ver los montes de Suiza hacia el norte, y, al sur, kilómetros y más kilómetros de campo. En los días más despejados distinguían incluso las agujas de la catedral de Milán.

La última etapa de aquel magnífico deambular era la casa de Belón, un anciano que vivía en una cabaña en los montes. Tenía una vida misteriosa, marginado del pueblo y con la única compañía de media docena de perros. Belón bajaba al pueblo solo los días de mercado para comprar algo de aceite, sal o harina amarilla. Iba por las calles, sucio, la barba larga y la ropa hecha jirones, siempre seguido por todos sus perros. Corría el rumor de que de vez en cuando mataba a uno de los perros para cocinarlo. A lo mejor no eran más que chismes, pero, para las primas Martiroli, Belón representaba un reclamo irresistible. No había aventura más emocionante que la de acercarse a su casa y espiarlo, buscando alguna prueba de sus terribles comidas.

El verano en el que las dos niñas tenían ocho años, se acercaron hasta su ventana.

—Regresemos... —musitó Norma.

—Anda, vamos. Miramos, y enseguida nos marchamos —la tranquilizó Donata.

Cuando llegaron a la cabaña, echaron una ojeada al interior, con la nariz pegada al cristal. Belón estaba sentado, concentrado en tallar algo, quizá una rama o un palo. Pero, en lo primero que repararon ellas fue en que estaba desnudo. El anciano pareció oler su presencia. Levantó los ojos y, de golpe, él y Norma se miraron. ¡Un instante de pánico, y echaron a correr!

Las niñas se lanzaron por el prado y siguieron corriendo por el sendero. A las dos les parecía sentir en el cuello el aliento de Belón, pero no se atrevían a volverse para comprobarlo o para saber si era solo una jugarreta del miedo. Temían que, en cualquier momento, una mano las agarrase del pelo, o que un perro les mordiese una pierna. Siguieron corriendo sin girarse, jadeando, hasta que llegaron al pueblo.

Cuando alcanzaron la piazza Albinola, se desplomaron en los bancos que había a los pies de la estatua de Garibaldi. Se miraron y rompieron a reír: una vez más estaban a salvo.

En ocasiones, Donata conocía una nueva amiguita y desaparecía varios días, excluyendo de los juegos a su prima. Norma se enojaba, pero no tardaba en sacar la caja de colores y en ponerse a pintar: aves del paraíso, tigres, torres con muchas filas de ventanas. Seguía convencida de que de mayor sería pintora. Le daba igual que Donata se hiciese peluquera, como ahora le había dado por contar a todo el mundo, solo para que sus amigas dejasen que les cortara el flequillo. Convertirse en pintora era mucho, pero muchísimo mejor. Además, a la semana Donata se peleaba con su nueva amiga y entonces volvía a juntarse con Norma.

Una de las cosas que más les gustaba a las dos era la panadería de don Pippo. La entrada estaba en la piazza de la Madonnina, pero los hornos y los obradores daban a la parte de atrás, directamente al patio donde vivía Norma, y cada mañana a ella la despertaba el aroma a levadura, vainilla y tarta de limón. Todos los viernes, además, don Pippo preparaba pizza, más rica que cualquiera que las dos primitas hubieran comido antes: solo con oler su aroma se te hacía la boca agua.

—Aquí en el norte es una cosa nueva, pero en *Nuova Yorke* mis compadres se han hecho ricos con la pizza. ¡Ay..., me tendría que haber ido!

Don Pippo era de Bompietro, un pueblo cerca de Palermo, y vendía un pan tan rico que en pocos años había ganado lo suficiente para comprarse un coche: un Fiat Topolino 500C, negro, brillante, precioso. Se pasaba horas sacándole brillo con pasión y ternura. A veces montaba a los niños del patio y los llevaba a tomar helado a Varese o Porto Ceresio. Conducía erguido, orgulloso de exhibirse con su Topolino delante de todos los que lo llamaban *terún*, paleto del sur. En el fondo, ¿qué más le daba? El coche era suyo y se lucía. Durante el trayecto, a don Pippo le gustaba entonar viejas canciones sicilianas. Norma, Donata y los otros niños del patio no tardaron en cantar con él, pero a gritos, sin el menor ritmo:

Tira mureddu miu, tira e camiina,
cu st'aria frisca e duci di la chianaaaa,
lu scrusciu di la rota e la catina,
ti cantu sta canzuna paisanaaa...

—«¡Ay!». ¡Cantáis peor que las gallinas! No *currite*, no corráis. ¡Despacio, y a tiempo!

Amuri, amuri miu, ppì ttia cantu,
lu cori nun mi duna cchiù avventuù!

—«A palabras necias, oídos sordos» —suspiraba don Pippo en siciliano, y meneaba la cabeza.

Con la mezcolanza de inmigrantes procedentes de tantas regiones, en Viggiù coexistían habitantes y tradiciones muy lejanas entre sí. Mientras que los emilio-romañoles y los mantuanos se reunían en los locales del Partido Comunista para organizar grandes Fiestas de la Unidad con mítines, baile de salón y raviolis, la abundante comunidad de sicilianos preparaba procesiones religiosas imaginativas y muy coloridas o rayanas en el sacrilegio, como la Fiesta de los Judíos, que se celebraba desde tiempo inmemorial en San Fratello, un pueblo de la provincia de Mesina. En efecto, los numerosos emigrantes de aquella zona decidieron mantener en Viggiù la tradición de Semana Santa, cuando recorrían la ciudad en ropajes rojos y amarillos para celebrar, como «judíos», la muerte de Cristo. En una década, la enorme oleada de forasteros había conseguido cambiar el rostro del pueblo más que en varios siglos de historia. Los habitantes de Viggiù intentaron resistir, pero tuvieron que rendirse frente a la supremacía numérica de los recién llegados.

También las familias Martiroli aprendieron cosas nuevas. A Zena, por ejemplo, una compañera de trabajo siciliana le enseñó a comer las rodajas de limón espolvoreadas con sal. Y Elsa, por su parte, aprendió a preparar *olivi cunzati*, o sea, aceitunas aplastadas, aliñadas con guindilla, orégano y ajo. La amiga que le enseñó esa receta se llamaba Carmelina Premilcuore. Era una trabajadora incansable, tan rápida con las manos como con la lengua. Se pasó la vida en la fábrica y consiguió enviar a tres hijos a la universidad. Cuando la veían, Norma y Donata se sentaban a su lado, fascinadas por su colorido vocabulario repleto de frases en siciliano, como *Sciatara e matara*, que podía significar admiración o desprecio, o bien *Buttana è!*, menuda puta. Cada vez que Carmelina quería manifestar sorpresa exclamaba: *Miu Gesù di tern'amuri!*, Jesús del alma mía. En cambio, si discutía con Zena por algún episodio de favoritismo en el trabajo, fruncía la nariz y acababa diciendo: *Idda è bedda pumata pi li caddi*[3]. Las niñas no comprendían el significado de aquella frase, pero se imaginaban, llenas de estupor, a una mujer que, en vez de trabajar encorvada sobre la máquina de coser, se pasaba el tiempo en la fábrica echándose pomada en los callos.

Parecía un milagro: la gente llegaba a Viggiù con maletas de cartón y en poco tiempo ya tenía coche, el domingo comía en un restaurante y en pocos años conseguía comprarse una casa. La prosperidad de la gente de Viggiù no se debía solo a lo que cobraba en francos suizos, sino también a una actividad nocturna y secreta: en el pueblo había un intenso contrabando de cigarrillos. Todo varón de menos de cuarenta años, con piernas fuertes y pulmones sanos, ganaba dinero cargando a hombros sacos de Muratti y Marlboro para transportarlos a través de las montañas de Suiza a Italia. A ellos los llamaban «mulas», y «talegas» a los sacos de cigarrillos de contrabando. En cada

---

3. «Buena pomada para los callos», expresión irónica para definir a un mal sujeto. Se basa en los abundantes vendedores ambulantes que ofrecían «productos milagrosos» para eliminar los callos, pero que resultaban ser auténticos timos. *(N. del T.)*.

talega llevaban setecientos cuarenta y nueve paquetes. Ni uno más, porque si eran descubiertos con setecientos cincuenta se los arrestaba, mientras que, con menos, a lo sumo podían ser multados.

Los contrabandistas eran considerados personajes románticos, en parte porque durante la guerra habían ayudado a los partisanos en la lucha por la liberación, en parte porque no pocos judíos y perseguidos políticos habían conseguido huir a Suiza gracias a su ayuda. En el fondo se trataba de una actividad tolerada, de una manera, por decirlo así, tradicional de redondear el salario. A menudo los contrabandistas y los guardias de frontera coincidían en la misma taberna bebiendo un vino blanco antes de «ir a trabajar». Pasaba también que los guardias, cuando descubrían a las mulas, cerraban un ojo y los dejaban escapar, limitándose a secuestrar la mercancía. Sea como fuere, entre guardias y mulas existía un pacto tácito: ambos salían a trabajar de noche dejando en casa las pistolas. En el caso de que hubiera un enfrentamiento en la montaña, a lo sumo se recurría al palo. Se trataba, en una palabra, de un mundo con su propia ética.

Gaggiolo, Saltrio, Viggiù, Clivio: pueblos de frontera donde todo el mundo hacía contrabando. La mayoría de las casas construidas en la zona en esas décadas era fruto de ese segundo trabajo. En esos años había persecuciones grotescas, emboscadas nocturnas, tretas y trampas para pasar sin problemas las talegas de cigarrillos a través de la valla fronteriza. Hasta un cura fue arrestado, porque descubrieron en la aduana que ocultaba cartones de cigarrillos debajo de la túnica. Había métodos muy ingeniosos para pasar los cargamentos de Marlboro incluso bajo el agua, a través del lago Ceresio. Abandonadas las sencillas embarcaciones, que dejaban una estela en la superficie y podían ser avistadas también en la oscuridad, se optó por sistemas subacuáticos más difíciles de interceptar, como el «cerdito» o el «puro», auténticos minisumergibles creados en los garajes de algún espíritu aventurero de la zona.

Guido fue uno de los pocos que nunca quiso tener nada que ver con el contrabando. Pese a que Dolfo le aseguraba que no había peligro de terminar en la cárcel, Guido solía repetir que él prefería dormir con el corazón en paz. En realidad, tampoco la carrera de mula de Dolfo fue larga. A pesar de su fuerza física, que suscitaba admiración incluso entre los chicos más jóvenes, su vista no hacía más que empeorar.

Una noche, mientras iba por los montes con la talega al hombro, un rayo de luz le dio directamente en la cara.

—¡Alto ahí! —ordenó el guardia.

Él soltó la talega y echó a correr sendero abajo, pero, en la huida, se le cayeron las gafas. Comprendió que no tenía escapatoria, levantó los brazos y dijo:

—Me rindo. Pero buscadme las gafas, si no, en el pueblo tendréis que llevarme en brazos.

Un sábado por la tarde, Norma dejó a su madre en la cocina planchando y salió corriendo a la calle para jugar a la pelota con los otros niños. Alguien le pegó una patada al balón. Ella fue disparada a cogerlo. Hubo un chirrido de rueda en el asfalto y el morro de un coche se detuvo a pocos centímetros de su cara.

El hombre se apeó del coche, pálido. Se le acercó, la agarró de un brazo y se lo apretó hasta que le hizo daño.

—¿Dónde está tu madre? —gritó.

Norma señaló su casa.

El hombre la arrastró hacia la puerta. Estaba cerrada con llave. El hombre empezó a llamar dando porrazos. Llamaba y llamaba.

Se oyó la voz enfadada de Elsa.

—Voy… ¡Un momento!

Abrió. Tenía la cara roja, estaba despeinada. Detrás de ella apareció el tío Dolfo.

El hombre del coche le gritó que los hijos no se dejaban en la calle, que había estado a punto de matarla. Elsa temblaba,

Dolfo miraba al suelo, se pasaba una mano por el pelo. Ninguno de los dos hablaba.

En un momento dado, el hombre exclamó:

—¡Al menos, sentad a la niña, dadle un vaso de agua!

Los dos buscaron la botella de agua, pero estaba vacía. En la confusión, solo encontraron la garrafa de vino. Echaron un poco en el vaso y se lo dieron a Norma, pero ella temblaba tanto que casi todo le cayó a la ropa.

El hombre salió, dando un portazo.

Norma se quedó en la silla, con las manos temblándole y la ropa manchada. Nadie hablaba.

Al cabo de un rato, la madre se le acercó y le acarició la cabeza.

—No le digas nada a papá. ¿De acuerdo?

—De acuerdo —respondió ella, sin estar segura de qué era, exactamente, lo que tenía que ocultarle a su padre.

Esa noche, Norma subió las escaleras hasta la planta de arriba, donde vivía Linda, la dueña de la casa. Desde que su marido había muerto, a la mujer le daba miedo dormir sola y muchas veces le pedía a la niña que le hiciera compañía.

Linda tenía más de cincuenta años, iba siempre maquillada y se vestía como las mujeres que salían en las revistas. Usaba pantalones ceñidos que le llegaban hasta la pantorrilla, «a lo Capri», se decía entonces. Vivía en un piso con suelo de parqué brillante y un reloj antiguo colgado sobre un mueble de nogal, en el que había un florero de cristal con rosas siempre frescas. Se teñía el pelo de color rubio ceniza, y salía de casa perfectamente arreglada incluso para comprar el pan. Elsa decía que era una vergüenza comportarse como una chiquilla a su edad. Una vez, Norma la oyó susurrar a Carmelina Premilcuore: «Seguro que a él no le cobra el alquiler». Y, acto seguido, señaló con la barbilla a un chico de unos veinte años llegado del sur que vivía en el patio.

En cambio, a la niña, Linda le caía bien y dormir en su casa era siempre una fiesta. Le gustaba ese piso elegante y que siempre tuviera rosas. A Linda le encantaban las flores. Decía que la belleza le sentaba bien al espíritu. Habría renunciado a la comida, pero jamás a las rosas. Y, además, en las paredes había bonitas reproducciones de Matisse y de Van Gogh. Norma las adoraba y a veces intentaba copiarlas.

Esa noche, la niña se metió enseguida en la cama. Miraba a Linda mientras ella, sentada ante el espejo, se quitaba el carmín de los labios, luego, en silencio, se desmaquillaba los ojos. Era un ritual lento y meticuloso que Norma observaba, fascinada. Al final, Linda se levantó y se acercó a la cama. Tenía el rostro pálido, las mejillas hundidas. De golpe era una mujer vieja.

Se puso el camisón de gasa en el cuerpo huesudo, se metió en la cama y suspiró:

—Oye cómo grita el viento... —La voz pareció morirle en la boca. Poco después añadió—: Cuando seas mayor, vete de aquí. Estudia, Norma. Vete a Milán, o al extranjero. La gente aquí es mala.

Le dio las buenas noches y apagó la luz. La niña permaneció despierta.

Alguien reía en la calle. Sonaba música en la gramola del bar de enfrente.

È giunta mezzanote,
si spengono i rumori,
si spenge anche l'insegna
di quell'ultimo caffè.
Le strade son deserte,
deserte e silenziose,
un'ultima carrozza
cigolando se ne va...

Esa canción la cantaba siempre su padre. Antes. Cuando aún eran una familia feliz. Pero, desde hacía un tiempo, el ambiente en su casa había cambiado. Sus padres estaban siempre nerviosos y en la mesa no se cruzaban ni una palabra. Solo hablaba Norma, pero nadie parecía hacerle caso.

Dolfo ya casi no iba a verlos, y a veces su madre desaparecía durante horas. Además, cuando regresaba, ella le preguntaba adónde había ido, pero Elsa respondía siempre con evasivas.

—Pero ¿dónde estabas? —insistía Norma.

—¡Yo también tengo derecho a un poco de felicidad! —le respondió Elsa un día, con rabia. Luego se sentó en una silla y añadió—: Norma, perdona. Antes no... Son cosas difíciles de comprender a tu edad.

—Soy mayor, tengo diez años.

Ella sonrió.

—Sí, es verdad, ya eres mayor..., y yo dentro de poco seré vieja.

Desde ese día, la niña no le hizo más preguntas.

Unos meses después, las desapariciones repentinas de su madre se interrumpieron. Sin embargo, Norma se daba cuenta de que a menudo tenía los ojos rojos. Ya no escuchaba la radio, ni siquiera el concurso del festival de Sanremo, que antes la tenía pegada al aparato.

Estuvo así mucho tiempo. Hasta que llegó el momento en que pareció que todo estaba a punto de desmoronarse.

Norma tenía once años. Había estado toda la tarde pintando gatos alados y sirenas con flautas y guitarras. Cuando su madre volvió del trabajo, aún no había hecho las camas ni puesto la mesa. Elsa abrió la puerta y Norma enseguida se dio cuenta de que estaba muy pálida. Lo habitual era que la madre le dijera que siempre volvía de la fábrica muerta de cansancio y que ya estaba harta de no poder contar con su ayuda. Pero esa noche no dijo nada. Se quitó el abrigo, soltó el bolso y se sentó. Guardaba silencio, sin hacer nada. «Ahora se levanta y me da un azote», pensaba Norma. Buscaba una excusa para salir del aprieto, cuando Elsa rompió a llorar.

—Ahora ordeno, tardo un minuto... —se apresuró a decir la niña.

—No es nada, ahora se me pasa.

—¿Te encuentras mal?

La madre no respondió. Se secó los ojos, se levantó, se puso el mandil y empezó a picar cebolla.

—Tienes que saber que dentro de poco tú y yo vamos a vivir solas.

—¿Y papá?

—Tú padre se va a vivir por su cuenta; después, ya se verá.

En ese momento, Guido llegó. No bien entró en la casa, Elsa cogió el abrigo y salió, con la excusa de tener que comprar una lata de salsa de tomate.

El padre y la hija se quedaron solos.

Norma habló primero.

—Mamá ha estado llorando.

Él no respondió. Se encendió un cigarrillo y se sentó al lado de la ventana.

De esa noche, Norma recordaría el olor del sofrito y un silencio denso, solo roto por el tic-tic del grifo que goteaba. Sin embargo, lo que con más nitidez se le quedó grabado fue el perfil de su padre al lado de la ventana. Miraba hacia la calle y fumaba nerviosamente sin decir nada. Norma tuvo la sensación de que estaba pensando en otra mujer.

Siguió un tiempo de tempestades subterráneas y verdades ocultas. Ella oía discutir a sus padres, pero, cuando entraba en la casa, ellos se callaban de golpe. Era preferible que lo hicieran, pues, si se lanzaban acusaciones y recriminaciones, ella no lo soportaba y salía a jugar con los hijos de don Pippo.

Lo que más extrañaba era el afecto de su padre. Desde que habían comenzado las peleas en casa, él estaba siempre de mal humor, parecía que ya no tenía tiempo para ella. Norma sentía nostalgia de cuando era más pequeña. Sobre todo de cuando, todavía en el patio de Caposotto, su padre la cogía en brazos y luego, para hacerla reír, cantaba:

«Signorina Maccabei,
venga fuori, dica lei,
dove sono i Pirinei?».
«Professore, io non lo so, lo dica lei».
«E sentiamo Mancinelli,
il mio re degli asinelli,
dove sono i Dardanelli?».

Lo escuchaba y reía, la cabeza apoyada en su pecho, y le estiraba con suavidad los vellos del brazo. Su padre fue siempre el que más tiempo pasaba con ella, y, de los dos, el más cariñoso. Su madre tenía que llevar la casa, tenía que ocuparse de que las cuentas cuadraran. Más tarde, cuando los problemas se agravaron, hizo lo posible por que la familia se mantuviera unida.

En los recuerdos de su infancia, su padre siempre cantaba. Después de la guerra tuvo que abandonar por completo el sueño de hacerse tenor, pese a que el profesor cumplió su palabra y apareció. Su antiguo compañero de prisión quería ayudarlo para que consiguiera una beca. Entretanto se ofreció a pagarle clases de canto con un profesor de Ferrara, amigo de un amigo suyo. Sin embargo, a los pocos meses de su regreso a casa, Elsa se quedó preñada y, con una mujer y un hijo en camino, Guido se dio cuenta de que para él ya era tarde. Su madre tenía razón: los sueños eran para los ricos. Más valía olvidarlos y afrontar la realidad. De todos modos, formaba parte del coro de la iglesia y, durante unos años, siguió cantando con la pasión de siempre. No bien se mudó a Viggiù, pidió unirse al coro de la parroquia y, gracias a su voz, el cura lo aceptó enseguida. Luego, al agravarse la situación en su casa, Guido abandonó completamente el canto. El cura trató varias veces de convencerlo de que volviera, pero no lo consiguió.

Guido tampoco volvió a escuchar sus discos de ópera lírica, una colección que había empezado después de encontrar trabajo en Suiza. Las grabaciones de Giuseppe di Stefano, Mario del Monaco y Renata Tebaldi acabaron en el fondo del armario.

Al final no abandonó a la familia, pero se convirtió en un hombre taciturno. En un padre que, cuando acababa de comer, se retiraba a su habitación a leer o a hacer crucigramas. En el dios mudo de Norma. En alguien que, por la familia, había renunciado a sus sueños y que, por sentido de la responsabilidad, se había rendido.

Hay una fotografía de Norma con su padre. Es invierno, en un día nevado. Los dos van por el camino que conduce al monte Orsa. Él lleva una cazadora deportiva y fuma una pipa. Se parece a John Kennedy, aunque es más flaco y tiene los ojos más claros. Norma lleva un abriguito oscuro y una gorra con pompón. Le aprieta la mano a su padre y sonríe, los ojos cerrados para protegerse del sol. Esa foto la tomó Dolfo el primer invierno que la niña pasó en Viggiù. En los rostros solo se ve felicidad.

Pocos años después era otra vida. Seguían adelante día a día sin quejarse, como hacen muchos: por costumbre, por falta de alternativas, por cierto sentido del deber. Seguían adelante juntos por miedo a quedarse solos. Para acallar la conciencia, por miedo al qué dirán.

1958

Cada verano, las familias Martiroli dejaban Viggiù y volvían a Stellata para pasar las vacaciones. Durante esos días, en la casa de los abuelos todos se dedicaban casi exclusivamente al ocio. Por la mañana, las dos primas daban vueltas por la casa, rebuscando en los cajones del aparador o en los de la cómoda que había en la habitación de la abuela. Observaban con curiosidad las fotografías de los parientes muertos. Entre ellas, la foto de un bebé con un gorro que le quedaba muy grande y con la cara flaca, y la foto de un soldado en uniforme de la Primera Guerra Mundial.

Después de la comida, el abuelo Radames las llevaba a pescar peces gato al Po. Cuando llegaban a una playita, ponía un gusano en el anzuelo y lanzaba el hilo de la caña a la corriente. Las niñas se sentaban cerca, con cuidado de no hacer ruido; si no, los peces huían. Los domingos, en cambio, iban al cine Cristallo a ver las películas de Totò o de algún héroe forzudo, como *Hércules*. Cuando regresaban, las niñas ayudaban a Neve a desgranar las alubias o a limpiar las judías verdes para la cena.

—Abuela, háblanos de cuando eras pobre —insistían.

A sus ojos, la pobreza que ella había sufrido durante gran parte de su vida tenía un atractivo extraordinario. Esas historias de privaciones, de no haber tenido ni para pan, del hijo muerto al nacer, eran mucho mejores que los programas que se veían en el televisor de don Pippo. Cuando Neve contaba episodios alegres —como, por ejemplo, lo que se había inventado de pequeña para dejarse el pelo muy corto—, se reía con ganas, y entonces llegaban las abejas y volaban a su alrededor. Las niñas sabían que eso pasaba porque cuando era muy chica la había curado la santa y ya no se asombraban.

Con los hijos ya mayores y sin tener ya que pagar alquiler, a Neve y Radames les iban ahora mejor las cosas. Él se compró un huerto de peras Williams en las afueras del pueblo. Lo habían puesto a la venta al morirse el dueño y porque los herederos vivían en la ciudad y no tenían interés en conservarlo. Era una auténtica ganga, de modo que Radames juntó sus escasos ahorros y, para el dinero que faltaba, pidió un préstamo a los gemelos que vivían en Viggiù. Neve, en cambio, trabajaba en su casa: remataba a mano las muñecas y los cuellos de jerséis y suéteres que una empresa de Mirandola les mandaba cada semana a ella y a muchas otras mujeres del pueblo.

Ahora que tenían menos preocupaciones económicas, Neve volvió a ser un poco vanidosa. El pelo siempre se lo había cuidado, y, como ahora lo tenía gris, cada mes acudía a la peluquería para teñírselo: «¡Vieja vale, pero fea no!», decía. Siempre había envidiado un poco tanto la belleza de Adele como el atractivo de su suegra. Sofia Martiroli, con esa cabellera rubia y el rostro de Virgen, llamaba antes la atención de los hombres de más de cincuenta años, pero estaba muy gorda y tuvo que rendirse. Neve, todavía bastante delgada a pesar de los muchos embarazos, ahora se tomaba la revancha. A las reuniones familiares iba siempre con una permanente recién hecha, y si alguien comentaba: «Pero ¡si estás cada vez más joven!», ella respondía, riendo: «Será otro milagro de la santa».

Cuando sus hijos eran pequeños, Neve no tuvo tiempo de mimarlos o consentirlos, pero ahora podía permitirse hacerlo con los nietos, sobre todo con Norma y Donata, a las que veía muy poco. En los días de mercado se las llevaba en coche de línea a Bondeno. Durante el viaje contaba chistes, a veces incluso un poco verdes. Cuando llegaban, iban al bar y les compraba a las nietas una Coca-Cola o una Fanta, cosas nuevas que por el simple hecho de pedirlas la hacían sentirse moderna.

Por las tardes, las niñas solían aburrirse. A veces escuchaban en la radio los programas de los últimos éxitos musicales: *Nel blu dipinto di blu* era su tema favorito, pero les parecía divertido Tony Dallara, que cantaba, entre sollozos: *Co-o-me prima, più di prima, t'amerò...*

Neve se prestaba con enorme paciencia a sus juegos. Donata le hacía «la máscara», un emplasto de leche y harina que, una vez untado sobre el rostro, se endurecía hasta convertirlo en una especie de momia. Ella pretendía lavarse la cara, pero la niña insistía:

—Tienes que quedártela un rato, abuela, para que se te quiten las arrugas.

—Ah, claro, si se pretende estar guapa, entonces... —contestaba ella.

El domingo por la mañana, con las mangas subidas hasta los codos, Neve se disponía a hacer hojaldre. Preparaba el volcán de harina, luego rompía dentro los huevos. Hablaba y hablaba, y mientras tanto removía la masa. Cuando estaba lista, limpiaba la tabla de madera y, con un gesto que parecía de bendición, esparcía encima una leve capa de harina. Pasaba a la parte más emocionante: cogía el rodillo y en pocos minutos extendía y afinaba la pasta hasta convertirla en un círculo perfecto, amarillo y luminoso como un sol. Después había que preparar el caldo. Neve pedía a las nietas que atraparan una gallina, aun a sabiendas de que no iban a poder hacerlo.

—*¡No sois capaces de coger una gallina!* —exclamaba. Ella, en cambio, la atrapaba con facilidad. Luego, un golpe con el cuchillo y ¡zac!, le sajaba la cabeza.

Una gallina, ya decapitada, se le escapó una vez y empezó a dar saltos de un lado a otro sin cabeza, un chorro de sangre cayéndole del cuello cortado.

—¡*Cogedla, cogedla!* —gritaba Neve, y las niñas, aunque asustadas por ese espectáculo terrorífico, corrían en zigzag por el patio tratando de atraparla.

Cuando no se les ocurría nada, Norma y Donata cogían el sendero que llevaba a la casa de la Fossa, donde todavía vivía Edvige. En aquella época la mujer seguía teniendo un aspecto excéntrico: cabello gris alborotado y ropa estrictamente negra: «Modelo *Belle Époque*», subrayaba ella. Tenía una mirada que intimidaba a la gente y, desde encima de las gafas, escudriñaba el mundo con desdén. La tía abuela recibía siempre a las niñas con alguna frase arisca: «¡Anda, quién ha venido…, las dos primas suizas! *¡Fuera, salid a jugar al patio, que yo no puedo dedicarme a perder el tiempo!*». Las primeras veces, Norma y Donata se desconcertaron, hasta que se dieron cuenta de que, a los diez minutos, Edvige salía con galletas y caramelos, se sentaba al pie de la pérgola y les enseñaba a jugar a la brisca o a la escoba.

Un día, Donata le dijo que le gustaría aprender a hacerse la ropa con su vieja máquina de coser.

—¡Estás loca! Mi Singer es delicada y no se toca —respondió enseguida la tía, pero luego cedió, si bien advirtiéndole que, como rompiera algo, tendría que repararla con sus ahorros. Se armó de tijeras, tizas, alfileres y patrones, y le enseñó a confeccionar una falda acampanada y también una blusa marinera.

Una tarde, curioseando en el fondo del armario de la tía, las niñas descubrieron una caja de madera con el borde de plata. Norma trató de abrirla.

—No se puede —resopló tras varios intentos.

—Déjame probar —le dijo Donata, quitándosela de las manos, y la abrió sin ningún esfuerzo.

—Pero ¿cómo lo has hecho? —preguntó Norma, pasmada.

—¡No sé! Se ha abierto enseguida.

La caja estaba forrada de terciopelo rojo, viejo y desgastado. Dentro había una muñeca de trapo sin un ojo, un par de pendientes de turquesa, una cola de zorro, varias semillas y una antigua baraja del tarot.

—¿Qué es esto? —exclamó Donata. Quitó la cinta que sujetaba las cartas y empezó a desparramarlas.

—Qué raras... Para qué servirán —comentó Norma.

—No sé, pero mira que son bonitas.

Pasaron el rato inventando pequeñas historias relacionadas con las figuras de las cartas, hasta que Edvige las llamó desde la cocina. Las dos lo guardaron todo en la caja, pero Donata apartó las cartas.

—¿Qué haces? —le preguntó Norma.

—Me quedo un tiempo con las cartas, para jugar.

Mientras se las guardaba en el bolsillo, una carta se le cayó al suelo. Donata se agachó para recogerla. La carta tenía pintado un diablo: en el centro de la barriga había una pequeña cara; a los lados había un hombre y una mujer encadenados. Donata sintió que se le erizaba el pelo y que un viento gélido le recorría la espalda.

—Qué frío —exclamó.

—Pero ¡si hace un calor espantoso!

—A saber qué significa...

Edvige las llamó de nuevo. Donata se guardó en el bolsillo también esa carta y las dos fueron riendo a la cocina.

Donata pasó el resto de las vacaciones jugando con las cartas del tarot. Cuando llegó el día de volver a casa, las escondió en la maleta y no se volvió a separar de ellas.

Ya hacía tiempo que se había dado cuenta de que podía leer los pensamientos de la gente. En la escuela, por ejemplo, cuando la maestra observaba a los alumnos para decidir a quién sacar a la pizarra, adivinaba el nombre antes de que la profesora lo dijera. O bien, si la madre dudaba entre preparar arroz o guisantes, Donata decía frases que siempre estremecían a Zena: «Guisantes no, mamá. Los hiciste ayer».

La familia reparó en sus dotes adivinatorias también en las fiestas navideñas, cuando se reunían parientes y amigos para jugar al bingo. Zena llevaba el tablero y cantaba con aplicación los números: «77, 88, 47...». Un instante antes de que Zena dijera el número, Donata lo anunciaba en voz alta, y siempre acertaba.

—Tiene que haber trampa —protestaba siempre algún jugador.

Dolfo le exigía que mantuviera la boca cerrada; de lo contrario, no volvería a jugar al bingo.

—Eso lo ha sacado de los gitanos —le decía después a su mujer, y no podía no recordar el sueño de la noche en la que había nacido su hija, cuando el destino la había hecho caer del carromato gitano, dejándola como regalo a sus pies.

—¿Has metido el burrito?

—¿Qué burrito? Nunca hemos tenido asnos.

—¿Y has dado de comer a los becerros?

—Sí, Anselmo, ya han comido.

—¿Dónde está mi madre?

—Murió hará treinta años.

—Ah...

—Salgo a hacer la compra. No tardaré nada y tú quédate aquí tranquilo. ¿Me prometes que vas a estar tranquilo?

—No prometo una mierda. Sofia, oye... Pero ¿tu marido te pega?

—¡Qué dices! Tú eres mi marido, y nunca me has puesto un dedo encima.

Sofia se acostumbró tanto a esos vacíos de memoria que ya ni les hacía caso. Por otro lado, ella también, con la edad, a veces se olvidaba de los nombres de los nietos y de las nueras. Encima, tenía sus propios problemas. Además de haber engordado, tras la menopausia también había empezado a sufrir de insomnio. Se pasaba dormitando todo el santo día, pero de noche vivía a todo ritmo. Si ibas a su casa a mediodía, era fácil encontrarla dormida en el sofá; en cambio, horas antes del amanecer, Sofia ya estaba en la pocilga dando de comer a los cerdos, o bien en la cocina, preparando conserva de tomate natural y batiendo huevos para hacer rosquillas.

Acostumbrada a ser una de las más guapas del pueblo, Sofia no se resignaba a su obesidad y de vez en cuando empezaba una dieta. Perdía un par de kilos, pero después ganaba tres en una semana. Y sufría permanentemente de sofocos. En verano e invierno se daba aire con un abanico con dibujos de geishas y cerezos en flor que había comprado en la feria del pueblo. En pocas palabras, Sofia Martiroli estaba demasiado pendiente de sus problemas como para reparar en el empeoramiento de las condiciones de su marido.

Fue en ese verano de 1958 cuando Guido y Dolfo se dieron cuenta de la gravedad de su estado. Cuando fueron a visitarlos, encontraron al abuelo sentado bajo la pérgola, la espalda todavía recta, el bigote blanco. La mirada viva, sin embargo, había desaparecido. Anselmo pareció observarlos como desde lejos. Solo pasado un rato abrazó a los gemelos y también a Zena, pero miraba a Elsa con recelo. Cuando ella se le acercó, retrocedió.

—¿Y ella quién es?

—¿Cómo que quién soy? Si soy la mujer de Guido...

—¿Qué Guido?

—Él, su nieto.

—Ah... ¿Os acabáis de casar? —continuó Anselmo, cada vez más confundido.

Sofia explicó que, desde hacía un tiempo, su marido se olvidaba de los nombres de los hijos, o de cómo ir al bar de la piazza Pepoli.

—Una vez me lo trajeron los carabineros. Llevaba horas dando vueltas por Bondeno sin encontrar el camino a casa.

Convencieron a la mujer de que había que llevarlo al médico, y fue entonces cuando a Anselmo le diagnosticaron alzhéimer o, como se decía entonces, arteriosclerosis.

Cuando trataron de explicarle la enfermedad, le advirtieron

que iba a perder completamente la memoria, pero él no pareció preocuparse.

—Los recuerdos que importan no están en la cabeza, *sino aquí, en el corazón* —decía con convicción.

En los momentos de lucidez, Anselmo trató de arreglar sus asuntos pendientes. Hizo las paces con quien había discutido, fue a visitar a los hermanos a los que no veía desde hacía años e invitó a una copa incluso al cura. A sabiendas de que tenía arteriosclerosis, Anselmo Martiroli no dejó de beber, convencido de que *la mejor muerte es morir atiborrado de vino.*

Decidió incluso que había llegado el momento de cumplir alguno de sus viejos sueños; por ejemplo, el de ver el mar. A pesar de haber vivido toda su vida a cincuenta kilómetros de la costa, nunca había ido hasta ahí. Ahora insistía en que quería hacerlo y esa idea parecía ocupar todo su pensamiento. Hablaba de ello con todo el mundo, en casa y en el bar de la piazza Pepoli.

—*¡El mar es muy bonito! Es una cosa que brilla y se mueve. Es infinito* —le aseguraba su amigo Nanni, que sí había ido.

La idea de que en el mundo, además del cielo, había algo infinito, emocionó a Anselmo. Entonces decidió que tenía que tocar con el pie aquella gran extensión brillante y ver si era cierto que al otro lado del agua no había nada.

—Yo te llevaré el próximo verano, abuelo —le prometió Dolfo, al despedirse de él al final de esas vacaciones. Pero ya no hubo tiempo, pues, tres semanas más tarde, Anselmo tuvo un derrame cerebral y murió, sin haber conseguido ver su mar brillante e infinito.

Expiró el 7 de septiembre, un día antes de la fiesta de la Natividad de la Beata Virgen María.

A Stellata había llegado la feria y la piazza Pepoli estaba decorada con guirnaldas y filas de globos de colores. También habían montado largas mesas de madera y una cocina de campaña. El agua de los *cappelletti* hervía en las ollas y en el ambiente olía a sofrito y a salchichón a la brasa.

En el funeral de Anselmo Martiroli, la iglesia estaba repleta de gente. Fueron todos los parientes y Guido, en honor del abuelo, cantó conmovido el *Miserere nobis*.

Terminada la ceremonia, los hijos varones se subieron el ataúd a hombros; el primero en hacerlo fue Radames, a pesar de su pierna mala. El cortejo se encaminó hacia el cementerio, cruzó la plaza enguirnaldada y pasó delante de la feria. Los niños estaban en fila delante del puesto del algodón dulce y los coches de choque daban vueltas por la pista, dejando detrás montones de chispas. El cortejo fúnebre cruzó en educado silencio. Por los altavoces, la voz de Paul Anka cantaba *Diana*. Anselmo Martiroli fue enterrado al compás de las notas de esa canción. Fue un día raro; la amargura del funeral mezclada con la alegría de la fiesta, el alborozo y la tristeza unidos.

Ese día también lo recordaría siempre la antigua amiga de Neve, Luciana. Viuda de Attilio desde hacía trece años y con dos hijos adolescentes, durante las celebraciones del patrón conoció por fin el amor. Perdió la cabeza por una profesora de baile de Ferrara, una mujer de aspecto andrógino que, desde el primer momento, había suscitado recelos y chismes. Luciana la vio mientras bailaba una milonga y se enamoró de ella al instante. Fue un flechazo o, según la opinión de su madre, una pedrada que la había dejado idiota. Cuando la profesora de baile cruzó la mirada con la de ella, Luciana se puso roja como un tomate y empezó a sudar. La otra se le acercó para invitarla a tomar algo, y la tendera la siguió, con piernas temblorosas.

—Me encantaría aprender a bailar tango... —le dijo poco después, emocionada.

—Se puede intentar —contestó la otra, guiñándole un ojo.

Fue una pasión que escandalizó a todo el pueblo, pero las malas lenguas no consiguieron menoscabar la felicidad de Luciana. Esta vez, ni siquiera su madre la hizo desistir. Ya pesaba más de ciento veinte kilos e iba en silla de ruedas, pero la mujer empleó todos sus recursos dramáticos para convencer a su hija de que se alejara de esa que, según ella, era una mujerzuela desvergonzada. Pasó de los ruegos a los insultos, de las súplicas a las amenazas, de las ofrendas a la Virgen al chantaje moral.

—¡Me vas a matar! ¡Tienes hijos a los que todavía hay que casar…! ¡Si por lo menos fuese bonita…, pero perder la cabeza por una así, sin tetas, que usa zapatos sin tacón y que cuando no baila camina como un campesino!

A Luciana le importó un bledo todo el mundo, y empezó una historia de amor que duraría hasta su muerte. Metió a la madre en una residencia de ancianos, alquiló la tienda y se mudó con sus hijos a la casa de la amante. Cuando los muchachos se hicieron independientes, Luciana vendió la tienda, entregó a sus hijos la mitad de lo que había cobrado por la venta y gastó lo suyo en cruceros de lujo. Pasó sus últimos años bebiendo champán y haciendo el amor en las cabinas de primera clase. Murió de un infarto en brazos de su amante, mientras el barco atracaba en el puerto de Alejandría. Había dilapidado una fortuna y nunca aprendió a bailar el tango.

1962

La inquina que Radames sentía por los curas alcanzó su máxima expresión en la oleada de fervor tecnológico que caracterizó los años sesenta, cuando el párroco de Stellata decidió instalar un equipo acústico para difundir sus sermones a todo el pueblo. Un buen día, don Romano se puso en contacto con una empresa de instrumentos musicales de Ferrara y, dos semanas después, todo el pueblo se vio invadido por sus megáfonos. Solo en la piazza Pepoli había cuatro, uno en cada esquina; otros fueron instalados en el campanario, y otros, encima de la puerta de la iglesia y en la fachada de la escuela. Cada domingo, la voz del párroco resonaba por el pueblo, acompañada de coros gregorianos e himnos en latín. Don Romano se sentía sumamente satisfecho, porque, además, ya estaba casi sordo, lo que complicaba también las confesiones: si los parroquianos querían ser absueltos, tenían que gritar sus pecados, para gran deleite de los presentes.

La difusión estereofónica de los sermones de don Romano no hizo más que aumentar la irritación de los comunistas y quitó bastantes votos también a los democristianos. El episodio, sin embargo, no hizo mella en el sentimiento religioso de Neve, que siguió yendo a misa cada mañana y rezando el rosario antes de acostarse. Radames intentó en vano convencerla de que las historias del infierno y el paraíso eran patrañas inventadas para intimidar a los pobres.

—Aquí está el infierno. ¡Es donde lo vivimos, todos los días! —le repetía.

Seguía teniendo a su amante, la misma, aunque, con los años, la veía menos. En los primeros tiempos, Neve temía sobre todo que su marido tuviese un niño también con la otra; sin embargo, por motivos que ella no se explicaba, eso no había ocurrido. A lo mejor la amante era más lista, o a lo mejor no podía tener hijos, reflexionaba. Porque —de eso estaba segura— si no se quedaba encinta no se debía al marido.

Radames hizo también algún esporádico intento de acercamiento a su esposa, pero los dos estaban ya tan acostumbrados a la falta de intimidad que aquello terminaba siempre pareciéndole raro a él mismo. La última vez que lo intentó, se le aproximó a Neve por la espalda mientras ella fregaba los platos. La abrazó por detrás, sin decir palabra, pero agarrándola con fuerza, de manera que ella pudiera sentir su deseo. Neve permaneció inmóvil, luego levantó una mano del fregadero y, sin volverse, apretó la de su marido.

—*Ya somos viejos* —le dijo.

Y a partir de ese día, él no se le volvió a acercar.

En 1959, cinco años después de llegar a Viggiù, Guido y Dolfo empezaron a construir la nueva casa. Antes de emigrar, nunca habían puesto dos ladrillos, pero ya habían aprendido el oficio y se sentían preparados. Compraron un terreno próximo a la frontera con Suiza. Era un pequeño bosque de abedules y tuvieron que cortarlos todos para hacer los cimientos de un modesto edificio de dos plantas: un piso para cada hermano.

Trabajaron en la construcción de la casa cada fin de semana durante tres años seguidos. Cuando había que cementar las losas, o hacer cualquier otro trabajo importante, llamaban a los paisanos; total, antes o después el favor sería correspondido. Elsa y Zena también echaban una mano: sujetaban la manguera para mezclar cemento y arena, transportaban ladrillos en la carretilla, iban a comprar clavos o cualquier otra cosa que faltara.

En las casas de los hermanos Martiroli ahora no se hablaba más que de las obras. Hablaban de los suelos, de las baldosas del baño o del fregadero de la cocina. Donata, que estaba obsesionada con las cartas del tarot, se pasaba el día pidiendo respuestas para todo, ya se tratara de algo importante o nimio. Cuando la casa estaba en construcción, consultó las cartas que dos siglos antes habían pertenecido a Viollca y luego dijo algo muy extraño.

—En esta casa viviremos solo unos años. Yo seré la primera en marcharme, luego te irás tú. Pero las cartas dicen que acabaremos yéndonos todos.

—Anda, con el esfuerzo que han hecho nuestros padres para construirla —replicó Norma.

—Te digo que nos iremos. Veo un círculo, algo que gira y gira, y vuelve al principio.

—Serán los tornillos de tu cerebro —le respondió la prima, riendo.

En enero de 1962, después de tres años de sacrificios, por fin llegó el día de la mudanza. A las chicas, que ya tenían catorce años, no les parecía cierto tener un cuarto de baño con agua caliente, azulejos, un váter y un bidé. Todo en cerámica rosa, a la última moda. Se acabaron los gusanos que salían del agujero, las ollas que había que hervir para darse un baño. Las dos familias Martiroli se sentían ricas, pese a que en la casa todavía no había calefacción y a que, al otro lado de la puerta de la calle, parecía que todo estaba en obras.

Tras la construcción de la casa aparecieron las primeras señales de bienestar. Un sábado, al volver de la escuela, Norma oyó que su madre la llamaba emocionada desde el cuarto de baño. Ahí encontró la lavadora que acababa de llegar y, sentadas delante de ella, su madre y Zena. Concentradas y silenciosas como si estuviesen en el cine, asistían al extraordinario espectáculo del ciclo LAVADO DE PRENDAS DE ALGODÓN. Seguían con el alma en vilo las rotaciones repentinas, los silencios y los ruidos. Cuando empezó a centrifugar dieron un respingo, luego soltaron un «¡Oh!» admirativo.

«Pero ¿lavará bien los monos de trabajo?», se preguntaba Zena. Las dos cuñadas se sentían dos mujeres perezosas por estar ahí, sentadas una hora sin hacer nada, y notaban una mezcla de emoción infantil, desconfianza pueblerina y también un poquito de remordimiento.

Norma y Donata cursaban la secundaria en Varese. Las familias querían un futuro mejor para sus hijas; sin embargo, cuando llegó el momento de elegir, las hicieron matricularse en escuelas donde las preparasen rápidamente para el mundo del trabajo. Con su pasión para la pintura, a Norma le habría gustado estudiar arte, mejor en Milán, pero sus padres se opusieron con energía.

—Está demasiado lejos. ¿Además, cuándo acabarías? Tienes que aprender un oficio, ganar dinero para poder mantenerte. Es preferible que estudies en una escuela profesional, así podrás encontrar trabajo.

Norma trató de convencerlos de que pintar era lo único que quería hacer en la vida.

Guido la comprendía. En su hija veía reflejada su pasión juvenil por el canto, pero se había dado cuenta de que los sueños eran un lujo que solo los ricos podían permitirse, y su hija, antes o después, también tendría que aceptarlo.

—¿Qué puedes esperar del futuro si estudias arte? —le dijo.

—¡Por lo menos no sería una persona desdichada y frustrada como tú!

Guido bajó los ojos y salió de la habitación sin replicar. No hubo manera de convencerlo de que la dejara ir a la escuela de arte, pero al final permitió a su hija que fuera al instituto y que luego estudiara educación infantil. Donata, en cambio, insistió tanto que consiguió matricularse en el bachillerato de letras.

Cada mañana, las dos primas cogían el coche de línea a Varese y, cuando salían de la escuela, se quedaban en la ciudad comiendo un bocadillo en los soportales. A veces pasaban la tarde en uno de los muchos bares de estudiantes. Ahí jugaban al flipper, flirteaban con uno u otro, introducían en la gramola cien liras para escuchar el último éxito de Sam Cooke, los Beatles o los Rolling Stones. Después, en casa, ponían sin pausa a los mismos en discos de cuarenta y cinco revoluciones.

She loves you, yeah, yeah, yeah!
She loves you, yeah, yeah, yeah!
With a love like that,
You know you should be glaaad oh oh!

Sus madres les decían a gritos que bajaran la música, pero ellas se hacían las tontas. Detestaban los gustos musicales de sus padres. Tony Dallara, que siempre les había dado risa, o Domenico Modugno y Bobby Solo: gente para vejestorios.

Eran años de grandes cambios sociales. Los hijos ahora se vestían de un modo completamente diferente al de los padres, y también las primas Martiroli empezaron a mostrarse intransigentes con la vieja generación. En los últimos años de secundaria, los zapatos elegantes fueron arrinconados y las faldas anchas se convirtieron en reliquias. Ya no se cardaban el pelo, sino que se lo dejaban suelto sobre los hombros. También los chicos. Ahora Norma y Donata usaban minifalda, sombreros de ala ancha, collares de cuentas de colores y vaqueros tan entallados que, cuando las dos iban a Stellata, los abuelos se escandalizaban.

—Una mujer en pantalones tiene la elegancia de un burro meando —murmuraba Radames, viéndolas pasear vestidas de esa manera.

Eran también los años de las primeras manifestaciones estudiantiles. Las dos primas estaban en el FGCI, la organización de los jóvenes comunistas italianos. Por la noche se reunían en la sección del Partido Comunista de la via Roma para debatir sobre la política exterior estadounidense y para organizar la

Fiesta de la Unidad. Con ellas estaba también Dolfo. Después de la liberación aceptó de mala gana la decisión del partido de entregar las armas y de apoyar a los regímenes democráticos. Pronto, sin embargo, se dio cuenta de que los comunistas nunca llegarían al gobierno en unas elecciones. Cada vez que se conocían los resultados de unos comicios para el parlamento, Dolfo Martiroli suspiraba: «¡A seguir soñando! Tendríamos que haber tomado el poder cuando podíamos hacerlo».

Tras la invasión rusa de Hungría, Guido se apartó de toda forma de activismo político. Siguió votando, primero a Togliatti y después a Berlinguer, pero lo hacía fundamentalmente por hábito. Dolfo, en cambio, encontró excusas para justificar tanto la invasión de Hungría de 1956 como los sucesos de Praga de 1968. Continuó siendo fiel al PCI y fue incluso elegido secretario del Partido Comunista de la sección de Viggiù. Gracias a ese cargo, fue a Moscú y también a Cuba. Regresaba a casa recargado de fervor político, y contaba que, en la Unión Soviética, todo funcionaba a la perfección, que todo el mundo tenía casa, trabajo y asistencia médica. Las residencias de ancianos no costaban nada y los autobuses eran casi gratis.

—¿Cogiste un autobús? —le preguntó Guido.

—No, pero eso qué cambia, a nosotros nos paseaban en autocar.

En Cuba, además, estaban los mejores médicos del mundo y en pocos años, Fidel —lo llamaba así, como si se hubiesen criado juntos— había acabado con la corrupción y el analfabetismo.

—¿Y entonces por qué ahora todo el mundo huye de la isla? —se empeñaba en preguntarle su hermano.

—No puedes creer lo que se cuenta en la televisión. Solo es propaganda capitalista.

—A lo mejor, pero ¿y las fotos en los periódicos, todas esas barcas que huyen?

—¡Esos son traidores, los latifundistas de antes de Fidel!

El fervor político de Dolfo contribuyó a radicalizar las ideas de Donata, que, en pocos años, terminó situándose mucho más a la izquierda que su padre. Ya en los últimos tiempos de instituto, la chica condenaba al PCI, al que definía como un partido revisionista; después, una vez que empezó la universidad en Milán, se metió en un partido que ensalzaba la revolución proletaria.

En esos años, también las diferencias entre Donata y Norma se hicieron más evidentes. Mientras Norma no mostraba interés por la política y dedicaba el tiempo libre a pintar o a escuchar la música de los cantautores genoveses, Donata leía *El segundo sexo*, *Los diez días que conmovieron al mundo* y *¿Qué hacer?*, de Lenin. *L'Unità* acabó en la basura, Sam Cooke y los Beatles cedieron su lugar a las canciones protesta de Bob Dylan y Joan Baez. La intervención norteamericana en Vietnam se había convertido en una guerra sanguinaria y había despertado la ira de los jóvenes de todo el mundo. Se respiraba aire de revolución.

1968

11 de marzo de 1968. Una cadena de estudiantes bloqueaba la entrada de la Universidad Estatal de Milán y, en la primera planta, alguien había puesto una pancarta en la que se leía: UNIVERSIDAD OCUPADA. La atmósfera era eléctrica. La policía, lista para intervenir en cuanto saltara la primera chispa de desorden, formaba dos cordones a los lados de la facultad.

Donata Martiroli se encontraba con el grupo de estudiantes que impedía la entrada al edificio. Discutían los programas del día. Estaba la entrevista para la *Avanguardia operaia* y había que ignorar a los de la RAI. La última vez habían conseguido modificar el mensaje, tergiversando sin ningún pudor lo que ellos habían dicho. Lo más importante era llevar comida a los estudiantes acampados en las aulas. Sobre todo había que demostrarle al Poder que la situación estaba bajo control.

—Una vacilación y estamos jodidos. Debemos estar tranquilos. Tiene que quedar claro que no vamos a ceder —pidió un compañero.

Estaban discutiendo, cuando una voz se elevó de entre el vocerío que los rodeaba:

—Adelante, chicos, esta mañana damos la clase aquí.

Donata volvió la cabeza. Stefano Lorenzi, el joven ayudante voluntario de uno de los cursos a los que ella iba, avanzaba rodeado de un tímido grupo de esquiroles. La chica dejó su sitio y se les plantó delante: los brazos en jarras, falda larga multicolor, una mata de pelo negrísimo que le cubría los hombros.

—Profesor Lorenzi, ¿no sabe leer? —lo increpó, mirándolo con gesto belicoso.

A pesar de esa actitud arrogante, él no podía ignorar que esa mañana ella estaba realmente encantadora.

—La universidad está ocupada, pero el exterior pertenece a todos —respondió con calma.

La chica avanzó un paso.

—El patio pertenece al pueblo. ¿Y usted?

—¿Está segura de saber qué quiere el pueblo?

—Mejor que los docentes, sin la menor duda.

En ese instante, Stefano Lorenzi sonrió, pero levemente, con una expresión que enfureció a Donata. Luego volvió la cabeza hacia el grupo de estudiantes.

—Venid, no perdamos más tiempo.

Ella se puso frenética. ¿Cómo podía tener Lorenzi la desfachatez de hablar en ese tono? «No perdamos más tiempo», había dicho. Como si ella fuese una pobrecilla a la que no había que tener en cuenta. Avanzó otro paso, decidida a arrancarle las hojas de las manos, pero un compañero la agarró de un brazo.

—Para. Es lo que están esperando.

Acompañó las palabras con una mirada hacia la policía. Ella notó que los agentes ya estaban en posición de ataque: tensos, los escudos levantados, las viseras bajadas.

—Vale —capituló.

El 25 de marzo, frente a la entrada de la Universidad Católica, veinte mil universitarios marcharon en un desfile de protesta. Los encabezaba Mario Capanna, que había sido expulsado por esa misma universidad. Tres días antes, las fuerzas del orden habían desalojado la Universidad Católica, la Universidad de Milán, en la via Festa del Perdono, y el Politécnico. Las tres universidades estaban temporalmente cerradas.

Esa tarde, megáfono en mano, Cappana avisó al rector que tenía un cuarto de hora para volver a abrir la universidad. «Si no, lo haremos nosotros», añadió. Pasado inútilmente el cuarto de hora, los manifestantes trataron de echar abajo las vallas. La policía intervino y hubo enfrentamientos durísimos, al final de los cuales resultaron heridos ochenta y seis agentes y treinta estudiantes. Capanna y otros compañeros fueron detenidos y llevados a la comisaría. Entre ellos estaba Donata Martiroli. En cualquier caso, la detención solo duró unas horas: a las dos de la madrugada, todos fueron puestos en libertad.

A la mañana siguiente hubo otra gran manifestación estudiantil en la piazza del Duomo. Después las clases se reanudaron, aunque poco a poco.

Una de las peores cosas que Donata tuvo que aguantar fue la de encontrarse cara a cara con Lorenzi. Hizo de todo para no cruzarse con él. Si el profesor hacía una pregunta en el aula, ella nunca respondía; si se topaba con él en un pasillo, evitaba su mirada.

—Buenos días, Martiroli —la saludaba él siempre.

Donata seguía su camino.

—Martiroli, no falte a clase hoy también. Últimamente no se la ha visto mucho.

«¿Qué pasa, que ahora me vigila?», pensaba ella, y resoplaba.

—Martiroli, tenga —le dijo un día Lorenzi, devolviéndole un trabajo.

Donata lo cogió y se marchó sin darle las gracias.

Sentada en el bar de la facultad, repasó rápidamente las hojas grapadas para llegar al comentario final:

Un buen trabajo. Sin embargo, Martiroli, no haga usted lo mismo que todos aquellos que, en esta época, reducen a Marx a una serie de eslóganes, anulando no solo la complejidad de su pensamiento, sino creando además un perfil históricamente falaz, ya que encuadran la figura de este gran pensador en esquemas rígidos e inadecuados. Además de la «dictadura del proletariado», además de «¡proletarios del mundo, uníos!», fue un filósofo genial y a veces profundamente contradictorio, que supo combinar historia, sociología, economía y antropología en un «opus» en continua evolución. No me reduzca a Marx a un puñado de fórmulas simplistas. Si lo desea, podríamos discutir de todo esto y de su trabajo delante de una taza de café.

Cogió el bolso y, con el trabajo apretado en la otra mano, se dirigió a la biblioteca de la facultad, segura de que iba a encontrar ahí a Lorenzi. Y ahí estaba, en efecto, concentrado en la lectura.

—¿Qué significa que reduzco a Marx a un eslogan? ¿Dónde he usado «fórmulas simplistas»? ¡Explíquemelo! —lo encaró, agitándole las hojas delante de su nariz.

Un par de chicas que pasaban por ahí se cruzaron una mirada pasmada.

Él no se alteró.

—Chisss... Estamos en una biblioteca. Su trabajo es bueno —murmuró.

—¿Entonces?

—Era una provocación, la única manera de poder hablar con usted.

Donata se lo quedó mirando, confundida.

—¡Menudo idiota! —dijo al cabo, y se marchó.

Una hora después estaba en la calle esperando el tranvía, tan indignada, ofendida y rabiosa que, cuando este se detuvo delante de ella, no subió, y reparó en que era el suyo solo cuando lo vio alejarse.

Una vez que llegó a casa, trató de distraerse. Se preparó unos espaguetis, luego encendió la radio, pero la apagó a los cinco minutos. Fregó los platos, imprecando en voz alta, primero contra Lorenzi, luego contra sus compañeras de piso, porque nunca se dignaban limpiar.

Cuando acabó de fregar los platos, se sentó en el sofá. Llamó por teléfono a un par de amigos y luego a Norma.

—¿Qué te pasa? Me pareces estresada —le dijo enseguida su prima.

—Nada, un idiota de la universidad, un profesor auxiliar.

—¿Guapo?

—Qué va.

—¿Por qué estás tan enfadada con él?

Donata le hizo un breve resumen de lo que había ocurrido, y, cuando terminó de escucharla, Norma decretó:

—Bueno, es evidente que está colado por ti.

Cuando Donata colgó el teléfono, estaba más nerviosa que antes. ¡Colado por ella, Stefano Lorenzi, con esa pinta de burgués, de hijo de papá que solo piensa en la carrera de docente! Por favor, colado por ella. Y ni que fuera guapo. ¿Cómo era? Ni se acordaba de su cara. ¿Qué edad podía tener? ¿Treinta? No, menos. «Y, eso qué más da». Daba igual que tuviera veinte o setenta. Colado por ella. «¡Anda!».

Estuvo un rato en el sofá dando golpecitos con los dedos. Cruzó la pierna izquierda sobre la derecha, luego la derecha sobre la izquierda. Encendió un cigarrillo, dio una calada y lo apagó.

Se incorporó, sacó del bolso de tela peruana el trabajo y volvió a leer el comentario. Lo soltó irritada en la mesa, se puso la chaqueta y salió. A las nueve tenía una reunión con los del partido. Todavía faltaba mucho, pero ya no aguantaba más estar metida en casa. Era mejor ver una película o caminar por la calle. Un poco de aire. Eso era lo que necesitaba.

Volvió cuando acabó la reunión del partido, después de medianoche. Estaba muy cansada. Se acostó enseguida, pero, en cuanto cerraba los ojos, se le aparecía la imagen de Lorenzi. Dio vueltas largo rato en la cama, tratando de ahuyentar ese pensamiento. No lo consiguió.

Pasada la una, se levantó y fue hacia la cómoda.

Hurgó entre un montón de collares, calcetines, bragas, fotografías, recibos de la luz y del gas. Por fin, ahí estaban. Donata cogió las cartas del tarot y se sentó a la mesa.

Empezó a cortar la baraja y, cuando se sintió lista, comenzó a girar las cartas. Al principio se quedó perpleja. Las siguió volteando, mientras su cara ponía primero expresión de sorpresa, luego de incredulidad. Llegó el momento de descubrir la carta más importante, la del dictamen final.

—Madre mía... —susurró.

A la mañana siguiente, Donata se tropezó con el profesor auxiliar, cuando estaba poniendo algo en el tablón de anuncios.

—Profesor, ¿sigue en pie su invitación a un café? —le preguntó sin preámbulos.

—Claro —respondió él, sorprendido.

Fueron al bar de la esquina. Hablaron unos diez minutos del trabajo que le había presentado, luego pasaron a otro tema. Bastó esa tarde, unas pocas horas sentados frente a frente, para que se enamorasen.

Se despidieron cuando ya era de noche.

—¿Te gusta el jazz? —le preguntó él.

—Más o menos.

—¿Demasiado... burgués?

—No, es que no sé mucho de jazz.

—Hay un sitio en el Naviglio, el Capolinea. Tocan una música excelente y se come bien. ¿Tienes algo que hacer esta noche?

—No, estoy completamente libre.

Stefano fue a buscarla a las ocho con un Dos Caballos amarillo. Estaba alegre y los ojos le brillaban. Notó que se había maquillado, algo insólito en las chicas de los grupos militantes. Notó también que había elegido con cierto esmero la ropa: llevaba una falda negra y una blusa floreada que le dejaba los hombros al aire.

—Estás elegantísima.

—Qué dices, me he puesto lo primero que he encontrado —mintió ella.

En el Capolinea hablaron todo el rato y ni repararon en el jazz. Bebieron una botella de vino y, cuando salieron, seguían algo achispados. Decidieron caminar un poco para despejarse, pero lo cierto es que ninguno de los dos quería irse. Acabaron paseando horas por el Naviglio, entre una avalancha de palabras, risas, discusiones sobre política, música y literatura. Ya no eran capaces de parar.

—¿Qué hora es? —preguntó ella en un momento dado.

—A ver... Más de las tres.

—¡Vaya! Es mejor que me lleves a casa.

Antes de apearse del coche, Donata dijo:

—¿Te apetece venir a cenar a mi casa? ¿Mañana, o si no...?

—Mañana me viene muy bien.

Ella sonrió y le dio un beso en la mejilla, pero acabó rozándole la boca.

—Entonces, hasta mañana, que descanses.

Mientras conducía hacia casa, Stefano Lorenzi pensaba en ese casi beso y en el tono suave con el que Donata se había despedido de él. Y sonrió, con esa sonrisa inconfundible, un poco atontada, que tienen los enamorados.

Vivía en el último piso de un rascacielos del extrarradio, encajonado entre dos filas de edificios cubiertos de hollín. No había ni sombra de una planta en los balcones, ni siquiera un geranio, pero a Donata no le importaba: subías casi hasta las nubes y dejabas atrás todos los ruidos de la ciudad. El apartamento era sencillo, pero tenía grandes ventanas que lo inundaban de luz. La cocina, de formica azul pálido, parecía salida de una película de los años cincuenta; en el salón había solo un sofá grande, una alfombra y estanterías llenas de libros. En las paredes, un póster de Lenin y varios carteles que ensalzaban la Revolución cultural.

Stefano llegó con un ramo de flores y una botella de vino.

—Es bonito esto —dijo, mirando de un lado a otro.

—Estás en tu casa. Vuelvo enseguida. —Donata fue a la cocina a echar los espaguetis en el agua. Stefano se acercó a la ventana.

—Vivir aquí debe de ser como estar en la cumbre de una montaña.

—En el tejado hay dos nidos de cigüeña; increíble —respondió ella mientras regresaba con dos copas.

Cenaron sentados en la alfombra; espaguetis con salsa a la amatriciana, lechuga y helado. Hablaron de ellos, de sus proyectos futuros, de la universidad y de poesía. A decir verdad, la que habló fue sobre todo Donata. Stefano la escuchaba, encantado de su vitalidad.

Cuando terminaron, se sentaron en el sofá. Él cogió un libro y empezó a leer en voz alta.

Para todos la muerte tiene una mirada.
Vendrá la muerte y tendrá tus ojos.
Será como abandonar un vicio,
Como contemplar en el espejo
el resurgir de un rostro muerto,
como escuchar unos labios cerrados.
Mudos, descenderemos en el remolino.

—Vendrá la muerte y tendrá tus ojos… —repitió Donata, y de golpe sintió un retortijón, una sensación de náusea.

—¿Qué pasa?

—Nada, ya pasó. Sigue, lees tan bien.

Stefano continuó la lectura. Ella lo escuchaba, pero seguía turbada. ¿Por qué esas palabras habían podido afectarla de esa manera?

Lo observaba. ¿Cómo se explicaba que, antes de que tomaran ese café, no lo hubiera notado? Medía lo mismo que ella y era muy flaco. Pero tenía una voz cálida, ojos grandes, cara larga con un toque romántico. Su pelo era claro y ondulado, bastante largo. Le recordaba los grabados del siglo XIX, ciertos héroes del Resurgimiento. Mientras leía, Donata le acarició la nuca. Stefano calló. Volvió la cabeza, acercó sus labios a los de ella y la besó. Sintió calor, el sabor del vino, su saliva dulce. Ella apagó la luz. El azul entró en la habitación como un mar nocturno. Se deslizaron al suelo e hicieron el amor entre hojas de periódico y libros de poesía, los cuerpos enlazados en medio de páginas garabateadas y pedazos de papel manchados de tinta.

Más tarde permanecieron largo rato despiertos en la cama, muy juntos el uno al otro. Ella hablaba en voz baja. Era una voz nueva, más melodiosa y serena. Le contó que, de noche, escribía poemas y una novela que había empezado hacía años, y que oía ruidos en el tejado; a lo mejor, una pequeña familia de ratones o de fantasmas, o un ángel que sujetaba con la mano el ritmo secreto de los nombres y los sonidos.

—¿Un ángel? —remarcó él.

—Hay momentos, sobre todo cuando escribo poemas, en los que estoy tan concentrada, tan sumida en la escritura, que me aíslo de todo... y de repente llega la imagen perfecta, el verso que nunca habría creído que se me podía ocurrir. No sé explicártelo. Es como si alguien cogiese la pluma y llevase mi mano. Son instantes tan intensos, tan profundos, que casi me asustan. Eso sí, se dan rara vez... Ahora vas a pensar que estoy loca.

—No; es más, me gustaría leer algo de lo que has escrito.

—Ni muerta. Después me acusarías de «simplismo».

Él se rio y la estrechó entre sus brazos. Amanecía. La primera luz ascendía al otro lado del mundo. Oían a los pájaros llamarse, correr por los bordes de la noche. Un cielo blanco se abría alrededor de los edificios, de las calles desiertas, de los parques de los extrarradios. Ella dormía a su lado. Stefano pensó que era como si lo hubiese hecho siempre.

Ya no podían prescindir el uno del otro. Habitualmente se quedaban en el piso de Stefano, toda la noche abrazados, y si, cuando se dormían, uno de ellos se apartaba, el otro enseguida lo pegaba de nuevo a su cuerpo. Donata no conseguía estudiar. Él trabajaba mal, iba a la universidad sin entusiasmo, esperando solo el momento de verla de nuevo. Pasaban tardes enteras haciendo el amor, o se acurrucaban en el sofá y hablaban sin parar. Lo que a Donata más le gustaba de él era también lo que más detestaba: su calma cuando discutían de política, la capacidad que tenía de analizarlo todo, de examinar un problema por todos sus ángulos. Mientras que ella tendía a ser categórica, Stefano siempre tenía en cuenta los distintos puntos de vista, y siempre conseguía irritarla.

—No todos los artistas son de izquierdas, Donata.

—Claro que sí. Si no son progresistas, lo suyo no es arte.

—Eliot trabajaba en un banco, y era cualquier cosa menos progresista, y sin embargo ha sido uno de los mayores poetas de este siglo. ¿Y Borges? Creía que lo adorabas.

—¿Qué pasa con Borges?

—Es un elitista, explícito en su desconfianza de la democracia de masas.

—No lo sabía.

—¿Y ahora que lo sabes? ¿Has decidido no leerlo más?

—No puedo admirar a alguien de derechas, por mucho que se llame Borges.

—No puedes juzgar a las personas basándote solo en sus ideas políticas.

—¡Claro que puedo! Los hombres son resultado de la política. El egoísmo, la desigualdad social, la falta de empatía por el prójimo son consecuencia de la política. Solo cambiando la sociedad eliminaremos sus males.

—¿Con la revolución?

—Sí, con la revolución. Es la única herramienta para cambiar el sistema.

—Muchos obreros la rechazan.

—Cuando llegue el momento, se los educará y comprenderán. Ahora la gente está atontada por la televisión. Compran coches que tienen que pagar durante veinte años y se creen ricos.

—Reconocerás que antes los obreros estaban mucho peor.

—¿Y tú crees que la miseria que ganan ahora los ha salvado? Solo es limosna, Stefano. El materialismo histórico avanza en una sola dirección: la revolución del proletariado.

—¿Qué va a pasar con los que están contra la violencia, contra tomar por las armas el poder?

—Podrán elegir: estar con la revolución del pueblo o pagar las consecuencias de su reformismo.

—Las personas son criaturas complejas, Donata. Por ejemplo, tú me gustas pese a tus ideas bolcheviques. Y además, ¿ya ves? Tú también me quieres, y ni siquiera me has preguntado a quién voto.

—Me lo puedo imaginar, pero espero educarte. Serás mi cobaya —concluyó ella, revolviéndole el pelo. En ese momento, sin embargo, sintió como una premonición, la aparición de un miedo. Entonces lo abrazó, lo besó en la cara y le dijo—: Júrame que nadie se interpondrá entre nosotros.

—Lo juro. ¡Ni el mismísimo Mao en persona! —bromeó él.

El domingo, hacían el amor sumidos en la luz de la mañana. Les gustaba quedarse en la cama sin tocarse. Sin aliento, después de haberse besado durante un tiempo en suspenso y larguísimo. Luchar contra el deseo. Dos peces en el fondo de un mar ligero como una segunda piel. Con los ojos cerrados. Hasta que la respiración del otro cobraba forma, se infiltraba; hasta que hacer el amor se convertía en una orilla que alcanzar, en la única salvación.

—Háblame de tu primera vez —le pidió Stefano más tarde, mientras fumaba a su lado.

—Apenas lo conocía. Tenía diecisiete años y era mayor que yo. Nos vimos en Varese, en un bar de los soportales. Era tímido, necesitó hablar un montón antes de atreverse a invitarme a salir.

Mientras pensaba en aquel chico, se dio cuenta de que le resultaba difícil componer los rasgos de su cara. Recordaba a duras penas su nombre, su pelo liso, la extraña manera que tenía de arrastrar los sonidos cuando hablaba. Recordaba su piel sudada, el cuello tenso, la mano que deslizaba dentro de sus vaqueros. El abandono silencioso del pudor. Estaban en un pinar de las afueras de Viggiù y era invierno. Un día soleado, pero en el suelo había nieve. El aliento que se convertía en vaho. A su alrededor, solo árboles y nieve. El pinar era extenso y silencioso. No se oía el trino de un pájaro ni se veía una sola huella de zorro sobre la nieve. Extendieron una manta a cuadros al pie de un pino y encendieron una hoguera. Se dieron un beso largo, luego se bajaron los pantalones. Los ojos de él, como leves heridas en el momento del placer. Era lo único que recordaba bien, pero con exactitud, como si acabara de pasar.

Se marcharon cuando estaba anocheciendo. El chico dejó en el bosque olor a leña quemada y alguna colilla de Marlboro. Ella, una mueca de dolor y el aroma dulzón del pachulí.

Regresaron al pueblo. Estaba casi oscuro. De vez en cuando, él la estrechaba, le daba besitos en la frente, en las mejillas. Alumbrados por la luz redonda de los faros del coche de línea, se abrazaron. Él entonces subió, se sentó al lado de una ventanilla y con el codo limpió el cristal empañado.

Donata le dijo adiós con la mano.

El coche de línea desapareció en una curva.

Ella no quiso volver a verlo.

—A esa edad, se puede herir a otro de esa manera, incluso sin querer.

—Eso pasa a cualquier edad —replicó Stefano, y la abrazó con más fuerza.

—Ya está bien. Comprendo que estés enamorada, pero no me atormentes de nuevo con la lista de todas sus virtudes —le dijo Norma como siempre que su prima empezaba a hablarle de Stefano.

—De todos modos, también tiene algún defecto.

—¡Ah, menos mal!

—Es demasiado convencional y, además..., lo tiene todo siempre ordenado, es tan perfeccionista. Imagínate que por la mañana hace la cama y por la noche no consigue dormir si antes no fregamos los platos.

—Dicen que los opuestos se atraen.

—Tampoco es eso. Lo que nos divide es la política.

—Pertenece a una clase distinta, Donata. No puede pensar como un obrero.

—No es verdad. En mi partido hay gente que da clases en la universidad, hay intelectuales, periodistas. Es cuestión de ideas, de madurez política. En cambio, cuando Stefano y yo hablamos del tema, siempre terminamos peleándonos. Él odia a mi partido.

Donata tenía razón: Stefano Lorenzi detestaba el partido de extrema izquierda en el que ella militaba. Se definían como «partido», pero a sus miembros los tenía fichados la policía y sus nombres salían en la prensa cuando había enfrentamientos armados o atentados terroristas. Algunos habían acabado en la cárcel. Con el transcurso de los meses, Stefano notó que ella tenía un montón de secretos. Desaparecía a todas horas sin dar explicaciones. «He quedado con unos compañeros», decía, sin entrar en detalles.

Solo al principio de su relación nombró a alguien.

—Tengo que ver a Giovanni —le dijo una noche.

—¿Quién es ese?

—Uno de los fundadores, pero es bajito y calvo, puedes estar tranquilo —bromeó ella, luego bajó corriendo las escaleras.

Giovanni Scuderi no era bajito ni calvo. En realidad, todas las chicas del partido estaban enamoradas de él y comentaban que era guapísimo. Donata, en cambio, creía que era un narcisista. «Lo que ese quiere es ser el centro de atención; adora que lo veneren. Y vosotras, señoritas, no hacéis más que seguirle el juego», las desafiaba. Pero, si bien Donata veía todos sus defectos, también respetaba sus cualidades de líder.

En cambio, un compañero con el que congeniaba era Gino Taxi. Lo llamaban así por su profesión, y para distinguirlo de otro Gino del partido. Si salía de noche, Donata tranquilizaba a Stefano nombrándolo: «No te preocupes, me traerá a casa Gino Taxi».

Sin embargo, cuanto más tiempo pasaba, más misteriosa se volvía. Cuando Stefano le preguntaba con quién se iba a ver, ya no nombraba a nadie. Si salía a las tres de la madrugada, se limitaba a decir: «Tengo que ir a pegar carteles».

—Pero ¿no lees los periódicos? Los de la derecha no bromean, Donata. Como te cojan de noche, vas a acabar con las piernas rotas o con una bala en la cabeza.

También Dolfo y Zena estaban preocupados por las preferencias políticas de su hija. Cuando los visitaba, siempre terminaba discutiendo con su padre.

—Así no vais a hacer la revolución. ¿Es que no te das cuenta de que cada vez estáis más solos, de que los obreros ya no os siguen? —le dijo un día Dolfo.

—Claro. La revolución la vais a hacer los del PCI. Lleváis casi veinte años intentándolo, papá, y todavía no habéis comprendido que con los votos no se consigue nada.

—Estáis locos. ¡Locos y además sois unos criminales! —gritó Dolfo—. No se arregla nada matando gente.

—A veces es necesario sacrificar una vida para mejorar la de todos.

—¡Calla! ¿Tienes idea de lo que significa quitarle la vida a un hombre? —replicó Dolfo. Y no pudo dejar de pensar en Attilio Coppi y en su muerte.

El padre y la hija se siguieron atacando, hasta el punto de que Zena tuvo que intervenir para calmarlos.

Cuando llevaban unos meses juntos, Donata llevó a Stefano a Viggiù para que conociera a sus padres. Él se sintió enseguida a gusto. Era un buen conversador, capaz de encontrar temas en común con cualquiera. Zena y Dolfo le cogieron enseguida cariño.

—Es un buen chico, no lo pierdas —le dijo la madre, mientras ella fregaba los platos.

Quien no le tenía cariño a Stefano Lorenzi era el partido de Donata. Los compañeros no estaban de acuerdo con que ella siguiese con esa relación. Incluso se programó una reunión política para convencerla de que cortase con él, en la que participó Giovanni Scuderi en persona.

—Uno no puede ser revolucionario y acostarse con el enemigo —empezó.

—Stefano no piensa como nosotros, pero no es un policía ni un fascista —lo defendió Donata.

—¿Te das cuenta de quién es?

—¿Qué quieres decir?

—Es el hijo del juez Lorenzi.

—¿... de *ese* Lorenzi?

—Sí, exactamente de *ese* Lorenzi: Alessandro Maria Lorenzi, el hijo de puta que ha metido en la cárcel a Gigi, y que a Agnese la ha condenado a ocho años, con una niña pequeña, que, cuando su madre salga de la cárcel, ni siquiera va a acordarse de quién es.

Ella nunca lo había pensado, o quizá sencillamente había descartado la idea de cualquier parentesco entre el hombre al que quería y el juez. En el fondo, Lorenzi era un apellido corriente. Pensó que a lo mejor por eso Stefano nunca le hablaba de su familia.

Gino Taxi se le acercó y, al rozarle el rostro con una mano, le dijo:

—Te acuestas con el hijo y pensarás también casarte con él.

—Además, ¿qué harás? ¿Organizar la revolución desde tu apartamento de lujo, servir al pueblo desde la caseta de tu jardín? —la apremió Giovanni.

—Pero ¿qué daño os ha hecho?

—¿No comprendes que si estás con él nos pones en peligro a todos? —estalló Gino Taxi.

—Es una relación que no puede continuar, Donata. Si crees en la revolución proletaria, tienes que estar con los proletarios, no con quien nos hace la guerra —concluyó Giovanni con impaciencia.

Donata se sentía confundida. A veces pensaba que los del partido tenían razón: no se podía separar la vida privada del compromiso político. Y, además, tenía que reconocer que estar con Stefano resultaba cada día más difícil. Todas esas preguntas: adónde vas, con quién vas a estar esta noche... Ya no aguantaba más. Por no mentar que se exponía a decirle cosas que él no debía saber.

Intentó dejar a Stefano Lorenzi más de una vez. Pero siempre le había faltado valor para hacerlo. Había momentos en los que se decía basta, esa relación tenía que acabar, pero enseguida se convencía de que la única culpa de Stefano era la de haber nacido en la familia equivocada. Ella se había propuesto dejarlo, pero no sabía cuándo ni cómo hacerlo. No sabía cómo seguir sin tenerlo a su lado.

—Mañana te llevo a la playa —anunció Stefano un día.

—¿En esta temporada?

—En Santa Margherita es la época más bonita. Poca gente, y se prevé buen tiempo. Nos vamos de puente y estamos fuera cuatro días. Quiero enseñarte la casa donde he pasado todos los veranos, desde niño. ¿Qué dices?

Salieron cuando todavía era de noche. Era a principios de noviembre, pero el día amaneció estupendo, con un sol radiante y un ambiente despejado, todavía cálido. Donata estaba de buen humor, decidida a olvidarse de las presiones del partido y de las exigencias de Giovanni Scuderi, de Gino Taxi y de quien fuera. Quería relajarse, disfrutar de esas breves vacaciones con Stefano sin pensamientos negativos.

Comieron en el coche los bocadillos que ella había llevado. De vez en cuando cantaban las canciones que sonaban en la radio; cuando escuchaban a Luigi Tenco y a Bruno Lauzi, ella callaba, y acariciaba la nuca de Stefano.

—Sabes que ya no puedo prescindir de ti, ¿verdad?

—Me parece que estamos jodidos. Antes o después tendremos que casarnos —dijo él, riendo.

Llegaron a Santa Margherita a media mañana. Cruzaron el paseo marítimo, la avenida de palmeras y la compacta fila de árboles. Entraron por una pequeña calle lateral.

—Esa es —anunció Stefano pasando delante de una casa blanca con un torreón.

—¿Por qué no has parado?

—Es preferible entrar por detrás. Es una costumbre que hemos adoptado últimamente. Ya sabes, por seguridad.

Aparcaron en un callejón desierto. La casa era una edificación elegante de finales de siglo, rodeada de una tapia muy alta. Entraron por el jardín de la casa de al lado, usando un pasadizo oculto en el seto. Stefano le explicó que habían llegado a un acuerdo con el vecino para usarlo.

—Es el único modo que tiene mi padre de entrar y salir de la casa sin necesidad de escolta. Y sin exponerse a peligros.

—Tu padre ha elegido los peligros, él se los ha buscado.

—Donata, por favor...

—De acuerdo. A partir de ahora, nada de política.

Era una casa acogedora, decorada de manera sobria y refinada. En el salón había una gran chimenea, que encendieron desde la primera noche.

A la mañana siguiente subieron a desayunar a la pequeña terraza del torreón. Desde ahí contemplaron el golfo, las rocas que se hundían en el mar, la bahía de Portofino. Compraron en el mercado, verdura y vino de las Cinque Terre. Pasaron la tarde en la playa con un libro y por la noche salieron a cenar a un restaurante.

Esos días leyeron mucho, dieron largos paseos y, cuando se acostaban, hablaban hasta muy avanzada la noche.

La tarde del tercer día, estando sentados en la playa, Stefano le dijo:

—El próximo verano te llevaré a nadar allí, al otro lado de esa escollera. Es un sitio realmente especial.

—No sé nadar. Le tengo auténtico pánico al agua.

—Anda, yo te enseño.

—No, lo siento. En cuanto el agua me llega a las rodillas, siento que me ahogo. Sé que es una tontería, pero soy incapaz de superar el miedo.

—Ya verás cómo conmigo aprendes.

—Oye, ya está bien. Mira quién fue a hablar...

—¿Qué quieres decir?

—Eres de los que evitan cualquier mínimo riesgo. Te lavas las manos veinte veces al día por miedo a los microbios, y te pones pijama incluso en verano, para no resfriarte. Cómo vas a hacer algo fuera de la norma, yo qué sé, un viaje a la India. Pero, qué digo: ni siquiera a Grecia o a Marruecos. Demasiados gérmenes, y el riesgo de infecciones intestinales o de que te atraquen... Y encima me das la tabarra porque tengo una pequeña fobia.

—¡Ah! ¿Me ves así, entonces? Como un tipo aburrido, sin ningún espíritu de aventura... —Empezó a quitarse los zapatos, los calcetines, luego se despojó del jersey.

—¿Qué haces?

—¿Con que soy de los que se ponen pijama incluso en verano, que nunca se atrevería a ir a Marruecos, eh?

Donata lo cogió de un brazo.

—No hagas el idiota... ¡Venga, Stefano! Estamos en noviembre...

Se soltó del brazo de ella y fue corriendo al agua. Se lanzó sin vacilar, y salió poco después a la superficie, gritando por el impacto con el agua fría. Se echó a reír.

—¡Venga, jovencita, aquí no veo tiburones!

—¡Sal! ¡Stefano, para ya!

—Todavía tienes que aprender cosas sobre mí —respondió él, y empezó a nadar dando largas brazadas.

Ese largo fin de semana pasó en un instante. Durante cuatro días se olvidaron de Milán, del partido, del padre de Stefano. Solo un pequeño episodio enturbió las vacaciones. Pocas horas antes de regresar, Stefano notó en la hierba una culebra y la mató. Cuando Donata lo vio cruzar el jardín con la serpiente todavía suspendida en la horca, pensó en las historias de su abuela Neve y de repente tuvo miedo.

—¿Qué te pasa? —le preguntó Stefano, reparando en su turbación.

—Acabo de recordar algo que mi abuela Neve me contó hace muchos años, una profecía relacionada con la familia..., algo que tenía que ver con una desdicha, y la historia de la culebra... ¿Cómo era...? Ah, sí. Los gitanos dicen que en todas las casas hay una culebra buena que protege a la familia y que matarla da mala suerte.

—La única mala suerte que podíamos tener era la de que nos mordiese —replicó él, riendo. Enterró la serpiente y enseguida se dispusieron a marcharse.

Antes de que él arrancase el coche, Donata le acarició un brazo.

—Lo he pasado muy bien. Salgamos de viaje de vez en cuando. Tú y yo, solos.

—Antes de Navidad tengo una conferencia en Florencia. ¿Qué te parece si te llevo conmigo?

—¡Pues a Florencia! —respondió ella, feliz como no lo estaba desde hacía mucho tiempo.

1969

La tarde del 12 de diciembre, Donata se encontraba en la biblioteca de la universidad. Debía preparar un examen, pero no podía concentrarse, tenía la cabeza en otro sitio. A la semana siguiente se iba con Stefano a Florencia, por lo que, en vez de estudiar, estaba consultando *La guía de las bellezas de Italia*, para elegir los sitios que no podían dejar de visitar.

Miró el reloj: las cuatro y media y todavía le quedaban un montón de cosas que hacer. «Es mejor que deje los itinerarios y que me concentre en Schopenhauer», pensó. Suspiró y abrió el volumen. Acababa de empezar a tomar notas, cuando un estruendo resonó en la sala. Donata se llevó instintivamente las manos a la cabeza. Algunos gritaron, otros se pusieron de pie de un salto. Se miraron, asustados. Tras el primer momento de pánico, todos fueron corriendo hacia las ventanas del pasillo.

—¿Se ve algo? —preguntó Donata, desde detrás del grupo de chicos que se amontonaba ante los cristales.

—Solo gente corriendo.

—A lo mejor ha estallado una bombona de gas —aventuró alguien.

—No habría sonado tanto —dijo otro. Luego abrió las ventanas y, dirigiéndose a un chico que corría, gritó—: Eh, tú, ¿qué diablos ha pasado?

Ese día Milán estaba muy nublada. Del chico solo se distinguían el color rojo de la chaqueta y el azul desteñido de los vaqueros. Sin embargo, cuando respondió, para todos fue evidente que estaba conmocionado.

—En la piazza Fontana…, una bomba en el banco… ¡lleno de gente! —Luego siguió corriendo.

Donata volvió a su mesa. Cogió la chaqueta y el bolso y fue a toda prisa al pequeño despacho que le habían dejado a Stefano en calidad de ayudante.

Iba a llamar a la puerta cuando se detuvo, con la mano en el aire. Estaba ahí, sin saber qué hacer. Dio entonces media vuelta y salió de la universidad.

Buscó una cabina telefónica, y, cuando por fin encontró una libre, marcó el número de Giovanni, pero comunicaba. Marcó entonces el de Gino Taxi, que sí respondió.

—¿Hola, Gino? Sí, yo también lo he oído… ¿Va a ir Giovanni a tu casa…? Vale, voy ahora mismo —Salió de la cabina, mientras pasaban ambulancias y coches de la policía a toda velocidad por la calle, haciendo sonar las sirenas. Era como si en Milán hubiese estallado la guerra.

En la casa de Gino Taxi, Donata y otros compañeros se enteraron en el informativo de que, a las 16.37, un artefacto explosivo compuesto de ocho kilos de TNT había estallado en la sala de contrataciones de la Banca Nazionale dell'Agricoltura, en la piazza Fontana. Había matado a diecisiete personas y ochenta y ocho habían resultado heridas. Una segunda bomba, que no había estallado, fue hallada a poca distancia, junto a la entrada lateral de la Banca Comerciale Italiana, en la piazza della Scala. Otras tres bombas habían estallado en Roma, causando dieciséis heridos. Siempre según el informativo, hasta ese momento los atentados no habían sido reivindicados. El Movimento Sociale Italiano, partido de inspiración neofascista, hablaba de «imperante subversión de izquierdas»; el PCI, de «provocación e intentos subversivos de grupos fascistas y reaccionarios italianos y extranjeros», pero era pronto para formular hipótesis.

—Han sido los fascistas —afirmó enseguida Donata.

Giovanni Scuderi apagó el televisor, luego se volvió hacia el grupito de compañeros.

—Basta ya de palabras, estamos en guerra. Quien no quiera continuar, más vale que lo diga ahora.

Donata fue la primera en responder.

—Yo continúo. —Su voz era tranquila, libre de toda incertidumbre.

Esa misma noche, le escribió a Stefano una nota de despedida. No había manera de explicarle el motivo de esa decisión, así que solo le dijo que había llegado a la conclusión de que no podían hacer una vida juntos. Escribió algo más, pero luego lo tachó con nerviosismo. Cogió la nota, fue a la casa de Stefano y la introdujo en su buzón.

Esa noche el teléfono de Donata sonó largo rato, pero ella no quería correr el riesgo de hablar con Stefano, y lo desconectó.

A la mañana siguiente, tras leer la nota, Stefano la llamó de nuevo, con insistencia. Más tarde fue a buscarla. Por una de sus compañeras de piso, supo que Donata se había ido. Había dejado dinero para las facturas y se había marchado así, sin siquiera despedirse. No tenían ni idea de dónde podía estar.

Stefano esperó inútilmente una señal, una llamada de teléfono. La buscó donde los amigos comunes y el fin de semana fue a Viggiù, pero tampoco los padres sabían nada de ella.

—¿Dónde estará? —murmuró asustada Zena.

—Me lo esperaba. Sabía que, tarde o temprana, acabaría así —dijo Dolfo.

—¿Que acabaría así? ¿Qué quieres decir? ¿Y ahora qué hacemos, denunciamos la desaparición?

—No. Ha sido una decisión suya y avisar a la policía podría perjudicarla —aconsejó Stefano.

Luego regresó a Milán y empezó su larga espera. Comenzó

a repasar los periódicos o a mirar las noticias de la televisión con el miedo de escuchar que pronunciaban el nombre de Donata, o de tener que reconocerla en la pantalla esposada, o bien tumbada en el suelo con un agujero en la cabeza.

Fue Norma la primera que volvió a saber de ella. Ocurrió en junio, seis meses más tarde. Daba clases en un pequeño pueblo de Brianza y, un día, Donata la estaba esperando en la puerta de la escuela.

—¿Dónde diablos te habías metido? —le preguntó, abrazándola.

—Te he echado de menos... Os he echado de menos a todos —murmuró su prima.

Fueron a la casa de Norma. No bien entraron, Donata notó que las paredes estaban llenas de cuadros.

—¿Los has hecho tú? Pero... son estupendos, ¡lo digo en serio! Esos colores tienen tanta fuerza... ¿Se los has enseñado a algún crítico de arte?

—Por favor, solo es un pasatiempo.

—¿Bromeas? Tienes un gran talento. Están tan... llenos de energía, son increíbles.

—Hablas precisamente tú. Has abandonado los estudios, todos tus sueños.

—No los he abandonado. Lo que pasa es que ahora mi sueño es distinto, he tomado una decisión. Pero tú... ¡Ay, Norma! No tendrías que haber hecho caso a tus padres. Deberías haber ido a la Academia de Brera.

—Ha llovido mucho desde entonces. Venga, hagamos un poco de pasta. Tengo pesto en la nevera.

Poco después, sentadas a la mesa, Norma miró a su prima. Estaba deteriorada, muy flaca, sus preciosos ojos azules habían perdido toda su luminosidad.

—¿Dónde vives ahora, a qué te dedicas? —le preguntó, evitando todo comentario.

—En Sesto San Giovanni. Trabajo ahí cerca en una de las fábricas más importantes, un punto estratégico. Estamos tratando de fundar una nueva célula en su interior.

—Stefano te ha buscado por todas partes.

Ella se puso seria.

—No quiero hablar de él... ¡Ah! ¿Quieres saber la novedad? ¡Me he casado! —Y le enseñó la alianza en el anular izquierdo.

—¡Anda! ¿Y con quién?

—Lo conoces, con Gino Taxi.

La conversación que siguió fue extraña, difícil en muchos momentos. A Norma le parecía todo surrealista. Donata hablaba de querer servir al pueblo, de estar decidida a luchar hasta la conquista final. Dijo que la suya había sido una «boda comunista».

—¿Una qué? —la interrumpió Norma.

—Primero hay un discurso oficial del partido, luego se va al ayuntamiento y se celebra una ceremonia normal. —Explicó que los testigos habían sido dos compañeros. Nada de flores, nada de peladillas—. Nos habría faltado solo eso —comentó con una sonrisa irónica.

—Espera: ¿quieres decir que te has casado para complacer al partido?

—No solamente por eso. Sé que he hecho lo correcto. Es un vínculo que refuerza nuestro espíritu revolucionario.

—Oye, ¿es que te has vuelto loca? ¡Y encima, con Gino Taxi!

Norma lo había visto un par de veces. Una noche, ella y su prima fueron a un restaurante en los Navigli con gente del partido. Lo recordaba porque Gino Taxi era el más callado de todos. Estaba sentado, con la mirada baja, jugueteando con el tenedor. Cuando se dirigían a él, apenas respondía, y sin levantar la mirada. Comía concentrado, como si fuese la única cosa capaz de sacarlo de una situación difícil.

—¿Cómo se te ha ocurrido casarte con él?

—Gino es uno de los compañeros más apreciados —lo defendió Donata.

—¿Y de qué habláis? Nunca lo he escuchado pronunciar una frase que no sea un eslogan político. Gino Taxi, ¡por favor!

—Claro, eres como los demás: llena de ideas preconcebidas. Gino es un buen hombre, un excelente compañero. Daría la vida por sus ideas, y eso para mí vale más que un título universitario.

—Un buen hombre... ¿Y eso te parece suficiente? ¿Has sabido lo de Stefano?

—¿Qué?

—En septiembre se va a Londres con una beca. De vez en cuando me llama, me pregunta por ti.

Ella solo esbozó una sonrisa, pero cruel. Como diciendo: «Total, ya...».

—La familia, el amor, bla, bla, bla... Todos son conceptos burgueses, cuentos de Hollywood para llenarte la cabeza de patrañas. Antes nadie se casaba por amor. La gente se casaba por intereses económicos y por la supervivencia.

—A lo mejor, pero la gente se ha enamorado toda la vida. ¿Qué tal lo llevas con Gino?

Donata la miró fijamente. En ese momento, Norma no dudó de que se estaba preparando para mentir.

—Bien... Bueno, todavía estamos buscando un equilibrio, tenemos que trabajar en la relación; pero funcionará. Ahora Gino está en Calabria, en un curso del partido.

—¿Qué curso?

—Escuela de Formación de Cuadros. Se hacen para los miembros de las nuevas células.

—Suena a algo militar.

—No, es diferente. Hablamos de todo. De nuestro pasado, de nuestras contradicciones: la infancia, nuestros puntos más débiles. Nos piden que revelemos también detalles íntimos, particulares de nuestra vida sexual.

—Dime que eso no es verdad...

—Sí que lo es, a alguien de fuera puede parecerle raro. A mí también me resultó difícil superarlo, pero al final comprendí que tenían razón. Solo derribando todas las barreras de lo privado se refuerza el vínculo con el partido; solo teniendo total confianza en quien nos dirige puedes dedicarte a la causa.

—No te das cuenta de lo que dices.

—A ti te cuesta comprenderlo, pero la nuestra es como una familia. No, es un vínculo más profundo. Pero no hablemos más de mí. Cuéntame algo de ti. ¿Y mis padres?

—Yo estoy bien, y ellos también, pero están preocupados por ti. ¿Por qué no los llamas nunca?

—He pasado una etapa difícil. Ya sabes, la boda, cambiar de vida…, pero pronto los llamaré.

Pasaron el resto de la tarde charlando y recordando la infancia: las excursiones a Sant'Elia, la aventura en la casa del Belón, las canciones de don Pippo. Se pusieron a cantar.

Tira mureddu miu,
tira e camiiina,
cu st'aria frisca e duci di la chianaaa,
lu scrusciu de la rota e la catina,
ti cantu sta canzuna paisanaaa…

—¡Ay…! ¡Cantáis peor que las gallinas! —terminó Norma, imitando el acento siciliano del panadero. Rompieron a reír, la complicidad del pasado de nuevo entre ellas.

La atmósfera se había relajado, pero cuando Norma le pedía detalles de su nueva vida, ella cambiaba de tema.

Al anochecer acompañó a su prima a la estación.

—¿Por qué no vienes a visitarme? Ahora que Gino se ha ido, siempre estoy sola —le dijo Donata, ya montada en el tren.

—Claro, si quieres, este mismo sábado.

—¿En serio? Espera, toma la dirección…

—¿Les puedo contar a tus padres que nos hemos visto?

—Sí, pero… oye: es preferible que ellos no sepan dónde

estoy ni qué hago. Esta es mi dirección, pero no se la des a mis padres. Terminarían diciéndosela a Stefano y no quiero que él la sepa. ¿Juras que no les dirás dónde vivo?

—Te lo juro, no se lo diré a nadie.

Como había prometido, Norma fue el sábado siguiente a Sesto San Giovanni. Donata vivía ahora en la segunda planta de un edificio de barrio, construido después de la guerra. Era un piso pequeño, pobre, solo con lo mínimo indispensable. Dos cuartos tristes, en los que no se había hecho nada para que resultaran acogedores.

Por la noche guisaron juntas, luego fueron al cine. Era una película polaca que les pareció tremendamente aburrida. Volvieron a casa del brazo, riendo de algunas escenas y comentándolas con ironía. Charlaron hasta tarde y bebieron una botella de vino. En un momento dado, Norma dijo:

—¿Te acuerdas de ese tipo del que te hablaba antes, el que me gusta?

—Estoy segura de que tú también le gustas a él.

—No estoy tan convencida de eso.

—Tu problema es que siempre les has tenido miedo a los hombres. Tienes que confiar, dejarte llevar.

—¿Me echas las cartas?

—¡Anda! Son tonterías de cuando era joven.

—Tienes veintitrés años.

—A veces la edad no importa.

Se acostaron muy tarde y el vino que habían bebido hizo que se durmieran enseguida.

A Norma le parecía que acababa de cerrar los ojos, cuando oyó sonar el timbre de la puerta. Un timbrazo largo, insistente. Estaba amaneciendo. Donata murmuró algo con voz pastosa, luego se levantó. Norma volvió a dormirse.

Enseguida, un golpe, órdenes, voces nerviosas. La puerta de la habitación se abrió de una patada.

—¡Alto o disparo!

Delante de Norma había cuatro hombres armados, con barba, chaquetas color caqui. La apuntaban con ametralladoras, los cañones a pocos centímetros de su cara. Estaba helada, aterrorizada. Era como si la sangre le hubiese dejado de circular y el corazón, los pulmones y todos los órganos de su cuerpo se hubiesen congelado.

—¡Policía! Manos arriba y no hagáis ninguna tontería. Tú, levántate, con mucha calma. Al menor movimiento brusco, disparamos.

Norma levantó los brazos, temblando, luego rompió a llorar. No sabía si era por el miedo o por el alivio de haber oído la palabra «policía». Los cuatro eran del Escuadrón Especial, pero vestían de paisano y ella, en un primer momento, temió que fuese una venganza de algún grupo de extrema derecha. Estaba bajando las piernas con calma, como los policías le habían ordenado, cuando Donata la apartó e, ignorando las armas que las apuntaban, se sentó a su lado. La abrazó, luego, dirigiéndose a los cuatro policías, dijo, con tono despectivo:

—¡Basta! ¿No veis que somos dos mujeres solas? Tened al menos la decencia de dejar que nos vistamos.

Los cuatro bajaron las armas.

—Poneos algo. Os esperamos en la cocina.

Luego salieron de la habitación y cerraron la puerta, despacio, casi como si quisiesen disculparse.

Con un gesto, Donata le pidió a su prima que se callase, luego se acercó al armario. Lo abrió y sacó un par de pelucas, dos cócteles Molotov y una pistola. Metió todo en una bolsa de plástico, abrió la ventana y colgó la bolsa del gancho de la persiana. Cerró la ventana y se volvió.

—Venga, vístete.

Se pusieron pantalones y camisetas y salieron de la habitación.

Los policías estaban registrando la casa, poniendo patas arriba los armarios, los muebles y la estantería de libros. Hojeaban los libros, las revistas, los panfletos. De cuando en cuando metían algo en una caja grande. En cuanto aparecieron las chicas, uno de los policías ordenó a los otros:

—Tú y tú, buscad en el dormitorio. Aquí seguiremos nosotros.

Entonces, el hombre mandó sentarse a las primas y empezó a interrogarlas. Con Norma tardó poco. Le pidió la documentación, le preguntó algo sobre su trabajo, dónde vivía, por qué estaba ahí y qué relación tenía con Donata Martiroli. Hicieron un par de llamadas y comprobaron que estaba limpia.

—Usted puede irse, señorita.

Norma miró a Donata. Fumaba, no parecía nerviosa.

—Vete, más tarde te llamo —le dijo, esbozando una sonrisa.

Norma salió a la calle y, antes de marcharse, echó una ojeada a la segunda planta: no había ninguna bolsa colgada del gancho de las persianas. Por suerte, el cuarto daba a la parte de atrás. Confió en que a esos policías no se les ocurriese abrir la ventana, luego cogió el camino hacia la estación.

En los dos años siguientes, Dolfo y Zena vieron a Donata solo esporádicamente. Aprendieron a recibirla evitando quejarse y sin hacerle demasiadas preguntas. Se quedaba todo el día, pero en silencio, ya no mostraba la vivacidad de antaño. Sus padres le contaban las últimas novedades de la familia: los nacimientos y los fallecimientos, quién se había casado y, por el contrario, quién iba a divorciarse gracias a la nueva ley. De vez en cuando, le preguntaban por su marido. Donata había llevado a Gino a Viggiù solo una vez y no fue un día memorable. Dijo apenas dos o tres palabras e hizo notar su malestar a los demás. Desde entonces no había vuelto. Zena y Dolfo habían aprendido a limitarse a hacer alguna pregunta formal sobre el yerno.

—Está bien —zanjaba Donata.

—Pero ¿trabajáis? ¿Necesitáis dinero?

—No necesitamos nada.

—Aquí hay unas cartas para ti. Son de Stefano —le comunicaba de vez en cuando su madre.

—Tíralas.

—¿No quieres abrirlas?

—¿Para qué? —Luego cambiaba de tema—: ¿Y la abuela Neve?

—Ha envejecido un poco, claro, pero está bien. Va a la iglesia todos los días y tu abuelo siempre igual, tratando de convencerla de que ahí arriba no hay nada —le decía su padre.

Desde las primeras elecciones de la Italia libre, el 2 de junio de 1946, Radames votó al Partido Comunista Italiano. Por primera vez en el país, ese día votaron también las mujeres. A pesar de la insistencia del marido para que votase al PCI, Neve le hizo caso a don Romano, que en las confesiones pidió que se votase por la Democracia Cristiana.

—¡Votad como yo os digo; si no, haréis llorar a la Virgen! —exhortó a los fieles.

Habían pasado más de veinte años desde aquellas elecciones y, en todo aquel tiempo, en la casa de Radames Martiroli, dos visiones opuestas del mundo habían convivido pacíficamente bajo el mismo techo. Todos los domingos por la mañana, él salía para repartir los ejemplares de *L'Unità*; a la misma hora, Neve empezaba su recorrido con el paquete de *Famiglia Cristiana* para repartir los números entre los abonados. Se veían de nuevo a la hora de comer. Radames leía el periódico, imprecando ya contra el gobierno, ya contra las moscas o el hielo, según la estación. Neve ponía a calentar la sopa —era lo que había el domingo, aunque hiciera cuarenta grados—, luego sintonizaban en la radio el *Gazzettino padano*. A mediodía se oía el trino de un pajarito e, inmediatamente después, una voz persuasiva anunciaba: «Son las doce». En ese preciso instante, Radames cerraba *L'Unità*, se sentaba a la mesa y se ponía la servilleta al cuello, luego Neve llegaba con la cacerola de sopa de fideos. A continuación de las noticias de la radio había un programa de canciones.

Norma recordaba un día, cuando la voz de Marisa Sannia cantó *Casa Bianca.*

... tutti i bimbi come me
hanno qualche cosa che di terror li fa tremar,
è la casa biancha che...

—Está claro como el sol —proclamó el abuelo Radames—. Ese es un mensaje antiamericano: ¡la Casa Blanca es la de Nixon y lo que los hace temblar es la guerra de Vietnam, caramba!

El 21 de julio de 1969, Radames Martiroli estuvo seguro de que la ciencia por fin había demostrado lo que él llevaba toda la vida afirmando. Estaba viendo con su mujer por televisión la llegada del hombre a la luna. Neil Armstrong posó el pie en el suelo lunar, dio con cautela los primeros pasos y empezó a dar saltitos en aquella extensión desértica. Entonces Radames se volvió hacia Neve, los ojos llenos de estupor.

—¿Ves a la Virgen o a algún santo ahí arriba? ¡Solo hay montañas de polvo; de Dios, nada!

Hacía años que Donata no iba a visitar a sus abuelos, mientras que Norma aún lograba escaparse de vez en cuando. En su último viaje, la abuela Neve le contó un extraño sueño. Era un día tempestuoso y el viento se la llevaba. Trataba de agarrarse a los árboles y a las vallas, pero sentía que algo la absorbía hacia las nubes. Todo era un caos. Junto con las rachas de viento sonaban susurros y gritos. Luego, por encima de todos los ruidos, la voz de una mujer que gritaba: «¡Esa es una boda maldita!».

—Preferiría no dormir nunca porque me asustan mis sueños —le dijo cuando acabó de contarle—. Espero solo que no haya sido una manera de advertirme que la profecía está a punto de hacerse realidad.

—Abuela, ¿qué dices? Son supersticiones —le respondió Norma.

Neve la miró, poco convencida, y enseguida cambió de tema.

—¿Cómo está Donata?

—La veo poco, pero está bien.

—¿Te acuerdas de cuando me preparaba «la máscara»? ¿Y cuando las dos hacíais perfumes?

—Sí, esos mejunjes con agua, flores y jabón rallado. Después ella me convencía de venderlos en el pueblo. Y qué labia tenía, cuando trataba de colárselos a alguien.

Reían, recordando el descaro de Donata, aunque era como recordar a alguien que hubiera muerto: con afecto, con nostalgia, pero desde muy lejos. Casi como si los recuerdos fuesen lo único que les había quedado.

1973

Arrestaron a Gino Taxi a principios de febrero, durante una incursión de la policía en Lambrate. Con él estaban dos prófugos, y además había dinero, armas y municiones. Hubo un enfrentamiento a tiros y uno de los terroristas murió. Gino Taxi resultó herido, pero no antes de dispararle a un policía.

—A Gino, la bala le atravesó el muslo sin causarle grandes daños —le explicó más tarde Donata a su prima—. Lo malo es que él le disparó a un hombre de uniforme. Solo un arañazo en un hombro, pero el abogado dice que pueden condenarlo hasta a quince años.

—¿Cuándo será el juicio?

—En junio.

Las dos se vieron en Milán, en una pastelería que quedaba cerca de Porta Garibaldi. Norma notó que Donata tenía una mancha de salsa en el traje y el pelo sucio. Pero le preocuparon más su palidez y sus ojeras.

—¿Qué vas a hacer ahora? —le preguntó.

La otra pareció desmoronarse.

—No lo sé, no lo sé..., ya no puedo pensar. —Tenía la cabeza entre las manos y Norma notó que temblaba.

—No te pongas así. A lo mejor Gino sale antes de lo que crees.

—No comprendes... —dijo Donata, meneando la cabeza—.

La vida con Gino ha sido un infierno, desde el primer día. Lo hemos intentado de verdad: nosotros, el partido. Hemos hecho de todo para salvar este matrimonio maldito, pero nuestros esfuerzos han sido en vano.

—¿Qué has dicho? —la interrumpió Norma, estremeciéndose.

—Tenías razón, no deberíamos habernos casado —continuó Donata—. Cuando discutíamos, lo hacía callar con dos frases. Lo humillaba, pese a que sabía que no tenía ninguna posibilidad de defenderse. Me da vergüenza decirlo, pero lo destruí, pasé por encima de él como una excavadora. Él no quería casarse conmigo, pero todos lo convencieron de que era por la causa, que con el tiempo las cosas irían bien...

—¡Al diablo el partido! Nada os impide separaros.

—Estoy embarazada.

—Un niño... ¡Anda...! ¿De cuántos meses?

—De tres, pero no es por eso. De todos modos ya habíamos decidido separarnos, también hablamos de ello con el partido..., pero ¿ahora? Dime, ¿cómo voy a abandonarlo ahora que está en la cárcel? Gino no tiene familia; solo me tiene a mí.

—No puedes estar atada a él solo porque te dé lástima.

—¿Le doy la espalda en un momento como este? Cuando salga será mayor.

—Gino estará en la cárcel de todos modos, y tú podrás siempre visitarlo como amiga. No puedes sacrificarte, Donata. Tienes toda la vida por delante.

—Toda la vida por delante... —repitió esa frase con una sonrisa extraña..., como si no creyese en eso en absoluto.

El juicio a Gino se celebró en junio. Fue condenado por asociación a banda armada, tenencia ilícita de armas, resistencia a agente de la ley e intento de homicidio. La sentencia fue durísima: catorce años y seis meses.

El juez: Alessandro Maria Lorenzi.

Era la última semana de junio. Un día tórrido y nublado, grisáceo, de viento húmedo y pegajoso.

Donata guisaba algo rápido porque tenía que salir. En el instante que ponía tomate entero al sofrito llamaron a la puerta. Se limpió las manos y fue a abrir.

—Hola.

Tenía delante a Stefano Lorenzi.

Se quedó inmóvil, muda.

—¿Puedo entrar?

—Pasa —le dijo, apartándose. Luego preguntó—: ¿Quieres un café?

—No, gracias. Acabo de tomar uno. ¿Cómo estás?

—Es una pregunta bastante superflua.

—Sí, tienes razón. —Miró alrededor, más que nada para evitar el rostro de ella. Estaba demacrada, casi irreconocible; pero seguía siendo ella después de todo ese tiempo, y Stefano tenía la sensación de que el corazón le retumbaba en la habitación. Ella miraba al suelo. Parecía distante, como si su presencia le resultase indiferente.

Se sentaron a la mesa.

—He encontrado tu dirección en los documentos del juicio. Solo he tenido que ir al despacho de mi padre, buscar el domicilio de tu marido.

—Enhorabuena. Supongo que sabes que lo que has hecho es ilegal.

—Era la única manera de encontrarte.

—¿Y ahora te sientes mejor?

—Esperaba este momento desde el día que desapareciste.

Ella lo miraba sin saber cómo esconderle lo que sentía por dentro: un calor que le subía desde las entrañas, cada vez más intenso.

—No tendrías que haber venido. Ya no somos los mismos de antes —dijo por fin, pero le temblaba la voz.

—Yo soy el mismo. Para mí no ha cambiado nada.

Donata tenía la boca seca, las manos sudadas. No conseguía sostenerle la mirada. Se levantó de golpe. Le dio la espalda y fue a mirar la salsa.

—He oído que ahora vives en el extranjero.

—Sí, en Londres, con una beca. He venido a pasar el verano con mis padres. Mañana nos vamos a Santa Margherita.

—¿Qué has venido a buscar, Stefano?

—A ti. He venido a buscarte a ti. ¿Por qué nunca respondiste a mis cartas?

—¿Con qué objeto?

—¿Con qué objeto? ¡Puedo pensar en mil! Por ejemplo, para explicarme por qué te marchaste como lo hiciste, con tres líneas en una hoja de papel, sin tener siquiera la decencia de decírmelo a la cara.

—Tenía que irme. Era demasiado difícil verte y, además, no lo habrías comprendido.

—¿Y crees que así pude comprender algo?

Donata miró por la ventana para ocultar las lágrimas.

—¿De verdad que no tienes nada que decirme? —insistió él.

—Ha pasado mucho tiempo. No hay mucho que podamos hacer...

—¡Para, Donata! Llevo tres años, tres malditos años esperando hablar contigo. Te conozco. Sé lo terca y orgullosa que eres. Estoy aquí por mí, pero también por ti.

Ella se volvió lentamente hacia él, con una mano sobre el vientre.

—¿No te has dado cuenta?

—Claro que sí, no estoy ciego —Esperó un poco, luego añadió—: Si recuperarte significa tenerte con el niño, de acuerdo. Lo acepto.

—No digas tonterías —replicó ella con impaciencia.

—Digo que, si quieres, ese niño será tan mío como los otros hijos que tendremos.

—Para. No me conoces; he hecho cosas que no puedes ni imaginarte.

—Te conozco; de lo contrario, ahora no estaría aquí. Ven

a Londres conmigo. ¿Qué pretendes, acabar también en la cárcel?

Y entonces Donata se sentó delante de Stefano. Le agarró las manos y se las apretó, como si ese contacto fuese necesario para llegar a él, para que comprendiera que ahora era sincera.

—Escúchame bien: la chica con la que estabas ya no existe. Para nosotros es tarde, Stefano, ¿lo comprendes? ¿Cómo puedes pensar que podríamos criar a este niño? ¿Después de que tu padre haya...?

—¡No soy mi padre, coño! Yo no he condenado a nadie. ¡Yo no te dejé con tres líneas en una hoja de papel, no tengo que pagar por mi apellido, por tus errores o por los errores de tu marido!

Ella se echó a llorar, pero sin ruido, sin apartar la mirada del rostro de él. Le seguía apretando las manos en silencio, y él apretaba las de ella. Permanecieron así largo rato, mirándose fijamente, las manos juntas.

—Es mejor que te vayas —murmuró ella.

—¿Por qué lloras, si ya no quieres saber nada de mí?

—Vete, Stefano. —Y apartó las manos.

—¿Por qué lloras?

Ella bajó la mirada, pero no respondió.

La observaba, exhausto. Dejó pasar casi un minuto.

—De acuerdo, has ganado —dijo por fin. Se levantó pero, antes de marcharse, cogió el periódico que había en la mesa, sacó del bolsillo un bolígrafo y anotó algo—. Es el número de teléfono de Santa Margherita. Estaremos ahí un mes. No te pido que tomes ninguna decisión. Pero, por si sientes la necesidad de hablar conmigo...

Le acercó el periódico, luego fue hacia la puerta y salió.

El teléfono de la casa de Santa Margherita sonó tres días después. Fue Alessandro Maria Lorenzi quien respondió.

—¿Diga?

—Buenos días, ¿podría hablar con Stefano?

—¿Quién es?

—… Una amiga.

—Espere.

Unos segundos más tarde, él estaba al teléfono y su voz era la de siempre: baja, tranquilizadora, armoniosa.

—Diga…

—Soy yo, Donata.

—No me lo esperaba… ¿Cómo estás?

—Bien, estoy bien… Oye, he pensado en lo que me dijiste el otro día, que si quería hablar contigo… No puedo prometerte nada, pero yo también necesito explicarte muchas cosas. Si te parece bien, puedo ir a Santa Margherita, a lo mejor, el fin de semana.

—¡Claro que me parece bien! Y descuida, no espero nada de ti. Solo quiero que pasemos un rato juntos.

—Claro que no puedo quedarme en tu casa… Estáis todos ahí, tu padre, tu madre.

—Estamos solo mi padre y yo. Mi madre no vendrá hasta la próxima semana. Te reservaré habitación en un hotel. ¿Cuándo piensas venir?

—El viernes por la noche, cuando salga del trabajo. Hay un tren que llega a Génova a las diez treinta y cinco. ¿Me irías a buscar?

—Te espero en la estación.

—Porta Principe, diez treinta y cinco. ¿Vienes seguro?

—Claro.

—Stefano…

—Dime.

—Nada. Solo… Tengo que dejarte. Hasta el viernes por la noche, entonces.

—Sí, te espero.

—No te olvides.

—Descuida, no me olvidaré —respondió él riendo.

—Adiós.

—Adiós, hasta pronto.

Donata colgó el auricular, luego se volvió hacia los tres hombres que estaban sentados detrás de ella.

—Lo haremos el viernes por la noche. Estará solo.

—¿Segura?

—Sí. La madre se ha quedado en Milán y el hijo estará en Génova. Hay que hacerlo el viernes.

Donata buscó en el bolso y sacó un par de hojas.

—Esta es la dirección y este, el plano. La casa está aquí, en el número setenta y nueve. En la entrada habrá seguro un hombre de su escolta. Tenéis que subir por este callejón de atrás. La casa de Lorenzi es blanca, tiene un torreón, es imposible confundirse. La bordea una tapia, pero cuando estéis en la parte trasera entráis por el jardín del vecino, en el número setenta y siete. A la izquierda hay un seto, donde está el pasadizo que da a la parte trasera de la casa de Lorenzi. La puerta del sótano se abre de un empujón.

—De acuerdo.

—A las diez y media os ponéis el pasamontañas, entráis y subís por la escalera interior. A esa hora el juez estará seguramente en el salón. Le disparáis a las piernas, un solo tiro con el silenciador y enseguida os marcháis. Mañana vais a Santa Marguerita para comprobarlo todo. El viernes yo esperaré que me llaméis aquí. El teléfono de mi casa está pinchado. Cuando todo acabe, os marcháis de Génova. Sin prisa, por favor, para no llamar la atención. Llamáis desde la estación de servicio de Ovada, no antes. Tenéis que alejaros de la ciudad antes de que empiecen los controles de carretera.

—De acuerdo, todo está claro.

—Repasemos la acción varias veces, hasta que estéis seguros. Disparadle solo a las piernas. ¿De acuerdo, Mario? Tiene que ser una lección, una advertencia para el futuro. Nada de muertos, ¿entendido?

—Sí, sí, he comprendido.

El viernes por la noche, después del trabajo, Donata regresó a ese piso. Era un sitio seguro. Vivía una pareja, nuevos reclutas no fichados por la policía.

A las once, nadie había llamado.

Las once y media. Todavía silencio. Donata empezó a estar nerviosa.

—Ya tendrían que haber llamado.

—Ahora llamarán.

Pasaban los minutos y el teléfono callaba.

—Algo ha salido mal.

—Tranquila, ya verás que llaman.

—No, lo presiento. Ha ocurrido algo.

El teléfono sonó. Ella se lanzó a cogerlo.

—Diga, ¿Mario?

—¡Coño! ¡Dijiste que iba a estar solo!

—¿No estaba solo...? ¿Qué ha pasado?

—¡Una mierda ha pasado! Para entrar, ningún problema, y el juez estaba mirando la televisión, ni nos vio. Un disparo a las piernas, todo según lo planeado. Cuando ya nos íbamos, se nos plantó delante.

—¿Quién?

—Un chico, puede que su hijo. Yo qué sé... ¿Diga? Diga... ¡Donata!

—... Mario, ¿qué ha pasado?

—¡Le disparé, coño! ¿Qué podía hacer? Me pilló de sorpresa. Podía estar armado, me asusté... ¿Donata...? ¡Diga!

—Escúchame: ¿a qué hora entrasteis en la casa?

—A las diez y media, como habías dicho. Estoy seguro porque lo comprobamos.

—Entonces no era el hijo, el hijo no, no puede ser. Habrá sido un vecino, un amigo. A esa hora el hijo estaría con toda seguridad en la estación de Génova.

—¡Dios! Esto no tenía que pasar... ¿Donata...? ¡Donata!

Ella colgó el teléfono y se lanzó a la radio. Le gritaba a la otra mujer:

—Enciende, busca un informativo. ¿Qué hora es? Venga, venga...

Un batiburrillo de canciones, noticias, el trozo de una entrevista, hasta que:

«... La policía todavía no ha hecho declaraciones, pero habida cuenta del papel del juez Lorenzi en la lucha contra el terrorismo, la hipótesis que se maneja de momento es la de un atentado. Ningún grupo ha reivindicado aún el ataque. Y ahora, las previsiones del tiempo para...».

—¡Gira, avanza, gira!

Unos segundos y pudieron sintonizar otro informativo.

«... Solo herido en las piernas. El hijo Stefano, de treinta años, ha fallecido durante el trayecto hacia el hospital».

Ya no oía ruidos. Ya no oía la voz que sonaba en la radio ni la de la mujer que estaba a su lado llamándola, zarandeándola, repitiendo su nombre.

La llevaron a la otra habitación y la sentaron en la cama. La mujer le estrechaba las manos y le repetía:

—Respira despacio; vamos, respira..., piensa en el niño.

Pero ella no la oía, tampoco oía el ruido del ventilador ni el del tráfico de la calle o la voz de la mujer que le repetía al marido que hiciera algo, que llevara agua.

Perdió el sentido del tiempo, el del oído, el del tacto. Se quedó sentada donde la habían puesto: rígida, respirando con dificultad, muchos minutos. Después, poco a poco, pareció volver al mundo. Los labios recuperaron el color, la respiración se hizo más regular.

No lloró, no dijo nada. Los otros dos la hicieron tumbarse y después volvieron a la cocina, dejando la puerta entornada. Donata los oyó discutir, preguntarse si debían llamar a un médico o llevarla al hospital. Se quedó en esa cama más de una hora. Luego se levantó, en silencio se puso los zapatos. Abandonó la habitación y salió a la calle.

No llevaba bolso ni dinero ni llaves del coche. Anduvo durante horas por las calles de Milán, confundida, en estado de trance. Lentamente, los edificios se fueron apagando. Solo pocas ventanas permanecían encendidas, aquí y allá, iluminando el insomnio de algún desconocido.

Despacio, la realidad de los últimos sucesos empezó a cobrar de nuevo forma. Donata trató de comprender: ¿por qué Stefano estaba en la casa a esa hora? ¿Por qué no se encontraba en Génova? Quizá había sospechado algo; seguramente había intuido que su llamada de teléfono había sido rara. Sí, eso era lo que había pasado... Y ahora ya nunca se enteraría de lo mucho que le había costado mentirle. Quería protegerlo, y no le había mentido cuando le dijo que quería verlo, que lo necesitaba. Siempre lo había necesitado, todos los días, todos los días... Pero el deber político era lo más importante de todo, más importante que todos los sentimientos. Y ahora él estaba muerto, y por su culpa. Una culpa que tendría que cargar mientras viviera.

Deambuló durante horas en la noche, vencida por el dolor. Caminaba como una autómata, tratando de comprender lo que era incomprensible.

—Donata...

—¡Stefano! —Se volvió de golpe al sonido de esa voz clara, familiar, pero la calle estaba vacía. Una bandada de pájaros salió de un árbol y se elevó, con gran algazara, hacia el cielo. Luego, de nuevo, el silencio.

Donata se quedó mirando hacia arriba. Cerró los ojos, segura de que se moriría de dolor.

Una hora después, llegó al Naviglio. Recorrió la calle que había caminado con Stefano la noche de su primera cita. En el Capolinea, las luces estaban apagadas. Se detuvo en la orilla y miró abajo, hacia el agua negra, inmóvil, que estaba ahí mismo. El agua siempre le había dado miedo, pero solo ahora comprendía la causa.

Permaneció largo rato junto a la orilla. Observaba el canal como hipnotizada, recordaba solo las palabras de Mario y lo que habían dicho por la radio. Las luces de las farolas se reflejaban en el canal. Sintió una llamada, una música desgarradora procedente del agua. Donata se tocó la barriga, avanzó un paso hacia la orilla. Cerró los ojos. Otro paso, se dejó caer hacia delante.

Sintió frío, subió a la superficie, pero la corriente la hundió de nuevo. Cerró la boca de forma instintiva. Movió los brazos y las piernas, y el aire que tenía en los pulmones la hizo emerger de nuevo. Cogió aire, pero no gritó. Se movió convulsivamente, pero, al cabo de pocos segundos, desapareció otra vez.

Tenía la boca cerrada, las mandíbulas contraídas. Alrededor, todo estaba negro. Trató de subir, pero no pudo. Sintió que se ahogaba, la cabeza le estallaba. Luego, en la oscuridad, una chispa. La luz se acercó hacia ella y, en la luz, Donata vio perfilarse una figura femenina. Avanzaba y era cada vez más clara. Donata reconoció a esa mujer que se aproximaba y le tendía las manos... Y, de golpe, todo se le esclareció: ¡ya! En la carta del Diablo figuraba su vida... ¡Ella y Gino eran la mujer y el hombre encadenados, y el niño en la barriga del diablo era el suyo!

Dejó de luchar y se abandonó a la corriente. Flotó, ligera, como por arte de magia, hacia los brazos tendidos de Viollca. Estiró las manos y agarró las de la gitana. Se miraron.

Ella abrió la boca en busca de aire.

Todo acabó. ·

—Donata...

Al amanecer del sábado 30 de junio de 1973, Neve se despertó sobresaltada, llamando a su nieta. Jadeaba, muerta de miedo. Se quedó un rato en la cama, y trató de tranquilizarse.

—¡Malditos sueños! —exclamó, rabiosa. Luego se bajó de la cama.

Fue a la cocina y se hizo un café, pero dejó las galletas en la mesa porque no le entraba nada. Seguía dándole vueltas a esa pesadilla.

—Ay, qué habrá pasado —estalló por fin.

Buscó en el cajón del aparador la agenda con los números de teléfono. Anotó uno en una hoja, se la guardó en el bolsillo y salió como siempre para ir a misa.

Cuando terminó la eucaristía, se arrodilló ante la estatua de la Virgen. Encendió una vela y se quedó ahí un buen rato, rezando.

A las nueve entró en el bar de la piazza Pepoli.

—Berta, por favor, ¿puedes llamar a mi hijo? Este es el número —le pidió a la mujer que estaba al otro lado de la barra.

Poco después, el teléfono sonó en la casa de Dolfo. Él enseguida se percató de que su madre estaba ansiosa. Le parecía que no paraba de dar vueltas y más vueltas sobre lo mismo en vez de ir al grano.

Entonces le preguntó.

—¿Y Donata?

—Está bien. Ha ido a una revisión y le han dicho que todo está en orden.

—¿Cuándo hablaste con ella por última vez?

—La semana pasada, fue entonces cuando me dijo...

—Llámala, por favor. Ahora, luego me cuentas. Estoy en el bar de Berta, espero tu llamada.

—¿Qué pasa, mamá?

—Nada. Es solo que me sentiré más tranquila si la llamas.

—Ya sabes que a nosotros no nos quiere dar su número. Primero tengo que llamar a Norma.

—De acuerdo. Hazlo enseguida.

Dolfo colgó y empezó a marcar el número de la sobrina. Cuando aún no había terminado de hacerlo, oyó que Zena decía en la otra habitación:

—Oh, Dios santo... ¡No, no!

Fue corriendo donde su mujer. Zena, de pie delante del televisor, parecía un fantasma.

—Han matado a Stefano.

—¿A quién?

—A Stefano, el de Donata. Le dispararon anoche.

Llamaron inmediatamente a Norma. Ella dijo que no había hablado con Donata, pero que intentaría ponerse en contacto con ella enseguida. Llamó a la casa de Dolfo dos minutos después.

—No responde. He dejado un mensaje en el contestador. A lo mejor ha ido a algún sitio.

—En cualquier caso, se habría enterado de lo de Stefano, nos habría llamado. No, ha pasado algo malo.

—Esperemos hasta el lunes. A lo mejor ha salido el fin de semana.

Norma llamó a su prima el domingo y el lunes al final del horario de trabajo.

Esa misma noche, Dolfo denunció la desaparición de su hija. Dio al agente todos los datos. Cuando el oficial pidió los Signos particulares, respondió:

—Está embarazada de siete meses.

No fue difícil encontrar el cuerpo. En el depósito de cadáveres del hospital de Niguarda solo había dos cadáveres no identificados: el de un anciano y el de una joven ahogada y en avanzado estado de preñez. Cuando la policía informó a Dolfo, él se dejó caer en una silla y empezó a mecerse de adelante hacia atrás, con la cabeza entre las manos.

—*¡Es ella, Zena, es nuestra niña!* —repetía.

Fue Norma quien acompañó a su tío para la identificación, Zena no se atrevía.

En Niguarda los llevaron a una habitación verde pálido, sin ventanas. Había un fuerte olor a desinfectante y los zuecos de los enfermeros resonaban en el suelo. Los encargados los dejaron a los dos en compañía de un policía. Pocos minutos después volvieron, empujando una camilla de metal en la que había un cadáver metido en una bolsa de plástico.

—Si por favor... —dijo en voz baja el policía.

Dolfo Martiroli dio un paso hacia delante. Cuando el encargado bajó la cremallera, lanzó un gemido que tenía poco de humano. Tardó un momento antes de poder decir:

—Sí, es mi hija.

Una semana después, Norma y Zena abrieron el piso de Sesto San Giovanni. Querían recoger algunos objetos antes de que la empresa contratada para vaciarlo se llevase lo demás.

Miraron alrededor, desorientadas, sin atreverse a guardar en las bolsas de plástico las cosas que habían pertenecido a Donata. Revisaron los armarios, tocando las chaquetas, las camisetas floreadas, acariciando las faldas de volantes y los trajes extravagantes. Metieron en una caja los collares, los pendientes, los brazaletes indios; luego las agendas, los diarios, las fotografías. En muchas de ellas, Donata estaba con Stefano. Entre las más viejas, Norma encontró una en blanco y negro de ella con su prima de niñas. Están en la ribera de Stellata. Era verano y vestían pantalones cortos y sandalias de plástico. Norma tiene el ceño fruncido; nunca le gustó salir en las fotos. Donata, en cambio, mira el objetivo con gesto desafiante: con un pie hacia delante y los brazos en jarras, le está sacando la lengua al fotógrafo. Tiene una enorme melena.

—Tía, ¿puedo quedarme con esta foto?

—Claro, coge lo que quieras.

Revisaron todo el piso, besando los objetos, acariciando la cama deshecha, oliendo el jersey que había en la silla, la toalla, el jabón con el que Donata se había lavado. Buscaban su olor, cualquier pequeño rastro de su presencia.

Querían rescatar las cosas que ella habría conservado, aquellas que se imaginaban que se habría llevado antes de emprender un largo viaje. En el primer cajón de la cómoda, encontraron la ropita de bebé: la manta de ganchillo, los patucos y los gorritos que Zena había hecho.

En la cocina, un tarro de cristal lleno de arroz cayó y se rompió en el suelo. Los granos brincaron alrededor de sus pies.

—Pero ¿cómo ha podido caerse, si no lo ha tocado nadie? —exclamó Zena.

El ambiente de repente se llenó de un fuerte aroma a pachulí.

—El perfume de Donata... —susurró Norma con un hilo de voz, temiendo que cualquier ruido pudiese interrumpir ese momento.

Zena le apretó la mano. Guardaron silencio, sobrecogidas por la emoción, esperando una señal, algo que atenuase esa terrible sensación de ausencia.

Ya se disponían a marcharse, cuando Zena reparó en que el botón rojo del contestador estaba parpadeando.

—Espera. Es mejor salir de dudas.

Se acercó al aparato y apretó el botón. Había cinco mensajes sin escuchar. Tres eran de Norma; el cuarto, del viernes 29 de junio, a las 5.32, era de un hombre.

—Donata, hola. Soy Stefano. Espero que pases por casa antes de ir a Génova. Quería contarte que ha habido un problema. Esta mañana, mi padre se ha sentido mal. El médico que ha venido a verlo dice que no es nada grave, pero esta noche no me atrevo a dejarlo solo. No te preocupes, ya he contratado un taxi para que vaya a recogerte a Porta Principe. El taxista estará en el andén de llegada con un cartel y el...

La voz se interrumpió. Había un último mensaje. Zena apretó de nuevo el botón.

—Vaya, estos aparatos nunca te dejan terminar. Decía... siento no poder ir a recogerte, pero, aunque no llegues a escuchar este mensaje, el taxista te estará esperando. Y también te quería decir... que te quiero, Donata. Sí. Solo necesitaba decirte eso.

1974

Adele se despertó de mal humor. Se quedó en la cama, su cara seguía siendo bonita, pero su cuerpo ya estaba ajado y en las manos tenía manchas de vejez. Sentía frío y reflexionaba sobre los achaques de la edad. Se dijo que, con casi ochenta años, no le quedaba mucha vida. Estaba bien de salud y seguía trabajando, pero debía aceptar el hecho de que la muerte podía sorprenderla en cualquier momento.

Hay una pequeña parte dentro de nosotros que vive más allá del tiempo. Nos damos cuenta del paso de los años solo en ocasiones excepcionales, pero, durante el resto de la vida, nos sentimos los mismos, no tenemos edad. Para Adele Casadio esa ocasión había llegado un año antes, cuando recibió la noticia de la muerte de Donata. No sintió dolor, pues no conocía a la sobrina nieta, sino un desgarro, una sensación de sobrecogimiento. Estaba preparada para recibir la noticia de la muerte de un hermano, de un amigo, pero nunca se había detenido a pensar en su propia muerte, ni mucho menos en esa tan trágica de una persona tan joven, y que encima estaba embarazada. En el instante en que supo lo de Donata, Adele tuvo la sensación de que el tejido que durante generaciones había unido a la familia se estaba deshaciendo, como si el hilo que hasta entonces había atado tantas vidas de golpe se hubiese roto.

Sus padres habían muerto hacía tiempo: Armida durante la guerra y Beppe hacía unos años. Le escribieron que, un domingo por la noche, su padre se había acostado y no volvió a levantarse. A la mañana siguiente lo encontraron echado sobre la sábana, con una pierna en el suelo. A lo mejor la muerte lo pilló cuando se disponía a pedir ayuda, o, a lo mejor, en el último momento Beppe Casadio pensaría que no había nada más sencillo que morir, y se detuvo.

Adele reflexionó: de esa generación sobrevivía solamente la hermana menor de su padre, la tía Edvige. ¿Cuántos años podía tener? Si no le fallaba la memoria..., era casi centenaria. Neve le había escrito contándole que seguía viviendo sola en la casa de la Fossa y que se negaba a mudarse. «La visito dos o tres veces a la semana para comprobar que sigue viva. Le hago la compra y le recojo un poco la casa, pero cada vez que entro a verla temo encontrarla muerta».

De vez en cuando, Neve enviaba a Brasil fotografías de alguna boda o de los bautizos de los nietos. En esas fotos, Edvige se distinguía del resto de parientes: siempre de negro, con ropa de otra época, el cuerpo cada vez más enjuto y una cabellera canosa que llevaba suelta y que ya no se preocupaba de cortar ni de peinar. El pelo le entornaba la cara como una gran aureola. Adele sonrió y pensó que esa tía le había cambiado la vida, más que cualquier otra persona en el mundo. Si quería volver a ver por lo menos a Edvige, debía hacerlo enseguida.

Poco después, sentada ante una taza de café, le anunció a Núbia Vergara:

—Hoy voy a la ciudad para comprar un pasaje a Italia.

—¿Y cuándo se va? —preguntó Núbia, que ya tenía más de noventa años y estaba prácticamente ciega, pero conservaba la mente lúcida como cuando era joven.

—En cuando encuentre un vuelo. Esta vez nada de barco, me voy en avión.

Una vez que compró el pasaje, Adele le contó por carta a Neve los detalles del viaje.

El 17 llegaré a Italia. Vuelo de São Paulo al aeropuerto de Malpensa y llego a mediodía. Como tu Guido no vive lejos, a lo mejor podría ir a recogerme. Esta vez viajo en avión. Dicen que te duermes, abres los ojos y ya estás al otro lado de la Tierra. No como cuando vine a Brasil, que casi me muero de tanto como vomité en aquel barco.

Guido fue a recogerla a Malpensa con el Fiat 127 que tenía desde hacía un par de años en reemplazo de un Fiat 500 y este en reemplazo de una Vespa color plátano. En el aeropuerto estaba también Norma, que había llegado directamente de su pueblo en Brianza. Se acercaron juntos a la pequeña multitud que aguardaba frente a las llegadas internacionales.

Los viajeros de São Paulo empezaron a salir.

—¡Ahí está! —exclamó Guido, reconociendo entre la pequeña multitud a su tía Adele. Nunca la había visto porque se había marchado de Italia cuando él aún iba a nacer, pero, cuando apareció junto con los demás viajeros, no tuvo dudas: tenía impresos en el rostro los rasgos de una mitad de la familia y los ojos eran claros, idénticos a los suyos y a los de su hija.

Norma esperaba encontrarse con una mujer alta, de gran presencia y actitud autoritaria. En el fondo, esa tía abuela era una terrateniente, y en Brasil había acumulado una fortuna. En cambio se encontró con una mujer más bien baja, canosa y modales sencillos. En lo primero en lo que reparó fue en su melancolía, en una manera de sonreír dulce, pero sin luz. Se abrazaron todos, luego, tras cargar las maletas, salieron del aeropuerto.

En el coche, Adele hablaba un dialecto extraño, omitiendo las erres como se estilaba en Brasil. Mezclaba acentos de otros idiomas y callaba cuando la memoria le fallaba. De todos modos, estaba muy cansada y decidieron no hacerle muchas preguntas.

Recorrieron en silencio la circunvalación. Los suburbios abarcaban kilómetros como un único y gran espacio en construcción. Había edificios y torres pegados unos a otros y entre los esqueletos de las nuevas obras se erguían numerosas grúas. Cuando salieron de la autopista, vieron enormes carteles en el borde de la carretera, que anunciaban pastas de dientes, *amari* medicinales, el último modelo de tocadiscos estéreo. Los muros estaban llenos de grandes pintadas: ¡VIVA MARX, VIVA LENIN, VIVA MAO TSE TUNG! O bien: ¡PODER OBRERO! Y más allá: ¡FASCISTAS, CABRONES, VOLVED A LAS CLOACAS!

Pocas horas después, cuando el coche llegó a la ribera de Stellata, Neve estaba regando las peonías. Con los hijos casados y con poco que hacer en casa, se dedicaba a las flores: regaba los tulipanes, quitaba las hojas secas a los geranios, abonaba las hortensias. Parecía que el amor que se había guardado en su interior durante tantos años, ese amor muerto el día en el que había obligado a Radames a dormir en otra habitación, ahora lo volcaba en el cuidado minucioso de las rosas, en el esfuerzo que dedicaba al cultivo de las violetas y los jazmines.

Mientras se ocupaba de las flores, Neve reflexionaba en lo que Radames le había dicho: que, con los años, se había vuelto irritable. A lo mejor tenía razón. Ella siempre había creído que era como su madre; pero su madre tenía más corazón. Las arañas las ponía a salvo en el patio y las hormigas las barría sin usar veneno. Nunca le habría hecho daño a nadie, mucho menos a su marido. En cambio, Neve se preguntaba si había sido solo por evitar más embarazos por lo que un día se había negado a dormir con Radames. Algo se le había roto por dentro muchos años antes y no fue capaz de remediarlo. Y, sin embargo, sabía amar. Quería a sus hijos, a sus nietos, y también a los animales. Pocos días antes había tenido que enterrar a un gato que le había hecho compañía durante veinte años. Radames quería que cogieran otro, aunque solo fuese por los ratones, pero Neve sabía que después, cuando muriera, ella sufriría. Así, en lugar de otro gato, le pidió a Radames que comprara veneno para ratones.

Cada noche, después de llevar, como siempre, la fotografía del pequeño Vittorio de la cocina al dormitorio, hacía su recorrido, dejando en los rincones de todas las habitaciones muchos montoncitos de granos rojos. Por la mañana encontraba los pequeños cadáveres, tiesos, con espuma en la boca y las patitas al aire. Neve los cogía por la cola y salía a enterrarlos al lado de las rosas. En esos momentos se sentía triste y se daba cuenta de que se había vuelto vieja y de que estaba sola. Con los años, ella y Radames se habían convertido en simples convivientes. Sin embargo, ¡cuánto le habría gustado ahora aunque solo fuese una caricia, un beso en la frente! Pero ya era tarde para ciertas cosas. Demasiados años separados, demasiados silencios acumulados en esa cama medio vacía.

No bien vio el 127 en el terraplén, Neve dejó el cubo en el suelo y subió la escalera lateral. Antes ascendía las gradas de dos en dos, pero ahora enseguida se quedaba sin resuello. Cuando llegó arriba, se detuvo delante de Adele.

—*Cincuenta años...* —susurró, pero enseguida las emociones la dejaron sin voz. Las dos hermanas se abrazaron, luego todos entraron en la cocina.

La habitación estaba en penumbra y las persianas se hallaban entornadas.

—¿Dónde está papá? —preguntó Guido.

—¿Dónde quieres que esté? Ha ido al Po en busca de algún tesoro oculto, *como hace siempre* —respondió Neve, meneando la cabeza.

Con la vejez, a Radames le había vuelto la antigua pasión por los objetos antiguos. Ahora la espalda encorvada lo hacía caminar con los ojos clavados en el suelo, gracias a lo cual, un día vio brillar algo en el polvo. Se agachó y, medio oculta en la tierra, descubrió una moneda de plata. Luego supo que se trataba de un ducado de la República de Venecia que databa del siglo XV.

Desde el día de aquel afortunado descubrimiento, Radames empezó con la obsesión por los tesoros enterrados. Incluso compró por correo un detector de metales inglés y, sin hacer caso a quien le advertía que la ley no permitía buscar oro ni antigüedades sin un permiso, se convirtió en una especie de arqueólogo del valle del Po.

—En el periódico cuentan que han encontrado oro en el río Adda, ¿por qué no puedo encontrarlo yo en el Po? —respondía a los escépticos.

Ahora se pasaba mañanas enteras recorriendo las orillas del río, sondeando con su máquina-halla-tesoros los campos de trigo, los viñedos y los huertos de los vecinos. Iba por ciertos caminos de la campiña inspeccionando el suelo, con la espalda encorvada, arrastrando la pierna mala. En verano, el sudor le chorreaba por la cara y, tras un temporal, los caracoles crujían bajo sus zapatos. De vez en cuando, su máquina gemía por los fosos. Casi siempre eran tenedores o clavos oxidados, pero, al final, su constancia fue premiada. Enterradas en el légamo del río, Radames encontró unas monedas medievales, luego —prodigioso descubrimiento del que, por prudencia, no habló ni siquiera a su mujer— halló un antiguo collar de oro en perfecto estado. Muchos años después de su muerte, Norma lo hizo examinar en el Museo Británico de Londres, y averiguó que se trataba de una pieza de la época romana.

Neve y los recién llegados estaban sentados en la cocina charlando desde hacía una hora, cuando Radames volvió.

—Hola, papá, mira a quién te he traído —lo saludó Guido.

—La última vez que te vi, ni siquiera tenías barba —bromeó Adele, abrazándolo.

—¿Has encontrado algo? —le preguntó Neve.

—Qué va. Hasta que, cuando menos te lo esperas, das con algo.

—¡Sí, y entonces te meten en la cárcel! —respondió ella, con sequedad.

En ese momento, el pajarito del reloj de cuco anunció la

hora. No le daban cuerda desde antes de la guerra, pero seguía funcionando, y ya hacía tiempo que Neve y su marido habían dejado de asombrarse por ello. Al lado del reloj había colgado un retrato color sepia de Beppe y Armida: él con la camisa abotonada hasta el cuello, chaqueta y sombrero en la cabeza; Armida, con canas y un traje oscuro con escote cuadrado. Miraban al objetivo con expresión seria, atemorizados por aquella máquina que sabía captar con tanta precisión hasta los sentimientos de la gente.

Charlaron un rato más, entonces, Adele preguntó:

—¿Y Dolfo?

—Después de la fatalidad, no ha vuelto a ser el mismo —suspiró Elsa—. Y Zena, tampoco. ¿Cómo va uno a resignarse a una tragedia semejante? La única hija, y con el niño casi a punto de nacer.

—Hará falta tiempo, y después ya se verá. No se vuelve a ser el mismo —dijo Neve, con los ojos húmedos.

Todos callaron. El recuerdo de Donata había llenado la habitación.

—¿Y la tía Edvige? —preguntó Adele, tratando de cambiar de tema.

—Está muy vieja, ya no rige bien. Habla sola y, cuando se acuerda de comer, pone la mesa para dos o tres. Dice que tiene invitados, pese a que desde hace años solo nos ve a nosotros. Ahora vamos a verla.

—Os llevo en coche —propuso Guido, y se dirigieron juntos hacia la casa de la Fossa.

Desde hacía al menos dos décadas, Edvige ya no hacía trajes de novia, porque la artritis no le daba tregua y estaba casi ciega, pero se negaba a mudarse. Vivía como una ermitaña, encerrada entre los muros de la casa de la Fossa, e iba a ver a Neve solo un par de domingos al mes, cuando los sobrinos nietos la iban a buscar y la sacaban casi a la fuerza. Aparte de esas salidas esporádicas, todos sus días eran iguales. Se levantaba por la mañana, se aseaba, iba a la cocina, donde encontraba el desayuno preparado: el mantel en la mesa, el pan fresco, la taza, y al lado el azúcar y la cuchara. La cafetera estaba puesta al fuego y en el cazo había leche caliente.

—Gracias, mamá —decía Edvige.

Para ella, todo eso era normal. Tenía una pierna en este mundo y la otra en el de los muertos. Todas las tardes jugaba a las cartas con Giacomo, que se presentaba llevando al cuello la soga con la que se había colgado. El bisabuelo y la bisnieta frente a frente, y Edvige compartía con él una taza de café, galletas, y también alguna copita de anís. Por eso, cuando añadía una botella de ese licor a la lista de la compra, Neve protestaba:

—¡Pero si te la compré hace una semana!

—No me la he bebido toda —se justificaba. Más tarde, sin embargo, le decía a Giacomo que no se pasase con el anís, porque después le echaban la culpa a ella.

Era como si una parte de Edvige ya estuviese en el mundo de los muertos. De vez en cuando volvía entre los vivos, cuando los dolores de la artritis se hacían más fuertes, o si algún testigo de Jehová llamaba a su puerta; pero con creciente frecuencia pasaba el tiempo peleándose con su padre Achille o con su madre Angelica, como hacía de niña, cuando la encerraban con llave, o jugando a la brisca con su bisabuelo Giacomo. Con creciente frecuencia se preguntaba si el brebaje para el dolor de tripa se lo había recetado el médico o si era una receta de Viollca; otras veces no recordaba si ciertas frases se las había escuchado a Dollaro o las había oído en la radio. En cualquier caso, se estaba haciendo a la idea de su propia muerte más fácilmente de lo que nunca se había acostumbrado a la idea de su propia vida.

El único cambio importante de los últimos cincuenta años había sido la compra de un televisor. Diez años antes, una vez que se encontraba cenando en la casa de Neve, Edvige vio en la televisión un capítulo de *La cittadella*, con Alberto Lupo y Anna Maria Guarnieri. Siendo joven, cuando ocurrió lo de Umberto y lo de los dos niños que se habían ahogado, juró que, mientras tuviera aliento, no volvería a leer una novela. Sin embargo, esa noche, deslumbrada frente a la pequeña pantalla, pensó que tan maravilloso invento no rompía el juramento, porque ahora sus novelas solamente las veía, no las leería. Así, una vez relegados sus últimos escrúpulos, juntó sus ahorros y mandó a Radames a Bondeno para que le comprase un televisor.

Ahora, cuando no jugaba a la brisca con Giacomo o no estaba todo el tiempo peleándose con las almas de Angelica y Achille, Edvige se quedaba pegada al informativo o a programas como *Carosello* y *Rischiatutto*. También le gustaban los documentales sobre animales y se apasionó a las series de intriga, sobre todo a *Ritrato di donna velata* o a *Ho incontrato un'ombra*. De todos modos, su preferida era *Belfagor*, aunque era de hacía varios años.

En el tiempo que pasó delante del televisor, la anciana adquirió otro vocabulario, un lenguaje culto que aprendió de las bocas de Tito Stagno, Ruggero Orlando y los demás periodistas de la RAI. Ocurría que, durante la última ronda de la brisca, le decía a Giacomo frases que había sacado de los informativos o de los debates políticos: «Aquí se necesitan medidas es-tra-té-gi-cas», le advertía; o bien empezaba una frase por: «De ello se deduce que...».

—*¡Habla como comes!* —le respondía él.

A veces, Edvige confundía el enjambre de palabras nuevas que le zumbaba en la cabeza.

—Ayer el hombre del tiempo dijo que está llegando una gran masturbación —anunció en medio de una comida familiar, haciendo que todos los presentes se desternillaran de risa.

El 127 de Guido recorría la calle que iba del pueblo a la casa de la Fossa. Adele pensaba que se encontraría una Stellata cambiada: casas modernas, viejos edificios derruidos, la piazza

Pepoli reformada. En cambio, el pueblo que había dejado hacía medio siglo parecía embalsamado. La plaza seguía idéntica, lo mismo que la iglesia, y las casas estaban solo más decrépitas. La fortaleza se hallaba en el mismo estado de abandono y el bosque de chopos que había junto al río seguía intacto. En cambio, el cine Cristallo había cerrado y en su lugar se hallaba un supermercado. Aparte de eso, lo demás estaba idéntico. Y, sin embargo, Adele tenía la impresión de que alrededor faltaba algo. Comprendió de qué se trataba cuando cruzó la piazza Pepoli y vio que solamente había viejos. Todos los jóvenes se habían marchado.

Cuando llegaron a la casa de la Fossa, Edvige estaba sentada a la mesa de la cocina, desgranando una montaña de judías. Era la misma mesa de roble sobre la que, doscientos años antes, habían tumbado el cadáver de Giacomo; la misma cocina donde el pequeño Dollaro le había hablado al padre muerto y donde, en 1916, había aparecido el fantasma de Erasmo.

Edvige cogía metódicamente las vainas, las abría de una en una y con un dedo soltaba el contenido en el colador.

—¡*Tía, mira quién ha venido!* —exclamó Neve, todavía antes de entrar.

Edvige elevó los ojos, luego, con gran esfuerzo, se levantó de la silla. Como siempre, vestía de negro, un traje de encaje que le llegaba hasta los tobillos, pero llevaba medias multicolores, que le había hecho Neve con los restos de los jerséis rotos.

Había pasado infinidad de tiempo, habían pasado infinidad de cosas, y sin embargo, cuando la tuvo delante, Adele supo que toda la distancia, todo ese montón de años tenían muy poco peso. Solo necesitó una mirada para darse cuenta de que la esencia de las personas no cambia, y en la mirada de Edvige reconoció enseguida su propia soledad.

—Hagamos un buen café —propuso la tía después de varios abrazos. Entonces, volviendo la cabeza y dirigiéndose a un misterioso interlocutor, añadió—: *Déjalo, ya me ocupo yo. No hay por qué ponerse tan nerviosos.*

Adele dirigió una mirada interrogante a Neve, y esta, sin que la viera Edvige, giró un dedo en la sien, como diciendo: «Qué quieres que te diga, es la edad».

Se sentaron todos alrededor de la gran mesa. Hablaron de esto y de lo otro, de los muchos años que habían pasado, de cómo iban las cosas en el pueblo, hasta que, inevitablemente, la conversación fue a parar de nuevo sobre la gran ausente de esa reunión familiar.

—Recuerdo a Donata cuando era pequeña, cuando venía aquí y quería aprender a hacerse la ropa —dijo Edvige, otra vez con la cabeza y el corazón en el mundo de los vivos. Pero enseguida añadió—: Seguro que dentro de poco viene a verme.

—Tía, Donata está muerta —trató de corregirla Neve.

—Da igual, yo de todas formas la espero —replicó ella, mirándola con sus ojos cerúleos, ahora opacos por las cataratas.

Esa noche, Adele se quedó a dormir en la casa de Edvige. Cuando anocheció, las dos mujeres cerraron la puerta con cerrojo. Adele miró alrededor. Era una casa repleta de recuerdos y fantasmas. El viento hacía temblar los cristales y daba la sensación de que los clavos bailaban como poseídos en los marcos. En las habitaciones semivacías parecía que sonaban voces, ecos, gemidos. El viento silbaba, confundiéndose con la respiración de los difuntos.

—¿No te cuesta vivir sin un poco de compañía? —preguntó Adele.

—Aquí tengo a mis muertos y ellos nunca me han dejado sola.

Esa noche la tía y la sobrina compartieron la cama. Charlaron largo rato, incluso cuando ya habían apagado la luz. Ambas mayores, hablaron del pasado como si solo los recuerdos formaran parte de su vida y hubiese muy poco que comentar sobre el presente, y aún menos sobre el futuro.

—¿Cómo está tu hija? —preguntó Edvige.

—Tiene su propia vida. La veo muy poco. Se separó de su

marido hace muchos años, pero ha sido para bien. Ahora da clases de arte en un colegio —respondió Adele.

—Haces mal en no verla; es tu única hija.

—Somos muy diferentes, tía. Siempre ha sido difícil con ella.

—Los hijos no se eligen. Cuando llegan, hay que aceptarlos como son.

Hubo una larga pausa, luego Adele dijo en voz baja:

—Quizá habría sido mejor que no hubiera tenido hijos.

La tía se volvió de golpe, mirándola con ojos que parecían escrutarla más allá de las cosas:

—*Un hijo es siempre una bendición.*

Adele no respondió. Pensó en Maria Luz y, como siempre, ese pensamiento le dejó una sensación de malestar. Su tristeza llenó la cama, se esparció por la habitación, cruzó las paredes, atravesó los canales, llegó a los campos de trigo.

A la mañana siguiente, Adele saltó de la cama, despertada por una voz potente.

«In nomine Patris, et Filii, et Spiritus Sancti... Gratia Domini nostri Iesu Christi, et caritas Dei, et communicatio Sancti Spiritus sit cum omnibus vooobisss».

—¡Dios, qué susto...! Pero ¿qué es?

—Nada, son los megáfonos de don Romano, que está celebrando misa. Los comunistas llevan años tratando de impedírselo, pero no ha habido manera.

A pesar del Concilio, don Romano seguía aferrado al latín. Cuando el maestro del pueblo le pidió explicaciones, le respondió:

—¿Tú hablarías en italiano con tu mujer, después de que lleváis cuarenta años hablando en dialecto? Para mí es lo mismo. Con Nuestro Señor siempre he hablado en latín, y con el latín sigo.

—Pero ¿sigue vivo? —preguntó Adele, estupefacta.

—Es más viejo que yo; tendrá ya ciento tres o ciento cuatro años. Lo ayuda un curita joven, pero la misa del domingo la sigue queriendo celebrar él. De vez en cuando se queda dormido, arrodillado delante del altar o mientras da la comunión. Por lo demás, es la edad, tampoco se puede pedir mucho. Encima es famoso, vienen desde Rímini a verlo.

—¿Y eso?

—Exorcismos. Es muy bueno liberando a los endemoniados.

—¿Y la gente se lo cree?

Edvige levantó un poco los párpados y miró el vacío. Labios finos, mejillas hundidas y encías huecas, dijo:

—¿Qué otra cosa podemos hacer aquí los pobres viejos, más que creer en los cuentos?

El curita que ahora le echaba una mano a don Romano vivía en Ferrara. Era enclenque y calvo a pesar de su juventud. Iba de mala gana a ese miserable pueblo que daba al río. La iglesia era una de las más deterioradas de la diócesis, con los frescos carcomidos por el moho y la estatua de la Virgen adornada por una tupida barba de telarañas. Hacía tiempo que había renunciado a arreglar nada. Llegaba, pagaba los recibos, confesaba a los viejos, preparaba a un par de niños para la confirmación y después, tras guardar los paramentos, montaba en su Fiat 500 azul para volver lo antes posible a la ciudad.

Mientras por los megáfonos la voz de don Romano difundía la misa en latín, Guido paseaba por el río. Se había despertado al amanecer con la necesidad de orinar y subió las escaleras que llevaban al desván. Ahí era donde su madre tenía los orinales pintados de blanco. Hacía años que Guido vivía en una casa con inodoro con agua corriente. Sin embargo, esa mañana le pareció normal encontrar la fila de orinales blancos en los escalones.

Una vez que se vistió, fue al patio y encontró a su madre dando de comer a las gallinas.

—Busca un huevo, para que te lo prepare con azúcar y te lo ponga en el café —le propuso Neve a su primogénito.

Guido recogió unos huevos todavía calientes y la madre le

preparó un sabayón, que lo revitalizó, igual que cuando regresó de la cárcel, flaco y tan marcado por las privaciones que su abuelo Beppe ni siquiera lo había reconocido.

Cuando terminó de desayunar, Guido salió a pasear. A esa hora todavía hacía fresco, el cielo no tenía color. El río fluía silencioso hacia el mar y las hojas de los chopos brillaban en la primera luz. Unas mujeres barrían el adoquinado y un gallo tardío cantaba en algún gallinero. Todo parecía tan ordenado y tranquilo, tan profundamente familiar, que estaba como grabado en un recuerdo atávico, pasado de padre a hijo junto con la sangre.

Mientras rumiaba sobre todo eso, Guido se encontró delante de la casa de Nena Casini, la pescadora de esturiones que conocía desde la infancia. La mujer se estaba poniendo las botas.

—Hola, Nena.

—*¡Guido, hola! ¿Cuándo has llegado?*

—*Anoche. ¿Vas al Po?*

—*La hora buena es esta.*

La encontró envejecida, con el pelo áspero y los ojos más pequeños. Pero conservaba la misma energía, el mismo paso poderoso que hacía saltar las ranas en la hierba.

«Los viejos siguen ahí, entre el olor de las vacas y los cerdos, y los jóvenes están fuera, son obreros en fábricas», pensaba Guido esa mañana. Sin embargo, Stellata le pareció tan intacta, tan increíblemente hermosa y conmovedora que, por primera vez desde que se había marchado, pensó que era junto al río donde quería morir.

—*¡Calla!* —repetía Radames.

Pero Neve estaba un poco piripi y seguía contando chistes picantes.

—Escuchad este. Una vieja le dice a su marido: «Veras, querido, ahora que llevamos tantos años casados, quiero confesarte algo». «Dime, querida». «Todas las veces que hacía el amor contigo pensaba en Amedeo Nazzari». Y el marido dijo: «Confesión por confesión: Yo también pensaba en él».

—¡*Calla! Que hablas solo porque tienes lengua* —insistía Radames, pero ella no le hacía caso y se reía a carcajadas.

Se reunieron unos treinta en el patio de detrás de la casa de Neve para celebrar el regreso de Adele de Brasil. La ausencia de Dolfo y la desgracia que había ocurrido hacía un año se notaron, pero, copa a copa, la atmósfera se fue relajando, y la que empezó siendo una velada tranquila se transformó poco a poco en una fiesta ruidosa. Comían y bebían y las botellas vacías se amontonaban en un rincón de la pared.

A las once, Radames parecía el único que seguía sobrio. En la cena estaban los hermanos y las hermanas de Guido con sus familias y también otros parientes de la rama de los Casadio, todos los cuales habían ido por Adele. La tía Edvige estaba sentada a la cabecera de la mesa. De vez en cuando daba una cabezada. Mientras los demás se divertían, ella roncaba.

Las mujeres charlaban, los maridos entonaban un variado repertorio de canciones, de *Bella ciao* a *Ragazzo della via Gluck*. Los niños correteaban ya sin vigilancia alrededor de las mesas. Un grupito de parientes había empezado a discutir con fervor qué ciclista era mejor, si el belga Merckx o el italiano Coppi, y si Alemania había merecido ganar la Copa del Mundo de fútbol el mes anterior.

De vez en cuando, Edvige se despertaba al fragor de una carcajada, luego miraba alrededor, confundida.

—*He cerrado los ojos un momento* —suspiraba.

—*¡Es mejor que te acuestes, tía!* —le repetía de vez en cuando Neve.

No soplaba un hilo de viento. A medianoche, ya todos los niños estaban dormidos, unos en las sillas, otros en las tumbonas, las que en verano se usaban en la playita del Po. Los mayores, en cambio, no parecían tener intención de interrumpir la fiesta.

—¡*Marchaos a vuestra casa, venga, ya es hora de irse a la cama!* —repetía Neve tratando de moverlos. Por fin, todos se fueron. En la casa se quedaron solo Radames y Neve, Guido con Elsa y su hija, Adele, y la tía Edvige, que se había despertado.

Hacía un calor sofocante y, en la calma que siguió a la marcha de los parientes, los que se quedaron, de golpe se sintieron tristes. Estaban sentados alrededor de la mesa en silencio. Ya a ninguno le apetecía acostarse.

—Con este calor no se puede respirar. Salgamos a dar una vuelta por la ribera —propuso Guido.

Cerraron la puerta con llave y subieron por las gradas del costado. Edvige caminaba con la ayudaba de un bastón, y Neve la sostenía del otro brazo. Elsa ayudaba a Radames, que en la oscuridad cojeaba más de lo habitual.

—¡*Damos pena!* —se quejaba el viejo.

—*Poquito a poquito, pero avanzamos* —le respondió Edvige. A ella también le costaba subir, pero no se rendía.

La noche era clara. Había luna llena y se veía incluso donde las farolas no alcanzaban a alumbrar. El río era una seda. Caminaban juntos, despacio, apenas susurrando. El momento era tan tenue que temían que se rompiese con el sonido de la voz.

Guido, Elsa y Norma se marcharían a la mañana siguiente. Adele iba a quedarse un mes entero, pero ya tenía la sensación de que el tiempo pasaría volando y de que le costaría regresar a Brasil. «¿Por qué tiene que ser siempre tan difícil marcharse?», se preguntaba. En esos días pensó que si quería nada le impedía quedarse, que podía perfectamente pasar ahí los últimos años de su vida. Sin embargo, sabía que siempre hay alguien en quien pensar; alguien, o algo, que nos tiene atados a un mundo. Y ella sentía que ya no pertenecía a ninguna tierra, ni siquiera a aquella en la que había nacido.

Se detuvieron a admirar el Po. El río brillaba.

—Papá, dentro de un mes me marcho —anunció de golpe Norma.

—¿Adónde te vas? —preguntó Guido, sin apartar la vista del río.

—Al extranjero. Aquí ya no puedo seguir.

Él, como siempre, no dijo nada, pero Norma sabía que tenía un nudo en la garganta.

Neve miraba el agua, y de golpe se dio cuenta de que reflejaba la imagen de una mujer con el pelo adornado de plumas. Enseguida el agua tembló y el rostro se confundió con el de Donata. Fue cosa de un instante; luego, la imagen desapareció.

Neve suspiró, pensando en su vida y en la de muchos otros de su familia. A lo mejor Viollca se había equivocado, como también se había equivocado ella. A lo mejor eran justo los sueños los que mantenían viva a la gente. Eso pensó Neve en la orilla del Po en aquella noche de verano, y tuvo la sensación de que las premoniciones funestas no iban a atormentar más a nadie de su familia.

Miraban el río, en silencio, cuando ella dijo:

—El 9 de septiembre moriré. Lo soñé anoche.

—¿Qué dices? Yo tengo que morir antes, porque tengo muchos más años que tú —la regañó Adele.

—*Al que le toca, le toca* —dijo Edvige, y todos se rieron.

Neve elevó la mirada. Había una luna tan grande, justo encima, que si estirabas la mano casi podías tocarla.

—*¡Miradla!* —susurró.

Observaban el esplendor de aquella luna tan extraordinariamente luminosa y próxima, sin recordar ninguno el cansancio del día ni su propia soledad. Luego, en la oscuridad, se oyó de nuevo la voz de Neve:

—Una noche así no la volveremos a vivir nunca más.

Esa mañana, Adele se despertó con alegría en la sangre. Una semana antes se había mudado a la casa de la ribera, pues creía que se había portado mal con su hermana Neve por haberse quedado todo el tiempo en la casa de la tía Edvige. Había dormido estupendamente. El calor del verano estaba disminuyendo y ahora las noches eran más frescas. Se levantó de la cama y fue a la ventana. Subió los tres escalones, se puso de puntillas, y solo entonces consiguió abrir las persianas. Soplaba un viento leve, el cielo estaba despejado. Adele aspiró el aroma del río: un olor a tierra húmeda, a agua fértil y a hierba cortada. Era un aroma unido a su infancia y lo aspiró profundamente, con los ojos cerrados.

Se vistió despacio, tratando de olvidarse de los dolores en la espalda y en la rodilla, luego bajó a la cocina.

Normalmente, a esa hora, Neve ya estaba trajinando con la cafetera y las tazas del desayuno, pero esa mañana en la cocina no había nadie. Adele se hizo el café, luego se sentó a la mesa para esperar a su hermana y a su cuñado.

Encendió la radio. El día anterior habían arrestado a Renato Curcio, el fundador de las Brigadas Rojas, y estaban hablando de eso. Pero también del desalojo de casas ocupadas en el barrio romano de San Basilio, donde había habido enfrentamientos con la policía y habían matado a un chico de diecinueve años. Adele pensó que el mundo estaba patas arriba, con o sin culebras muertas.

Radames entró en la cocina, arrastrando más de lo habitual la pierna mala. Tenía el pelo cortado al rape, la espalda encorvada.

—¿Y Neve? —preguntó, sorprendido de no verla ahí.

—Estará todavía dormida.

Por la radio, una voz anunció:

—Y ahora, las previsiones del tiempo para hoy, lunes 9 de septiembre: al nordeste, precipitaciones leves...

Radames se detuvo de golpe.

—¿Qué día es hoy?

—9 de septiembre —le respondió Adele, distraídamente.

Enseguida, los dos se miraron, luego fueron corriendo hacia la habitación de Neve.

Abrieron la puerta conteniendo la respiración.

Estaba tumbada en la cama: tranquila, el retrato de Vittorio apretado contra el pecho. Parecía dormir. Sonreía, pero yacía inmóvil, el rostro sin color, ninguna señal de que estuviera respirando.

La habitación estaba fresca. El sol se filtraba por las rendijas de las persianas y teñía las paredes de rayas luminosas, igual que el día en que Neve nació, de pie, vivaz como una rana. De su cuerpo emanaba un aroma a azúcar caramelizado y a narcisos. A su alrededor volaban abejas, como le ocurría en sus momentos más felices.

Adele le tocó el brazo a su cuñado.

—Ha sido una muerte dulce.

Radames no le respondió. Se acercó a la cama y, después de treinta años, se echó de nuevo al lado de su mujer. Le acarició el rostro, mirándola con la misma intensidad de aquella tarde en la que la había llevado al río y habían hecho el amor por primera vez. Se le acercó más, se acurrucó a su lado y, por fin, la estrechó entre sus brazos.

Adele cerró la puerta tras de sí, procurando no hacer ruido. Y los dejó solos.

Epílogo
2013

En una caja de zapatos se lee FOTOS DIFUNTOS. La abro. En su interior encuentro un montón de caras parecidas: fechas de nacimiento, fechas de muerte, el mismo apellido. Mi madre las ha ido guardando en este humilde sagrario familiar después de cada funeral: una caja de zapatos del número 44, que fue de mi padre. En mi infancia, esas fotos salían a la luz cada año, el Día de los Muertos. El 2 de noviembre, mi madre continuaba con la tradición de la abuela Neve. Sacaba la caja del armario y ponía sobre la cómoda los retratos de los difuntos, luego encendía delante de ellos un montón de velas. Si por la noche pasaba cerca, me iba corriendo, aterrorizada, convencida de que las almas de los muertos me seguían con la mirada.

Los hombres de la empresa de mudanzas van y vienen cargando cajas, muebles, somieres. Tras la muerte de mi padre, mi madre y yo hemos puesto la casa en venta. Es la casa de Stellata, la que está al lado de la ribera, la que compró el abuelo Radames en los años de la guerra. Primero vivieron ahí mis abuelos y en los últimos años han vivido mis padres. Cuando se jubiló, mi padre decidió volver aquí. Nadie se lo esperaba, pero, tras morir su padre, entregó a sus hermanos su parte de la herencia y vino a vivir aquí con mamá. Es una casa en mal estado, con un baño anticuado, azulejos floreados de los años setenta, un calentador que funciona cuando le da la gana y que sacaba a mi padre de sus casillas. Juraba que ese maldito trasto lo hacía adrede, que tenía su propia voluntad. Vender en esta época de crisis no ha sido fácil. Hemos aceptado la primera oferta, como cuando te quitan una muela sin tratar de conservarla con tal de que te pase rápido el dolor.

Los hombres del mono azul sacan muebles, mueven cajas, cargan las puertas de los armarios mientras yo, sentada en la única caja que queda en la cocina, miro las imágenes de los difuntos y no soy capaz de irme. Observo a todos mis muertos. Tengo entre mis manos la fotografía de Adele cuando era joven: muy guapa, con su mechón blanco en la frente y su expresión melancólica; luego está la de Erasmo con el uniforme de la Gran Guerra. Cojo la imagen del abuelo Radames en Abisinia, a pecho descubierto y con el pelo cortado al rape, y la de Edvige ya vieja: traje negro de encaje y una aureola de pelo blanco. Murió en 1975, un año después de la fiesta por el regreso de Adele de Brasil. Cien años cumplidos. Tras la muerte de la abuela Neve, Radames siguió haciendo sus habituales inspecciones a la casa de la Fossa, pero también se marchó pocos meses más tarde. Sus últimas palabras fueron que su lugar estaba junto a la abuela y que le alegraba irse con ella.

Fue el tío Decimo, el hermano más joven de mi padre, quien descubrió que Edvige había muerto. Estaba sentada delante del televisor, con los ojos muy abiertos y una expresión de sorpresa en el rostro. Cuando llegó el momento del entierro, se dieron cuenta de que estaba dura como el mármol y no consiguieron extenderla en el ataúd. Tuvieron que enterrarla como estaba: sentada en una silla, con la boca abierta y una expresión de estupor en los ojos. En Stellata ya eran pocos los que se acordaban de ella y solo un puñado de paisanos la acompañó con los parientes en su último viaje al camposanto.

Unos días después limpiamos su habitación de los muchos cachivaches del siglo pasado que habían llenado su mundo. Revisando el último cajón de la cómoda, descubrí un centenar de cartas escondidas debajo del montón de sábanas. Estaban junto a la fotografía de un hombre apuesto de ojos claros y de sonrisa cautivadora. En una esquina había una dedicatoria: «Eternamente, Umberto». Las cartas seguían metidas en los sobres, dirigidas a un tal Umberto Cavalli y a un pueblo de la provincia de Novara que nunca había oído nombrar. Estaban perfectamente colocadas, dividas en orden cronológico, de año en año, cada paquete atado con una cinta. Estaban amarillentas y olían a talco. Nunca habían sido enviadas.

Repongo la foto de Edvige en la caja y saco la de Donata. Está espléndida, con su cabellera negra y sus ojos celestes brillantes. Quien la observe diría que no podía pasarle nada malo, con toda la fuerza y la alegría que tenía. De vez en cuando me visita: un vaso se me derrama en la mesa, oigo sonar el cristal de la ventana o la puerta se cierra sola. «¡Mira que estás loca!».

Hay una foto de la boda de sus padres: Zena y Dolfo le sonríen al fotógrafo. Él viste traje oscuro y corbata. Zena está estupenda, aunque su atuendo es algo raro, un traje sastre elegante y de líneas sobrias, eso sí, pero lleva en la cabeza un turbante blanco cubierto de tal cantidad de flores que parece Carmen Miranda. Sonrío y me digo que no podía dejar de lucir algo excéntrico para que la gente hablara de ella.

Unos años después de la tragedia de su hija, Dolfo y Zena volvieron a vivir a Caposotto. Cuando visitaban a mis padres, en Stellata, siempre se quedaban a cenar. Decían que verme ahí era un poco como ver a Donata. La sentían más próxima cuando me tenían a su lado. Una noche, sería a mediados de los años noventa, estábamos comiendo delante del televisor encendido, cuando de golpe Dolfo se puso serio.

«Mira. ¿Reconoces a ese de ahí, el que está justo detrás de Berlusconi, a la izquierda?».

«… Me suena su cara. ¿Quién es?».

«Giovanni Scuderi. El exlíder del partido de Donata».

«¿Qué hace al lado de Berlusconi?».

«Ja, pasarse de listo, eso es lo que hace. Cuando clausuró el partido, huyó con el dinero que había recabado de las "colectivizaciones" de los compañeros, así era como él las llamaba. Esperó un par de años, hasta que las cosas se calmaron, y entonces reapareció exhibiéndose en la televisión al lado de Berlusconi. ¡Menuda revolución proletaria!».

Devuelvo la foto a la caja y cojo la más reciente: es de mi padre. Solo tiene el nombre y dos fechas: Guido, 1926-2012.

Yo lo llevé a que se hiciera esa fotografía; la necesitaba para un nuevo carnet de identidad. Ese día todavía no sabíamos nada del tumor, pero ahora creo que la enfermedad se le notaba en la cara.

A la semana siguiente, lo acompañé al hospital para una revisión. Era una mañana clara. El ambiente era templado a pesar de que estábamos en enero. El sol iluminaba los patios, los campos, las calles. Parecía algo salido de las manos de Dios, un mundo perfecto y lleno de luz.

Lo dejé en la puerta. «Espérame, voy a buscar aparcamiento», le dije. Cuando volví, no estaba. Fui a Urgencias, luego, donde estaban colocadas las sillas de ruedas. Salí corriendo a la calle, en medio de las bocinas, volví enseguida al marasmo de la recepción. No estaba en ningún lado, lo había perdido. Miré por todas partes. Grité su nombre, y por fin me respondió. Estaba sentado en un rincón, con la barbilla apoyada en el bastón, los ojos entornados. «¿Papá, qué haces ahí? Vamos, que se hace tarde».

En ese momento, una bandada de pájaros se elevó hacia el cielo, los cuerpos sin peso, las plumas alisadas por el viento. No pensé que los pájaros fuesen un mal presagio. Durante un instante creí entrever una señal: la premonición de un don, la esperanza de un poco de futuro. De algo más de vida. Media hora después, un médico me habló del tumor, de la imposibilidad de operar o de ponerle un tratamiento, dada su edad y su corazón maltrecho.

Los hombres de la mudanza bajan las piezas de la cama. Es el turno del armario de nogal, luego pasa por delante de mí la mesilla de noche donde tú, papá, dejabas tu revista de crucigramas, los bolígrafos Bic sin capucha, tu paquete de MS. Cuando era niña, te retirabas a tu cuarto por la tarde, bajabas las persianas y necesitabas alejarte de nosotros, te adentrabas en sueños oscuros, donde para mí o para mamá no había sitio. Y sentía que ahí también vivías lejos, pese a que en el último momento no fuiste capaz de marcharte con esa mujer. En tus postreros días en la tierra, mirabas la lluvia inmóvil desde detrás de los cristales. Quién sabe. A lo mejor estabas arrepentido de haber renunciado a ese amor, o a lo mejor, al final, decidiste que había sido mejor así, que quedarte había sido lo adecuado.

El día de la gran nevada ya estabas hospitalizado. «Llévame a ver la nieve», me pediste. Te ayudé a bajar de la cama. Avanzamos por el pasillo, sujetándonos el uno al otro; en los ojos, el miedo de dos extranjeros en otra ciudad. Cuando llegamos al ventanal, guardamos silencio. Fuera estaba oscuro, no dejaba de nevar. Veíamos aquella bendición caer del cielo, esconder todos los males. Lo sé: los dos pensamos que esa era la última vez. No ibas a ver nunca más la nieve cubrir los campos, las casas, los jardines desiertos. El mundo estaba blanco. Todas las cosas entre nosotros, mudas. Como han estado siempre.

Después del ictus no volviste a hablar. Caías al fondo de un pozo, te hundías cada vez más en el agua oscura del coma. Regresabas con nosotros muy de cuando en cuando, como en un corto vuelo. Luego, te ausentabas de nuevo. Te llamábamos, te tocábamos, pero era como hablarle a un feto, a un ser metido en su mundo. Cerca. Inaccesible. Antes de volver a Escocia, mi hija Federica vino a despedirse de ti. Con el rostro inclinado sobre el tuyo, te llamaba, repetía tu nombre. De repente abriste los ojos. La miraste con fuerza, con dolor, con hambre. La miraste con la tristeza de un hombre moribundo, con el cuerpo rígido por el esfuerzo de retener su imagen. Luego, una ola oscura te alejó, volviste a bajar los párpados. Los ojos azules de Federica fueron tu último mundo. Y está bien que fuera así: tu nieta, la hija que he tenido ya mayor, la única de la familia que ha heredado tu voz y tu talento. Está terminando el conservatorio, papá. Sé que, ahí donde estés, te sentirás orgulloso.

Cuando moriste, celebraron una misa en la misma iglesia donde despediste a tus padres y a tus abuelos. Estaban tus hermanos, sus familias, los gemelos de Bolonia, los pocos amigos que te quedaban. Dolfo fue uno de los primeros en llegar, llevado de un brazo por la cuidadora. No bien lo vi, pensé que Donata tendría que haber estado ahí ayudándolo en un momento tan difícil. Llevaba gafas de sol y avanzaba palpando el suelo con un bastón. Se sentó al lado de mamá. Dijo: «Hola, Elsa». No fue capaz de añadir nada más, pero le cogió la mano y se la apretó.

Dolfo sigue viviendo en Caposotto, el pueblo de su mujer Zena. Con la vejez se ha convertido en un gigante bueno, en alguien que da de comer a los gatos callejeros; antes de perder la vista, criaba palomas. Papá lo visitaba casi a diario. Se sentaban a la sombra de las parras para jugar una partida de cartas, o para recordar juntos su infancia en el río: los chapuzones en el Po, a Nena Casini peleándose con esturiones y a Irma, con ese cuerpo sensacional, mejor que el de la Lollobrigida; y además las pipas de calabaza de Itala Palula, el cine Cristallo, el puente de barcas en el Po.

Zena nos dejó hace más de diez años. Dolfo, ya ciego, tendría que ir a una residencia, pero ha preferido contratar a una chica ucraniana. Ella habla poco italiano y él no la ayuda nada, expresándose solo en dialecto y blasfemando sin parar si se tropieza con algo.

Devuelvo la foto de mi padre a la caja. Miro de uno en uno a mis muertos. Muchos de ellos tienen los ojos negros, la misma expresión inquieta en la mirada; otros, los ojos claros y la mirada inconfundible de los soñadores. Pero en cada uno de ellos veo la misma historia: una historia de tierra. Me parece vislumbrar sombras de tierra en su piel; tierra en sus miradas, polvo de campo en el pelo, en la lengua, debajo de las uñas. Y sé que, bajo mi apariencia de persona de ciudad, yo también llevo dentro de mí esa tierra, y el mismo destino que estos soñadores derrotados.

—Señora, nosotros ya hemos terminado —me dice uno de la empresa de mudanzas.

—Márchese, yo cierro. Gracias por todo.

Oigo que cierra la puerta y que sube las gradas de la ribera. Poco después suena un motor y el camión se aleja.

Miro de un lado a otro: aquí ya no hay nada. Ni siquiera un hoja de papel, una percha, un sobre de té. No ha quedado nada de nosotros entre estas paredes, nada de todo lo que hemos sido. Esta casa ahora será de otros. Tendrá ruidos y olores diferentes, el aroma de otra marca de café recién hecho, otras especias. Otros pies dejarán sus huellas en el suelo. Habrá respiraciones nuevas, veranos nuevos, voces distintas.

Me quedo con la mano en el picaporte de la puerta. Por fin me decido y cierro con dos vueltas de llave. Sopla un viento frío. Subo las gradas pegadas a la ribera, apretando entre las manos la caja de las fotos. Noto las piedras que pisaba en mi infancia. Me vuelvo por última vez, y enseguida llego arriba.

Monto en el coche y meto primera. Conduzco despacio por la calle que bordea el río. El Po está en crecida. El agua avanza hacia el mar, oscura y rebelde. Es casi de noche, sobre los campos flota un hilo de niebla. En la otra orilla se encienden de repente las luces del pueblo. Pero ha llegado el momento de irse. Ha llegado el momento de vivir el tiempo que nos queda en la quietud del recuerdo, en el amor por los hijos, en las pequeñas felicidades de cada día. Ha llegado el momento de olvidar nuestras guerras y nuestras derrotas, de aprender a disfrutar de la fuerza secreta de los sueños y de los momentos de tregua que se nos brindan: el aroma a leña que arde, las luces que hay detrás de la campiña, los dioses del gran río, la primera niebla del otoño.

ÁRBOL GENEALÓGICO
DE LA FAMILIA CASADIO

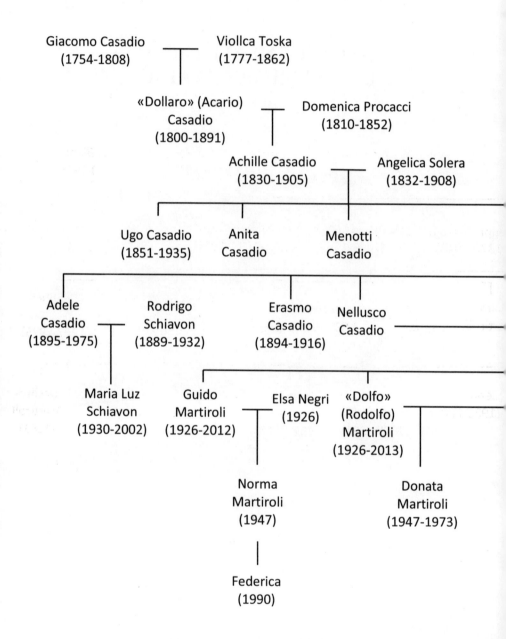

Giacomo Casadio
(1754-1808)

Viollca Toska
(1777-1862)

«Dollaro» (Acario)
Casadio
(1800-1891)

Domenica Procacci
(1810-1852)

Achille Casadio
(1830-1905)

Angelica Solera
(1832-1908)

Ugo Casadio
(1851-1935)

Anita
Casadio

Menotti
Casadio

Adele
Casadio
(1895-1975)

Rodrigo
Schiavon
(1889-1932)

Erasmo
Casadio
(1894-1916)

Nellusco
Casadio

Maria Luz
Schiavon
(1930-2002)

Guido
Martiroli
(1926-2012)

Elsa Negri
(1926)

«Dolfo»
(Rodolfo)
Martiroli
(1926-2013)

Norma
Martiroli
(1947)

Donata
Martiroli
(1947-1973)

Federica
(1990)

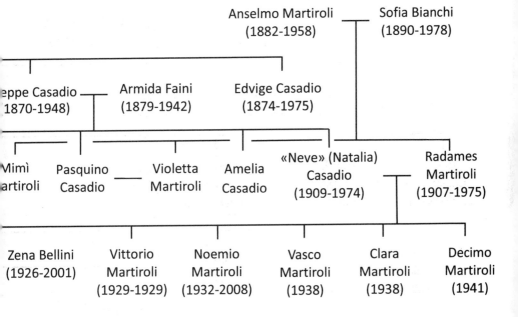

Anselmo Martiroli
(1882-1958)

Sofia Bianchi
(1890-1978)

₂ppe Casadio
1870-1948)

Armida Faini
(1879-1942)

Edvige Casadio
(1874-1975)

Mimì
artiroli

Pasquino
Casadio

Violetta
Martiroli

Amelia
Casadio

«Neve» (Natalia)
Casadio
(1909-1974)

Radames
Martiroli
(1907-1975)

Zena Bellini
(1926-2001)

Vittorio
Martiroli
(1929-1929)

Noemio
Martiroli
(1932-2008)

Vasco
Martiroli
(1938)

Clara
Martiroli
(1938)

Decimo
Martiroli
(1941)

Agradecimientos

Quiero mostrar mi gratitud, en primer lugar, a mi familia. Por medio de sus relatos aprendí a conocer la historia y las tradiciones de la tierra donde nací, pero de donde me marché de pequeña sin guardar ningún recuerdo. A mi agente literaria, Carmen Prestia, que creyó en la novela y ha sabido hacer un milagro. De manera singular, a la editorial Nord, que me acogió con calidez y entusiasmo y que ha hecho realidad mi sueño con este libro. Estoy en deuda con todo el equipo que hizo posible su nacimiento, pero estoy especialmente agradecida a Cristina Prasso, que lo ha hecho posible todo, e incluso más. Gracias por su amor a la literatura; gracias por su infatigable trabajo de afinamiento, por su paciencia, por el cuidado de los detalles y por la precisión con la que supo dirigirme durante todo el proceso de edición. Tengo que mostrar mi gratitud también a mis amigas Marta Bombarda, Lorena Baretta, Gabrielle Preston y Ornella Fiorini, artista que canta y pinta el Po. Sus relatos me han inspirado algunos pasajes de este libro. Gracias a mi prima, Alfa Gavioli, y a mi hija Francesca, por su sensibilidad y talento. Con su ayuda he creado el andamiaje que sustenta toda la historia de la familia Casadio. Mi agradecimiento, asimismo, a la revista *Sermidiana*, donde encontré pequeñas joyas de recreación histórica y popular, como la de la inundación de 1951. Mi gratitud al escritor Giuseppe Pederiali, cuyo relato *La Nena e il Po* habla de Nena Casini.

Last, but not least, mi agradecimiento a la escritora y amiga Rosalba Perrotta, que me enseñó a escribir. Durante años me animó a terminar el manuscrito. Gracias por haber leído, releído, comentado y corregido el texto paso a paso, con atención, afecto y tenacidad, brindándome siempre valiosos consejos. Sin su ayuda, esta novela no habría visto la luz.

«Para viajar lejos no hay mejor nave que un libro».

Emily Dickinson

Gracias por tu lectura de este libro.

En **penguinlibros.club** encontrarás las mejores
recomendaciones de lectura.

Únete a nuestra comunidad y viaja con nosotros.

penguinlibros.club

Penguin
Random House
Grupo Editorial

 penguinlibros